Enid Blyton®

Dolly

Neu auf Internat Möwenfels

Sammelband 1

Schneiderbuch
EGMONT

Reihen von Enid Blyton bei Schneiderbuch:
Hanni und Nanni, Band 1–38
Tina und Tini, Band 1–14
Dolly, Band 1–18

Der zweite Sammelband »Dolly – Abenteuer auf Burg Möwenfels«
erscheint bei Schneiderbuch im Herbst 2018

Der vorliegende Sammelband enthält folgende Einzeltitel:
Dolly sucht eine Freundin
Dolly – Wirbel in Klasse 2
Dolly – Ein Pferd im Internat

Umschlagillustration und Umschlagkonzeption: Laura Rosendorfer
Umschlaggestaltung: Achim Münster
Satz: PPP Pre Print Partner GmbH & Co. KG, Köln, www.PPP.eu
Printed in the EU
ISBN 978-3-505-14159-1
www.schneiderbuch.de

Inhalt

Dolly sucht eine Freundin

Wirbel in Klasse 2

Ein Pferd im Internat

Enid Blyton®

Dolly

Dolly sucht eine Freundin

Auf ins Internat!

Dolly Rieder betrachtete sich im Spiegel. Gleich musste sie zum Bahnhof aufbrechen. Sie hatte gerade noch eine Minute Zeit, um zu sehen, wie ihr die neue Schuluniform stand.

»Gefällt mir«, sagte Dolly und drehte sich nach allen Seiten. »Dunkelblaue Jacke mit Goldknöpfen und gesticktem Wappen, dazu einen dunkelblauen Faltenrock, sieht gut aus.«

Die Mutter sah zu Dolly ins Zimmer und lächelte. »Bewunderst du dich?«, fragte sie. »Nun, ich finde auch, dass Möwenfels eine schicke Schuluniform hat. Doch komm jetzt, Dolly. Wir wollen nicht schon beim ersten Mal den Zug versäumen.«

Dolly war aufgeregt. Sie sollte in ein Internat kommen! Möwenfels nahm keine Schülerinnen unter zwölf Jahren auf. Sie selbst würde wohl eine der Jüngsten dort sein. Sie konnte erst jetzt – nach den Ferien – ins Internat, weil sie zu Beginn des Schuljahres krank gewesen war. Wie mag es wohl sein?, überlegte sie. Ich habe zwar eine Menge Schulgeschichten gelesen, aber auf Burg Möwenfels wird es vielleicht nicht ganz so zugehen wie in meinen Büchern.

Dass ihre Freundinnen zurückblieben, tat Dolly leid. Keine Einzige ging mit nach Möwenfels.

Ihr Koffer war gepackt und verschlossen. Auf dem Gepäckschild stand: »Dolly Rieder – Burg Möwenfels«. Dolly musste nur ihren Tennisschläger in der Hand tragen und die Tasche mit den Sachen für die erste Nacht.

»Am Abend werdet ihr die Koffer nicht mehr auspacken«, sagte ihre Mutter. »Deshalb soll jedes Mädchen einen kleinen Handkoffer oder eine Reisetasche mit ihrem Nachtzeug und den Waschsachen mitbringen. Und hier hast du dein Taschengeld. Damit musst du bis zu den Ferien auskommen.«

»Das werde ich schon schaffen«, sagte Dolly und steckte das Geld in ihr Portemonnaie. »In der Schule gibt es sicher nicht viel zu kaufen. Das Taxi wartet, Mutti – gehen wir.«

Von ihrem Vater, der am Morgen zur Arbeit weggefahren war, hatte sie sich bereits verabschiedet. Er hatte ihr fest die Hand gedrückt und gesagt: »Mach's gut und viel Glück! Du wirst in Möwenfels viel lernen, denn es ist eine gute Schule. Sieh zu, dass du der Schule dafür auch viel zurückgibst.«

Endlich fuhren sie los. Der Koffer stand neben dem Fahrer. Dolly steckte den Kopf aus dem Wagenfenster, um einen letzten Blick auf ihr Haus zu werfen.

»Zu Anfang werde ich euch alle vermissen, aber ich gewöhne mich bestimmt bald ein. Meinst du nicht auch?«

»Natürlich«, antwortete ihre Mutter. »Es wird eine schöne Zeit für dich werden. Du wirst in den Ferien gar nicht nach Hause kommen wollen.«

»Wir müssen den Eisenbahnwagen suchen, der für Möwenfels reserviert ist«, sagte Frau Rieder, als sie am Bahnhof waren. »Komm hier lang, wir haben reichlich Zeit. Ich bleibe ein paar Minuten bei dir, um zu sehen, dass du sicher zu deiner Hausvorsteherin und den Mädchen kommst, dann verschwinde ich.«

Sie gingen auf den Bahnsteig. Ein langer Zug stand dort. Und da war der Wagen für Möwenfels! An den Fenstern klebten verschiedene Zettel. Auf manchen stand »Nordturm«, auf anderen »Südturm«, dann kamen Abteile mit »Westturm« und andere mit »Ostturm«.

»Du gehörst also zum Nordturm«, sagte die Mutter. Sie hatte Dolly früher schon erzählt: »Burg Möwenfels hat vier verschiedene Häuser für seine Schülerinnen. Alle sind wie Türme gebaut. Du wirst im Nordturm sein, und deine Hausvorsteherin ist Frau Pott.«

Dolly blickte jetzt auf die vielen Mädchen ringsum. Sie schienen alle Möwenfels-Schülerinnen zu sein, denn sie trugen fast alle dunkelblaue Jacken und Röcke. Die meisten kannten sich offenbar. Sie lachten und unterhielten sich laut. Dolly fühlte sich plötzlich einsam. Alle diese Mädchen werde ich erst kennenlernen müssen, dachte sie. Du liebe Zeit, wie groß manche sind – sie sehen richtig erwachsen aus!

»Hallo, Lotti!« – »Hallo, Maria!« – »Ach, dort ist ja Lilo!« – »Hilde, du hast mir in den Ferien überhaupt nicht geschrieben, du untreue Seele!« – »Jenny, komm doch in unser Abteil!«

Dolly sah nach ihrer Mutter. Sie sprach mit einer Dame, die strenge Gesichtszüge hatte. Das musste Frau Pott sein! Eigentlich sah sie ganz nett aus. Die Art, wie sie mit den Augen zwinkerte, gefiel Dolly. Aber um den Mund hatte sie etwas sehr Energisches.

Frau Pott kam herüber und lächelte Dolly an. »Guten Tag, Dolly«, sagte sie. »Du fährst in meinem Abteil. Die neuen Mädchen kommen immer zu mir.«

»Gibt es außer mir noch andere Neue?«, fragte Dolly. »In meiner Klasse, meine ich.«

»Ja, zwei. Sie sind noch nicht da. Frau Rieder, hier ist ein Mädchen aus Dollys Klasse – Alice Jahn. Sie wird sich um Dolly kümmern, sobald Sie sich verabschiedet haben.«

»Hallo«, sagte Alice, und zwei vergnügte Augen strahlten Dolly an. »Ich bin in deiner Klasse. Wenn du einen Eckplatz haben willst, komm lieber jetzt gleich mit.«

»Dann also: Mach's gut, mein Kind!«, sagte Frau Rieder. Sie küsste Dolly und umarmte sie. »Und schreib bald, ja?«

»Ja!«, rief Dolly. Sie sah ihrer Mutter nach, die den Bahnsteig hinunterging. Aber Dolly blieb nicht viel Zeit, sich verloren vorzukommen, denn Alice ergriff sofort von ihr Besitz und brachte sie zu Frau Potts Abteil.

»Stell du deine Tasche in die eine Ecke und ich stelle meine in die andere«, sagte Alice, »dann können wir an der Tür stehen und beobachten, wer noch kommt. Sieh mal da drüben! Typischer Fall von Mamas Liebling!«

Dolly erblickte ein Mädchen, dessen langes, wallendes Haar nicht recht zur Schuluniform passte. Das Mädchen klammerte sich weinend an seine Mutter.

»Weißt du, was diese Mutter jetzt tun müsste?«, fragte Alice. »Lachen, ihrer Tochter eine Tüte Süßigkeiten geben und dann einfach gehen. Bei so einem Kind darf man nicht zu zärtlich sein.«

Die Mutter war fast genauso schlimm wie das Mädchen. Auch ihr liefen die Tränen übers Gesicht. Frau Pott ging energisch auf sie zu.

»Jetzt pass auf, was Pöttchen macht«, sagte Alice.

»Pöttchen?« Dolly kicherte. »Ist das der Spitzname von Frau Pott?«

Alice nickte.

»Ich nehme Evelyn jetzt mit«, sagte Frau Pott zu der Mutter des Mädchens. »Sie gewöhnt sich bei uns in Möwenfels gewiss bald ein, Frau Lessing.«

Evelyn schien bereit zu gehen, doch ihre Mutter wollte sie einfach nicht loslassen.

Alice schnaufte. »Da kannst du sehen, wodurch diese Evelyn so eine Zicke geworden ist«, sagte sie. »Einzig und allein durch ihre Mutter! Ich bin froh, dass meine Mutter vernünftig ist. Deine macht auch einen sehr sympathischen Eindruck.«

Dolly freute sich über das Lob. Sie beobachtete, wie Frau Pott Evelyn entschlossen zu ihnen führte.

»Alice, hier ist noch eine«, sagte sie.

Alice zog Evelyn in ihr Abteil.

Evelyns Mutter kam hinterher und blickte zur Tür herein. »Nimm einen Eckplatz, Liebling«, sagte sie, »und setze dich nicht mit dem Rücken zur Fahrtrichtung. Du weißt doch, dir wird dann immer schlecht. Und ...«

Ein weiteres Mädchen kam in das Abteil, ein kleines Persönchen mit eigenwilligem Gesicht und dicken Zöpfen.

»Ist hier das Abteil von Frau Pott?«

»Ja«, sagte Alice. »Bist du die dritte Neue? Für den Nordturm?«

»Ich heiße Susanne Hoppe«, stellte sich das Mädchen vor.

»Wo ist denn deine Mutter?«, fragte Alice. »Sie soll erst einmal zu Frau Pott gehen und dich abliefern, damit du auf der Liste abgehakt wirst.«

»Ach, meine Mutter ist gar nicht auf die Idee gekommen, mich zum Zug zu bringen«, sagte Susanne. »Ich bin allein.«

»Du liebe Zeit!«, rief Alice. »Nun, Mütter sind verschieden! Manche verabschieden sich ganz normal und ohne viel Trara, andere wissen sich vor Jammer nicht zu fassen, und manche kommen erst gar nicht mit.«

»Alice, red nicht so viel«, hörte man Frau Potts Stimme. Sie kannte Alices scharfe Zunge.

Frau Lessing war verärgert und vergaß darüber, Evelyn weitere Ratschläge zu geben. Wütend blickte sie Alice an. Zum Glück pfiff gerade der Zugabfertiger. Es gab ein wildes Gerangel um die Plätze. Frau Pott sprang mit noch zwei oder drei Mädchen in den Zug. Die Türen knallten zu.

Evelyns Mutter rief hilflos: »Wo ist meine Tochter? Ich will ihr winken!«

Aber der Zug fuhr bereits. Evelyn setzte sich auf ihren Platz und heulte. »Ich habe mich gar nicht richtig verabschiedet!«, jammerte sie.

»Wie oft wolltest du es denn noch tun?«, fragte Alice. »Du hast dich doch schon mindestens zwanzigmal verabschiedet.«

Frau Pott betrachtete Evelyn. Sie hatte sie bereits eingeschätzt: ein verwöhntes Einzelkind, egoistisch und gewiss sehr schwer zu behandeln. Sie sah auch die ruhige kleine Susanne Hoppe an. Ein merkwürdiges Mädchen, dachte sie. Warum diese abweisende Miene? Ihre Mutter hatte sie nicht zur Bahn gebracht. Ob es Susanne etwas ausmachte? Frau Pott vermochte es nicht zu sagen. Dann glitt ihr Blick zu Dolly hinüber. Dolly zu durchschauen war leicht. Sie war offen, und sie sagte, was sie dachte, wenn auch nicht so unverblümt wie Alice. Ein nettes, verlässliches Mädchen, diese Dolly Rieder, sagte sich Frau Pott. Und dumm scheint sie auch nicht zu sein.

Die Mädchen fingen an zu erzählen.

»Wie ist es in Möwenfels?«, fragte Dolly. »Ich habe eine Fotografie gesehen. Es scheint ziemlich groß zu sein.«

»Das ist es auch. Und es hat den herrlichsten Blick über das Meer«, sagte Alice. »Das ganze Gebäude steht auf einer Klippe. Ihr habt Glück, dass ihr im Nordturm seid – von dort aus ist die Aussicht am schönsten.«

»Hat jeder Turm eigene Schulräume?«, fragte Dolly.

Alice schüttelte den Kopf. »Nein. Die Mädchen aus allen vier Turmhäusern gehen in das gleiche Unterrichtsgebäude. In jedem Turm wohnen ungefähr sechzig Mädchen. Die Sprecherin von unserem Turm ist Pamela. Dort drüben sitzt sie.«

Pamela, ein großes, ruhiges Mädchen, unterhielt sich gerade mit einer etwa gleichaltrigen Mitschülerin und mit Frau Pott. Die beiden schienen zu der Hausvorsteherin ein gutes Verhältnis zu haben, denn sie unterhielten sich lebhaft und unbefangen. Alice, ein anderes Mädchen namens Tessie, Susanne und Dolly unterhielten sich ebenfalls. Evelyn aber saß nur daneben und machte ein düsteres Gesicht. Niemand beachtete sie, und so etwas war sie nicht gewohnt. Sie stieß einen kleinen Seufzer aus und beobachtete die anderen aus den Augenwinkeln.

Alice bemerkte sofort, was Evelyn vorhatte. »Pass auf«, flüsterte sie Dolly zu, »gleich tut sie so, als wäre sie sterbenskrank! Wir nehmen einfach keine Notiz davon!«

»Kopf hoch, Evelyn«, sagte Frau Pott fröhlich, drehte sich aber sofort wieder um und unterhielt sich weiter mit den beiden großen Mädchen.

»Mir ist ganz schlecht«, verkündete Evelyn. Sie war fest entschlossen, das Mitleid der anderen zu erregen.

»Du siehst aber gar nicht so aus«, sagte Alice. »Wenn mir schlecht ist, werde ich kreidebleich.«

Evelyn wiederholte beharrlich: »Mir ist wirklich schlecht. Was soll ich bloß tun?«

»Hier, warte, ich geb dir was«, sagte Alice und fischte eine große Einkaufstüte aus ihrem Koffer. »Ich habe einen Bruder, dem im Auto jedes Mal schlecht wird, deshalb nimmt meine Mutter stets Papierbeutel mit. Ich finde es immer zum Totlachen, wenn Michael seine Nase hineinsteckt, der arme Kerl – wie ein Pferd in seinen Futtersack!«

Über Alices Geschichte mussten alle lachen. Evelyn natürlich nicht. Sie schaute ärgerlich drein. Dolly aber fand Alice auf Anhieb sympathisch. Wie gern würde sie Alice zur Freundin haben!

Burg Möwenfels

Es war eine lange Fahrt. Doch der Zug hatte einen Speisewagen, und die Mädchen gingen abwechselnd dorthin und aßen zu Mittag. Das war eine angenehme Unterbrechung. Zuerst waren sie alle fröhlich und redeten, aber je länger die Reise sich hinzog, umso stiller wurden sie. Manche schliefen.

Die Ankunft in Möwenfels war aufregend. Die Schule lag ein paar Kilometer vom Bahnhof entfernt, und deshalb standen dort große Busse für die Mädchen bereit.

»Vorwärts«, sagte Alice und hakte Dolly unter. »Wenn wir uns beeilen, bekommen wir in einem Bus die vorderen Sitze neben dem Fahrer. Schnell! Hast du deine Tasche?«

»Ich komme auch!«, rief Evelyn. Aber die anderen waren längst fort, ehe sie ihre Siebensachen zusammengesucht hatte.

Sie kletterten auf die Vordersitze. Die anderen Mädchen kamen zu zweit oder zu dritt aus dem Bahnhofsgebäude, und der einzige Gepäckträger half den Fahrern, die vielen Koffer auf die Busse zu laden.

»Können wir Möwenfels von hier aus sehen?«, fragte Dolly.

»Nein, aber bald – ich sage es dir, wenn es so weit ist«, antwortete Alice.

»Ja, unterwegs hat man plötzlich einen hübschen Blick auf die Schule«, erklärte Pamela, die Sprecherin des Nordturms, die hinter Alice und Dolly in den Bus gestiegen war. Ihre Augen glänzten. »Ich finde, von einer bestimmten Stelle aus, zu der wir bald kommen, sieht Möwenfels am eindrucksvollsten aus – besonders wenn die Sonne gerade dahinter steht!«

Dolly fühlte die Wärme in Pamelas Stimme, während sie von der Schule sprach. Sie sah sie an und fand sie sehr nett.

Pamela spürte ihren Blick und lachte. »Du hast Glück, Dolly«, sagte sie, »denn du fängst in Möwenfels neu an. Du hast noch eine lange Zeit vor dir. Bei mir geht sie leider bald zu Ende. Nur noch ein knappes Jahr, und ich werde niemals mehr nach Möwenfels kommen, außer als ›Ehemalige‹. Du musst das Beste daraus machen, solange du da bist.«

»Das will ich auch tun«, sagte Dolly. Gespannt schaute sie nach vorn und wartete auf den schönen Blick auf jene Schule, auf die sie mindestens sechs Jahre gehen sollte.

Sie fuhren um eine Kurve. Alice packte Dolly am Arm. »Dort ist es – drüben auf dem Hügel! Das Meer ist dahinter, unten am Fuß der Klippe, aber das kannst du von hier aus natürlich nicht sehen.«

Dolly erblickte ein großes, quadratisches Gebäude aus grauen Steinen, das hoch oben auf einer Anhöhe stand. Dieser Hügel war tatsächlich eine Klippe, die zum Meer hin steil abfiel. An jeder Ecke des eigenartigen Gebäudes stand ein Turm. Im Ganzen waren es vier: Nordturm, Südturm, Ostturm und Westturm.

Die Fenster glitzerten in der Abendsonne. Die grünen Ranken, die Teile der Mauern bedeckten, kletterten an manchen Stellen fast bis zum Dach hinauf. Das Ganze sah aus wie eine Burg aus alten Zeiten.

Meine Schule, dachte Dolly. Ihr Herz klopfte. Wie glücklich bin ich, dass ich nach Möwenfels komme! Ich bin sicher, es wird eine herrliche Zeit!

»Wie findest du es?«, fragte Alice.

»Schön«, sagte Dolly. »Aber ich glaube, zurechtfinden werde ich mich dort nie. Das Gebäude ist zu groß.«

»Ach, das zeige ich dir schon«, erwiderte Alice. »Keine Angst!«

Der Bus bog um die nächste Kurve. Möwenfels war verschwunden. Doch bald schon kam es wieder in Sicht, und schließlich hielten die Busse vor der großen Freitreppe unterhalb des Portals.

»Das sieht ja aus wie ein Schlosseingang«, sagte Dolly.

»Ja«, ertönte unerwartet Evelyns Stimme. »Ich werde mich wie eine Märchenprinzessin fühlen, wenn ich diese Stufen hinaufgehe.« Sie warf ihr langes goldblondes Haar zurück.

»Das glaube ich«, sagte Alice spöttisch. »Aber solche Flausen werden dir bald vergehen!«

Dolly stieg aus und wurde sofort von den anderen Mädchen die Stufen emporgedrängt. Sie sah sich nach Alice um. Die schien verschwunden zu sein. Dolly hielt ihre Tasche und den Tennisschläger fest umklammert und kam sich in der plaudernden Mädchenmenge ganz verloren vor. Sie wusste nicht, wohin sie sich wenden sollte. Vergebens hielt sie nach Alice oder Pamela Ausschau. Erwartete man von ihr, dass sie geradewegs zum Nordturm ging? Alle schienen genau zu wissen, wohin sie sich zu wenden hatten.

Dann sah sie Frau Pott und lief rasch auf sie zu.

Frau Pott lächelte. »Nanu, du weißt wohl nicht recht, was du jetzt tun sollst? Wo ist Alice? Sie sollte dich doch mitnehmen! Alle Mädchen vom

Nordturm müssen jetzt zum Turm gehen und ihr Nachtzeug auspacken. Die zuständige Hausmutter, die euch außerhalb des Unterrichts betreut, wartet schon.«

Da Dolly keine Ahnung hatte, welcher Weg zum Nordturm führte, blieb sie wartend neben Frau Pott stehen.

Bald erschien Alice wieder – von einer Menge Mädchen begleitet. »Hallo!«, rief sie. »Ich hatte dich verloren, Dolly. Das hier sind alles Mädchen aus unserer Klasse, doch wozu soll ich dir jetzt gleich sämtliche Namen nennen? Du würdest sie nur durcheinanderbringen. Ein paar sind vom Nordturm, einige wohnen in den anderen Türmen. Komm, gehen wir unserer Hausmutter Guten Tag sagen. Wo ist denn Mamas Liebling?«

»Alice!«, sagte Frau Pott. Ihr Ton klang streng, aber ihre Augen zwinkerten. »Nimm ein bisschen Rücksicht darauf, dass Evelyn hier noch neu ist.«

»Wo steckt Susanne Hoppe?«, fragte Alice. »Ach, da steht sie ja! Komm mit, Susanne! Ist gut, Frau Pott – ich nehme die drei Neuen unter meine Fittiche!«

Susanne, Evelyn und Dolly folgten Alice. Sie kamen in einen großen Vorraum mit vielen Türen und einer breiten Treppe. »Die Aula, die Turnhalle, die Chemie- und Physikräume, der Zeichensaal und der Handarbeitsraum sind alle auf dieser Seite«, sagte Alice. »Los, kommt, gehen wir über den Hof zum Turm!«

Damit führte sie die Mädchen zu einer Tür auf der anderen Seite hinaus.

Sie kamen auf einen großen, weiten Innenhof. Möwenfels war sozusagen um diesen Hof herum gebaut.

»Es ist hübsch hier«, sagte Dolly. »Was bedeutet die Vertiefung in der Mitte?«

Sie zeigte auf ein großes rundes Rasenstück, das tiefer lag als der übrige Hof. Rings um dieses Rondell befanden sich Sitze aus Stein. Das Ganze sah wie eine Arena aus.

»Das ist unser Theater«, erklärte Alice. »Hier führen wir im Sommer Stücke auf. Die Schauspieler sind in der Mitte, und die Zuschauer sitzen außen herum auf den Steinplätzen. Das macht immer Spaß.«

Rund um das Theater erstreckte sich ein wunderschön angelegter Garten mit Rosen und vielen Arten von Blumen.

In jeder Ecke des Gebäudes erhob sich ein Turm. Alle vier Türme hatten drei Stockwerke und sahen völlig gleich aus.

Alice erklärte den drei Mädchen den Nordturm: »Im Erdgeschoss befinden sich der Speisesaal, der Gemeinschaftsraum – wo wir uns aufhalten, wenn kein Unterricht ist – und die Küche. Im ersten und zweiten Stock sind Schlafräume und im Obergeschoss Abstellkammern für die Koffer.«

Durch die offene Tür des Nordturms gingen Mädchen ein und aus. »Macht schnell!«, riefen sie Alice zu. »In ein paar Minuten gibt es Abendessen! Dem Duft nach gibt es etwas Leckeres!«

»Am ersten Abend nach den Ferien gibt es immer ein besonders gutes Essen«, sagte Alice. »Kommt, wir suchen die Hausmutter!« Jedes von den Turmhäusern hatte seine eigene Haushälterin, die für das Wohlergehen der Mädchen verantwortlich war. Die Hausmutter des Nordturms war eine untersetzte und sehr geschäftig aussehende Frau.

Alice stellte ihr die neuen Schülerinnen vor. »Drei mehr, die Sie verarzten und denen Sie ihre Sachen zusammensuchen können«, sagte sie lachend.

Dolly sah die Hausmutter an. Die Frau blickte stirnrunzelnd auf die lange Liste in ihrer Hand. Mit ihrer blütenweißen Schürze sah sie so adrett aus, dass Dolly sich dagegen fast unordentlich vorkam. Die Hausmutter sah auf und lächelte. Sofort war Dollys Besorgnis verschwunden. Vor jemandem, der so lächelte, brauchte sie sich nicht zu fürchten.

»Nun wollen wir mal sehen ... Du bist Dolly Rieder«, sagte die Hausmutter und hakte ihren Namen auf der Liste ab. »Hast du dein ärztliches Zeugnis mit? Dann gib es mir bitte. Und du bist Susanne Hoppe?«

»Nein, ich bin Evelyn Lessing.«

»Vergessen Sie die ja nicht!«, rief Alice spöttisch.

»Sei still, Alice!«, sagte die Hausmutter. »Du bist genauso schlimm wie einst deine Mutter – nein, noch schlimmer.«

»Meine Mutter ist als Mädchen auch in Möwenfels gewesen«, erzählte Alice den anderen. »Sie wohnte auch im Nordturm und hatte schon dieselbe Hausmutter.« Dann wandte sie sich wieder an die Frau: »Mutter lässt Sie herzlich grüßen. Sie sagt, sie wünschte, sie könnte alle meine Brüder zu Ihnen schicken. Wahrscheinlich wären Sie die Einzige, die mit ihnen fertigwerden könnte!«

»Wenn sie nur halb so schlimm sind wie du, dann bin ich froh, dass ich sie nicht hier habe!« Die Hausmutter lachte. »Ein Mitglied der Familie Jahn reicht mir.«

Ein Gongschlag ertönte durch den Nordturm.

»Abendbrot!«, sagte die Hausmutter. »Packt eure Sachen später aus, Alice. Euer Zug hatte Verspätung, und ihr seid sicher sehr müde. Alle Schülerinnen der ersten Klasse müssen gleich nach dem Abendessen ins Bett.«

»Ach«, fing Alice zu bitten an. »Können wir nicht wenigstens noch zehn Minuten–«

»Nein«, sagte die Hausmutter. »Wascht jetzt schnell eure Hände und dann kommt. Beeilt euch.«

Fünf Minuten später saßen Alice und die anderen am Tisch und ließen sich die leckere Mahlzeit schmecken. Dolly sah zu den anderen Tischen hinüber. Niemals werde ich die vielen Mädchen auseinanderhalten können, dachte sie.

Die erste Nacht und der erste Morgen

Nach dem Abendessen gingen die Mädchen der ersten Klasse hinauf in ihre Schlafzimmer.

Dolly gefiel der Raum sehr. Er war groß und hatte die ganze Wand entlang Fenster mit Blick aufs Meer. Von weit her hörte man das Geräusch der Wellen, die auf den Strand schlugen. Gebannt stand Dolly da und schaute auf die leicht bewegte See. Wie schön es hier war!

»Beeil dich, Träumerin«, sagte Alice. »In zwei Minuten ist die Hausmutter hier!«

Dolly drehte sich um. Sie betrachtete nun das Schlafzimmer. Zehn weiße Betten standen darin. Jedes war von dem nächsten durch einen weißen Vorhang abgetrennt.

Die Bettdecken hatten unterschiedliche Farben, was dem Raum etwas Buntes, Fröhliches gab. Neben jedem Bett standen ein kleiner Spind für Kleidung und eine Kommode, über der ein Spiegel hing. An beiden Schmalseiten des Raumes befanden sich Waschbecken mit warmem und kaltem Wasser.

Schnell packten die Mädchen ihre Taschen aus. Dolly holte Nachthemd, Waschlappen, Zahnbürste und Zahncreme heraus. Ein sauberes Handtuch hing schon an der Seite ihrer Kommode für sie bereit. Es wird lustig sein, hier mit all den anderen zu schlafen, dachte sie. Was für einen Spaß werden wir haben, wenn wir nachts noch quatschen.

Alle Mädchen in diesem Schlafraum gehörten zur ersten Klasse: Alice, Dolly, Susanne, Evelyn und außerdem noch sechs andere Mädchen. Eine Schülerin blickte auf die Uhr. »Schnell ins Bett«, sagte sie dann. Es war ein großes dunkles Mädchen mit einem sehr ruhigen Wesen.

Alle kamen ihrer Aufforderung nach – nur Evelyn Lessing nicht. Sie ließ sich nicht stören und bürstete weiter ihre langen blonden Haare. Sie zählte die Bürstenstriche: »Vierundfünfzig, fünfundfünfzig, sechsund–«

»He – du Neue! Deinen Namen habe ich vergessen. Schnell ins Bett!«, forderte das große Mädchen sie abermals auf.

»Ich muss meine Haare jeden Abend hundertmal bürsten«, protestierte Evelyn. »Jetzt habe ich vergessen, beim wievielten Mal ich gerade war.«

»Schluss, ins Bett, Evelyn!«, sagte Alice. »Katrin ist Klassensprecherin und damit auch unsere Zimmerälteste. Du hast zu tun, was sie sagt.«

»Aber ich habe Mama versprochen, meine Haare immer ...«, begann Evelyn. Ihre Augen füllten sich mit Tränen.

»Du kannst ja die Bürstenstriche, die du heute auslässt, morgen nachholen«, sagte Katrin. »Bitte geh jetzt ins Bett.«

»Ach, lass mich doch zu Ende bürsten«, jammerte Evelyn. Sie zählte weiter: »Siebenundfünfzig, achtund–«

»Soll ich sie mit meiner Bürste bearbeiten, Katrin?«, fragte Alice und setzte sich auf. Evelyn sprang sofort ins Bett. Die Mädchen lachten. Evelyn war wütend. Sie dachte an ihre Mutter und ihr Zuhause, das so weit weg war. Weinerlich begann sie zu schniefen.

»Putz deine Nase, Evelyn«, sagte Alice schläfrig.

»Hört auf zu reden!«, befahl Katrin.

Im Raum herrschte Schweigen. Susanne seufzte ein wenig.

Dolly dachte nach. Der Vorhang zwischen ihrem und Susannes Bett war zurückgeschoben. Susanne schlief auch noch nicht. Sie lag mit weit offenen Augen da. Es standen zwar keine Tränen darin, aber sie sah traurig aus.

Vielleicht hat sie Heimweh, dachte Dolly. Sie selbst sehnte sich auch ein wenig nach daheim. Aber sie war zu vernünftig, als dass sie traurig gewesen wäre. Schließlich hatte sie sich sehnlich gewünscht herzukommen. Und nun war sie da! Sie wollte glücklich sein in Möwenfels!

Die Hausmutter kam herein. Ein oder zwei Mädchen schliefen schon fest. Die Hausmutter ging durch den langen Raum, zupfte hie und da eine Decke zurecht, drehte einen tropfenden Hahn zu und zog die Vorhänge vor die Fenster, denn es war draußen noch ziemlich hell.

»Gute Nacht«, sagte sie leise, »und redet bitte nicht mehr.«

»Gute Nacht«, murmelten die Mädchen, die noch nicht schliefen.

Dolly blinzelte. Die Hausmutter lächelte ihr zu. »Schlaf gut.«

Evelyn war die Einzige, die sich wach zu halten versuchte. Was hatte Mama gesagt? »Du wirst dich heute Abend schrecklich einsam fühlen, das weiß ich, Liebling. Du wirst nicht schlafen können.«

Also beschloss Evelyn, wach zu bleiben und sich schrecklich einsam zu fühlen.

Am anderen Morgen wurden die Mädchen durch eine laute Glocke geweckt.

Dolly wusste zuerst gar nicht, wo sie war. Dann hörte sie Alices Stimme: »Aufstehen, ihr Faulpelze! Ihr müsst vor dem Frühstück noch euer Bett machen!«

Dolly sprang aus den Federn. Sonnenlicht fiel in den Raum – Katrin hatte die Vorhänge zurückgezogen. Die Mädchen liefen zu den Waschbecken. Stolz zog Dolly ihren neuen roten Morgenmantel an.

»So kannst du nicht gehen«, sagte Alice zu Evelyn, die ihre langen Haare offen trug, sodass sie ihr immerzu ins Gesicht fielen. »Jedenfalls nicht hier in der Schule.«

»Ich gehe aber immer so«, widersprach Evelyn. Ein trotziger Zug erschien auf ihrem hübschen Gesicht.

»Es sieht schrecklich aus«, meinte Alice.

»Das sagst du nur, weil deine Haare kurz und borstig sind«, antwortete Evelyn verärgert.

Alice winkte Katrin heran, die gerade vorbeikam. »Findest du nicht auch, dass die liebe Evelyn ihr seidiges Goldhaar so lassen sollte?«, sagte sie, als wäre sie ganz begeistert.

»Frau Pott wird hellauf entzückt sein!«

»Frau Winter hat es immer sehr gefallen«, erklärte Evelyn und warf einen zufriedenen Blick in den Spiegel.

»Wer ist Frau Winter?«, fragte Alice.

»Meine Hauslehrerin«, antwortete Evelyn.

»Ach so – du bist vorher in keiner Schule gewesen? Du hattest Privatunterricht?«, sagte Alice. »Das erklärt vieles.«

»Was erklärt es?«, fragte Evelyn hochmütig.

»Warte nur ab, du wirst es schon herausfinden«, erwiderte Alice. »Fertig, Dolly? Das ist der Gong fürs Frühstück! Zieh dein Laken glatt ... so ist es richtig. Evelyn, falte dein Nachthemd zusammen. Schau zu, wie es Susanne macht. Sie ist auch eine Neue. Wenn wir alles rechtzeitig erledigen, dann braucht sich niemand zu hetzen.«

Susanne lächelte ein wenig. Sie sagte kaum ein Wort. Obwohl sie überhaupt nicht schüchtern zu sein schien, war sie sehr still. Dolly konnte kaum glauben, dass sie hier neu war. Sie schien immer genau zu wissen, was sie zu tun hatte.

Sie gingen alle in den Speisesaal hinunter. Die langen Tische waren bereits gedeckt. Höflich begrüßten die Mädchen Frau Pott und setzten sich. Auch die Hausmutter vom Nordturm und eine andere Frau waren da, die Dolly noch nicht gesehen hatte.

»Das ist Mademoiselle Dupont«, flüsterte Alice. »Wir haben zwei französische Lehrerinnen. Eine ist dick und immer vergnügt, die andere dünn und immer mürrisch. Wir haben in diesem Jahr die dicke Vergnügte bekommen. Sie sind beide sehr temperamentvoll. Hoffentlich bist du in Französisch gut.«

»Nein, leider gar nicht«, gestand Dolly.

»Mademoiselle Dupont hasst Mademoiselle Rougier und Mademoiselle Rougier hasst Mademoiselle Dupont«, fuhr Alice fort. »Du wirst manchmal die Fetzen fliegen sehen. Dann muss die Hausmutter dazwischengehen, um sie zu besänftigen.«

Dolly schaute erstaunt.

Katrin, die ihr schräg gegenübersaß, lachte. »Glaub nicht alles, was Alice sagt. Niemand hat je gesehen, dass die beiden Mademoiselles sich an die Kehle gegangen sind.«

»Aber eines Tages werden sie es bestimmt tun. Und da möchte ich dann für mein Leben gern dabei sein«, sagte Alice.

Mademoiselle Dupont war klein und kugelrund. Die Haare hatte sie zu einem kleinen Knoten aufgesteckt, der wie ein Krönchen auf ihrem Kopf thronte. Sie war ganz in Schwarz gekleidet, doch sie sah durchaus nicht traurig aus. Ihre schwarzen Knopfaugen standen niemals still.

Sie war kurzsichtig, aber sie wollte keine Brille tragen. Stattdessen benutzte sie ein paar langstielige Gläser, eine sogenannte Lorgnette, die an einem langen schwarzen Band baumelte. Wenn sie etwas deutlich sehen wollte, hielt sie sich die Lorgnette dicht vor die Augen.

Alice, die eine gute Schauspielerin war, konnte die arme Mademoiselle so wundervoll nachmachen, dass die Klasse jedes Mal vor Vergnügen kreischte. Dennoch hatte sie genauso viel Respekt vor Mademoiselle Dupont wie alle anderen, und wenn sie es vermeiden konnte, reizte sie sie nicht.

»Die neuen Schülerinnen müssen nach dem Frühstück zur Direktorin«, verkündete Frau Pott. »In der ersten Klasse sind drei, in der zweiten zwei und in der vierten eine. Ihr könnt alle zusammen gehen. Ihr trefft uns dann später zur Andacht in der Aula. Pamela, würdest du die neuen Mädchen bitte zur Direktorin hinunterführen?«

Pamela, die Sprecherin des Nordturms, erhob sich. Die neuen Mädchen standen auf und folgten Pamela über den Hof in das Gebäude zwischen dem Ost- und dem Nordturm. Dort befanden sich die Räume der Direktorin und die Krankenabteilung.

Pamela klopfte an eine Tür, und eine tiefe Stimme rief: »Herein!«

Pamela öffnete die Tür. »Hier bringe ich Ihnen die Neuen, Frau Greiling«, sagte sie.

»Ich danke dir, Pamela«, antwortete eine grauhaarige Dame, die an einem Schreibtisch saß, mit tiefer Stimme. Sie hatte ein ruhiges, faltenloses Gesicht, unwahrscheinlich blaue Augen und einen sehr energischen Mund.

Dolly fürchtete sich ein wenig vor dieser ruhigen Direktorin mit der tiefen Stimme. Hoffentlich muss ich mich niemals wegen schlechten Betragens bei ihr melden, dachte sie.

Die neuen Mädchen standen in einer Reihe vor der Direktorin. Frau Greiling sah alle genau an. Dolly merkte, dass sie rot wurde, und wusste gar nicht, warum. Ihre Knie zitterten ein bisschen. Wenn Frau Greiling sie bloß nichts fragte! Sie würde bestimmt kein einziges Wort herausbekommen.

Frau Greiling fragte jede nach ihrem Namen und sagte jeder ein paar freundliche Worte. Dann hielt sie eine kleine Ansprache an alle:

»Eines Tages werdet ihr die Schule verlassen und in das Leben hinausgehen. Dann sollt ihr einen hellen Verstand und ein freundliches Herz mit euch nehmen. Ihr sollt euch als Menschen erweisen, die man liebt und denen man vertraut. Alles das werdet ihr in Möwenfels lernen können – vorausgesetzt, dass ihr es wollt. Ich halte es nicht für das Wichtigste, dass ihr Wissen erlangt und das Examen besteht, obwohl das gut ist. Unser Stolz sind die Schülerinnen, die gelernt haben, freundlich und hilfsbereit zu sein und feinfühlige Menschen zu werden, auf die in jeder Beziehung Verlass ist.«

Diese Worte waren so ernst und feierlich gesprochen, dass Dolly kaum zu atmen wagte. Auch auf mich soll Möwenfels einmal stolz sein, dachte sie.

»Manchen von euch wird es leichtfallen, das zu lernen, anderen wird es schwerfallen. Doch ob leicht, ob schwer – ihr werdet es lernen müssen, wenn ihr später glücklich sein und anderen Glück bringen wollt.«

Nach einer Pause sprach Frau Greiling in leichterem Ton weiter. »Ihr werdet von dieser Zeit in Möwenfels alle außerordentlich viel haben. Seht zu, dass ihr der Schule auch außerordentlich viel zurückgebt.«

»Jawohl!«, entfuhr es Dolly. Sie hatte ganz vergessen, dass sie geglaubt hatte, kein einziges Wort herausbringen zu können. »Genau das hat mein Vater mir zum Abschied gesagt, Frau Direktor!«

»Wirklich?«, sagte Frau Greiling und sah das Mädchen lächelnd an. »Nun, wenn du Eltern hast, die ebenso denken, dann wirst du wohl eine der Glücklichen sein und die Dinge, von denen ich sprach, leicht erlernen können.«

Noch ein paar Worte, dann wurden die Mädchen entlassen. Nicht einmal Evelyn sagte etwas, so beeindruckt waren sie alle. Und was sie später – in den kommenden Jahren – in Möwenfels auch anstellen mochten, in diesem Augenblick hatte jede den Vorsatz, ihr Bestes zu geben.

Sie gingen zur Morgenandacht in die Aula und warteten, bis Frau Greiling erschien. Bald klang ein Lied durch den großen Saal. Der erste Tag der Schulzeit hatte begonnen. Dolly sang so laut und inbrünstig, wie sie konnte. Sie war glücklich und aufgeregt. Sie konnte ihrer Mutter schon viel berichten, wenn sie ihr schrieb!

Frau Potts Klasse

Jeden Morgen kam die ganze Schule zur Andacht zusammen. Die Mädchen standen nach Klassen geordnet.

Dolly schaute um sich. Ihre Klasse schien sehr groß zu sein – fünfundzwanzig oder gar dreißig Mädchen! Frau Pott, die Hausvorsteherin vom Nordturm, war zugleich ihre Klassenlehrerin.

Dort stand Mademoiselle Dupont und sang laut. Die Dame neben ihr musste wohl die zweite Französischlehrerin sein! Auch sie trug das Haar zu einem Knoten aufgesteckt. Aber sie war groß und mager.

Alice erklärte Dolly, wer die übrigen Lehrerinnen waren. »Dort drüben, das ist Frau Cornelius. Bei ihr haben wir Geschichte. Sie ist fürchterlich gescheit und schrecklich spöttisch, wenn jemand Geschichte nicht mag. Und das dort ist die Zeichenlehrerin, Frau Lind. Die ist wirklich nett. Mit ihr kommt man gut aus.«

Hoffentlich habe ich viel mit Frau Lind zu tun, dachte Dolly. Sie ist jung und sympathisch. Mit ihrem kurzen roten Haar sieht sie richtig jugendlich und vergnügt aus.

»Ganz rechts, das ist der Musiklehrer, Herr Jung. Siehst du ihn? Er hat entweder sehr gute oder ganz schlechte Laune. Und das dort ist ...«

Alice wollte noch weiterflüstern, da drehte sich Frau Pott zu ihnen um. Sofort wurde Alice still. Frau Pott konnte es nicht leiden, wenn immerzu geredet wurde, besonders während der Andachten.

Nach der Andacht gingen die Mädchen in ihre Klassen. Die Räume lagen alle im Westgebäude von Möwenfels. Bald waren die Flure vor den Klassenräumen mit Gelächter und fröhlichen Stimmen erfüllt.

Die Erstklässler hatten ein Zimmer mit einem schönen Blick auf das Meer. An der einen Schmalseite des großen Raumes befand sich das Pult, an der anderen standen rote Schränke. Tische und Stühle waren in Reihen aufgestellt.

»Hurra, ich sitze am Fenster!«, rief ein dickes Mädchen und ließ sich dort niederplumpsen.

»Hurra, ich auch!«, rief Evelyn.

Aber die Dicke starrte sie überrascht an. »Du bist doch eine Neue, nicht wahr? Also, dann kannst du deinen Platz nicht einfach selbst wählen. Die Neuen bekommen die Plätze, die übrig sind, wenn die Alten sich ausgesucht haben, wo sie sitzen wollen.«

Evelyn wurde rot. Sie warf den Kopf mit dem langen goldblonden Haar zurück und setzte eine mürrische Miene auf. Dann stellte sie sich dicht neben den Platz, den sie sich ausgesucht hatte. Sie wagte zwar nicht, ihn in Besitz zu nehmen, war aber zu bockig, um ihn aufzugeben.

Ein kleines drahtiges Mädchen stieß sie weg. »Das ist mein Platz! Hallo, Rita, hattest du schöne Ferien? Pech, dass wir wieder bei Pöttchen sind, was?«

Dolly wartete, bis alle Mädchen außer ihr, Susanne, Evelyn und zwei, drei andere ihre Plätze hatten. Dann setzte sie sich neben Alice und war froh über ihr Glück.

Alice tauschte gerade Neuigkeiten mit einem Mädchen an ihrer anderen Seite aus. Sie schien mit ihr sehr befreundet zu sein.

Dann drehte sie sich zu Dolly um. »Dolly, das ist meine Freundin Betty Hiller. Wir sitzen immer nebeneinander. Aber sonst gehört Betty leider in den Westturm!«

Dolly lächelte dem Mädchen zu. Betty hatte lebhafte braune Augen, und ihre Haare fielen ihr ständig in die Stirn. Dolly fand Betty ganz nett, obwohl sie traurig war, dass Alice schon eine Freundin hatte. Sie hatte im Stillen gehofft, dass sie sich mit ihr anfreunden würde. Weder Susanne noch Evelyn gefielen Dolly besonders.

»Pssst!«, machte das Mädchen neben der Tür. »Pöttchen kommt!«

Sofort war es still. Die Mädchen standen auf und sahen zur Tür, als sie die schnellen, aber leichten Schritte ihrer Klassenlehrerin draußen auf dem Flur hörten. Frau Pott kam herein, nickte den Mädchen zu und sagte: »Setzt euch!«

Die Lehrerin nahm die Namensliste heraus und rief alle nacheinander auf. Dann wendete sie sich den erwartungsvollen Gesichtern der Mädchen zu. »Nun«, sagte sie, »die Sommermonate sind bei uns immer am schönsten – mit Schwimmen und Tennis, mit Ausflügen und Wanderungen. Aber glaubt bloß nicht, es gäbe hier nur Vergnügen. Ihr müsst auch tüchtig arbeiten. Manche von euch werden viel Stoff nachzuholen haben. Arbeitet von Anfang an fleißig, dann schafft ihr es leichter. Wenn ihr schon jetzt zu faulenzen anfangt, dann kann ich euch versichern, dass ihr, wenn es auf die Versetzung zugeht, oft stöhnen und jammern werdet.«

Sie machte eine Pause und sah ein paar der Mädchen scharf an. »Vor den Ferien gab es einige, die ziemlich schlecht standen«, fuhr sie fort.

»Strengt euch also an. Von den Neuen erwarte ich in der ersten Zeit niemals viel, von euch aber umso mehr!«

Ein paar Mädchen wurden rot.

Frau Pott sprach weiter: »Ich glaube nicht, dass wir in dieser Klasse ausgesprochene Dummköpfe haben, obgleich ich natürlich von den Neuen noch nicht viel weiß. Wenn ihr schwer lernt und deshalb schlecht steht, werden wir euch nicht tadeln. Wenn ihr aber könntet und nur nicht wollt, dann bekommt ihr von mir etwas zu hören. Was, das könnt ihr euch sicher denken.«

»Ja«, antworteten die meisten Mädchen eifrig.

Frau Pott lächelte, und ihr strenges Gesicht hellte sich einen Augenblick auf. »Nach all diesen Ermahnungen wollen wir anfangen. Hier habe ich ein Verzeichnis aller Dinge, die jede Schülerin braucht. Wenn einer irgendetwas fehlt, muss sie am Ende der Stunde zur Klassensprecherin gehen und es sich bei ihr besorgen.«

Bald war der Unterricht in vollem Gange. Sie hatten Mathematik, und Frau Pott gab gleich eine schriftliche Aufgabe, um festzustellen, wie weit die Neuen waren und ob die Klasse gemeinsam arbeiten konnte oder nicht.

Dolly fand die Aufgaben sehr leicht, aber Evelyn stöhnte fürchterlich. Ihre langen Haare hingen bis auf das Pult.

»Was ist los, Evelyn?«, fragte Frau Pott.

»Meine frühere Lehrerin hat die Aufgaben ganz anders gerechnet«, jammerte Evelyn.

»Jetzt wirst du sie auf meine Art rechnen müssen«, sagte Frau Pott. »Übrigens, Evelyn, warum hast du deine Haare nicht gekämmt?«

»Habe ich doch«, sagte Evelyn und hob ihre blauen Augen. »Ich habe sie mindestens vierzigmal gebürstet.«

»Mag sein«, sagte Frau Pott, »aber mit dieser Zottelmähne kannst du nicht zum Unterricht kommen. Nach dem Frühstück wirst du dir Zöpfe flechten.«

»Zöpfe?«, fragte Evelyn ungläubig, während die übrige Klasse zu kichern begann. »Aber ich habe nie –«

»Keine Widerrede«, sagte Frau Pott. »Wenn du deine Haare nicht flechten kannst, damit sie nicht mehr so unordentlich aussehen, musst du sie dir abschneiden lassen.«

Evelyn schaute so entsetzt drein, dass Dolly mit Mühe ein lautes Lachen unterdrückte.

»Habe ich es dir nicht gleich gesagt?«, flüsterte Alice, sobald Frau Pott sich umdrehte, um etwas an die Tafel zu schreiben.

Evelyn sah sie böse an und schnitt ihr eine Grimasse. Als ob Mama jemals zuließe, dass von dem schönen langen Haar auch nur ein Zentimeter abgeschnitten wurde! Und nun sollte sie es flechten! Sie hatte gar keine Ahnung, wie man das machte.

Der Vormittag ging weiter, es kam die Pause, und die Mädchen stürmten hinaus. Manche liefen schnell zu den Tennisplätzen, andere gingen im Hof spazieren. Dolly wäre gern mit Alice gegangen, aber die wanderte mit Betty umher, und die beiden wollten sicherlich keine Dritte dabei. Dolly sah sich nach den anderen Neuen um. Evelyn war nicht zu sehen; vielleicht versuchte sie, sich Zöpfe zu flechten.

Susanne Hoppe saß allein und mit verschlossenem Gesicht auf dem Rasen. Dolly ging zu ihr hinüber. »Wie findest du Möwenfels?«, fragte sie. »Mir gefällt es.«

Susanne sah höflich auf. »Es ist nicht übel«, meinte sie.

»Warst du traurig, weil du deine frühere Schule verlassen musstest?«, fragte Dolly. »Ich wollte gern hierher, aber dass ich meine Freundinnen zurücklassen musste, gefällt mir weniger. Hat dir das auch so leidgetan?«

»Ich hatte eigentlich gar keine richtigen Freundinnen«, sagte Susanne nachdenklich.

Merkwürdig, dachte Dolly. Es war schwierig, etwas von Susanne zu erfahren. Sie war höflich und antwortete auf Fragen, stellte aber ihrerseits keine einzige. Hoffentlich muss ich mich nicht mit ihr anfreunden, dachte Dolly.

»Du liebe Zeit, da kommt Evelyn! Ob die sich einbildet, dass ihre Frisur jetzt besser ist? Sie sieht ja noch wüster aus als vorher!«

»Geht mein Haar so?«, fragte Evelyn klagend. »Ich habe immer wieder versucht, Zöpfe zu machen. Es ist einfach gemein von Frau Pott, dass sie mir nicht erlaubt, mein Haar offen zu tragen. Ich kann sie sowieso nicht leiden.«

»Komm, ich helfe dir, Evelyn«, sagte Dolly freundlich und sprang auf.

Mit flinken Fingern flocht sie Evelyns lange Mähne zu zwei Zöpfen und band die Enden mit schmalen Bändern zusammen.

»So«, sagte sie und drehte Evelyn zu sich um. »Nun siehst du viel netter aus!«

Evelyn blickte sie finster an und vergaß sogar, sich für die Hilfe zu bedanken. Aber sie sah jetzt wirklich viel ordentlicher aus. Sie ist völlig verzogen, dachte Dolly. Nun, so wenig ich mit Susanne Freundschaft schließen möchte – mit Evelyn schon gar nicht.

Es läutete, und die Mädchen rannten in ihre Klassenzimmer. Dolly begann ebenfalls zu laufen. Sie fand ihre Klasse sofort. Sie kannte auch schon eine ganze Reihe von Mädchen mit Namen. Bestimmt würde sie sich in Möwenfels bald wie zu Hause fühlen.

Die erste Woche

Bald hatte Dolly sich eingewöhnt. Sie kannte jetzt schon die Namen aller Mädchen aus dem Nordturm – und nicht nur aus ihrer eigenen Klasse: von Pamela, der Sprecherin, bis hinunter zu Marlies, der zweitjüngsten Mitschülerin. Die jüngste war Dolly selbst, aber diese Marlies kam ihr sehr viel jünger vor, weil sie so ängstlich war. Sie fürchtete sich vor Mäusen, vor

Käfern, vor Gewitter, vor nächtlichem Lärm, vor der Dunkelheit und vor hundert anderen Dingen. Arme Marlies – kein Wunder, dass sie so erschrockene große Augen hatte! Dolly, die sich nicht so leicht vor etwas fürchtete, musste immer lachen, wenn die arme Marlies auf die andere Seite des Schlafraumes flüchtete, weil sie auf dem Boden einen Käfer entdeckt hatte.

Auch die anderen Mädchen aus ihrem Schlafraum kannte Dolly längst: Katrin, die ruhige Zimmerälteste, und die redselige Alice mit der vorlauten Zunge. Die beiden anderen Neuen, Evelyn und Susanne. Marlies mit ihren großen angstvollen Augen, die bei allem Unerwarteten immer wie ein nervöses Pferd scheute.

Dann war da noch die kluge Irene, ein Wunderkind in Mathematik und Musik, aber hilflos und ungeschickt in allen Dingen des täglichen Lebens. Wenn eine ihr Buch verloren hatte, war es todsicher Irene! Ging eine zur falschen Zeit in den falschen Unterrichtsraum – war es Irene. Man erzählte sich, einmal habe sie eine geschlagene Stunde im Zeichensaal gesessen und gewartet, weil sie glaubte, es wäre Malstunde.

»Aber wie konntest du bloß die ganze Zeit dasitzen und nicht einmal überlegen, warum niemand sonst kam?«, hatte Katrin erstaunt gefragt. »Was hast du dir bloß gedacht, Irene?«

»Ich habe mich im Geist mit der Mathematikaufgabe beschäftigt, die Pöttchen uns aufgegeben hat«, antwortete Irene, und ihre Augen funkelten durch ihre großen Brillengläser. »Es gibt zwei oder drei Arten, sie richtig zu lösen …«

»Verschone uns mit Mathematik«, stöhnte Alice. »Irene, ich glaube, du bist verrückt!«

Das war Irene gewiss nicht. Sie war ein außerordentlich intelligentes Mädchen, das nur eben die kleinen Alltagsdinge ständig vergaß, weil ihr Verstand unentwegt mit irgendetwas beschäftigt war. Sie hatte auch Sinn für Humor, und wenn es wirklich etwas zu lachen gab, platzte sie mit einem fürchterlichen Gekicher heraus, das die ganze Klasse ansteckte und Frau Pott verärgerte. Alice machte sich immer ein Vergnügen daraus, solche Situationen hervorzurufen und Unruhe in die Klasse zu bringen.

Die anderen drei Mädchen im Zimmer waren die vergnügte Jenny, die immer sehr eifrig war, wenn für die Schule oder für einen guten Zweck gesammelt wurde, die ruhige, fleißige Angela, die geschickt mit der Nadel umgehen konnte und deshalb zu Mademoiselles Lieblingen gehörte, und schließlich noch die schüchterne, farblose Verena, die man oft links liegen ließ, weil sie niemals ein besonderes Interesse für etwas zeigte.

Dolly kannte inzwischen Evelyns Geseufze und Gejammere über alles und jedes und die panischen Schreie von Marlies wegen jedes Käfers und jedes Regenwurms. Sie mochte Katrins bedächtige Art gern: ihre ruhige Stimme und ihre Miene, als könnte nichts sie erschüttern. Über Alice wusste sie schon eine Menge; Alice sprudelte ja alles heraus, was ihr in den Sinn kam: von ihren Brüdern, ihren Eltern, ihren Schularbeiten, ihren Hobbys und allem, was es unter der Sonne gab. Sie war genauso geradeheraus wie Dolly, aber nicht so freundlich. Sie war spöttisch und bissig, wenn es ihr passte, sodass Mädchen wie Evelyn sie hassten und Mädchen wie Marlies sie fürchteten. Dolly jedoch mochte Alice sehr gern.

Sie ist so lebendig, dachte sie. Jeder hört ihr zu, wenn sie spricht, sogar wenn sie etwas Unfreundliches sagt. Wenn ich etwas sage, hört kaum einer zu. Ich mag Alice wirklich, und ich wünschte, sie hätte nicht schon Betty als Freundin.

Bis Dolly die Mädchen der ersten Klasse aus den anderen Türmen kennengelernt hatte, dauerte es etwas länger. Sie sah sie zwar in der Klasse, aber nicht in den Gemeinschafts- und Schlafräumen. Doch für den Anfang genügte es, wenn sie die Kameradinnen aus ihrem eigenen Turm kannte.

Über die älteren Mädchen im Nordturm wusste sie wenig. Sie sah sie nur morgens bei der Andacht, manchmal beim Singen, wenn Herr Jung mehr als eine Klasse gleichzeitig unterrichtete, oder im Schwimmbad. Über die eine oder andere hörte sie natürlich ein paar Dinge. Monika aus der sechsten Klasse zum Beispiel war Kapitän der Sportmannschaft der Schule, und die meisten Mädchen mochten sie sehr gern. Sie war fair und gab sich sehr viel Mühe beim Training.

Pamela, die Turmsprecherin, genoss überall großen Respekt. Sie war intelligent und belesen. Es wurde sogar behauptet, sie schriebe selbst ein Buch. Unvorstellbar! Einen einfachen Aufsatz zu schreiben war schwierig genug – aber gleich ein ganzes Buch!

Zwei Mädchen, Doris und Fanny, waren allgemein unbeliebt. »Zu boshaft«, sagte Alice, die natürlich sofort eine Meinung über alles abgab. »Sie sind unangenehme Betschwestern. Sie glauben, dass sie unfehlbar sind, und verderben anderen jedes Vergnügen. Immer schleichen und schnüffeln sie herum. Als ich einmal mitten in der Nacht über den Hof ging, um mich im Westturm mit Betty Hiller heimlich zu treffen, hatte Doris es irgendwie bemerkt, beobachtete mich durchs Fenster und lauerte, bis ich zurückkam. Dieses Biest!«

»Hat sie dich erwischt?«, fragte Marlies, und ihre Augen wurden ganz groß vor Aufregung.

»Natürlich nicht! Glaubst du, ich lasse mich von so einer Gans erwischen?«, fragte Alice spöttisch. »Als ich zurückkam, habe ich Doris erwischt – und sie kurzerhand in den Schuhschrank eingeschlossen!«

Irene brach wieder einmal in ihr lautes Gelächter aus, das alle zusammenfahren ließ. »Ich könnte mir niemals solche Streiche ausdenken wie du, Alice!«, rief sie. »Kein Wunder, dass dich die Betschwestern jeden Morgen bei der Andacht anstarren. Ich möchte wetten, sie beobachten dich immer, damit sie petzen können, wenn du etwas Verbotenes tust.«

»Und ich wette, dass ich mit ihnen fertigwerde«, sagte Alice wütend. »Wenn die mich reinlegen wollen, dann lege ich sie noch gründlicher rein!«

»Ach, tu es doch!«, bettelte Dolly, die für Späße und Streiche eine große Schwäche hatte. Nur wagte sie nicht, sie selbst auszuführen. Aber sie war jederzeit bereit, andere dabei zu unterstützen.

Bald kannte Dolly auch die verschiedenen Unterrichtsräume: den hellen Zeichensaal, den Chemiesaal, der ein wenig unheimlich wirkte – wie eine Hexenküche. Die große Turnhalle mit den Ringen, Seilen, Pferden und Matten gefiel ihr besonders gut.

Dolly fand es lustig, dass die Mädchen alle in ihren Türmen schliefen und der Unterricht in anderen Gebäudeteilen stattfand. Sie wusste jetzt auch, wo im Südgebäude die Lehrerinnen untergebracht waren – außer denen, die in den Türmen wohnten, um ein Auge auf die Mädchen zu haben, wie Frau Pott. Sie verstand nicht mehr, weshalb sie sich bei der Ankunft zuerst so verloren gefühlt hatte und vor Ehrfurcht fast erstarrt war. Jetzt kam sie sich gar nicht mehr wie eine Neue vor.

Am besten aber gefiel Dolly das große Schwimmbad – mit Sprungbrettern und Wasserrutschbahn! – unten am Meer. Es war aus dem Felsen herausgehauen. Seetang wuchs an den Seiten, und der felsige Grund fühlte sich manchmal ein bisschen schlammig an. Aber die See rauschte jeden Tag in das Becken hinein und füllte es mit schönem, klarem Meerwasser. An manchen Tagen gab es sogar Wellen.

Die Küste selbst war zu gefährlich zum Baden. Ebbe und Flut waren zu stark; deshalb durfte kein Mädchen im offenen Meer schwimmen. Nur im Schwimmbecken war es sicher.

Marlies und Evelyn gingen nicht gern schwimmen. Marlies hatte sowieso Angst, und Evelyn war ausgesprochen wasserscheu. Alices Augen funkelten immer, wenn sie die bibbernde Evelyn sah, und oft bekam das arme Mädchen einen unerwarteten Stoß, sodass sie schon Reißaus nahm, wenn Alice oder Betty nur in ihre Nähe kamen.

Die erste Woche verging sehr langsam. Es gab viel zu lernen. Alles war neu und aufregend. Dolly fügte sich schnell ein; die Mädchen mochten sie gut leiden und nahmen sie bald in ihren Kreis auf.

Aber die arme Evelyn wurde weder aufgenommen, noch konnte sie irgendjemand leiden. Und Susanne Hoppe ließ man in ihrem Schneckenhaus allein, nachdem man vergeblich versucht hatte, sie herauszulocken und ein wenig über ihre Familie und ihr Zuhause zu erfahren.

»Die erste Woche ist vorbei«, verkündete Alice eines Tages. »Sie vergeht immer sehr langsam. Später fliegen die Tage nur so dahin, und ehe man sichs versieht, stehen die Ferien vor der Tür. Du hast dich gut eingelebt, Dolly, nicht wahr?«

»O ja«, sagte Dolly. »Ich bin gern hier. Wenn es immer so nett ist wie jetzt, bin ich zufrieden.«

»Wart's ab!«, erklärte Alice. »Zu Anfang ist immer alles großartig. Aber wenn du erst mal von Mademoiselle abgekanzelt worden bist oder mit der Hausmutter Ärger hattest oder bei Pöttchen nachsitzen musstest …«

»Hör auf!«, schrie Dolly. »Das wird nicht passieren, Alice. Versuch bloß nicht, mir Angst zu machen.«

Doch Alice hatte natürlich recht. Ganz so leicht, wie Dolly glaubte, sollte es nicht weitergehen.

Alice verübt einen Streich

Dolly besaß Verstand und hatte gelernt, ihn zu gebrauchen. Sie merkte bald, dass sie in der Klasse gut mitkam, und im Aufsatz gehörte sie zu den Besten.

Ich hatte gedacht, dass ich viel mehr arbeiten müsste als in meiner alten Schule, sagte sie zu sich selbst. Doch das brauche ich nicht. Nur in Mathematik bin ich nicht gut. Ich wollte, ich könnte so rechnen wie Irene. Sie löst Aufgaben im Kopf, die ich nicht einmal schriftlich ausrechnen kann.

So wurde Dolly nach zwei Wochen ein wenig nachlässig und kümmerte sich nicht allzu viel um ihre Arbeit. Sie fing an, wie Alice ein bisschen Unfug in der Klasse zu treiben. Alice war begeistert, dass ihr jemand bei ihren Streichen half.

Betty Hiller aber trieb es am schlimmsten. Dolly fragte sich manchmal, wann sie wohl mit dem Unfug aufhören würde.

Zwei Lehrerinnen waren es, denen Betty und Alice besonders übel mitspielten. Die eine war Mademoiselle Dupont, die andere eine ruhige, freundliche Dame, die Handarbeit gab und manchmal nachmittags die Schularbeiten beaufsichtigte – Frau David. Sie schien nie mit der Möglichkeit zu rechnen, dass Alice und Betty ihr Streiche spielen könnten. Mademoiselle dagegen wusste es, aber sie konnte es trotzdem nicht verhindern.

»Hast du davon gehört, dass Betty einmal eine weiße Maus in Mademoiselles Pult gesetzt hat?«, fragte Alice. »Das arme Tierchen! Es konnte nicht heraus, und da drückte es plötzlich das Tintenfass hoch und steckte zum Tintenfassloch seine Nase heraus. Mademoiselle traf beinahe der Schlag.«

»Was hat sie denn gemacht?«, fragte Dolly interessiert.

»Sie rannte aus dem Zimmer, wie von einer Hundemeute gehetzt«, erzählte Alice. »Kaum war sie draußen, da holten wir die Maus schnell aus dem Pult, und Betty versteckte sie in einer Schachtel. Als Mademoiselle zurückkam und sich das Pult öffnen ließ, war keine Maus mehr zu finden. Mademoiselle dachte, sie hätte sich getäuscht.«

»Da wäre ich gerne dabei gewesen«, seufzte Dolly. »Alice, mach doch noch einmal solch einen Streich! Irgendetwas in der Mathematikstunde, ja? Damit sich Frau Pott unsere Schularbeiten nicht so genau ansehen kann.«

»Was? In Pöttchens Stunde?«, sagte Alice spöttisch. »Sei nicht albern. Pöttchen durchschaut alles. Versuch doch selbst, ihr einen Streich zu spielen!«

»Nun, dann eben bei Mademoiselle«, bettelte Dolly. »Ich mag Mademoiselle, aber ich habe sie noch nie in Wut gesehen. Mach es doch, stell etwas an!«

Alice merkte, dass Dolly sie dafür sehr bewundern würde. Wenn ihr nur etwas Richtiges einfiele! Sie legte die Stirn in Falten und dachte scharf nach.

Betty gab ihr Ratschläge. »Kannst du nicht so etwas machen wie Michael und Rudi im letzten Jahr?«, fragte sie. Dann erklärte sie Dolly: »Alices Brüder haben einen Lehrer, den die Jungen Plüschohr nennen. Er ist solch eine Niete, dass sie ihm jeden Streich spielen können, ohne erwischt zu werden.«

Dolly hätte auch gern einen Bruder gehabt, aber sie hatte nur eine jüngere Schwester.

»Eine Sache, die Rudi letztes Jahr gemacht hat, war furchtbar ulkig«, sagte Alice plötzlich. »Ich glaube, das ginge bei uns auch. Aber ihr müsst mir helfen, Dolly, du und Betty!«

»Riesig gern.« Dolly war dabei. »Was ist es denn?«

»Also: Rudi tat so, als wäre er schwerhörig«, erzählte Alice. »Und was der alte Plüschohr ihn auch fragte – immer behauptete er, es falsch zu verstehen. Wenn er sagte: ›Hört auf zu quatschen!‹, fragte Rudi: ›Was, wir sollen alle klatschen?‹ Und dann klatschten alle laut in die Hände.«

Dolly lachte. »Alice, das wäre ein Spaß! Bitte, stell dich taub, wir machen mit. Bestimmt! Und mach es in Mademoiselles Stunde!«

Die ganze Klasse erfuhr bald davon, dass Alice Mademoiselle verulken wollte, und war begeistert. Die erste Aufregung wegen des Schulbeginns nach den Ferien war vorbei; die Mädchen waren unruhig und warteten auf ein bisschen Abwechslung.

»Also«, sagte Alice, »ich werde so tun, als verstünde ich alles falsch, was Mademoiselle sagt. Dann musst du es sehr laut wiederholen, Dolly, und du auch, Betty, und schließlich die ganze Klasse, versteht ihr? Das wird ein Spaß!«

Völlig ahnungslos kam Mademoiselle am nächsten Morgen lächelnd in das Klassenzimmer. Sie hatte gerade von zu Hause zwei Briefe bekommen mit der Nachricht von der Geburt eines kleinen Neffen. Deshalb war sie sehr guter Laune.

Sie strahlte die Klasse an. »So, meine lieben Mädchen«, sagte sie, »heute werden wir sehr, sehr gut Französisch arbeiten, n'est-ce pas – nicht wahr? Wir wollen es besser schaffen als die zweite Klasse. Sogar Evelyn wird mir ihre Verben ohne einen einzigen Fehler aufsagen.«

Evelyn blickte misstrauisch drein. Seit sie in Möwenfels war, hatte ihre gute Meinung über ihren Privatunterricht daheim stark nachgelassen. Frau Winter schien sie nicht die Hälfte der Sachen gelehrt zu haben, die sie hätte wissen müssen! Andererseits, dachte Evelyn, hatte sie ihr Haar und ihre blauen Augen bewundert, ihren sanften Charakter und ihre Anmut gelobt. Das hatte Evelyn immer gern gehört.

Aber hier nun hatte Mademoiselle die Hände zusammengeschlagen, wie wenig Evelyn in Französisch wusste, und ihr Nachhilfestunden empfohlen. Bis jetzt hatte Evelyn diese Sonderstunden vermeiden können, und sie war fest entschlossen, es auch weiterhin zu tun. Fünfmal in der Woche Französisch war schon ohne Extrastunden mehr als genug. Sie lächelte Mademoiselle also ziemlich zweifelnd an und hoffte nur, dass Alice bald mit ihrer Vorstellung anfing, damit Mademoiselles Aufmerksamkeit von ihr abgelenkt würde.

Mademoiselle sah wieder strahlend um sich. Sie fand, dass die Mädchen an diesem Morgen besonders eifrig wirkten. Sie würde ihnen von ihrem kleinen Neffen berichten, das gefiel ihnen bestimmt. Mademoiselle konnte es nicht lassen, von ihrer geliebten Familie in Frankreich zu erzählen. Gewöhnlich ermutigten die Mädchen sie dazu. Denn je mehr sie über die liebe Josephine und die reizende Yvette redete, desto weniger bekamen sie über unregelmäßige Verben zu hören. Deshalb waren sie begeistert, als Mademoiselle nun von dem kleinen Neffen anfing.

»Il est appelé Charles – er heißt Charles. Il est tout petit – er ist ganz klein!« Mademoiselle zeigte ihnen, wie winzig ihr neuer Neffe war.

Alice saß da mit dem Ausdruck angestrengtester Aufmerksamkeit. Sie lehnte sich so weit wie möglich über ihren Tisch nach vorn. Die eine Hand hatte sie hinter dem rechten Ohr.

Mademoiselle fiel das auf. »Sag mal, Alice, kannst du mich nicht gut verstehen? Il est tout petit. Wiederhole das bitte!«

»Pardon?«, fragte Alice höflich und legte auch die linke Hand ans Ohr.

Dolly musste bereits kichern, versuchte aber, ein ernstes Gesicht aufzusetzen.

»Alice, kannst du nicht hören?«, rief Mademoiselle.

»Ich kann mich beschweren? Warum sollte ich denn, Mademoiselle?«, fragte Alice und schaute ganz erstaunt drein.

Irgendjemand gluckste und unterdrückte es schnell.

»Mademoiselle hat gefragt: Kannst du nicht hören?«, wiederholte Betty laut.

»Was ist mit Möhren?« Alice schien noch verwunderter als vorher.

»Kannst du nicht hören?«, schrie Dolly.

»Kannst du nicht hören?«, rief jetzt die ganze Klasse.

Mademoiselle schlug auf ihr Pult. »Mädchen, benehmt euch! Wie könnt ihr solchen Lärm machen?«

»Mademoiselle, vielleicht ist Alice plötzlich schwerhörig geworden?«, rief Dolly so laut, als wäre Mademoiselle ebenfalls taub. »Womöglich hat sie etwas Schlimmes an den Ohren.«

»Ach, die arme Kleine!«, rief Mademoiselle, die selbst manchmal unter Ohrenschmerzen zu leiden hatte und deshalb Mitleid mit jedem empfand, der auch darüber klagte. Sie rief Alice laut zu: »Schmerzen deine Ohren stark?«

»Schon wieder Quark? Heute zum Abendbrot?«, antwortete Alice. »Aber wir hatten doch erst gestern welchen!«

Für Irene war das zu viel! Sie brach in lautes Gelächter aus, und die Mädchen vor ihr platzten ebenfalls los.

»Tiens!«, rief Mademoiselle und sprang auf. »Was ist denn? Irene, was machst du für einen fürchterlichen Lärm? Ich dulde das nicht!«

»Ich muss manchmal niesen, Mademoiselle«, stotterte Irene und vergrub ihre Nase im Taschentuch. Merkwürdige Geräusche ertönten hinter dem Tuch, die mehr nach Kichern als nach Niesen klangen.

»Alice«, sagte Mademoiselle zu der Unfugstifterin, die sofort wieder beide Hände hinter die Ohren legte und so tat, als ob sie mit allen Mitteln zu hören versuchte. »Alice, Quark ist, was du redest. Du scheinst dich wohl erkältet zu haben?«

»Knaben? In Möwenfels gibt es doch gar keinen Jungen«, antwortete Alice zu Mademoiselles immer größerer Verwunderung.

»Es hat keinen Zweck, dass das arme Kind versucht, dem Unterricht zu folgen«, erklärte Mademoiselle. »Alice, setz dich ans Fenster in die Sonne und lies für dich in deinem Buch. Du verstehst ja kein Wort von dem, was wir sagen.«

Alice sah Dolly fragend an. So laut Dolly konnte, wiederholte sie alles. Betty musste so lachen, dass sie nichts sagen konnte. Aber die übrige Klasse tat es mit größtem Vergnügen.

»Du verstehst ja kein Wort von dem, was wir sagen!«, schrien alle im Chor.

Da ging plötzlich die Tür auf, und eine sehr aufgebrachte Frau Pott kam herein. Sie hatte nebenan in der zweiten Klasse Unterricht und konnte sich das Schreien in der ersten Klasse nicht erklären.

»Mademoiselle, verzeihen Sie die Unterbrechung, aber ist es nötig, dass die Mädchen ihr Französisch so laut wiederholen?«, fragte sie.

»Ach, Madame Pott, es tut mir leid. Aber das tun sie wegen Alice«, erklärte Mademoiselle. »Das Gehör des armen Kindes ist nicht in Ordnung.«

Frau Pott schien sehr erstaunt. Sie blickte Alice an, der sofort unbehaglich zumute wurde. Sie setzte die unschuldigste Miene der Welt auf. Doch Frau Pott war immer vorsichtig, wenn Betty oder Alice unschuldige Mienen hatten.

»Was meinen Sie, Mademoiselle?«, erkundigte sie sich. »Alice soll plötzlich schwerhörig geworden sein? Heute Morgen war sie noch kerngesund!«

»Jetzt ist sie regelrecht taub«, versicherte ihr Mademoiselle.

Frau Pott sah Alice scharf an. »Komm nach dem Frühstück zu mir, Alice«, sagte sie. »Ich möchte gern ein bisschen mit dir reden.«

Niemand wagte diese Worte für Alice zu wiederholen.

Nur Mademoiselle rief Alice zu: »Frau Pott sagt, du möchtest –«

»Bemühen Sie sich nicht«, sagte Frau Pott. »Alice wird schon kommen. Um elf Uhr erwarte ich dich, Alice. Und steh gefälligst auf, wenn ich mit dir spreche.«

Mit flammend rotem Kopf stand Alice auf. Frau Pott ging hinaus und schloss die Tür nicht eben leise. Mademoiselle konnte Leute, die Türen warfen, nicht leiden!

»O, diese Tür! Das tut mir in meinem armen Kopf weh«, sagte sie. »Frau Pott ist sehr gut und klug, aber sie hat nicht Kopfweh wie ich …«

»Und auch keine Ohrenschmerzen«, fiel Dolly ein, doch niemand lachte darüber. Frau Potts Einmischung hatte den Übermut der Klasse beträchtlich gedämpft.

Alice sagte nichts mehr von ihren Ohren. Sie nahm ein Buch und setzte sich ans Fenster in die Sonne. Frau Pott würde bestimmt nicht wiederkommen, und so wollte sie wenigstens einen Vorteil aus ihrer Vorstellung ziehen. Mademoiselle beachtete sie nicht weiter, sondern suchte eifrig nach einer Schülerin, die ein französisches Verb richtig konjugieren konnte. Sie fand keine und verlor darüber ihre gute Laune. Als es endlich zum Frühstück läutete, brauste sie gleich hinaus.

Die Mädchen scharten sich um Alice. »Ach, Alice, ich bin vor Lachen fast gestorben ... Ein Jammer, dass Pöttchen hereinkam! Ob das Gespräch sehr schlimm wird, Alice?«

»Dolly hat aber auch geschrien, dass beinahe das Haus eingestürzt wäre«, meinte Irene.

»Ich bin fast erstickt vor unterdrücktem Lachen.«

»Ich muss gehen und hören, was Pöttchen mir zu sagen hat«, erklärte Alice. »Zu dumm von mir zu vergessen, dass sie nebenan war. Also, bis nachher!«

Dolly wird wütend

Alice wurde verwarnt und erhielt eine Strafarbeit. Dolly aber hatte die verrückte Geschichte viel Spaß gemacht. Wie geschickt Alice es angestellt hatte! Sie sah bewundernd zu ihr auf.

Alice gefiel das; es spornte sie zu weiterem Unfug an. Sie ging zu Dolly hin und hakte sich bei ihr ein. »Wir werden uns bald etwas anderes ausdenken«, sagte sie. »Du, Betty und ich. Wir werden das ›Schlimme Kleeblatt‹ sein oder so etwas Ähnliches.«

»O ja!«, rief Dolly, entzückt bei dem Gedanken, mit Alice und Betty im Bunde zu sein. »Das machen wir! Vielleicht kann ich mir auch etwas ausdenken.«

Sie beschlossen aber, lieber ein bisschen Zeit verstreichen zu lassen, ehe sie etwas Neues versuchten. Vielleicht konnten sie es das nächste Mal bei Frau Lind probieren.

Evelyn war eifersüchtig, weil Alice und Betty, die anerkannten Führerinnen der Klasse, sich mit Dolly angefreundet hatten. Schließlich war Dolly ebenso eine Neue wie sie selbst. Und sie – Evelyn – war viel hübscher und hatte bestimmt ein viel besseres Benehmen.

Sie zog Susanne Hoppe ins Vertrauen. »Ich mag es einfach nicht, wie Dolly Rieder sich die ganze Zeit vordrängt. Findest du nicht?«, sagte sie zu Susanne. »Die bildet sich was ein! Schließt dicke Freundschaft mit Alice und Betty. Nicht, dass ich deshalb neidisch bin! Mit denen möchte ich nichts zu tun haben, selbst wenn sie mich darum bäten.«

Susanne schien nicht sehr interessiert, aber das beachtete Evelyn nicht. Sie schimpfte weiter auf Dolly: »Sie bildet sich ein, dass sie obergescheit ist und wundervoll Tennis spielt. Und sie glaubt auch, dass sie eine der besten Schwimmerinnen ist. Ich werde ihr beweisen, dass ich doppelt so gut bin wie sie.«

»Und warum tust du es dann nicht?«, fragte Susanne gelangweilt. »Anstatt jedem zu zeigen, dass du doppelt so schlecht bist?«

Evelyn war empört. Dass die kleine, stille Susanne Hoppe ihr das zu sagen wagte! Sie warf Susanne einen vernichtenden Blick zu.

»Gut«, sagte sie großspurig. »Ich werde es beweisen, Susanne. Ich habe es bis jetzt nicht versucht, weil ich fand, dass sich die Sache nicht lohnte. Ich wollte ja gar nicht nach Möwenfels kommen, und meine Mama wünschte es auch nicht. Papa hat mich hergeschickt. Ich habe mich wunderbar mit Frau Winter, meiner Privatlehrerin, verstanden. Und genauso großartig könnte ich mich auch mit den Lehrern hier verstehen, wenn ich es wollte.«

Alice, die hinzugekommen war, hörte diese merkwürdige Rede mit an. Sie lachte laut. »Du kannst nicht Tennis spielen, nicht schwimmen; du schreist, wenn dein Zeh ins kalte Wasser kommt, du Baby. Und dann behauptest du, dass du kein Interesse daran hättest zu zeigen, was du kannst. Dabei kannst du gar nichts und wirst auch nie etwas können. Aber du hältst dich für etwas ganz Großartiges!«

Susanne lachte jetzt ebenfalls, und das machte Evelyn wütend. Am liebsten hätte sie die beiden geohrfeigt! Aber Frau Winter hatte immer gesagt, dass eine junge Dame so etwas nicht tut. Außerdem war es bestimmt gefährlich, Alice zu schlagen. Hocherhobenen Hauptes ging Evelyn davon.

»Das liebe Evelynileinchen«, sagte Alice mit lauter Stimme. »Mamis Hätschelkind, Papis Sonnenschein, Frau Winters Musterschülerin. Und dabei kann sie noch nicht einmal die Bruchrechnungen richtig.«

An diesem Nachmittag war es im Schwimmbad herrlich. Alice schwamm die ganze Länge des Beckens unter Wasser und dann wieder zurück. Alle klatschten Beifall.

»Wie schaffst du es bloß, den Atem so lange anzuhalten?«, rief Dolly. »Wenn ich das nur könnte! Mach es doch noch einmal, Alice.«

»Mir ist diesmal Wasser in die Ohren gekommen«, sagte Alice und schüttelte heftig den Kopf. »Ich muss warten, bis sie wieder frei sind. Inzwischen werde ich lieber springen.«

Das konnte sie fast ebenso gut wie schwimmen. Evelyn, die im flachen Teil des Beckens herumpaddelte, beneidete sie. Sie war sicher, dass sie bald besser als Alice hätte schwimmen und tauchen können, wenn sie bloß erst über den unerfreulichen Anfang hinweggekommen wäre. Vor allem das erste kalte Untertauchen war ihr verhasst. Sie planschte und japste, wenn sie Wasser in die Nase bekam, und glaubte immer, sie müsse ertrinken.

Nur eine schwamm noch schlechter als sie, und das war die arme Marlies. Aber niemand lachte sie deshalb aus. Evelyn sah sie in ihrer Nähe herumzappeln, und da sie wusste, dass Marlies vor dem Wasser noch mehr Angst hatte als sie selbst, fühlte sie sich überlegen.

Sie watete zu Marlies hinüber, sprang plötzlich auf sie zu und tauchte sie unter. Marlies blieb keine Zeit zum Schreien. Als sie den Mund öffnete, schluckte sie sofort Wasser. Verzweifelt begann sie, um sich zu schlagen. Evelyn fühlte, wie sie kämpfte, und hielt sie aus Trotz noch länger unter der Oberfläche fest, als sie eigentlich gewollt hatte. Sie ließ sie erst los, als sie einen harten Schlag auf ihre nackten Schultern bekam.

Sie drehte sich um. Hinter ihr stand Dolly, die vor Wut zitterte.

»Du Biest!«, schrie Dolly. »Ich habe genau gesehen, wie du die arme Marlies untergetaucht hast. Du weißt, dass sie Angst hat. Um ein Haar wäre sie ertrunken!«

Dolly zog Marlies heraus und hielt sie fest, als diese mit ganz blauem Gesicht keuchend nach Luft schnappte. Sie hatte viel Salzwasser geschluckt.

Aufgeregt schwammen die Mädchen herbei. Dolly, deren Stimme immer noch vor Wut zitterte, wandte sich wieder an Evelyn. »Warte nur! Gleich tauche ich dich unter, Evelyn! Dann werden wir sehen, wie dir das gefällt.«

Marlies klammerte sich mit allen Kräften an Dolly. Evelyn, die Dollys Zorn erschreckt hatte, hielt es für das Beste, aus dem Wasser zu gehen, bevor Dolly ihre Drohung wahr machte. Sie stapfte schnell zur Treppe hin. Gerade als sie hinaussteigen wollte, erwischte sie Dolly. Sie hatte Alice die weinende Marlies übergeben.

»Ich tauche dich nicht unter, du Feigling!«, schrie Dolly ganz außer sich. »Aber das hast du dir verdient!«

Dann waren vier knallende Schläge zu hören. Evelyn heulte auf vor Schmerz. Dollys Hand war hart, und sie hatte mit aller Kraft zugeschlagen, gleichgültig, wohin sie die aus dem Wasser fliehende Evelyn traf.

»He, Dolly!«, rief Katrin, die Zimmerälteste. »Hör auf! Was fällt dir ein?«

Flammend vor Zorn drehte Dolly sich zu Katrin um. »Irgendeiner musste dieser feigen Evelyn doch einen Denkzettel verpassen, oder?«

»Ja, aber nicht du«, sagte Katrin ruhig. »Du hast dich nun selbst ins Unrecht gesetzt, weil du so unbeherrscht zugeschlagen hast. Ich schäme mich für dich.«

»Und ich mich für dich!«, erklärte Dolly. »Wäre ich die Zimmerälteste, dann würde ich dafür sorgen, dass Mädchen wie Evelyn schwimmen und tauchen lernen und Marlies in Ruhe lassen. Verstehst du?«

Niemand hatte Dolly vorher je so wütend gesehen. Alle starrten sie an.

»Komm raus aus dem Wasser«, befahl Katrin. »Los, komm heraus! Du kannst von Glück sagen, dass dich keine Lehrerin gesehen hat!«

Immer noch zitternd, kam Dolly aus dem Wasser. Sie lief dorthin, wo sie ihr Badelaken abgelegt hatte, und hängte es sich um. Langsam und mit klopfendem Herzen stieg sie die Klippe hinauf.

Verhasste Evelyn! Widerliche Katrin! Blödes Möwenfels!

Doch bis sie oben bei der Klippe ankam und das kleine Tor zu den Schulgebäuden erreichte, war Dollys Wut schon wieder verraucht. Sie war traurig. Warum hatte sie so gehandelt? Sie hatte sich wirklich eingebildet, sie könnte ihren Jähzorn beherrschen, dass er nie wieder so ausbrach wie früher, als sie kleiner war.

Sie war von Katrin öffentlich getadelt worden. Niemand hatte ihr beigestanden, nicht einmal Alice. Sie hatte die Zimmerälteste angeschrien und sich gegen Evelyn eigentlich genauso schlecht benommen wie Evelyn gegen Marlies, außer dass Evelyn aus purer Grausamkeit gehandelt, während sie – Dolly – Evelyn nur im Zorn geschlagen hatte. Immerhin: Zorn war auch grausam, und deshalb war sie vielleicht nicht besser als Evelyn.

Es tat ihr nun leid, dass sie Evelyn so behandelt hatte. Das war das Schlimmste bei solchem Jähzorn: Man handelte vorschnell, ohne Überlegung, und hinterher schämte man sich immer. Und man fühlte sich nicht besser, ehe man sich nicht bei dem anderen entschuldigt hatte – auch wenn man ihn weiterhin aus tiefster Seele verachtete.

Im Umkleideraum hörte Dolly jemanden stöhnen, und sie drehte sich um. Es war Evelyn, die jammernd die Striemen auf ihren Oberschenkeln untersuchte. Dorthin hatte Dolly sie getroffen. Evelyn hätte am liebsten laut geheult.

Das schreibe ich Mama, dachte sie. Wenn sie bloß diese roten Striemen sehen könnte – hier erkennt man deutlich alle fünf Finger von Dollys Hand!

Dolly ging zu ihr. »Evelyn! Es tut mir leid, dass ich dich geschlagen habe. So bin ich leider. Ich war so wütend, dass ich mich einfach nicht beherrschen konnte.«

Evelyn war nicht großmütig genug, um solch eine natürliche Entschuldigung anzunehmen. Mit zurückgeworfenem Kopf sah sie Dolly giftig an.

»Ich hoffe, dass es dir leidtut«, sagte sie verächtlich. »Ich werde das alles meiner Mama schreiben. Hätte sie geahnt, dass sich die Mädchen in Möwenfels so betragen, hätte sie mich niemals hergeschickt.«

Dolly und Evelyn

Die Mädchen im Schwimmbad besprachen aufgeregt die letzten Ereignisse.

»Wer hätte gedacht, dass die nette Dolly derart heftig werden könnte!«

»Sie hätte zu Katrin nicht so unverschämt werden dürfen. Das war allerhand von ihr!«

»Katrin, was wirst du unternehmen?«

Katrin kam gerade aus dem Wasser. Ihr sonst so ruhiges Gesicht war rot und verwirrt. Bisher hatte sie Dolly sehr gern gemocht – und nun hatte sie in einer einzigen Minute einen ganz anderen Eindruck von ihr bekommen! Auch Alice war betroffen. Sie schüttelte immer noch den Kopf von einer Seite auf die andere, um das Wasser aus den Ohren zu bekommen. Wer hätte bei Dolly solch einen Jähzorn vermutet?

»Ihr Nordturmmädchen kommt in den Gemeinschaftsraum, sobald ihr angezogen seid«, sagte Katrin schließlich mit ihrer normalen kühlen Stimme.

Die Mädchen sahen sich an. Eine Zusammenkunft der Klasse? Wahrscheinlich wegen Evelyn und Dolly. Sie gingen die Klippe hinauf, stürzten in die Ankleideräume und redeten alle durcheinander. Weder Evelyn noch Dolly waren dort.

Evelyn war in den Schlafraum gegangen, um eine kühlende Salbe für ihre Beine zu holen. Natürlich war das nicht nötig, aber sie wollte sich so wichtigmachen wie möglich. Auf Dolly war sie schon immer eifersüchtig gewesen, und im Grunde freute sie sich jetzt, dass sie nun etwas gegen sie gefunden hatte. Einfach heraufzukommen und sich zu entschuldigen – auf diese Art und Weise! Kein Wort davon war ehrlich gemeint, das war für Evelyn sonnenklar.

Die übrigen acht Nordturmmädchen der ersten Klasse trafen sich im Gemeinschaftsraum. Katrin setzte sich auf einen Tisch und sah alle an.

»Sicherlich seid ihr auch der Meinung«, begann sie, »dass wir Dolly ein solches Benehmen nicht durchgehen lassen können, so gern wir sie auch haben.«

»Ach, Katrin, bitte, bestrafe sie nicht«, bat Marlies leise. »Sie hat mich vor dem Ertrinken gerettet!«

»Nein, das hat sie nicht«, erwiderte Katrin. »Evelyn ist nicht so blöd, jemanden ertränken zu wollen. Ich vermute, sie war plötzlich wütend, weil die anderen sie ausgelacht hatten, weil sie nicht richtig schwimmen kann.«

Marlies aber war fest davon überzeugt, dass Dolly ihr das Leben gerettet hatte. Sie hatte unter Wasser Todesängste ausgestanden und wirklich geglaubt, sie müsse ertrinken – und dann war die starke, zornige Dolly gekommen. Wie konnte Katrin so unfreundlich über sie urteilen? Marlies wagte nichts mehr zu sagen, aber ihr Gesicht hatte einen gequälten, ängstlichen Ausdruck. Hätte sie sich nur tapfer und furchtlos für Dolly einsetzen können! Doch das brachte sie nicht fertig.

»Ich finde«, sagte Irene, »dass Dolly sich unbedingt bei Katrin entschuldigen muss, weil sie so unverschämt zu ihr war. Und wenn sie das nicht will, werden wir sie schneiden. Eine Woche lang spricht niemand mit ihr.«

»Nun, meiner Meinung nach muss sie sich auch bei Evelyn entschuldigen«, sagte Katrin. »Das ist wichtiger als die Entschuldigung bei mir. Ich habe ihre Schläge ja sogar am anderen Ende des Bades gehört.«

»Diese Entschuldigung ist aber viel peinlicher«, murmelte Alice. »Wenn ich Evelyn um Verzeihung bitten müsste – puh, das würde mir schrecklich schwerfallen!«

»Solltest du Evelyn aber nicht auch ein paar Worte sagen?«, fragte Jenny.

»Ja«, antwortete Katrin. »Natürlich. Jetzt überlege ich nur, wo Dolly steckt. Ich hoffe bloß, dass sie keinen neuen Tobsuchtsanfall bekommt, weil sie sich bei Evelyn entschuldigen soll. Wenn sie noch immer wütend ist, wird es nicht leicht sein, mit ihr zu verhandeln. Andererseits aber möchte ich sie nicht melden oder sie schneiden müssen. Ich hätte nie gedacht, dass sie solch ein Hitzkopf ist.«

Kaum hatte sie das gesagt, da ging die Tür auf, und Dolly kam herein. Sie war überrascht, die Mädchen hier so ernst und schweigend sitzen zu sehen. Katrin war erstaunt, dass Dolly so ruhig aussah.

Doch bevor sie noch ein Wort sagen konnte, kam Dolly schon auf sie zu. »Katrin, es tut mir ganz furchtbar leid, dass ich mich vorhin so gegen dich benommen habe. Ich weiß selbst nicht, was in mich gefahren war. Wahrscheinlich konnte ich mich vor Wut einfach nicht mehr beherrschen.«

Damit war Katrin aller Wind aus den Segeln genommen. Statt Dolly grimmig anzusehen, lächelte sie. »Schon gut«, sagte sie verlegen. »Dass du in Wut warst, habe ich ja gesehen, Dolly, du –«

»Das ist ein schrecklicher Fehler bei mir«, sagte Dolly und rieb sich die Nase, wie sie es immer tat, wenn sie sich schämte. »Meinen Jähzorn meine ich. Den hatte ich schon immer. Ich habe ihn von meinem Vater geerbt, aber er verliert die Beherrschung nur, wenn wirklich ein großer Anlass vorhanden ist, ich dagegen schon bei lächerlichen Dingen. Ich bin grässlich, Katrin. Aber ehrlich: Ich hatte mir geschworen, dass es in Möwenfels nicht mehr vorkommen sollte.«

Die Mädchen, die Dolly kühl entgegengesehen hatten, betrachteten sie plötzlich mit warmer Zuneigung. Hier war jemand, der einen Fehler hatte und ihn einsah – dem es ehrlich leidtat und der nicht mit Ausreden kam. Wer sollte solch einen Menschen nicht gernhaben?

»Nun«, sagte Katrin, »deine Wut war heute durchaus verständlich, Dolly. Ich denke, Evelyn hatte verdient, was sie bekam. Nur du hättest es eben nicht sein sollen, die es ihr gab. Ihr den gebührenden Denkzettel zu verpassen steht nur mir zu, vielleicht auch Pamela oder gar Frau Pott. Dir jedenfalls nicht. Stell dir bloß vor, wie es in der Schule zuginge, wenn wir alle einfach auf andere losschlügen, wenn uns danach zumute ist.«

»Ich weiß«, sagte Dolly. »Das habe ich mir schon selbst überlegt. Ich schäme mich mehr, als du denkst, Katrin. Und ich hoffe, dass du mir das glaubst.«

»Ich glaube es dir«, antwortete Katrin. »Doch leider wirst du etwas sehr Unangenehmes tun müssen, Dolly, bevor wir die Sache als erledigt ansehen können.«

»So? Was denn?«, fragte Dolly unruhig.

»Du wirst dich bei Evelyn entschuldigen müssen«, sagte Katrin und machte sich sofort auf einen Wutausbruch gefasst.

»Ach, das habe ich längst getan«, sagte Dolly erleichtert. »Ich dachte, es wäre irgendetwas Schreckliches. Es tut mir immer sehr schnell leid, wenn ich mich von meinem Jähzorn habe hinreißen lassen. Ich sagte es dir ja schon. Und das bedeutet, dass ich sofort hingehen und sagen muss, dass es mir leidtut.«

Die Mädchen sahen Dolly an, die ihre schwarzen Locken schüttelte und Katrin offen in die Augen blickte. Da wäre also die ganze Zusammenkunft gar nicht nötig gewesen – Dolly hatte die Sache selbst in Ordnung gebracht! Die Mädchen fanden das bewundernswert. Marlies konnte kaum an sich halten. Was für ein großartiger Mensch war Dolly doch, dachte sie.

»Natürlich«, sprach Dolly weiter, »finde ich immer noch, dass Evelyn gegen Marlies gemein war – und außerdem finde ich, ist es ein Jammer, dass Marlies sich nicht zusammenreißt, damit boshafte Mädchen wie Evelyn sie nicht ärgern können.«

Marlies kroch in sich zusammen. Dolly hielt sie also für schwächlich und ängstlich! Sie war es ja auch und wusste es. Und ebenso wusste sie, dass ein so selbstsicheres Mädchen wie Dolly ein so verschüchtertes Wesen wie Marlies niemals wirklich gernhaben konnte. Und trotzdem wünschte sie es sich sehnlichst.

Evelyn kam herein. Sie sah aus wie ein ramponierter Rauschgoldengel. Ihre Haare hatte sie noch nicht geflochten; sie hingen ihr in langen Strähnen auf die Schultern. Sie kam sich offenbar wie eine Märtyrerin vor.

Sie hörte Dollys letzte Worte: »... damit boshafte Mädchen wie Evelyn sie nicht ärgern können.«

»Evelyn!«, empfing Katrin sie mit scharfer Stimme. »Wenn du das nächste Mal einem anderen einen Schreck einjagen willst, dann suche dir jemanden aus, der dir eher gewachsen ist. Sag jetzt bitte Marlies, dass es dir leidtut, dich so gemein benommen zu haben. Du hast ihr schreckliche Angst eingejagt. Dolly hat sich bei dir entschuldigt, und nun musst du es bei Marlies tun.«

»Dolly will sich bei mir entschuldigt haben?«, fragte Evelyn. »Nun, eine Entschuldigung war das nicht!«

»Du lügst!«, rief Dolly. Schnell drehte sie sich zu den Mädchen um. »Ich habe es getan«, sagte sie. »Ihr könnt glauben, wem ihr wollt – mir oder Evelyn. Doch entschuldigt habe ich mich, und zwar sofort.«

Katrin verglich Dollys glühendes Gesicht mit Evelyns höhnischer Miene. »Wir glauben dir«, sagte sie ruhig. Dann wurde ihre Stimme wieder hart. »Und nun, Evelyn, bitte, hier vor uns allen: Was hast du Marlies zu sagen?«

Evelyn stammelte und stotterte. Doch so wenig es ihr auch passte, sie musste laut erklären, es täte ihr leid. Noch niemals in ihrem Leben hatte sie sich entschuldigt. In diesem Augenblick hasste sie Dolly und diese dumme Marlies dazu. Fast weinend lief sie aus dem Raum.

Als sie draußen war, atmeten alle erleichtert auf. »Gut, dass es überstanden ist«, sagte Irene, der solche Szenen zuwider waren. »Nach dieser Aufregung brauche ich ein bisschen Musik.« Sie ging, um in einem der vielen Übungsräume Klavier zu spielen. Bald würde sie alles um sich herum über den Melodien vergessen.

Aber die anderen kamen nicht so leicht darüber hinweg. Es war gewiss nicht schön gewesen, dass Dolly so die Beherrschung verloren hatte – trotzdem fanden alle, dass Evelyn die Schläge verdient hatte. Die Mädchen verglichen die natürliche, frische Art, in der Dolly ihr Bedauern ausgedrückt hatte, mit Evelyns widerwillig gestotterten Worten an die verlegene Marlies.

Evelyn fühlte sich gedemütigt. Was für ein Geschrei wegen eines Scherzes – die Mädchen tauchten einander doch oft unter! Jedenfalls würde sie ihrer Mama schreiben, dass diese gemeine Dolly sie geschlagen hatte! Jawohl!

Sie ging zurück in den Gemeinschaftsraum und schloss ihr Schrankfach auf. Dort lag ihr Briefpapier. Für gewöhnlich schrieb sie ihrer Mutter nicht gern. Sie fand es langweilig.

»Ich schreibe meiner Mama!«, verkündete sie.

Die Mädchen ringsum nähten oder lasen. Sie hatten bis zum Abendessen eine Freistunde. Niemand außer Jenny nahm von Evelyns Bemerkung Notiz.

»Heute ist doch gar kein Tag zum Schreiben?«, meinte sie. »Was ist denn über dich gekommen, dass du mitten in der Woche Post nach Hause schickst? Sonst seufzt und stöhnst du doch immer so über deinen Sonntagsbrief, dass wir uns die Ohren zuhalten müssen!«

»Ich will meiner Mama berichten, dass Dolly mich geschlagen hat«, sagte Evelyn laut. »Ich denke nicht daran, mir das gefallen zu lassen, und Mama auch nicht.«

Katrin stand auf. »Ich freue mich, dass du uns sagst, was du vorhast«, erklärte sie. »Ich werde auch mein Schreibzeug holen, denn ich bin sicher, dass du deiner Mutter nichts über die Ursache der Schläge berichten wirst. Aber ich werde es tun.«

Wütend warf Evelyn ihren Kugelschreiber hin. Sie zerriss den Brief, den sie angefangen hatte, und packte das Schreibzeug ein.

»Also gut«, sagte sie. »Ich werde nicht schreiben, denn ich will nicht, dass du meinen Eltern Geschichten erzählst. Was für eine scheußliche Schule das ist! Kein Wunder, dass meine Mama mich nicht herlassen wollte!«

»Mamas armer kleiner Liebling!«, sagte Alice, nachdem Evelyn wütend hinausgerauscht war. »Nie darf sie tun, was sie will! Ich muss sagen, Möwenfels scheint mir sehr gut für sie zu sein.« Sie schüttelte wieder heftig den Kopf.

»Warum tust du das dauernd?«, fragte Dolly.

»Ich kriege das Wasser aus meinen Ohren nicht heraus. Sie sind verstopft. Hoffentlich kann ich morgen überhaupt hören. Es ist mir schon einmal so gegangen, als ich zu lange getaucht hatte.«

»Alice, wäre das komisch, wenn du morgen in Mademoiselles Stunde wirklich nicht hören könntest!«, rief Dolly unbedacht. »Das wäre ein Spaß!«

»Das glaube ich kaum«, sagte Alice. »Wir wollen nur hoffen, dass meine Ohren morgen wieder in Ordnung sind.«

Alice in Not

Die Geschichte im Schwimmbad hatte verschiedene Folgen. Zunächst einmal trabte Marlies von nun an hinter Dolly her wie ein Hund, der seinen Herrn gefunden hat. Immer war sie da, um Dolly etwas zu holen oder zu tragen. Sie säuberte ihr den Tisch. Sie putzte sogar die Schubladen in ihrer Wäschekommode und bot sich an, ihr jeden Tag das Bett zu machen.

Aber Dolly mochte das gar nicht. »Lass das«, sagte sie zu Marlies. »Ich kann das allein. Weshalb solltest du mein Bett machen? Sei doch nicht blöd, Marlies!«

»Aber ich will mich doch nur ein wenig bei dir bedanken!« Marlies sah Dolly mit ihren großen Kulleraugen an. »Weil du ... weil du mich neulich vor dem Ertrinken gerettet hast.«

»Sei nicht albern«, erklärte Dolly. »Du wärst nicht ertrunken, bestimmt nicht. Das weiß ich jetzt. Und Evelyn zu verprügeln war keine große Leistung.«

Aber was Dolly auch sagte, Marlies betete sie an und war ständig auf dem Sprung, ob sie etwas für Dolly tun könnte. Oft fand Dolly Schokolade in ihrer Schublade, und immer waren frische Blumen in der Vase auf ihrer Kommode. Doch das ärgerte sie, statt sie zu erfreuen. Sie begriff nicht, dass Marlies schüchtern ihre Freundschaft suchte, weil die ihr vielleicht helfen würde. Marlies war schwach. Sie brauchte einen starken Menschen, und Dolly schien ihr das stärkste Mädchen zu sein, dem sie je begegnet war.

Die anderen neckten Dolly wegen Marlies.

»Hat dein Hündchen sich heute schon gemeldet?«, fragte Alice.

»Ich wünschte, mir würde auch jemand so wunderwunderschöne Blumen hinstellen«, lästerte Irene.

»Das ist echt Dolly, sie zu solchen Albernheiten auch noch zu ermutigen«, empörte sich Evelyn, die auf die kleinen Aufmerksamkeiten von Marlies eifersüchtig war.

»Sie ermutigt sie ja gar nicht«, sagte Katrin. »Du siehst doch, dass sie es nicht tut.«

Eine weitere Folge der Badegeschichte war, dass Evelyn Dolly jetzt richtig hasste. Noch nie war sie von jemandem geschlagen worden, nicht einmal von ihrer Mutter. Und nun empfand sie die paar Schläge von Dolly als eine gewaltige Beleidigung, die unbedingt gerächt werden musste.

Eines Tages werde ich es ihr heimzahlen, dachte sie. Und wenn ich noch so lange darauf warten muss!

Das dritte Ergebnis der Sache im Bad war, dass Alice infolge ihres langen Tauchens tatsächlich ganz schwerhörig wurde. Sie wusste, dass das nicht lange anhalten würde. Plötzlich würde es in ihren Ohren »Plop!« machen, und dann würde sie wieder so gut hören wie sonst. Inzwischen aber war es eine sehr unangenehme Situation, dass sie gerade jetzt, nachdem sie die Schwerhörigkeit nur gespielt hatte, wirklich schwerhörig wurde. Was würde Mademoiselle wohl diesmal sagen?

Dummerweise saß Alice hinten in der Klasse, in der vorletzten Reihe. Mit normalem Gehör konnte man zwar auch in der letzten Reihe alles gut verstehen, aber Alice mit ihren »versperrten« Ohren – wie sie sagte – fand es äußerst schwierig, jedes Wort mitzubekommen.

Die Geschichte wurde noch schlimmer, weil diesmal nicht Mademoiselle Dupont Französisch gab, sondern Mademoiselle Rougier, die große, dünne Lehrerin. Sie hatte selten gute Laune. Das verrieten schon ihre schmalen Lippen, die stets fest zusammengepresst waren. Komisch – überlegte Alice –, dass schlecht gelaunte Menschen fast immer schmale Lippen haben. Mademoiselle Rougier hatte eine leise Stimme, die jedoch sehr laut werden konnte, wenn sie böse war. Dann klang sie heiser wie eine Krähe.

Heute nahm sie den Anfang eines französischen Theaterstücks durch. Die Schülerinnen mussten gewöhnlich in jedem Halbjahr eines lernen – mit verteilten Rollen. Manchmal wurde es bei Schulfeiern aufgeführt, oft aber auch nur in der Klasse.

»Wir wollen also heute das Stück durchsprechen«, begann Mademoiselle Rougier, »und vielleicht auch die Rollen verteilen. Falls welche von den Neuen in Französisch gut sind, können sie die Hauptrollen übernehmen. Das wäre doch sehr schön, und ich bin überzeugt, dass von den Älteren keine etwas dagegen hat.«

Bestimmt nicht! Je weniger sie zu lernen hatten, desto besser! Die neuen Schülerinnen lächelten süßsauer. Sie fanden Mademoiselle Rougiers kleine Scherze nicht sehr witzig.

»Zuerst wollen wir überlegen, wer beim letzten Mal die Hauptrollen spielte«, sagte Mademoiselle. »Welche Rolle hattest du, Alice?«

Alice hörte nichts, deshalb antwortete sie auch nicht. Betty stieß sie an. »Welche Rolle du beim letzten Mal hattest«, sagte sie laut.

»Verzeihung, Mademoiselle, ich hatte Sie nicht ganz verstanden«, sagte Alice. »Ich war der Schäfer.«

»War das nicht beim vorletzten Mal?«, fragte Mademoiselle Rougier.

Alice konnte wieder nicht verstehen, was die Lehrerin sagte. Betty wiederholte es laut: »Mademoiselle sagte, das wäre doch beim vorletzten Mal gewesen.«

Mademoiselle war erstaunt. Warum musste alles, was sie sagte, von Betty wiederholt werden? Dann plötzlich fiel ihr etwas ein: Mademoiselle Dupont hatte ihr von Alices Streich erzählt. Dieses nichtsnutzige Mädchen hatte sich taub gestellt, nicht wahr? Das war zu viel. So etwas durfte nicht geduldet werden!

»Alice«, sagte sie und fuhr mit der Hand über ihren Haarknoten, »du bist ein lustiges Mädchen und stellst lustige Dinge an, n'est-ce pas? Aber ich, ich bin auch lustig und tue lustige Dinge. Darum möchte ich gern, dass du mir fünfzigmal in Französisch und in Schönschrift aufschreibst: ›In Mademoiselle Rougiers Stunde darf ich nicht schwerhörig sein‹.«

»Was sagten Sie, Mademoiselle?«, fragte Alice, die kaum mehr als einen Namen gehört hatte. »Ich konnte es nicht ganz verstehen.«

»Jetzt ist es genug!«, schrie Mademoiselle plötzlich ganz wütend, wie es bei ihr leicht vorkam. »Alice, écoutez bien – hör gut zu! Du sollst mir aufschreiben: ›In Mademoiselle Rougiers Stunde darf ich nicht schwerhörig sein‹. Hundertmal.«

»Aber zuerst sagten Sie ›fünfzigmal‹!«, rief Betty entrüstet.

»Und du auch. Du wirst hundertmal aufschreiben: ›Ich darf nicht dazwischenreden!‹«, wütete Mademoiselle.

Die Klasse schwieg. Sie kannte Mademoiselle Rougier in dieser Stimmung. Bald würde sie irgendeiner von ihnen tausend Zeilen aufbrummen.

Betty flüsterte Alice alles zu, als Mademoiselle gerade etwas an die Tafel schrieb. Weil sie aber merkte, dass die Arme ihr Flüstern nicht verstand, kritzelte sie es auf ein Stück Papier. »Du sollst für Mademoiselle einen Satz hundertmal aufschreiben. Sag ja nicht mehr, dass du nichts verstehst, sonst musst du es tausendmal schreiben. Sie hat einen richtigen Tobsuchtsanfall!«

Alice nickte. Und als Mademoiselle sie wieder fragte, ob sie verstanden hätte, was sie sagte, antwortete sie höflich: »Jawohl, Mademoiselle.«

Frau Pott kam zur nächsten Stunde. Mademoiselle hielt sie an und beklagte sich mit funkelnden Augen: »Ach, Madame Pott, Alice ist schon wieder schwerhörig. Traurig, nicht wahr? So ein junges, gesundes Mädchen!«

Mit diesem Abschiedsgruß verschwand Mademoiselle Rougier.

Frau Pott sah Alice kühl an. »Ich hätte nicht gedacht, dass du so dumm wärst, den gleichen Streich zweimal zu spielen, Alice«, sagte sie.

Arme Alice! Sie hörte nicht, was Frau Pott sagte, sondern starrte sie nur forschend an.

»Komm nach vorn«, sagte Frau Pott. »Jenny, tausche bitte deinen Platz mit Alice. Eure Schubladen könnt ihr nachher auswechseln.«

Jenny stand auf, sehr angetan von dem Gedanken, die vorderste Reihe verlassen zu dürfen, die immer unter Frau Potts Augen war, und auf einen der begehrten hinteren Plätze zu gehen. Dort konnte man leicht reden und abschreiben.

Alice rührte sich nicht vom Fleck, weil sie ja nichts gehört hatte. Plötzlich gab es ein merkwürdiges Summen in ihren Ohren.

»Du musst aufstehen, du Schaf!«, flüsterte Betty laut. »Los – geh auf Jennys Platz.«

Alice begriff, und sie ärgerte sich schrecklich. Was, sie sollte ihren heiß geliebten Platz verlassen, den Platz neben Betty – und in die vorderste Reihe gehen, unter das Adlerauge der Lehrerin? Jeder wusste, dass die vorderste Reihe nichts zu lachen hatte.

»Ach, Frau Pott ...«, begann sie bestürzt. »Ehrlich – ich höre tatsächlich schwer. Es kommt vom Tauchen.«

»Du hast schon einmal so getan, als wärst du schwerhörig«, sagte Frau Pott ungerührt. »Woher soll ich wissen, wann du es wirklich bist und wann nicht, Alice?«

»Diesmal stimmt es aber«, sagte Alice und wünschte, dass ihre Ohren weniger dröhnten. »Bitte, Frau Pott, lassen Sie mich hier sitzen bleiben.«

»Also, Alice«, sagte Frau Pott laut und deutlich, »jetzt hör mal zu und sage, ob du meiner Meinung bist oder nicht. Wenn du nicht schlecht hörst, sondern bloß einen Streich spielst, ist es am besten, wenn ich dich hier unter meinen Augen habe. Hörst du aber tatsächlich schlecht, solltest du besser hier vorn sitzen, wo du mich verstehst. Was meinst du dazu?«

Natürlich konnte Alice nicht anders als zustimmen. Missmutig setzte sie sich auf Jennys Platz. Sicherlich konnte sie dort viel besser hören.

Dann geschah etwas Komisches. Erst machte es »Plop!« in ihrem Ohr, dann in dem anderen. Sie schüttelte den Kopf. Ihre Ohren waren wieder in Ordnung! Sie konnte so gut hören wie früher. Sie war so froh darüber, dass sie der neben ihr sitzenden Marlies zuflüsterte: »Meine Ohren sind wieder frei, ich kann hören!«

Frau Pott hatte ein sehr feines Gehör. Sie drehte sich von der Tafel um. »Willst du bitte wiederholen, was du eben gesagt hast, Alice?«

»Ich sagte: Meine Ohren sind wieder frei, ich kann hören.«

»Na wunderbar«, erklärte Frau Pott. »Ich dachte mir, dass du das hier vorn bald entdecken würdest.«

»Aber Frau Pott, ich –«, fing Alice an.

»Es reicht«, sagte Frau Pott. »Wir wollen endlich mit dem Unterricht beginnen, ohne uns noch länger mit deinem guten oder schlechten Gehör zu beschäftigen.«

Als sie in der Frühstückspause den Inhalt der Schublade mit Jenny tauschte, ärgerte sich Alice. Sie wollte nicht vorn sitzen. Jenny dagegen war sehr froh über den Tausch. »Ich wollte schon immer gern hinten sitzen«, erklärte sie. »Und jetzt hat es geklappt.«

»Gerecht ist es nicht«, sagte Alice grimmig. »Heute Morgen war ich wirklich schwerhörig – und dann kamen die Ohren plötzlich wieder in Ordnung. Frau Pott hätte mir glauben sollen.«

Dolly, die ihr beim Umräumen half, musste lachen. Alice aber war nicht in der Laune, sich auslachen zu lassen, und schimpfte vor sich hin.

»Ach, Alice, ich weiß, dass es gemein von mir ist zu lachen«, meinte Dolly. »Aber es ist wirklich komisch. Zuerst stellst du dich nur schwerhörig und legst Mademoiselle herein, und dann wirst du es tatsächlich, und keiner glaubt dir! Es ist wie in der Geschichte von dem Hirtenjungen, der schrie ›Ein Wolf! Ein Wolf!‹, als gar keiner da war. Und als dann wirklich einer auftauchte und er wieder um Hilfe rief, kam niemand, weil keiner ihm glaubte.«

»Ich hielt dich für meine Freundin«, sagte Alice beleidigt. »Deine Predigten mag ich nicht.«

»Ach, ich will ja gar nicht predigen, wirklich nicht!«, beteuerte Dolly. »Du brauchst ja eine halbe Ewigkeit, um den Satz hundertmal zu schreiben, und ich weiß, wie ungern du schreibst. Ich helfe dir gern dabei.«

»Fein!«, sagte Alice. »Ich danke dir vielmals.«

So bekam Mademoiselle Rougier am Abend hundert Sätze vorgelegt, von denen die Hälfte recht schlecht und die andere sehr schön geschrieben war. »Merkwürdig, dass dasselbe Mädchen auf der einen Seite so schlecht und auf der anderen so gut schreibt«, staunte Mademoiselle.

Eine merkwürdige Freundschaft

Es war sehr heiß, und die Mädchen verbrachten ihre ganze freie Zeit im Schwimmbad. Sie stöhnten, wenn Ebbe war und sie deshalb nicht baden konnten. Zum Glück war das Becken sehr groß, und bei Flut hatte praktisch die ganze Schule darin Platz.

Dolly liebte es, Tennis zu spielen und anschließend zum Baden hinunterzulaufen. Wie herrlich kühl war dann das Wasser! Sie verstand es einfach nicht, dass Evelyn und Marlies vor dem erfrischenden Nass zurückschreckten. Aber die beiden behaupteten eisern, je heißer ein Tag wäre, umso kälter käme einem das Wasser vor, und ebendas gefiel ihnen nicht.

»Das ist ja gerade das Schöne am Wasser«, erklärte Dolly, »dass es an solch heißen Tagen so herrlich kühl ist. Wenn ihr euch bloß überwinden könntet, euch einfach hineinzustürzen, statt euch nur zentimeterweise vorzuwagen, dann würde es euch schon gefallen. Ihr seid schrecklich feige, alle beide.«

Weder Marlies noch Evelyn ließen sich gern feige nennen. Marlies verletzte es außerdem immer sehr, wenn Dolly sie auf eine Stufe mit Evelyn stellte und ihr wegen ihrer Ängstlichkeit Vorwürfe machte. Sie versuchte ihr Bestes, Dolly günstig zu stimmen, indem sie mehr denn je hinter ihr herlief und sogar ihr Schrankfach im Gemeinschaftsraum aufräumte.

Dolly aber ärgerte sich, weil Marlies ihr immer alle Sachen durcheinanderbrachte. »Was ist mit meinen Süßigkeiten passiert? Ich weiß genau, dass ich sie hier vorn hingelegt hatte. Und wo ist bloß mein Schreibblock? Gerade jetzt habe ich es sehr eilig!« Und jedes einzelne Ding flog aus dem Schrank und auf den Boden! Peng!

Marlies blickte dann immer traurig drein und sagte: »Oooch – ich hatte doch alles so hübsch eingeräumt.«

»Warum tust du es überhaupt? Du scheinst mit Vorliebe aufzuräumen und dabei alles zu verlegen. Geh doch an Alices Schrank – der ist viel unordentlicher als meiner. Meinen lass in Ruhe!«

»Ich wollte dir nur helfen«, murmelte Marlies dann und dachte: Es ist schlimm, wenn man jemanden sehr bewundert und das von dem anderen nur als lästig empfunden wird! Vielleicht freut sich Dolly aber wirklich, wenn ich Alices Fach aufräume? Dolly hat Alice sehr gern – nun, dann werde ich eben auch Alice helfen!

Aber Alice vertrug das noch weniger als Dolly, und als es der ungeschickten Marlies schließlich gelungen war, das Glas von dem Rahmen mit dem Bild ihrer Mutter zu zerbrechen, verbot ihr Alice ein für alle Mal, ihre Sachen anzurühren.

»Merkst du denn nicht, wie sehr du uns auf die Nerven gehst?«, rief sie. »Begreifst du nicht, dass wir es nicht mögen, wenn du dauernd um uns herumscharwenzelst? Sieh dir bloß diesen Bilderrahmen an! Völlig kaputt, bloß weil du in unsere Sachen ›Ordnung‹ bringen wolltest!«

Marlies weinte. Sie bekam immer gleich schreckliche Angst, wenn jemand sie kritisierte. Schnell rannte sie aus dem Zimmer. Im Flur stieß sie auf Evelyn.

»Hallo! Du weinst ja schon wieder. Was ist denn los?«

»Nichts, nur Alice und Dolly sind immer so unfreundlich zu mir, wenn ich ihnen helfen möchte.« Marlies tat sich selbst sehr leid.

»Ja, was erwartest du denn von Mädchen wie Dolly und Alice – und auch Betty?«, fragte Evelyn, die sich stets brennend dafür interessierte, wenn andere sich stritten. »Sie sind doch so überzeugt von sich und so schnell mit der Zunge. Ich begreife nicht, warum du sie als Freundinnen haben möchtest.«

»Mir ist das Bild von Alices Mutter aus den Händen gerutscht, und jetzt ist das Glas kaputt«, sagte Marlies.

»Das wird dir Alice nie verzeihen«, sagte Evelyn. »Sie betet ihre Mutter geradezu an, und dieses Foto darf überhaupt niemand berühren. Und das hast du gemacht, Marlies?«

Während sie noch redete, kam Evelyn eine tolle Idee. Sie schwieg einen Augenblick und dachte nach. Ihre Augen glänzten. Mit einem Mal sah sie eine Möglichkeit, Alice und Dolly eins auszuwischen und auch dieser dummen Marlies ein paar unbehagliche Augenblicke zu verschaffen.

Marlies sah sie neugierig an. »Was meinst du, Evelyn?«, fragte sie.

»Nichts. Es war bloß ein Gedanke«, meinte Evelyn. Zur grenzenlosen Überraschung von Marlies hakte sie sich plötzlich bei der Jüngeren ein. »Sei doch meine Freundin«, sagte sie mit honigsüßer Stimme. »Ich würde dich nicht so behandeln, wie Dolly und Alice es tun. Ich bin nicht so boshaft wie Alice und nicht so spöttisch wie Dolly. Warum freundest du dich nicht mit mir an? Ich würde dich wegen kleiner Freundlichkeiten nicht auslachen.«

Marlies sah Evelyn zweifelnd an. Sie mochte sie gar nicht, aber Evelyn lächelte sie so freundlich an, dass sie ihr dankbar war. Und Alice und Dolly waren wirklich grässlich zu ihr gewesen! Dann aber erinnerte sie sich, wie Evelyn sie unter Wasser getaucht hatte.

»Nein«, sagte sie. »Ich kann nicht deine Freundin sein, Evelyn. Damals beim Baden hast du dich ganz gemein gegen mich benommen. Nachts träume ich immer noch davon.«

Evelyn ärgerte es maßlos, dass diese blöde kleine Marlies ihre Freundschaft zurückwies. Aber sie lächelte sie weiter süß an und nahm wieder ihren Arm. »Weißt du, ich dachte mir damals gar nichts dabei«, sagte sie. »Es sollte bloß ein Spiel sein. Es tut mir leid, dass ich dich ein wenig zu lange unter Wasser festgehalten habe. Mir war gar nicht klar, was du für eine Angst haben musstest.« Evelyn konnte sehr gewinnend und überzeugend reden, wenn sie etwas Bestimmtes erreichen wollte.

Marlies wusste nicht, wie sie ihr entkommen sollte. Und so gab sie nach. »Nun«, sagte sie zögernd, »wenn du mir damals wirklich nichts

Böses antun wolltest, Evelyn, dann will ich deine Freundin sein. Aber mich gegen Dolly und Alice zu stellen, dazu bin ich nicht bereit.«

Evelyn drückte ihren Arm, lächelte Marlies nochmals an und ging dann weg, um ihren Plan zu durchdenken.

Wunderbar, überlegte sie. Jeder weiß, wie sehr diese Marlies Dolly zum Hals heraushängt, weil sie ihr wie ein Hündchen nachläuft. Bald werden alle wissen, dass Alice wütend über den zerbrochenen Bilderrahmen ist. Wenn ich nun anfange, Marlies ein paar Streiche zu spielen, wird jeder denken, dass Dolly oder Alice ihr eins auswischen wollen ... Alice muss jetzt noch dazu neben Marlies sitzen. Das macht es mir noch leichter!

Sie setzte sich in den Hof und legte sich ihren Plan zurecht. Sie wollte sich an drei Menschen rächen, die sie nicht leiden konnte. Marlies würde sie zu Tode erschrecken – aber die anderen sollten denken, dass Alice und Dolly es gewesen waren. Dann würden die beiden bestraft werden. Evelyn war von ihrem Plan ganz begeistert: Und wenn ich mit Marlies dicke Freundschaft halte, wird nie einer glauben, dass ich irgendetwas damit zu tun habe! Wirklich, das ist sehr schlau. Ich wette, keine andere aus unserer Klasse könnte sich so etwas ausdenken.

Damit hatte sie recht. Die anderen konnten es nicht. Nicht etwa, weil sie zu dumm dazu gewesen wären, sondern weil sie nicht gemein genug waren. Das begriff Evelyn nicht. Ihr war nicht einmal bewusst, dass ihr Plan hinterhältig war. Sie nannte es »allen eine Lehre erteilen«. Sehr sorgfältig legte sie sich alles zurecht. Sie wollte abwarten, bis Alice und Dolly dran waren, das Klassenzimmer aufzuräumen und die Vasen mit Wasser zu füllen. Dann wusste jeder, dass sie und nur sie im Raum gewesen waren und die Gelegenheit hatten, etwas in andere Schultische hineinzutun oder herauszunehmen. Sie wollte in Marlies' Tisch einen Mistkäfer stecken ... oder ein paar Würmer ... oder sogar eine Maus, wenn sie eine erwischte. Aber nein, Evelyn strich die Maus schnell aus ihrem Programm, weil sie selbst Angst vor Mäusen hatte. Mistkäfer und Regenwürmer mochte sie zwar auch nicht, aber die konnte sie nach dem Fangen in einer Streichholzschachtel aufbewahren, damit sie sie nicht zu lange anfassen musste.

Ja, das ging sicher. Und sie konnte auch Marlies' Farbstifte herausnehmen und in Alices Fach verstecken – das würde ein Spaß werden. Und sie konnte auch ein oder zwei von Marlies' Büchern in Dollys Fach legen. Und wie freundschaftlich sie mit Marlies tun würde, wenn diese Streiche entdeckt würden!

Also ging Evelyn gleich in den Garten und begann nach Insekten zu suchen. Jenny, die eine begeisterte Gärtnerin war und im Schulgarten gern Hand anlegte, war höchst erstaunt, als Evelyn mit einem Pflanzenstecher in den Beeten herumstocherte.

»Was machst du denn da?«, fragte sie. »Suchst du einen Knochen, den du vergraben hast?«

»Sei nicht albern«, antwortete Evelyn wütend, weil Jenny ihr in die Quere gekommen war. »Kann ich nicht ein bisschen im Garten arbeiten? Du denkst wohl, du wärst die Einzige?«

»Das nicht, aber was für eine Art Gartenarbeit machst du denn da?«, forschte Jenny, die gern den Sachen auf den Grund ging.

»Ich lockere die Erde ein bisschen auf«, sagte Evelyn. »Sie ist so trocken.«

Jenny schnaubte verächtlich. Das konnte sie großartig und auf die verschiedensten Arten. Ihr gekonntes Schnaufen reservierte sie stets für Evelyn, Susanne und Marlies.

Evelyn stocherte verbittert zwischen den Pflanzen herum. Am liebsten würde sie Jenny jetzt einen Regenwurm in den Nacken setzen! Aber wahrscheinlich würde die das nicht einmal stören!

Nach diesen Gedanken mochte Evelyn plötzlich keine Würmer mehr suchen. Sie entschied sich für Spinnen. Doch als sie im Holzschuppen eine große sah, wäre sie beinahe selbst davongelaufen! Immerhin, es war eine so schöne große – haargenau richtig für die Schublade von Marlies!

Mit viel Mühe gelang es Evelyn, die Spinne zu fangen, obwohl sie wie Espenlaub zitterte, als sie einen Blumentopf über das Tier stülpte. Es gelang ihr, die Spinne in eine kleine Schachtel zu sperren. Dann schlich sie in den Gemeinschaftsraum, um die Schachtel mit der Spinne in ihrem Schrankfach zu verstecken, bis der richtige Augenblick gekommen war. Sie kam sich sehr klug vor.

Am Abend brachte sie das Gespräch auf Spinnen. »Heute bin ich mit dem Kopf in ein Spinnennetz geraten«, erzählte sie. »Es war ein ekelhaftes Gefühl, kann ich euch sagen. Spinnen finde ich widerlich.«

»Mein Bruder Michael hatte einmal eine zahme Spinne«, fing Alice an, die bei jeder Gelegenheit eine Familiengeschichte zum Besten geben konnte. »Sie lebte in unserem Gewächshaus, und wenn meine Mutter abends das Farnkraut goss, kam sie immer hervorgekrochen, um einen Schluck zu trinken.«

»Igittigitt!«, rief Marlies schauernd. »Ich fürchte mich schrecklich vor Spinnen.«

»Du bist ein Angsthase«, sagte Alice, die immer noch wegen des zerbrochenen Rahmens verärgert war. »Ich würde dir am liebsten eine Riesenspinne in den Nacken setzen!«

Marlies wurde blass. »Ich würde sofort in Ohnmacht fallen!«, rief sie.

»Feigling!«, rief Alice. »Warte nur, bis ich eine Spinne kriege!«

Evelyn schwieg – aber sie frohlockte! Besser konnte es nicht gehen! Alice hatte mehr gesagt, als sie je zu hoffen gewagt hatte – und vor allem: Die ganze Klasse hatte es gehört. Es war einfach wundervoll! Ich werde bis Montag warten, wenn Alice und Dolly mit dem Aufräumen des Klassenzimmers an der Reihe sind, überlegte sie. Dann mache ich es. Ich werde es ihnen schon zeigen!

Als der Montag gekommen war, wartete Evelyn den richtigen Zeitpunkt ab. Sie und Marlies waren jetzt stets zusammen – zur Überraschung und zum höchsten Erstaunen von Dolly, Alice und Betty. Wie konnte

Marlies sich mit dieser schrecklichen Evelyn anfreunden? Und weshalb hängte Evelyn sich derart an Marlies? Es schien der ganzen Klasse merkwürdig.

Evelyns Chance kam, und sie ergriff sie: Am Nachmittag, zehn Minuten vor Beginn des Unterrichts, wurde sie in den Gemeinschaftsraum geschickt, um etwas zu holen. Sie beeilte sich, stürzte dann mit ihrer Schachtel ins Klassenzimmer, öffnete sie und ließ die große, langbeinige Spinne in die Schublade von Marlies krabbeln. Das Insekt huschte sofort in eine dunkle Ecke und verkroch sich dort.

Dann rannte Evelyn hinaus. Sie war sicher, dass niemand sie gesehen hatte. Zwei Minuten später kamen Dolly und Alice herein, um die Blumenvasen mit Wasser zu füllen. Evelyn hatte wirklich Glück gehabt!

Die Geschichte mit der Spinne

An diesem Nachmittag hatten die Mädchen als Erstes Mathematikunterricht, und Frau Pott ließ heute nur Kopfrechnen üben. Alle stöhnten, abgesehen von Irene, die begeistert bei der Sache war. Aber Kopfrechnen bedeutete, dass niemand seine Schublade zu öffnen brauchte – es wurde ja ohne jedes Heft gearbeitet.

Dolly war froh, dass Frau Pott es wegen der Hitze nicht so genau nahm wie sonst. Rechnen war nicht ihre Stärke und Kopfrechnen schon gar nicht ...

Die nächste Stunde hatten sie bei Mademoiselle Dupont. Frau Pott ging hinaus, die Französischlehrerin kam herein – nicht ganz so strahlend wie gewöhnlich. Sie war zu dick, als dass sie sich über die Hitze hätte freuen können. Kleine Schweißtropfen standen auf ihrer Stirn, als sie Platz nahm.

»Asseyez-vous«, sagte sie. »Weil es so heiß ist, wollen wir heute nur mündlich arbeiten.« Sie hielt es also genauso wie Frau Pott.

Langsam und schleppend ging der Unterricht voran. Die französische Unterhaltung stockte immer wieder, und die ständigen Pausen machten Mademoiselle nervös.

»Ach«, rief sie schließlich, »es ist viel zu heiß, um mit euch Dummköpfen eine Unterhaltung zu führen! Nehmt eure Grammatik heraus. Ich werde euch ein paar Sachen erklären, damit ihr das nächste Mal besser Bescheid wisst!«

Die Mädchen öffneten die Schubladen, um ihre Bücher hervorzuholen. Evelyn sah eifrig zu Marlies hinüber. Doch es geschah zunächst nichts. Marlies hatte die Spinne nicht gesehen und sie auch nicht aufgescheucht. Sie schloss die Lade wieder. Aber dann bemerkte sie, dass sie statt der französischen die englische Grammatik erwischt hatte. Sie öffnete das Schubfach von Neuem.

»Was machst du da, Marlies?«, fragte die Lehrerin. Sie konnte Unruhe nicht leiden.

Marlies stopfte die englische Grammatik nach ganz hinten und zerrte die französische hervor. Die Spinne, die jetzt endgültig aufgescheucht worden war, krabbelte eilig über ein Buch. Marlies schrie laut auf und ließ das Buch krachend fallen. Alle fuhren erschrocken hoch.

»Marlies!«, rief Mademoiselle. »Bist du nicht ganz bei Trost?«

Marlies brachte keinen Ton heraus. Der Anblick der riesigen Spinne hatte sie völlig aus der Fassung gebracht. Sie zerrte ihren Stuhl vom Tisch weg und starrte auf die Platte, als könnte die Spinne hindurchspringen.

»Marlies!«, rief die Lehrerin. »Nimm dich zusammen. Was ist denn passiert?«

»Da ist ... da ist eine große Spinne in der Schublade!«

»Eine Spinne?«, rief Mademoiselle. »Deshalb schreist du so? Setz dich sofort wieder hin!«

»O ... ich ... ich trau mich nicht«, sagte Marlies zitternd. »Sie könnte herauskommen.«

Mademoiselle war nicht sicher, ob sie an die Spinne glauben sollte oder nicht. Da war doch in der letzten Woche erst die Geschichte mit Alices Schwerhörigkeit gewesen ...

Irene kicherte.

Mademoiselle sah sie fest an. »Wir werden sofort feststellen, ob diese Spinne existiert oder nicht«, sagte sie. »Und ich warne dich, Marlies. Wenn das wieder ein Streich sein sollte und keine Spinne da ist, erhältst du eine saftige Strafe!« Damit ging sie zum Tisch und zog die Schublade mit Schwung heraus.

Marlies hielt den Atem an und zog sich so weit wie möglich zurück. Aber die Spinne war nicht zu sehen! Sie hatte sich natürlich wieder in der dunkelsten Ecke versteckt!

Mademoiselle durchforschte das Pult mit scharfem Blick und fiel dann über die arme Marlies her. »Hinterlistiges Geschöpf!«, rief sie und stampfte mit dem Fuß auf. »Auch du, die du immer so brav tust, ärgerst mich! Das wirst du mir büßen.«

»Mademoiselle, glauben Sie mir doch«, bat Marlies verzweifelt, denn sie konnte es nicht ertragen, wenn jemand so mit ihr schimpfte. »Es war wirklich eine da, eine fürchterlich große!«

Mademoiselle stocherte zwischen den Büchern im Pult herum. »Keine Spinne! Keine einzige!«, rief sie. »Sag mir, wo sie jetzt steckt, wenn sie nicht mehr hier drin ist!«

Die Spinne war durch das Rumoren aufgeschreckt worden. Plötzlich rannte sie über Mademoiselles Hand und dann an ihrem Arm hinauf. Mademoiselle starrte das Tier mit den vielen langen Beinen an, als traue sie ihren Augen nicht. Dann schrie sie noch lauter, als Marlies geschrien hatte. Sie konnte Spinnen ebenfalls nicht leiden, und nun krabbelte so ein Riesenexemplar auf ihr herum!

Irene platzte heraus. Das war für die ganze Klasse das Signal, den Spaß mitzumachen. Alle umringten die Lehrerin.

»Wo ist das Untier? Wo? Wo?«, jammerte Mademoiselle.

»Hier!«, sagte die freche Alice und kitzelte sie am Nacken. »Ich glaube, es ist in Ihren Halsausschnitt hineingelaufen!«

Mademoiselle fiel beinahe in Ohnmacht. Sie glaubte die Spinne plötzlich überall zu spüren.

Nun herrschte völliges Chaos. Frau Pott, die wieder nebenan unterrichtete, horchte erstaunt auf.

»Arbeitet einen Augenblick allein weiter«, sagte sie zu der zweiten Klasse. Dann ging sie schnell zur ersten Klasse hinüber. Sie öffnete die Tür. Ohrenbetäubender Lärm schlug ihr entgegen. Schlimmer, als wenn das Haus einstürzt, dachte sie grimmig. Zuerst konnte sie die Französischlehrerin überhaupt nicht sehen und glaubte, die Mädchen wären allein. Dann entdeckte sie mitten in dem Knäuel Mademoiselles Kopf. Was war da passiert?

»Mädchen!«, rief sie laut.

Im Handumdrehen waren alle an ihrem Platz. Mademoiselle stand allein.

»Ich kann einfach nicht begreifen, was immer mit der Klasse passiert, wenn Sie sie unterrichten!«, rief Frau Pott.

Mademoiselle blinzelte verlegen. »Es war eine Spinne«, erklärte sie und sah an sich hinauf und hinunter. »Ach, Madame Pott, ich sage Ihnen, ein wahres Ungetüm von Spinne. Sie lief meinen Arm hinauf und war dann auf einmal verschwunden. Ich ... ich spüre, dass sie noch irgendwo ist.«

»Eine Spinne tut Ihnen nichts«, sagte Frau Pott ungerührt. »Möchten Sie nicht ein wenig mehr auf Disziplin in der Klasse achten?«

»Aber ich bitte Sie«, erwiderte Mademoiselle entrüstet. »In der Klasse herrscht durchaus Disziplin. Die Mädchen haben nur versucht, mir zu helfen und die Spinne zu fangen. So groß war sie!« Sie deutete die Größe mit den Fingern an.

Die Mädchen genossen das alles sehr. Das war einmal eine Französischstunde! Am meisten freute sich Evelyn, die das Ganze ja heimlich eingefädelt hatte.

Doch dann spürte sie plötzlich, dass irgendetwas an ihrem Bein heraufkrabbelte. Sie sah hinunter. Die Spinne! Sie war längst von Mademoiselle fortgekrabbelt und hatte sich – aus Furcht vor dem Fußgetrampel ringsum – unter einem Tisch verborgen. Als nun der Friede wiederhergestellt schien, wollte sie sich ein besseres Versteck suchen. Sie lief über Evelyns Schuh, dann den Strumpf hoch bis an ihr Knie. Evelyn stieß einen durchdringenden Schrei aus. Wieder sprangen alle in die Höhe.

Frau Pott drehte sich wütend um. »Evelyn! Verlass das Zimmer. Wie kannst du so schreien? Nein, erzähl mir nicht, du hättest die Spinne gesehen. Ich habe genug davon. Ich schäme mich für euch alle!«

Evelyn schüttelte sich heftig, wagte jedoch nicht, noch einmal zu schreien. »Es war aber die Spinne ...«, begann sie.

»Evelyn! Was habe ich dir gesagt? Ich will kein Wort mehr von dieser verflixten Spinne hören!«, rief Frau Pott. »Geh hinaus! Die ganze Klasse wird heute zur Strafe für Evelyns Benehmen eine Stunde früher als sonst zu Bett gehen, und du, Evelyn, gehst sogar zwei Stunden früher schlafen!«

Draußen untersuchte Evelyn sich sorgfältig, ob die Spinne noch irgendwo säße. Zu ihrer großen Erleichterung sah sie das Biest plötzlich den Flur entlangrennen.

Evelyn lehnte sich gegen die Wand. Wie gemein von der Spinne, ausgerechnet zu ihr zu kommen, wo sie doch ebenso gut zu jeder anderen hätte laufen können! Nun war sie, Evelyn, doppelt bestraft. Doch sie würde bald das Gerücht unter die Mädchen bringen, dass Alice und Dolly die Spinne in die Schublade von Marlies gesetzt hätten!

In diesem Augenblick kam Frau Pott aus der Klasse.

»Die Spinne war wirklich da! Sie ist eben hier den Flur entlanggeflüchtet«, sagte Evelyn eifrig. Sie deutete in die Richtung, bestrebt, sich wieder bei der Lehrerin einzuschmeicheln. Doch Frau Pott nahm nicht die leiseste Notiz von ihr, sondern verschwand in der zweiten Klasse.

Evelyn überlegte. Was sollte sie nun tun? Hier draußen bleiben oder in die Klasse zurückgehen? Sie wollte nicht gern hier gesehen werden, denn es könnte ja sein, dass die Direktorin zufällig vorbeikam. Also beschloss sie, die Rückkehr in die Klasse zu wagen.

»Was? Du kommst wieder? Wer hat dir das erlaubt?«, fragte Mademoiselle, die sich jetzt wegen ihrer unrühmlichen Rolle bei der ganzen Geschichte schämte und bereit war, ihre Demütigung an der ersten Besten auszulassen. »Du hast so laut geschrien, dass Frau Pott ganz blass vor Zorn wurde!«

»Sie haben auch geschrien«, protestierte Evelyn beleidigt. »Und zwar lauter als ich!«

Mademoiselle erhob sich. Ihre schwarzen Knopfaugen blitzten. »Du willst frech zu mir sein, zu mir, zu Mademoiselle Dupont? Du willst mit mir streiten, mit mir, die ich seit zwanzig Jahren hier unterrichte? Du … du …«

Evelyn drehte sich um und floh. Lieber wollte sie den ganzen Tag lang draußen vor der Tür stehen als hier drinnen vor der zornesbebenden Mademoiselle!

Scharfe Worte

Die Geschichte mit der Spinne hatte sich bis zum Abend in der ganzen Schule herumgesprochen. Es wurde viel darüber gelacht.

Als Mademoiselle Rougier davon hörte, reagierte sie höhnisch. »Dass eine Französin so närrisch sein kann! Ich fürchte mich nicht vor Spinnen oder dergleichen Insekten. Mademoiselle Dupont sollte sich schämen, sich so zum Gespött zu machen.«

Die erste Klasse war natürlich am vergnügtesten. Alle mussten immer wieder loslachen, wenn sie daran dachten, wie nacheinander Marlies, die Lehrerin und Evelyn derselben Spinne zum Opfer gefallen waren.

»Ein gescheites Tier!«, kicherte Irene. »Es kannte die einzigen drei Leute in der Klasse, die vor ihm Angst haben würden. Ich ziehe den Hut vor dieser Spinne.«

»Ich verstehe nicht, wie sie ausgerechnet in meine Schublade kam«, sagte Marlies.

»Eben. Das war eine Schande«, erklärte Evelyn. »Arme Marlies! Für dich muss es ein fürchterlicher Schrecken gewesen sein, als du sie entdeckt hast. Ich möchte bloß wissen, wer sie hineingetan hat!«

Da schwiegen alle. Zum ersten Mal fiel es der Klasse ein, dass die Spinne mit Absicht in die Schublade gesetzt worden sein könnte. Die Mädchen sahen sich an.

»Es war ein schlechter Streich, es ausgerechnet bei Marlies zu tun«, sagte Jenny. »Sie hat nun einmal Angst vor allem Möglichen, und sie ist ja fast vor Schreck umgefallen. Ich hätte gedacht, dass der Witzbold in unserer Klasse wenigstens so gescheit gewesen wäre, sie ... sagen wir ... in Alices Schublade zu stecken.«

»Aber nicht, wenn Alice zufällig selbst dieser Witzbold wäre«, meldete sich eine scheinheilige Stimme. »Du spielst doch so gerne Streiche, nicht wahr, Alice? Du warst heute mit Dolly vor dem Nachmittagsunterricht in unserer Klasse. Und ich bin sicher, dass alle noch wissen, was du gesagt hast: Nämlich dass du Marlies am liebsten eine Spinne in den Nacken setzen würdest.« Die Stimme gehörte Evelyn.

Alice sah zu ihr hin. »Ich war es nicht«, sagte sie. »Auch Dolly nicht. Ich muss dich leider enttäuschen, liebe Evelyn. Ich glaube eher, du warst es!«

»Marlies ist meine beste Freundin«, erklärte Evelyn. »So etwas würde ich ihr nicht antun.«

»Nun, wenn du sie in der einen Woche fast ertränkst, wäre dir schon zuzutrauen, dass du ihr in der nächsten Woche eine Spinne in die Schublade setzt«, sagte Dolly.

»Es ist doch aber sonderbar, dass ihr beiden vor dem Nachmittagsunterricht als Einzige im Klassenraum wart«, bohrte Evelyn weiter.

»Schluss damit!«, sagte Katrin kurz. »Wir nehmen jedenfalls an, dass es weder Dolly noch Alice war, einfach weil wir ihnen glauben. Die Spinne wird durch einen Zufall in die Schublade geraten sein! Damit basta!«

»Aber ich finde –«, fing Evelyn wieder an.

Aber die ganze Klasse rief: »Hör auf, Evelyn! Schluss!«

Es blieb Evelyn wirklich nichts übrig, als den Mund zu halten. Sie beschloss aber, sich durch ihren ersten Misserfolg nicht entmutigen zu lassen, sondern Marlies weiterhin zu ärgern, sodass am Ende die Klasse ihren Verdacht doch auf Alice und Dolly richten musste. Sie nahm sich auch vor, Frau Pott einen Wink zu geben, dass Alice und Dolly die Urheber wären.

Damit kam sie freilich nicht sehr weit.

Sie musste wegen einer Hausarbeit zu Frau Pott. Sehr bescheiden stand sie in dem kleinen Zimmer, das Frau Pott im Nordturm bewohnte.

»Frau Pott, es tut mir sehr leid wegen der Sache mit der Spinne«, begann sie. »Natürlich waren Alice und Dolly vorher im Klassenzimmer, und ich bin sicher, dass sie Bescheid darüber wissen. Ich hörte Alice sagen –«

Frau Pott sah auf. »Versuchst du zu petzen? Oder – höflicher ausgedrückt – Geschichten zu erzählen? Bei mir hat so etwas keinen Zweck. In meinem Internat früher, Evelyn, hatten wir für Petzen eine sehr wirksame Strafe: Jedes Mädchen gab der Petze im Schlafraum einen Schlag mit der Haarbürste auf den bloßen Hintern! Ich muss doch mal fragen, ob man dieses Mittel hier auch kennt!«

Evelyn wurde flammend rot. Eine Petze! Dass Frau Pott sie, Evelyn Lessing, eine Petze zu nennen wagte! Nur weil sie ihr einen freundlichen

Wink geben wollte! Evelyn wusste nicht, was sie sagen sollte. Am liebsten wäre sie in Tränen ausgebrochen, aber in solchen Fällen wurde Frau Pott immer sehr ungeduldig.

Evelyn verließ das Zimmer. Sie hatte größte Lust, die Tür hinter sich zuzuknallen. Doch hier wagte sie es nicht.

Sie tat sich selbst sehr leid. Wenn ihre Mama wüsste, in welch furchtbare Schule sie geraten war, käme sie bestimmt sofort her und nähme sie mit. Frau Winter wäre ebenfalls entsetzt. Bei ihrem Papa war Evelyn nicht so sicher. Er konnte manchmal genauso beißend reden wie Frau Pott.

Die Woche ging vorüber. Es herrschte sommerliches Wetter, aber es war nicht drückend heiß, sodass Spiele und Schwimmen noch mehr Spaß machten als sonst. Alice und Betty übten fleißig für das Sportfest. Beide konnten wie die Robben schwimmen und tauchen. Dolly versuchte, es ihnen gleichzutun. Sie war auch gut, aber keine solche Meisterin wie die beiden.

Unglücklich war allein Marlies. Sie musste sich über vieles ärgern. Zum Beispiel waren ihre Sachen im Umkleideraum in ein Wasserbecken geworfen worden. Sie musste sie zum Trocknen zur Hausmutter bringen, von der sie natürlich Vorwürfe zu hören bekam.

Ein andermal waren an ihrem Tennisschläger plötzlich drei Saiten kaputt. Marlies war außer sich. »Sieh nur, Evelyn! Wie kann das bei einem neuen Schläger passieren?«

»Merkwürdig«, sagte Evelyn und tat so, als untersuche sie den Schläger sehr genau. »Diese Saiten sind durchgeschnitten worden, Marlies. Jemand will dir damit eins auswischen!«

Marlies konnte nicht glauben, dass sie Feinde hatte. Doch als sie entdeckte, dass an ihrem Sonntagskleid die Knöpfe fehlten, wusste sie: Hier war eine Gemeinheit im Gange!

Evelyn tröstete sie. »Mach dir nichts draus. Ich nähe sie dir wieder an. Nähen ist mir zwar verhasst, aber für dich tue ich es gern, Marlies.«

Und so nähte Evelyn eines Abends die sechs blauen Knöpfe wieder an und machte sehr viel Aufhebens davon.

»Wer hat denn die Knöpfe abgerissen?«, fragte Jenny.

»Das möchte ich auch gern wissen«, sagte Evelyn scheinheilig. »Ich nähe sie für Marlies an, weil es mir leidtut, dass ihr jemand so einen gemeinen Streich gespielt hat. Und ich möchte auch wissen, aus welchem Grund ihr Tennisschläger kaputt ist.«

Die Mädchen sahen einander an. Es war tatsächlich merkwürdig, was Marlies in letzter Zeit alles passierte.

Der Besuchstag der Eltern nahte. Dolly freute sich sehr, weil Vater und Mutter versprochen hatten zu kommen. Es war eine weite Reise, aber sie wollten ein paar Autostunden von Möwenfels entfernt eine Woche Urlaub machen und bei dieser Gelegenheit auch ihre Tochter besuchen.

»Ich wünschte, meine drei Brüder kämen«, sagte Alice.

»Und ich habe Sehnsucht nach meiner kleinen Schwester«, sagte Jenny. »Ich möchte ihr Möwenfels gern zeigen.«

»Kommt deine Mutter auch, Susanne?«, fragte Marlies.

»Nein«, sagte Susanne. »Wir wohnen zu weit weg.«

Dolly erinnerte sich daran, dass ihre Mutter ihr vor ein paar Wochen geschrieben hatte, sie hätte Susannes Mutter kennengelernt, die ihr sehr sympathisch wäre. Und sie hätte auch Susannes kleine Schwester gesehen, ein winziges, süßes Ding, knapp ein Vierteljahr alt.

»Susanne, ich dachte, deine Mutter käme nicht, weil ihr doch ein Baby habt«, sagte sie.

Susanne starrte Dolly an, als traue sie ihren Ohren nicht. »Ein Baby?«, fragte sie erstaunt. »Wir haben kein Baby! Meine Mutter kommt nicht, weil es so weit ist!«

Dolly war verwirrt. »Aber meine Mutter hat mir geschrieben, sie hätte deine kleine Schwester gesehen. Ein kleines Baby, ein Vierteljahr alt.«

»Ich habe keine kleine Schwester«, erklärte Susanne. »Ich bin die einzige Tochter. Mutter und ich sind immer zu zweit gewesen, weil Vater oft weg war. Wir haben kein Baby!«

»Schon gut«, sagte Dolly leichthin. »Du musst es ja wissen. Ich dachte, du würdest dich über eine Schwester freuen. Es ist schön, wenn man eine hat.«

»Findest du? Ich würde sie hassen!«, rief Susanne. »Ich will meine Mutter mit niemandem teilen.« Damit verließ sie das Zimmer; ihr Gesicht war ausdruckslos wie immer.

Die Mädchen waren richtig verstört. »Sie ist merkwürdig«, sagte Irene. »Sagt kaum etwas ... immer so verschlossen!«

»Ich werde meiner Mutter schreiben, dass sie sich geirrt hat«, erklärte Dolly. Und das tat sie auch. Sie erzählte es Susanne, als sie das nächste Mal mit ihr zusammentraf.

»Es tut mir leid, dass ich glaubte, du hättest eine Schwester«, sagte sie zu ihr. »Ich habe meiner Mutter geschrieben, dass es nicht stimmt. Sie muss wohl falsch verstanden haben, was deine Mutter erzählte.«

Susanne blieb stehen und starrte Dolly zornig an. »Warum mischst du dich in meine Angelegenheiten?«, tobte sie los. »Lass mich und meine Familie in Frieden! Wer hat dir erlaubt, deine Nase in anderer Leute Dinge zu stecken?«

Auch Dollys Zorn flammte auf. »Das tu ich nicht«, sagte sie. »Ich wollte dich nicht ärgern. Ich kann überhaupt nicht verstehen, was der ganze Unsinn bedeuten soll! Mir ist ganz gleichgültig, ob du eine Schwester hast oder nicht!«

»Schreib deiner Mutter, sie soll sich nicht einmischen«, giftete Susanne.

»Ach, sei doch nicht albern!«, giftete Dolly zurück. »Jeder muss denken, es gäbe da ein Geheimnis, so wie du dich benimmst. Jedenfalls werde ich sehen, was meine Mutter das nächste Mal schreibt. Ich sage es dir dann.«

»Ich will es gar nicht wissen!«, rief Susanne. »Nein, ich will es nicht wissen! Ich hasse dich, Dolly Rieder – dich samt deiner Mutter, die dich besucht und dir Sachen schickt und lange Briefe schreibt! Und du prahlst auch noch vor mir! Das tust du mit Absicht! Du bist gemein! Hundsgemein!«

Dolly war ganz verstört. Was in aller Welt hatte Susanne nur?

Vorfreude und Vorbereitung

Je näher der Besuchstag rückte, umso mehr steigerte sich die Aufregung. Viele Mädchen würden am Sonnabend ihre Eltern sehen! Frau Rexhausen, die Sportlehrerin, hatte für die Besucher eine Schwimmvorführung der Mädchen vorbereitet.

Prima! Dolly war ganz aus dem Häuschen vor Vergnügen, wenn sie daran dachte. Sie hatte gut schwimmen und springen gelernt, und sie wusste, dass ihre Eltern sich darüber freuen würden. Außerdem sollte es zur Feier des Tages Erdbeeren mit Schlagsahne und Eis geben!

Doch am Mittwoch, als die Zwischenzeugnisse bekannt gegeben wurden, war sie bestürzt. Sie hatte gehofft, unter den drei oder vier Besten der Klasse zu sein. Stattdessen war sie die Zehnte von hinten! Sie traute ihren Ohren kaum. Katrin war die Beste, Alice die Fünfte, Betty die Vierzehnte, Evelyn die Schlechteste! Und Marlies war die Sechste von hinten – gar nicht weit weg von Dolly!

Als die übrigen Zeugnisse verlesen wurden, war Dolly sehr still. In ihrer Klasse gab es rund dreißig Mädchen – und mehr als zwanzig waren besser als sie. Da musste doch ein Fehler passiert sein!

Sie ging zu ihrer Klassenlehrerin. »Frau Pott«, fing sie recht schüchtern an, »darf ich Sie etwas fragen?«

»Was denn?«, fragte Frau Pott, ohne aufzusehen.

»Es ist wegen der Zeugnisse«, erklärte Dolly. »Bin ich wirklich so weit hinten?«

»Lass sehen«, sagte Frau Pott. Sie zog das Zeugnis heran. »Ja, es stimmt. Ich war selbst erstaunt, Dolly. In den ersten beiden Wochen hast du doch so gut gearbeitet.«

»Aber Frau Pott ...« Dolly stockte, denn sie wusste nicht, wie sie sich ausdrücken sollte.

Die Lehrerin erriet jedoch ihre Gedanken. »Du willst mich fragen, warum du unter den Schlechteren bist, obwohl du doch leicht unter den Besten sein könntest?«, fragte sie. »Nun, Dolly, das kann ich dir sagen. Es gibt Mädchen wie Alice, die in der Klasse dummes Zeug anstellen und doch ihre Aufgaben zur Zufriedenheit verrichten. Und es gibt andere – dazu gehörst du –, die können genauso dummes Zeug machen, aber leider beeinflusst das ihre Arbeit, und ihre Leistungen rutschen nach unten. Verstehst du?«

Dolly wäre am liebsten im Boden versunken. »Ja«, sagte sie leise. Sie sah Frau Pott mit ihren klaren braunen Augen an. »Ich hätte mich bestimmt nicht so albern benommen, wenn ich gewusst hätte, dass mein Zeugnis dadurch schlecht ausfällt. Meine Eltern werden enttäuscht sein.«

»Wahrscheinlich«, sagte Frau Pott und nahm ihren Stift wieder in die Hand. »Ich an deiner Stelle würde Alice und Betty nicht zu sehr nachahmen, Dolly. Sieh mal: Wenn du etwas tust, tust du es mit ganzem Herzen – und wenn du Unsinn anstellst, müssen die anderen Dinge natürlich darunter leiden. Alice ist anders; sie kann zwei oder drei Dinge recht gut zur gleichen Zeit tun. Das hat gewiss seine Vorteile, aber die besten Menschen sind immer die, die aus vollem Herzen handeln – falls sie sich für die richtigen Dinge entscheiden.«

»Ich verstehe«, sagte Dolly. »Wie mein Vater. Er handelt auch so. Er ist Chirurg, und er setzt sich immer mit ganzem Herzen ein, um durch seine Operationen kranken Menschen die Gesundheit zurückzugeben.«

»Ein gutes Beispiel«, sagte Frau Pott. »Wenn er sich nebenher noch mit einem halben Dutzend anderer Dinge befassen würde, wäre er wahrscheinlich kein guter Arzt. Und wenn du dich für irgendetwas entscheidest, das es dir wert scheint, ob es nun Heilen oder Lehren oder Schriftstellern oder Malen ist, so bist du am besten mit deinem ganzen Herzen dabei!«

Dolly ging recht kleinlaut weg. Wie schade, dass sie nicht mit ganzem Herzen bei ihrer Arbeit gewesen und bessere Leistungen gebracht hatte!

Am Sonnabend kamen auch Evelyns Mutter und Frau Winter, ihre frühere Lehrerin. Evelyn wartete auf die Gelegenheit, sich vor ihnen aufzuspielen. Frau Winter sollte ein wenig beschämt sein, wenn sie von dem großartigen Unterricht und Evelyns Leistungen hörte.

Marlies bekam keinen Besuch. Sie war sehr enttäuscht darüber. Doch Evelyn redete ihr freundlich zu. »Mach dir nichts draus, Marlies. Du kannst den ganzen Tag mit meiner Mutter, Frau Winter und mir zusammen sein.«

Marlies aber gefiel dieser Vorschlag gar nicht. Sie war Evelyns ständige Angebereien leid. Evelyn genoss es jedoch, eine so geduldige Zuhörerin zu haben. Dabei verachtete sie Marlies insgeheim, weil diese ihre Geschichten meist widerspruchslos hinnahm.

Als Dolly erfuhr, dass Marlies keinen Besuch bekam, ging sie zu ihr. »Möchtest du vielleicht am Sonnabend mit meinen Eltern und mir mitkommen?«, fragte sie. »Wir machen mit dem Auto einen schönen Ausflug.«

Marlies dachte an Evelyns Einladung, und sie erzählte Dolly davon.

»Nicht so schlimm«, meinte Dolly. »Sag ihr einfach, dass ich dich gebeten hätte mitzukommen und meine Eltern dich gern kennenlernen wollten.«

»Hm ... ich weiß nicht, ob ich mich das traue«, sagte Marlies. »Evelyn wird vielleicht böse ... vor allem, weil sie dich nicht mag, Dolly.«

»Du gehst also lieber mit Evelyn als mit mir?«

»Dolly! Wie kannst du so etwas sagen!«, rief Marlies und weinte fast. »Ich … ich … ich würde viel, viel lieber mit dir zusammen sein.«

»Dann rede mit Evelyn«, sagte Dolly. »Wenn du etwas nicht gern tust, wirst du doch wohl den Mut aufbringen, es dir vom Hals zu schaffen. Du bist ein schrecklicher Feigling!«

»Ich weiß!«, rief Marlies verzweifelt. »Aber sag das doch nicht immer wieder! Das macht es nur noch schlimmer. Rede du doch mit Evelyn!«

»Ich werde mich hüten«, antwortete Dolly. »Das ist und bleibt deine Sache.« Damit drehte sie sich um und ging weg.

Marlies sah ihr voll Verzweiflung nach.

Jenny war gerade in der Nähe. Sie hatte alles mit angehört. Marlies tat ihr ein bisschen leid. Sie ging Dolly nach und sagte vorwurfsvoll: »Du warst ganz schön hart zu Marlies.«

»Das ist nur gut für sie«, meinte Dolly. »Wenn ich ihr ein wenig Mut machen kann, wird sie es mir danken. Sie soll sich schämen, weil sie nicht zu Evelyn geht und mit ihr spricht.«

»Damit hast du ganz recht. Nur die Art, wie du ihr Mut machen willst, scheint mir nicht richtig zu sein«, sagte Jenny.

Evelyn erfuhr von Dollys Einladung an Marlies. Aber offenbar war Marlies nicht geneigt, sie anzunehmen. So glaubte Evelyn jedenfalls. Erfreut darüber, schürte sie das Feuer kräftig. »Unverschämt von Dolly, dich einzuladen, nachdem ich es schon getan hatte!«, sagte sie. »Ich bin froh, dass du den Anstand hattest, ihr abzusagen, Marlies. Du willst doch nicht mit einem Mädchen gehen, das dich mitleidig von oben herab behandelt!«

»Nein«, antwortete Marlies. Mehr konnte sie nicht sagen. Wie gern hätte sie tapfer »Doch!« gerufen, aber sie brachte es einfach nicht fertig.

Der Sonnabend dämmerte klar und hell herauf. Das Meer glitzerte im Sonnenschein und war glatt wie ein Spiegel. Schon am frühen Morgen trugen die

Mädchen ganze Ladungen Klappstühle hinunter zum Schwimmbecken und stellten sie auf. Es war ein guter Platz zum Zuschauen.

Dolly sang laut, als sie hinauf- und hinunterstieg. Ihr Herz klopfte vor Freude, wenn sie an das bevorstehende Wiedersehen mit den Eltern dachte. Marlies sang nicht. Sie war traurig und niedergeschlagen. Susanne sah ebenfalls traurig aus; ihr Gesicht wirkte noch verschlossener als sonst. Alice war bester Laune; ihre Eltern und einer ihrer Brüder wollten kommen. Betty erhielt keinen Besuch; sie wollte deshalb den Tag gemeinsam mit Alice verbringen.

Zufällig sah Dolly, nachdem sie ein paar Stühle hinuntergeschleppt hatte, Susanne die Klippen heraufkommen. Sie war betroffen von Susannes traurigem Gesicht. Spontan rief sie ihr zu: »Hallo, Susanne! Deine Eltern kommen nicht, wie? Magst du nicht heute mit meinen Eltern und mir zusammen sein? Ich darf jemanden einladen.«

»Danke, habe keine Lust«, antwortete Susanne. Wortlos ging sie weiter die Klippe hinauf.

Wirklich ein komisches Mädchen, überlegte Dolly. Sie war verärgert, weil keine der beiden, die sie eingeladen hatte, mit ihr kommen wollte. So versuchte sie, eine andere zu finden, die auch keinen Besuch bekam. »Bring deine beste Freundin mit«, hatte die Mutter ausdrücklich geschrieben.

Aber eine »beste Freundin« hatte Dolly nicht. Alice war ja schon mit Betty befreundet. Und Irene schien keine Freundin zu brauchen. Die Musik genügte ihr.

Und wenn ich Angela frage? überlegte Dolly. Eigentlich hatte sie an dem ruhigen, fleißigen Mädchen kein Interesse. Aber deren Eltern kamen auch nicht, und niemand hatte sie eingeladen. Deshalb fragte Dolly also Angela, die vor Freude gleich rot wurde und begeistert zusagte.

Marlies kamen beinahe die Tränen, als sie die beiden losgehen sah.

Ein wunderschöner Tag

Bald war der große Parkplatz vor Möwenfels von Autos aller Marken und Größen besetzt. Eltern stiegen aus und hielten nach ihren Töchtern Ausschau. Überall waren fröhliche Willkommensrufe zu hören.

Bald entdeckte Dolly den großen schwarzen Wagen der Eltern. Pfeilschnell schoss sie aus dem Tor und die Auffahrt hinunter. Sie flog ihren Eltern um den Hals.

Dolly führte sie in die Schule, während sie unentwegt plauderte. »Ihr müsst unseren Schlafraum sehen. Auch das Bett, in dem ich schlafe – und vor allem den Blick aus dem Fenster. Er ist einfach zauberhaft!«

In ihrer Aufregung dachte sie gar nicht mehr an Angela, die geduldig neben ihr wartete. Plötzlich bemerkte sie sie und hielt inne.

»Ach, Angela! Mutti, du hattest geschrieben, ich dürfte jemanden einladen! Das ist Angela Lachner. Sie geht in meine Klasse!«

Überrascht sah Frau Rieder Angela an. Sie hatte nicht erwartet, dass Dolly sich ein so stilles Mädchen als Freundin wählen würde. Dass Dolly noch gar keine beste Freundin hatte, ahnte sie nicht. Sie gab Angela die Hand und sagte: »Wie nett, dass du mit uns kommen willst.«

Evelyn kam mit zwei Damen: Ihre Mutter hatte helles Haar wie Evelyn und ein etwas kindliches Gesicht, die andere war wohl Frau Winter, ihre frühere Privatlehrerin. Was für eine schreckliche Person, dachte Dolly. Doch Frau Winter war in Wirklichkeit gar nicht so schrecklich. Sie war ein einfacher, armer Mensch, der sich stets allen unterordnete. Sie betete Evelyn an, weil sie hübsch und anmutig war, und sie sah einfach nicht den Egoismus und den schlechten Charakter des Mädchens. Marlies war bei ihnen. Sie versuchte zu lächeln. Es gelang ihr kaum. Frau Lessing gefiel ihr ebenso wenig wie Frau Winter. Und über die Flunkereien, die Evelyn ihnen auftischte, war sie entsetzt.

»Ich bin beinahe die Beste der Klasse im Tennis«, hörte sie Evelyn sagen. »Ich wäre gar nicht überrascht, wenn ich in die Schulmannschaft käme, Mama.«

Überrascht starrte Marlies Evelyn an. Jeder wusste doch, dass Evelyn im Tennis die reinste Null war!

»Und Mademoiselle freut sich sehr über mein Französisch«, fuhr Evelyn fort. »Ich glaube, ich könnte die Beste werden. Sie sagt, ich hätte einen hervorragenden Akzent.«

Marlies hätte gern erzählt, dass Evelyn in Französisch die Schlechteste in der Klasse war, aber sie wagte es nicht.

»Machst du heute Nachmittag beim Wettschwimmen mit?«, fragte Frau Lessing und sah ihre Tochter Evelyn zärtlich an, deren goldschimmerndes Haar heute wieder lang hinunterhing und die wie ein richtiger Engel aussah – wenigstens dachte ihre Mutter so.

»Nein, lieber nicht, Mama«, sagte Evelyn. »Man soll auch den anderen eine Chance geben.«

Marlies wurde es beinahe schlecht.

Dann aber zerstörte Dolly den Traum. Sie kam mit ihren Eltern vorbei, und Frau Lessing war von ihrem Aussehen und ihrem Lächeln ganz gefangen.

»Das ist aber ein reizendes Mädchen, Liebling«, sagte sie zu Evelyn. »Seid ihr befreundet? Ich würde sie gern kennenlernen.«

»Ach nein, das ist keine Freundin von mir«, erwiderte Evelyn schnell.

Aber Marlies, die über das Lob entzückt war, hatte schon gerufen: »Dolly! Frau Lessing möchte dich kennenlernen.«

Dolly kam herüber und wurde von der mürrischen Evelyn vorgestellt.

»Bist du beim Wettschwimmen dabei?«, fragte Frau Lessing liebenswürdig. »Ich höre, dass Evelyn sich nicht vordrängen will, um den anderen eine Chance zu lassen!«

»Evelyn? Sie kann doch überhaupt nicht schwimmen«, sagte Dolly. »Wir überkugeln uns immer vor Lachen, wenn sie fünf Minuten braucht, ehe sie überhaupt eine Zehe ins Wasser steckt. Nicht wahr, Evelyn?«

Das sagte sie lustig und unbefangen, aber Evelyn hätte sie in diesem Augenblick am liebsten die Klippe hinuntergeworfen! Sie wurde knallrot im Gesicht.

Frau Lessing glaubte allen Ernstes, Dolly mache Spaß. Sie lachte. »Wahrscheinlich würde Evelyn euch alle schlagen, wenn sie mitmachte«, sagte sie. »So wie beim Tennis und im Unterricht.«

Dolly sah Evelyn erstaunt an, und Evelyn wurde noch verlegener. »Evelyn hat Ihnen anscheinend etwas vorgeflunkert«, sagte Dolly lachend und wandte sich wieder ihrem eigenen Besuch zu.

»Was für ein vorlautes Mädchen!«, erklärte Frau Winter verwirrt.

Evelyn erholte sich schnell von dem Schrecken. »Ich vermute, sie ist eifersüchtig«, sagte sie. »Beachte sie gar nicht, Mama. Marlies kann dir ja erzählen, dass ich im Tennis und in allem anderen erstklassig bin.«

Aber das war selbst für die schüchterne Marlies zu viel. Sie sah noch erschrockener aus als sonst, murmelte irgendetwas, dass sie mit Mademoiselle sprechen müsste – und lief weg.

Nachdem Dolly ihren Eltern alles gezeigt hatte – vom Blick aus dem Nordturm bis zu ihrem gut aufgeräumten Tisch –, sahen sie auf dem Weg zum Auto Susanne.

»Nanu, ist das nicht Susanne Hoppe?«, fragte Frau Rieder und blieb stehen. »Natürlich! Im Wohnzimmer ihrer Mutter hing ein Foto von ihr, deshalb kenne ich sie! Du musst wissen: Wir Mütter sind inzwischen daheim ein wenig miteinander bekannt geworden.«

Dolly rief mit heller Stimme: »Susanne! Susanne Hoppe!«

Susanne hörte Dollys Stimme deutlich, aber sie tat, als sei sie taub. Rasch bog sie in einen Seitenweg ein.

»Fort ist sie!«, sagte Dolly verblüfft. »Ich hatte sie eingeladen, mit uns zu kommen, Mutti, aber sie wollte nicht.«

»Lasst uns aufbrechen«, sagte der Vater und öffnete die Tür des Wagens. »Wir werden am Steilufer entlangfahren und dann in einen wunderschönen Weg einbiegen, den ich während der Herfahrt entdeckt habe. Er führt an eine einsame kleine Bucht. Dort machen wir Picknick.«

Dolly und Angela stiegen ein. Angela hatte Spaß an der Fahrt. Frau Rieder war reizend und fragte sie vielerlei. Gewöhnlich fanden alle Leute Angela langweilig. Aber Frau Rieder hielt sie für Dollys beste Freundin und wollte sie deshalb genau kennenlernen. Bald erfuhr sie, dass Angela gern nähte. Dolly hörte erstaunt zu. Niemals vorher hatte sie Angela so viel reden hören. Du liebe Zeit, wie sie die Kissenhülle beschrieb, an der sie arbeitete! Die Farben, die Stiche und alles!

»Es ist seit jeher eine Enttäuschung für mich, dass Dolly kein Interesse für Handarbeiten zeigt«, sagte Frau Rieder zu Angela. »Ich mag so etwas auch schrecklich gern. Sechs Stuhlkissen habe ich selbst gemacht!«

»Was – wirklich?«, rief Angela. »Und ich habe erst zwei fertig!«

»Vielleicht bekommt Dolly durch dich auch Spaß daran«, meinte Frau Rieder lachend. »Ich bringe sie noch nicht einmal dazu, ein Loch zu stopfen.«

»O, Stopfen bringe ich ihr gern bei, wenn sie will«, sagte Angela, die der netten Frau Rieder gefallen wollte.

Dolly lauschte entsetzt. Sie hatte Angela wahrhaftig nicht eingeladen, damit sie ihr später Stopfen beibringt. Darum wechselte sie schnell das Thema und berichtete, wie Evelyn vor ihrer Mutter und Frau Winter geprahlt hatte ...

Bald waren sie an der Bucht angelangt. Es gab herrliche Dinge zu essen: kaltes Huhn, Mayonnaisesalat mit Gürkchen, Limonade und als Nachtisch Schokoladenpudding – alles das zauberten die Eltern aus der mitgebrachten Kühltasche hervor.

Nach dem Picknick war es Zeit, zurückzufahren, um den Wettkampf nicht zu versäumen. Da Angela nicht mitschwamm, versprach sie, Dollys Eltern gute Plätze zu besorgen. Dolly ging zum Umziehen.

Es war ein schöner Tag, alle waren guter Laune, überall hörte man Scherze. Sogar die beiden Französischlehrerinnen spazierten Arm in Arm, was sie noch niemals getan hatten.

Das Schwimmen entwickelte sich zu einem spannenden Ereignis. Frau Rieder war begeistert, wie gut Dolly schwamm und sprang. Von den jüngeren Mädchen war sie eine der Besten. Manche der älteren waren die reinsten Kunstspringerinnen, besonders Monika aus der sechsten Klasse. Alle jubelten ihr zu, als sie vom Sprungbrett einen Salto wagte.

»Und du kannst das auch alles, Liebling?«, hörte Dolly Frau Lessing ihre Tochter fragen. Evelyn, die nahe bei Dolly und ein paar anderen stand, blickte hastig um sich. Zu dumm, dass ihre Mutter in der Öffentlichkeit solche Fragen stellte!

»Nun ... annähernd kann ich's wohl«, sagte sie.

Frau Winter klopfte ihr anerkennend auf die Schulter und erklärte: »Immer bist du so bescheiden.«

Dolly hätte fast laut aufgelacht – Evelyn und bescheiden!

Zur Kaffeezeit schleppten Dolly und Angela für die Erwachsenen und sich selbst Teller mit Erdbeertorte und Schlagsahne heran. Außerdem gab es noch Schokoladen- und Vanilleeis. Vorhin schon das gute Essen und nun noch das! Auf Möwenfels ließ sich's leben!

»Mutter, dort ist Susanne wieder!«, rief Dolly plötzlich. »Ich hole sie sofort her. Du hast mir übrigens nie erzählt, warum du dich mit ihrer kleinen Schwester so geirrt hast – sie hat nämlich gar keine!«

»Aber Dolly – sie hat eine«, sagte ihre Mutter überrascht. »Ich habe sie ja mit eigenen Augen gesehen!«

»Also, dann begreife ich Susanne nicht. Ich muss sie wirklich mal herholen!«

Plötzlicher Streit

Aber Susanne war wie vom Erdboden verschwunden. Ob sie ihr etwa absichtlich aus dem Weg ging, überlegte Dolly.

Sie lief zu ihren Eltern zurück, denn die Zeit wurde allmählich immer kostbarer. »Ich kann Susanne nicht finden«, berichtete sie. »Sie ist einfach weg. Aber ich werde ihr die Nachricht ihrer Mutter mitteilen. Um was handelt es sich?«

»Ach, ihre Mutter schien ein bisschen traurig, wohl weil Susanne zum ersten Mal von zu Hause weg ist. Und außerdem schreibt Susanne so nichtssagende kurze Briefe«, erklärte Frau Rieder. »Deshalb wollte sie gern, dass ich mit Susanne rede und ihr Grüße bestelle. Außerdem sollte ich ausrichten, wie traurig sie wäre, dass sie nicht selbst kommen und sie besuchen konnte.«

»Ich werde es ihr ausrichten«, versprach Dolly, die nicht recht wusste, woran sie war. »Aber weißt du, Mutti, Susanne ist in manchen Sachen furchtbar komisch. Sie hat mir wahrhaftig erzählt, sie hätte gar keine Schwester, und sie war wütend, weil ich etwas von ihrer Mutter sagte. Ich sollte mich da nicht einmischen, hat sie mich angebrüllt.«

»Nun, vielleicht machte sie nur Spaß«, meinte Frau Rieder, der das alles ebenfalls ein wenig rätselhaft vorkam. »Susanne weiß genau, dass sie ein Schwesterchen hat. Denn das war ja einer der Gründe, weshalb sie ins Internat geschickt wurde. Das Baby ist sehr zart und braucht Frau Hoppes ganze Aufmerksamkeit. Ein süßes kleines Ding!«

»Bist du übrigens hier in Möwenfels schon mal richtig aus der Haut gefahren?«, fragte Dollys Vater augenzwinkernd.

Dolly wurde rot. »Ja, einmal«, gestand sie. »Und danach habe ich mir vorgenommen, dass es kein zweites Mal passiert.«

»Hoffentlich warst du nicht wieder jähzornig«, erkundigte sich ihre Mutter besorgt.

Angela antwortete für Dolly: »Ach, sie hat nur ein boshaftes Mädchen ordentlich verhauen. Es war unten im Bad. Man konnte es fast bis hier oben in der Schule hören.«

»Aber Dolly!«, rief die Mutter.

Dolly lachte. »Ja, es war unmöglich! Es kommt auch nicht wieder vor. Jetzt kann ich mich beherrschen.«

»Wir alle hatten diesem Mädchen schon längst mal eine Abreibung gewünscht«, erzählte Angela. »Deshalb haben wir uns nur gefreut, als Dolly den Mut dazu fand.«

Alle lachten. Dolly war so fröhlich, dass sie glaubte, ihr Jähzorn würde nie mehr zum Vorschein kommen.

Gegen sechs Uhr fuhren die ersten Autos langsam die große Straße wieder hinab, und die Mädchen winkten wie wild. Schließlich waren alle Eltern weg, und das aufgeregte Erzählen hörte auf. In den Gemeinschaftsräumen besprachen die Mädchen die Tagesereignisse.

Nach einer Weile erinnerte Dolly sich an Susanne Hoppe. Sie sah sich um. Susanne war nicht da.

»Wo ist Susanne?«, fragte Dolly.

»Ich glaube, in einem Musikübungsraum«, meinte Katrin. »Ich möchte wissen, warum sie ausgerechnet heute üben muss, wenn kein Mensch Unterricht hat.«

»Ich werde sie suchen«, sagte Dolly und ging hinaus.

Die Übungsräume waren winzig. In jedem standen nur ein Klavier, ein Stuhl und ein Hocker. Aus zwei dieser Zimmer hörte man Musik. Dolly schaute in das erste: Irene saß dort und spielte leise für sich selbst. Sie bemerkte Dolly nicht einmal. Aus dem anderen Raum kamen nicht die verträumten Melodien, wie Irene sie spielte, sondern einfache Fingerübungen, die immer wiederholt wurden, in fast zorniger Weise. Dolly öffnete die Tür – ja, Susanne saß hier! Dolly trat ein.

Susanne drehte sich um und blickte ihr unfreundlich entgegen. »Ich übe«, sagte sie. »Störe mich nicht!«

»Was hast du nur?«, fragte Dolly ärgerlich. »Du brauchst mir nicht gleich an die Kehle zu springen. Den ganzen Tag habe ich dich gesucht. Meine Mutter wollte dich kennenlernen.«

»Aber ich wollte nicht deine Mutter kennenlernen«, antwortete Susanne und klopfte ihre Übung weiter, rauf und runter, rauf und runter.

»Und weshalb wolltest du nicht?«, rief Dolly. »Sie wollte dir etwas von daheim bestellen.«

Keine Antwort. Rauf und runter, rauf und runter – Susannes Finger flogen über die Tasten, noch lauter als vorher.

Da verlor Dolly die Geduld. »Hör auf!«, brüllte sie. »Was ist denn mit dir los?«

Susanne trat aufs Pedal und hämmerte weiter auf die Tasten. Offenbar wollte sie kein Wort hören.

Dolly trat dicht an sie heran und rief ihr in die Ohren: »Warum hast du erzählt, du hättest keine Schwester? Du hast eine! Deshalb konnte deine Mutter auch nicht zu Besuch kommen. Aber sie hat dir Grüße bestellt und lässt dir sagen –«

Susanne fuhr herum, ganz blass im Gesicht. »Lass mich allein! Weil du den ganzen Tag lang mit deiner Mutter zusammen warst und ihr Getue um dich hattest, glaubst du, du könntest nun kommen und mich verspotten! Ich hasse dich!«

»Du bist verrückt!«, schrie Dolly und schlug mit der Hand auf das Klavier, dass die Tasten klirrten. »Du hörst überhaupt nicht zu, was ich dir erzählen will. Aber du sollst zuhören! Deine Mutter hat meiner erzählt, dass du ihr so nichtssagende kurze Briefe schreibst. Sie sagte –«

»Ich mag's nicht hören!«, würgte Susanne hervor und stand auf. Sie stieß Dolly beiseite.

Aber wenn Dolly wütend war, vertrug sie es nicht, dass jemand sie anfasste; darum gab sie den Stoß mit aller Kraft zurück. Susanne flog quer durch den kleinen Raum, stürzte über den Stuhl und blieb einen Augenblick liegen. Sie griff nach dem Magen. »Es tut weh!«, stieß sie hervor. »Du gemeines Biest!«

Dolly zitterte vor Wut, als Susanne aus dem Zimmer stolperte. Doch fast augenblicklich verrauchte ihr Zorn wieder, und sie war ganz erschrocken über ihren Zorn. Wie konnte sie sich nur so fürchterlich gehen lassen? Susanne war merkwürdig, gewiss, aber sie – Dolly – hatte sie angegriffen. Sie war wieder jähzornig gewesen, obwohl sie sich vorhin erst vor ihren Eltern gerühmt hatte, es käme nie mehr vor!

Sie stürmte hinaus, um sich bei Susanne zu entschuldigen. Aber Susanne war nirgends zu sehen. Auch im Gemeinschaftsraum war sie nicht. Dolly ließ sich in einen Sessel fallen und rieb sich die Stirn. Wie hatte sie sich bloß so aufführen können!

Später wartete Dolly im Gemeinschaftsraum auf Susanne. Doch Susanne kam nicht. Es läutete zum Abendessen, und die Mädchen gingen hinüber in den Speisesaal. Susanne war auch dort nicht zu sehen. Merkwürdig!

Frau Pott bemerkte den leeren Platz. »Wer fehlt noch?«, fragte sie.

»Susanne Hoppe«, antwortete Dolly. »Ich sah sie zuletzt in einem der Übungsräume – vor einer Stunde etwa.«

»Wenn sie nicht kommt, wird ohne sie gegessen«, sagte Frau Pott. »Sie muss die Glocke gehört haben.«

Die Mädchen plauderten über den vergangenen Tag. Nur Dolly war still. Ob Susanne sich beleidigt und gekränkt in irgendeinen Winkel verzogen hatte? Was konnte nur mit ihr los sein? Fühlte sie sich unglücklich? Und warum?

Marlies schniefte laut. »Wo hast du dein Taschentuch?«, fragte Frau Pott. »Hast du keines? Du weißt doch, dass du immer eins einstecken musst. Geh sofort und hole es. Ich kann dieses Schniefen nicht ausstehen.«

Marlies schlüpfte hinaus und lief in den Schlafraum. Sie kam eine ganze Weile nicht zurück, und Frau Pott wurde wieder ungeduldig. »Anscheinend braucht Marlies den ganzen Abend, um ein Taschentuch zu finden.«

Da hörten sie draußen schnelle Schritte. Die Tür flog auf, und Marlies stürzte herein – mit einem Gesicht, das noch erschrockener war als sonst.

»Frau Pott! Ich habe Susanne gefunden. Sie liegt im Schlafraum auf ihrem Bett und stöhnt entsetzlich!«

»Warum stöhnt sie?«, fragte Frau Pott und stand schnell auf.

»Sie windet sich, als hätte sie furchtbare Bauchschmerzen!«, berichtete Marlies und fing zu weinen an. »Ach, Frau Pott, gehen Sie zu ihr! Sie wollte mir nichts sagen!«

»Esst weiter!«, befahl die Lehrerin den Mädchen. »Vielleicht hat Susanne zu viel Erdbeertorte mit Sahne verdrückt. Katrin, geh zur Hausmutter und bitte sie, in euren Schlafraum zu kommen.«

Sie lief hinaus. Die Mädchen überfielen die verschreckte Marlies sofort mit Fragen.

Nur Dolly saß immer noch schweigend da. Kalte Furcht überkam sie. Sie hatte Susanne durch das Musikzimmer geschleudert. Als die über den Stuhl fiel, musste Susanne sich innerlich verletzt haben! Es waren nicht die Erdbeeren und nicht die Sahne! Es war Dollys Jähzorn, der das verursacht hatte!

Dolly konnte nichts mehr essen. Sie huschte in den Gemeinschaftsraum, um nachzudenken. Hoffentlich war Susanne nicht schwer verletzt! Sie hatte vielleicht nur eine Prellung. Wahrscheinlich würde Frau Pott bald herunterkommen und erklären: »Na ja, es ist nichts weiter Schlimmes!«

Ach, hoffentlich, hoffentlich, dachte Dolly. Sie wartete ungeduldig und ängstlich auf Frau Potts Rückkehr.

Schlimme Stunden für Dolly

Nach dem Abendessen kamen auch die anderen Mädchen in den Gemeinschaftsraum.

Alice sah Dolly überrascht an. »So trübsinnig?«

»Ach … ich überlege bloß wegen Susanne. Hoffentlich ist sie nicht krank.«

»Warum sollte sie?«, fragte Alice. »Viele Leute vertragen Erdbeeren nicht. Mein einer Bruder zum Beispiel …«

Alice begann sofort wieder mit den Geschichten aus ihrer Familie, und Dolly hörte dankbar zu.

Es läutete zum Schlafengehen. Frau Pott war noch nicht zurückgekommen. Wieder kroch die Angst in Dolly hoch. Vielleicht wusste die Hausmutter Bescheid? Aber die Hausmutter erschien nicht. Stattdessen kam Mademoiselle Dupont und strahlte alle wohlwollend an, weil der Tag so hübsch gewesen war.

»Guten Abend, Mademoiselle, wo ist die Hausmutter?«, erkundigte sich eins der Mädchen.

»Sie kümmert sich um Susanne Hoppe«, erzählte Mademoiselle. »Ach, das arme Kind – es hat so große Schmerzen.«

Dollys Herz klopfte bis zum Hals. »Ist sie … ist sie im Revier?«, fragte sie leise.

Das »Revier«, so wurde die Krankenabteilung genannt, bestand aus einigen Zimmern über der Wohnung der Direktion. Es gab dort sogar eine Krankenschwester, die sehr nett und freundlich, aber auch sehr streng war.

»Ja. Natürlich ist sie im Revier. Sie ist sehr krank«, berichtete Mademoiselle. Dann fügte sie – mit ihrer Vorliebe für Übertreibungen – etwas hinzu, bei dem Dolly einen großen Schreck bekam: »Sie hat furchtbare Bauchschmerzen.«

»Ach«, flüsterte Dolly. »Weiß man ... weiß man schon, woher die Schmerzen kommen? Hat Susanne sich verletzt?«

Das wusste die Lehrerin nicht. »Ich hörte nur, die Torte und die Sahne wären nicht schuld daran«, sagte sie. »Susanne hat nämlich gar nichts davon gegessen. Das hat sie der Schwester erzählt.«

Also musste die Ursache Dollys heftiger Stoß sein und Susannes Sturz!

Arme Dolly! Sie fühlte sich so elend, dass Mademoiselles scharfer Blick ihre Niedergeschlagenheit bemerkte. Ob dieses Mädchen etwa auch krank war?

»Ist dir nicht gut, Dolly?«, fragte sie teilnahmsvoll.

»Doch, danke«, antwortete Dolly verstört. »Ich bin bloß ... bloß müde, glaube ich ...«

Dolly schlief in dieser Nacht schlecht. Wie hatte sie nur die Beherrschung so völlig verlieren können! Ob Susanne erzählt hatte, dass Dolly über sie hergefallen war? Wenn Dolly daran dachte, dass Frau Greiling davon erfahren könnte, lief es ihr kalt den Rücken hinunter. Ach, Susanne, wenn es dir morgen nur besser geht! Ich will versuchen, alles wiedergutzumachen!

Endlich schlief sie ein. Am nächsten Morgen war Susanne ihr erster Gedanke. Deren Bett war leer. Sofort rannte Dolly hinunter. Als sie Frau Pott sah, lief sie zu ihr. »Bitte, wie geht es Susanne?«

Was für ein nettes Kind diese Dolly doch ist, dachte Frau Pott. »Ich fürchte, es geht ihr nicht gut«, sagte sie. »Der Arzt weiß noch nicht genau, was ihr fehlt. Aber sie scheint wirklich sehr krank zu sein. Es kam auch so plötzlich – gestern schien sie noch ganz gesund.«

Dolly war elend zumute. Ja, Susanne war gesund gewesen ... bis sie über den Stuhl fiel. Sie wusste, was los war – sonst niemand. Und Susanne hatte nichts erzählt ...

Es war Sonntag. In der Kirche betete Dolly aus tiefster Inbrunst für Susanne. Sie fühlte sich schuldig und schämte sich. Sie musste Frau Pott oder der Hausmutter die ganze Wahrheit sagen – aber sie fürchtete sich davor.

Sie hatte Angst! Sonst war Dolly immer so furchtlos – es kam ihr selbst merkwürdig vor, wie sie sich auf einmal fürchtete. Aber wenn Susanne ... wenn sie vielleicht nicht wieder gesund wurde! Alles durch ihre Schuld!

Dolly konnte es einfach keinem erzählen. Welche Schande für sie selbst und ihre Eltern! Die Leute würden sagen: »Das ist das Mädchen, das von Möwenfels weggejagt wurde! Sie hat eine Mitschülerin schwer verletzt!«

»Ich kann es keinem erzählen, ich kann es nicht«, stöhnte Dolly. »Ich bin feige; ich wage es einfach nicht. Ich habe nie gewusst, wie feige ich bin!«

Plötzlich dachte sie an Marlies, der sie so oft wegen ihrer Feigheit Vorwürfe gemacht hatte. Arme Marlies – jetzt wusste sie selbst, wie es war, wenn man sich vor etwas fürchtete. Ein schreckliches Gefühl.

Dolly fühlte sich immer elender. Mit welchen Hoffnungen hatte sie die Schule hier begonnen! Sie wollte zu den besten Schülerinnen gehören! Ihre Eltern sollten stolz auf sie sein! Sie wollte eine gute Freundin gewinnen! Und nichts von allem war ihr gelungen. Zu der kleinen Marlies, die ihr so scheu und eifrig Freundschaft angeboten hatte, war sie gemein gewesen – und nun hatte sie etwas ganz Schlimmes getan und wagte nicht einmal, es jemandem zu sagen ...

Frau Pott fragte sich, ob Dolly wohl krank sei, und beobachtete sie scharf. Marlies lauerte den ganzen Tag, ob sie ihr nicht einen Gefallen tun könnte. Und jetzt auf einmal war Dolly nett zu ihr und schickte sie nicht weg. Sie war für Marlies' Anhänglichkeit dankbar.

Zwei Ärzte kamen zu Susanne – das sprach sich schnell herum. Sie wäre ernstlich krank, hieß es.

Wie sehr wünschte Dolly, ihre Mutter jetzt bei sich zu haben. Es fiel ihr nicht ein, in welchen Ort ihre Eltern gefahren waren, obwohl sie es ihr gesagt hatten. Sie setzte sich am Meer auf einen Felsen und dachte nach. Sie hielt es nicht länger aus, so feige zu sein. Doch wem sollte sie sich anvertrauen?

Am besten, ich schreibe an Susannes Mutter, überlegte Dolly. Ich werde ihr von unserem Streit berichten und wie es dazu kam. Ich werde ihr auch sagen müssen, dass Susanne behauptet, sie hätte keine Schwester. Das ist sonderbar, aber vielleicht versteht es Frau Hoppe. Dann mag sie tun, was sie will – es der Direktion mitteilen oder nicht. Aber mir wird dann besser zumute sein!

Dolly ging zurück zum Nordturm und holte das Schreibzeug heraus. Es fiel ihr nicht leicht, den Brief zu schreiben – doch sie erzählte alles: Von ihrem Streit und wie es dazu kam ... dass Susanne nicht mit ihrer Mutter hatte sprechen wollen ... und wie unglücklich sie zu sein schien.

Als Dolly fertig war, fühlte sie sich besser. Sie las den Brief nicht noch einmal durch, sondern brachte ihn sofort zum Postkasten. Frau Hoppe würde ihn spätestens übermorgen haben.

Ein neues Gerücht lief durch den Nordturm. »Susanne geht es noch schlechter. Ein Spezialist soll sie untersuchen. Und es ist nach ihren Eltern telegrafiert worden. Sie kommen morgen!«

An diesem Tag konnte Dolly überhaupt nichts essen. Marlies, die über Dollys verstörtes Aussehen erschrocken war, blieb immer in ihrer Nähe, und Dolly fühlte sich dadurch etwas getröstet. Marlies hatte keine Ahnung, warum Dolly so elend zumute war, aber sie wagte sie nicht zu fragen. Marlies dachte nicht mehr daran, wie oft Dolly sie wegen ihrer Schüchternheit ausgelacht hatte. Sie wollte ihr nur helfen.

Die anderen merkten nichts. Sie machten Spaziergänge, badeten, lagen in der Sonne und hatten einen glücklichen, faulen Sonntag. Nur Frau Pott beobachtete Dolly weiter.

Die Hausmutter brachte zur Schlafenszeit keine neuen Nachrichten, außer dass es Susanne noch nicht besser ging. Niemand durfte zu ihr. Die Hausmutter war ganz entsetzt, als Dolly bettelte, ob sie nicht wenigstens eine Minute zu ihr hineinkönnte. Es wurde ihr nicht gestattet.

Dolly lag im Bett und überlegte. Sie hörte die Mädchen aus der dritten und vierten Klasse in ihren Schlafraum gehen. Dann begaben sich auch die Hausmutter, Mademoiselle und Frau Pott in ihre Zimmer. Die Lichter wurden ausgeknipst. Es war spät. Alles war dunkel. Alle schliefen – außer Dolly.

Ich kann einfach nicht länger hier liegen und immerzu grübeln, dachte sie verzweifelt. Sie warf die Decken zurück. Ich werde noch verrückt! Jetzt stehe ich auf und gehe in den Hof hinunter. Dort ist frische Luft. Vielleicht kann ich dann besser schlafen!

Dolly schlüpfte in ihren Morgenrock und schlich geräuschlos hinaus. Draußen war alles still. Sie stieg die breiten Treppen hinunter in den Hof. Und dann hörte sie plötzlich durch die nächtliche Stille ein Auto die Auffahrt nach Möwenfels heraufkommen. Es hielt draußen. Wer kam da so spät in der Nacht?

Dolly sah zum Krankenrevier hinüber. Dort brannten alle Lichter. Was ging da vor? Durch den Bogengang schlich sie hinaus zur Auffahrt. Ja, dort stand ein Wagen ... dunkel, stumm und leer. Der Fahrer war jedenfalls in jenen Flügel des Gebäudes hineingegangen, in dem das Revier lag.

Dolly schlich zur Haustür und ging hinein. Jetzt würde sie herausfinden, was los war!

Eine wunderbare Überraschung

Im Vorraum brannte ein kleines Licht. Die Räume der Direktion lagen im Dunkeln. Wahrscheinlich war Frau Greiling im Krankenrevier. Dolly stieg die Treppe hinauf ...

Oben herrschte unheimlicher Betrieb. Susanne musste sehr krank sein, wenn sich so viele Leute mitten in der Nacht um sie kümmerten. Dollys Herz wurde immer schwerer. Sie wagte nicht weiterzugehen, aber sie musste irgendetwas erfahren! Wenn sie bloß helfen könnte!

Sie setzte sich auf eins der tiefen und breiten Fensterbretter und zog die schweren Vorhänge vor. Sie lauschte angestrengt, damit sie von einem der Menschen, die da eifrig zwischen den Krankenzimmern herumliefen, ein Wort auffing. Das war die Stimme der Hausmutter vom Nordturm! Und das war die Krankenschwester; sie gab irgendeinen Auftrag, leise und scharf. Und das war eine Männerstimme. Dolly lauschte, aber sie verstand kein einziges Wort ...

Ach, was würden sie wohl alle sagen, wenn sie wüssten, dass sie, die jähzornige Dolly, der Grund für all diesen Ärger und Kummer war? Sie wickelte sich in den Vorhang ein und weinte dicke Tränen in den Stoff.

Ungefähr eine halbe Stunde kauerte sie so da. Dann nickte sie langsam ein. Sie war todmüde ... Der Klang mehrerer Stimmen weckte sie. Plötzlich überfielen sie wieder all ihre Ängste. Sie fühlte sich einsam und verloren und sehnte sich nach ihrer Mutter. Als sie wieder Stimmen hörte und diese immer näher kamen, zog sie die Vorhänge dichter um sich. Waren es Ärzte? Schwestern? Vielleicht war auch die Direktorin dabei?

Und dann hörte Dollys Herz fast auf zu schlagen. Da ging jemand an ihrem Fensterplatz vorbei – jemand, dessen Stimme sie kannte und liebte!

»Sie ist bald wieder gesund«, sagte diese Stimme. »Es war allerdings höchste Zeit. Jetzt aber ...«

Dolly saß starr und lauschte ... Das war doch nicht möglich! Das konnte doch nicht ihres Vaters Stimme sein! Sie schob die Vorhänge ein wenig beiseite und sah hinaus. Dort neben der Krankenschwester – dort ging ihr Vater!

»Vati!«, schrie Dolly und vergaß alles andere. »Vati, Vati, warte!«

Ihr Vater stand wie vom Blitz getroffen. Er traute seinen Ohren nicht. Dolly sprang vom Fensterbrett hinunter und warf sich in seine Arme. Sie klammerte sich fest an ihn und begann zu weinen. »Was ist los, mein Mädchen?«, fragte er erstaunt. »Wo kommst du her?«

Frau Greiling erschien. Sie schaute erstaunt und missbilligend. »Dolly, wieso bist du hier, Kind? Herr Doktor, kommen Sie bitte in mein Zimmer hinunter.«

Ihr Vater folgte der Direktorin; Dolly trug er auf seinen Armen. Die Hausmutter ging mit ihnen.

Dolly klammerte sich an ihren Vater, als wollte sie ihn nie mehr loslassen. Träumte sie? War es wirklich ihr Vater, der mitten in der Nacht hier auftauchte? Sie konnte sich nicht erklären, wieso er hier war; es genügte ihr, dass er da war.

Er setzte sich in einen Sessel und hielt Dolly auf den Knien. Die Hausmutter verschwand. Nur Frau Greiling blieb und sah verwirrt auf Dolly und ihren Vater. Sie verstand nicht …

»Nun wein dich erst einmal richtig aus und dann erzähl mir alles«, sagte der Vater. »Wir haben dich doch erst gestern besucht, und da schienst du so glücklich. Lass nur, ich bin ja hier und bringe schon alles in Ordnung.«

»Aber das kannst du nicht«, schluchzte Dolly. »Ich bin so gemein. Es war wieder mein Jähzorn. Ach, Vati, es ist alles meine Schuld, dass Susanne so krank ist.«

»Kind, wovon sprichst du eigentlich?«

Dolly schmiegte sich fest an ihn und fühlte sich erleichtert. Vati würde schon alles in Ordnung bringen. Was für ein Glück, dass er heute Nacht hier war! »Aber Vati, weshalb bist du eigentlich hier? Ich dachte, du wärst weit weg.«

»Das war ich auch«, sagte Herr Rieder. »Doch Frau Greiling rief mich an, weil Susanne Hoppe Blinddarmentzündung hatte und der andere

Chirurg krank ist. Ich sprang ins Auto, fand hier alles vorbereitet, führte die kleine Operation durch, und da bin ich also. Susanne wird bald wieder gesund sein; es wird nur etwa vierzehn Tage dauern.«

Dolly fiel ein schwerer Stein vom Herzen. Blinddarmentzündung – das konnte jeder bekommen!

»Vati«, fragte sie ängstlich, »kann man eigentlich durch einen Stoß oder durch einen Fall Blinddarmentzündung bekommen?«

»Aber nein!«, rief ihr Vater. »Susanne hatte diese Sache zweifellos schon eine ganze Weile. Wahrscheinlich bereits, ehe sie herkam. Aber weshalb fragst du?«

Dann kam alles heraus – Susannes merkwürdiges und abweisendes Benehmen. Dollys Jähzorn, der heftige Stoß, der Fall und alles. »Und ich habe mir solche Sorgen gemacht«, schluchzte Dolly. »Ich dachte, wenn Frau Greiling das erfährt, jagt sie mich von der Schule und ihr schämt euch dann für mich, und da ich nicht schlafen konnte, stand ich auf und …«

»So ein Unsinn«, sagte der Vater. »Vielleicht sollten wir dich wirklich von Möwenfels wegholen und zu Hause behalten, wenn du so dummes Zeug denkst!«

»Nein, bitte nicht! Ich bin so gern hier!«, rief Dolly. »Ach, Vati, wenn du wüsstest, wie froh ich bin, seit ich weiß, dass ich nicht an Susannes Krankheit schuld bin. Aber … ich habe heute Frau Hoppe alles geschrieben. Was wird sie nun denken?« Dann erzählte sie von dem Brief.

Ihr Vater und Frau Greiling konnten gar nicht verstehen, weshalb Susanne behauptete, sie hätte kein Schwesterchen.

»Irgendetwas stimmt da nicht«, sagte Herr Rieder zu Frau Greiling. »Vielleicht ist das sogar ihrer Genesung abträglich. Wann wollen Herr und Frau Hoppe kommen?«

»Morgen«, antwortete Frau Greiling. »Ich werde mit ihnen sprechen. Aber nun, Herr Doktor … wollen Sie heute Nacht hierbleiben? Es ist schon spät.«

»Danke, nein«, antwortete der Arzt. »Ich bin es gewohnt, in der Nacht noch zu fahren. Aber Dolly muss jetzt ins Bett. Nun mach dir keine Sorgen mehr, mein Schatz ... Es ist alles in Ordnung. Und dein kleiner Schubs hat Susanne nichts getan. Vielleicht hat sie durch den Fall nur ihren Bauch ein wenig mehr gespürt. Ich vermute, sie fühlte sich schon den ganzen Tag krank.«

»Aber es war ein ziemlich grober Schubs«, sagte Dolly.

»Es ist ein Jammer, dass ich dir diesen Jähzorn vererbt habe«, murmelte ihr Vater.

Dolly schlang die Arme um seinen Hals. »Mach dir deswegen keine Gedanken. Ich kriege ihn schon in den Griff. Ich werde es bald so können wie du: ihn aufsparen für Sachen, die es wert sind!«

»Also, gute Nacht, mein Mädchen! Besuch Susanne, sobald du darfst.«

»Das tue ich.« Dolly rutschte von seinen Knien. Ihre Augen waren noch rot, aber sie lächelte. Ihr Kummer war vorbei ...

Der Vater fuhr wieder weg. Die Direktorin brachte Dolly persönlich zu Bett und deckte sie zu. Sie schlief schon, bevor Frau Greiling den Raum verlassen hatte.

Der nächste Morgen war schön. Als es läutete, wachte Dolly auf – zwar müde, aber glücklich. Ihr Herz war voll Dankbarkeit. Susanne würde gesund werden. Und sie, Dolly, war nicht an ihrem Kranksein schuld. Ihre Sorge war unbegründet gewesen. Aber es war eine gute Lehre gewesen!

Wenn ich doch irgendetwas tun könnte, um zu zeigen, wie dankbar ich bin, dass sich alles so gewendet hat, dachte Dolly und sprang aus dem Bett. Aber ich weiß nichts! Wie es Susanne heute wohl gehen mag?

Nun, Susanne ging es tatsächlich gut. Als sie erfuhr, dass ihre Eltern kommen würden, traute sie ihren Ohren kaum.

»Mutter kommt wirklich?«, fragte sie immer wieder.

Frau Greiling empfing Herrn und Frau Hoppe in ihrem Wohnzimmer. »Ich freue mich, dass ich Ihnen Gutes berichten kann«, sagte sie. »Dr. Rieder, der Chirurg ist, war zufällig in der Nähe, und wir konnten ihn sofort herbeirufen. Er ist der Vater von Dolly, einer Mitschülerin Susannes.«

»Ach, Dolly Rieder?«, sagte Frau Hoppe und holte einen Brief aus ihrer Tasche. »Ich bekam heute ein ganz merkwürdiges Schreiben von ihr, Frau Greiling. Sie scheint zu glauben, dass sie an Susannes Krankheit schuld wäre, aber das ist sie natürlich nicht. Doch was sie sonst schreibt, hat mich sehr bestürzt. Könnten wir wohl Dolly kurz sprechen?«

Frau Greiling las den Brief. Sie sah sehr ernst aus. »Da ist irgendetwas rätselhaft«, erklärte sie. »Weshalb besteht Susanne darauf, dass sie keine Schwester hat?«

»Ich weiß nicht«, sagte Frau Hoppe nachdenklich. »Seit unser Baby kam, war Susanne so merkwürdig. Sie wollte das Schwesterchen gar nicht sehen. Und einmal, als sie glaubte, ich bemerkte es nicht, hat sie das arme Ding heftig gezwickt.«

»Haben Sie noch mehr Kinder?«, fragte die Direktorin.

»Nein«, sagte Frau Hoppe. »Susanne war schon zwölf, als die Kleine geboren wurde. Bis dahin war sie das einzige Kind. Wir haben Susanne nicht verwöhnt – aber sie musste uns mit niemandem teilen, ehe das Baby kam, und ich habe manchmal schon überlegt, ob sie vielleicht eifersüchtig ist.«

»Natürlich ist sie das!«, rief Frau Gerling plötzlich. »Wahrscheinlich hängt Susanne sehr an Ihnen, Frau Hoppe, und will Ihre Liebe ganz für sich allein haben!«

»Sie hat nie etwas davon gesagt«, sagte Frau Hoppe. »Sie war nur verändert – nicht mehr so vergnügt wie früher. Ich dachte, es ginge vorüber. Als das nicht der Fall war, haben mein Mann und ich überlegt, dass es am vernünftigsten wäre, Susanne in ein Internat zu geben. Ich war damals nicht sehr gesund. Ich konnte mich gerade noch um das Baby kümmern, aber nicht auch noch um Susanne …«

»Ja, ich verstehe«, sagte Frau Greiling. »Doch von Susannes Standpunkt aus hat es wahrscheinlich ausgesehen, als wollten Sie sie nicht mehr haben, als würde sie fortgeschickt, um dem Baby Platz zu machen, das all Ihre Fürsorge in Anspruch nahm. Frau Hoppe, diese Eifersucht auf ein jüngeres Kind gibt es oft, und sie ist sogar natürlich. Sie dürfen Susanne keinen Vorwurf daraus machen. Wenn Sie Susanne überzeugen können, dass Sie sie noch genauso lieben wie früher, wird alles in Ordnung kommen. Soll ich jetzt Dolly rufen?«

Sie schickte nach Dolly. Die kam recht nervös herein; sie hatte Angst, was Frau Hoppe wohl sagen würde. Aber bald war sie beruhigt und erzählte alles, was sie wusste.

Frau Greiling sagte zu Frau Hoppe: »Ich glaube, das Beste wäre, wenn Dolly noch vor Ihnen für ein paar Minuten zu Susanne hineinginge. Sie soll ihr sagen, dass Sie gekommen sind und dass Sie Ihr Baby zu Hause gelassen haben, um so schnell wie möglich bei ihr zu sein. Willst du zu ihr gehen, Dolly?«

Dolly nickte. Plötzlich begriff sie Susannes ganze Not! Sie war einfach eifersüchtig auf ihre Schwester – so eifersüchtig, dass sie ihre Existenz gar nicht zugeben wollte! Arme Susanne! Es war so schön, eine Schwester zu haben! Susanne ahnte gar nicht, wie glücklich sie darüber sein müsste!

»Ich erzähle es ihr«, sagte Dolly eifrig. »Und wenn Sie wieder fort sind, will ich alles tun, um Susanne zu überzeugen, dass ein Schwesterchen etwas Schönes ist.«

Dolly und Susanne

Dolly ging ins Krankenrevier hinauf. Frau Greiling hatte ihr eine kurze Mitteilung an die Krankenschwester mitgegeben: »Bitte lassen Sie Dolly ein paar Minuten zu Susanne, bevor deren Mutter kommt.«

Überrascht und nicht gerade erfreut öffnete die Schwester die Tür und ließ Dolly hinein. Auf Zehenspitzen ging Dolly ins Krankenzimmer. Es war ein freundlicher Raum. Aus dem großen Fenster hatte man eine schöne Aussicht. Drei Betten standen darin. Im letzten Bett lag Susanne, blass, aber mit glänzenden Augen.

»Hallo, Susanne«, sagte Dolly. »Ich hatte solche Sorgen um dich. Geht es dir besser? Hat mein Vater dich gesund gemacht?«

»Ja. Er ist nett«, sagte Susanne. »Ich fühlte mich am Samstag so grässlich. Aber das konnte ich doch niemandem sagen. Ich hätte euch den Tag verdorben.«

»Du warst sehr tapfer. Hör mal – weißt du, wer da ist und dich besuchen will?«

»Doch nicht etwa meine Mutter?«, fragte Susanne mit strahlenden Augen.

Dolly nickte. »Ja. Und dein Vater auch. Und weißt du, dass deine Mutter sogar dein Schwesterchen zu Hause gelassen hat, nur damit sie schneller kommen konnte? Sie muss sehr viel an dich gedacht haben, denn meistens bringen Mütter es gar nicht fertig, ihre Babys allein zu lassen.«

Susanne dachte anscheinend nicht mehr daran, dass sie Dolly gegenüber behauptet hatte, keine Schwester zu haben. Sie streckte die Hand nach Dolly aus. »Sie hat das Baby nicht mitgebracht?«, flüsterte sie. »Sie hat es zu Hause gelassen? Wirklich und wahrhaftig?«

»Ja, das arme kleine Ding«, sagte Dolly. »Es wird sich einsam fühlen. Ich habe auch eine kleine Schwester. Sie bewundert mich. Das wird deine später bestimmt auch bei dir tun.«

Auf einmal sah Susanne die ganze Sache mit Dollys Augen. Dolly hatte recht! Warum sollte man ein Schwesterchen hassen? Sie lächelte Dolly dankbar an. »Du besuchst mich doch, wenn du kannst, ja?«, fragte sie. »Und erzähl nichts ... über meine Albernheiten, nein? Ich meine: den anderen!«

»Natürlich nicht. Es war ja gar keine Albernheit. Es war einfach ein Irrtum. Weißt du, man braucht deine Mutter bloß anzusehen und weiß, dass sie eine richtige Mutter ist – eine, die einen immer lieb hat, wie viele Kinder sie auch haben mag. Ich finde sie reizend.«

»Ich auch«, seufzte Susanne. »Es tut mir leid, dass ich so gemein zu dir war!«

»Und ich kann dir überhaupt nicht sagen, wie schrecklich leid es mir getan hat, weil ich dich noch gestoßen habe, als du schon solche Bauchschmerzen hattest«, sagte Dolly.

»Du hast mich gestoßen?«, fragte Susanne. »Das habe ich wirklich vergessen. Hör mal, ruft da die Schwester?«

Die Schwester spähte herein – Dolly sollte kommen. Draußen vor der Tür standen Herr und Frau Hoppe. Dolly verabschiedete sich eilig und ging leise hinaus. Als Herr und Frau Hoppe hineingegangen waren, hörte sie Susannes Freudenschrei.

Glücklich hüpfte Dolly die Stufen hinunter in den Hof und rannte auf das Schulgebäude zu. Gerade läutete es zum Schluss der Stunde. Sie schlüpfte ins Klassenzimmer, und die anderen sahen zu ihr hin.

»Ich war bei Susanne«, verkündete Dolly mit wichtiger Miene.

»Red keinen Unsinn. Es darf ja niemand zu ihr«, widersprach Irene.

»Nun, ich durfte. Und sie sagt, mein Vater hat sie wieder gesund gemacht«, erzählte Dolly. Sie war stolz, dass sie so einen Vater hatte. »Er kam heute Nacht. Ich habe mit ihm gesprochen.«

»Dolly Rieder, du schwindelst«, sagte Alice.

»Nein, bestimmt nicht! Es ist alles wahr«, versicherte Dolly. »Ich habe auch mit Herrn und Frau Hoppe gesprochen; sie sind gerade bei Susanne. Sie übernachten sogar hier und fahren erst morgen zurück.«

»Hat die liebe Susanne nun herausgefunden, ob sie ein Schwesterchen hat oder nicht?«, fragte Evelyn boshaft.

Dolly fühlte, wie die Wut in ihr hochstieg, aber diesmal beherrschte sie sich. »Das geht dich gar nichts an ... und es ist bloß ein Jammer, dass du nicht sechs ältere Schwestern hast, die dich ducken«, sagte sie. »Dann wärst du vielleicht netter. Aber wahrscheinlich nur ein bisschen.«

Susanne und ihre Eltern waren sehr glücklich miteinander. Die Mauer, die Susanne zwischen ihnen errichtet hatte, war gefallen, weil plötzlich die Eifersucht weg war. Die Mutter hatte das Baby in fremder Obhut gelassen, nur, um zu ihr zu kommen – Susanne war zufrieden.

»Wir besuchen dich morgen früh noch einmal, bevor wir fahren«, sagte ihre Mutter, als die Schwester sie daran erinnerte, dass es Zeit war, den Besuch zu beenden. »Und wenn du es dir ganz furchtbar wünschst, dann bleibe ich noch einen Tag und lasse Vater allein nach Hause fahren.«

»Nein«, sagte Susanne seufzend. »Zu lange darfst du die Kleine nicht allein lassen, Mutter. Ich bin bald wieder gesund ... Ich fühle mich jetzt ganz anders.«

Dolly durfte zweimal am Tag zu Susanne gehen, lange bevor es den anderen gestattet wurde. Susanne begrüßte sie immer fröhlich. Sie war nicht mehr verschlossen und mürrisch; sie war auf einmal ein freundliches, lebhaftes Mädchen, das gern über ihr Zuhause redete.

»Weißt du, Susanne«, erzählte Dolly, »als ich so schreckliche Angst hatte, ob ich dich wohl verletzt hätte und fortgeschickt würde – damals wusste ich plötzlich, wie es ist, so zu sein wie Marlies: wenn man sich vor allem fürchtet. Und es tat mir leid, dass ich sie immer ausgelacht hatte.«

»Wir wollen künftig netter zu ihr sein«, sagte Susanne. Als ihre Kräfte zurückkehrten und sie sich jeden Tag sehr über Dollys freundschaftliche Besuche freute, war ihr, als könnte sie zu allen nett sein – sogar zu Evelyn. »Sag Marlies doch, dass sie mich mal besuchen soll!«

Von dieser Nachricht war Marlies geradezu überwältigt. Dass Susanne ausgerechnet sie zu einem ihrer ersten Besucher ausgewählt hatte! Mit einer großen Tüte Süßigkeiten bewaffnet ging sie in die Krankenabteilung.

Susanne war noch recht blass, aber ganz verändert. Ihre Augen strahlten! Sie begrüßte Marlies herzlich.

Beide plauderten, und Marlies blühte förmlich auf. Vor Susanne hatte sie keine Angst. Sie erzählte ihr alles Mögliche. Dann sah sie sie plötzlich verwirrt an.

»Weißt du, Susanne, wenn Evelyn bloß nicht immer so hässlich über Dolly sprechen würde! Sie will mir einreden, dass Dolly mir böse Streiche spielt. Oder Alice. Mein Tintenglas war gestern über meinen Atlas gegossen, und Evelyn behauptet, Dolly hätte es getan, weil sie doch immer Tintenfinger hat.«

»Als wenn Dolly je so etwas täte!«, rief Susanne entrüstet. »Wie kannst du Evelyn überhaupt zuhören, wenn sie solche Gemeinheiten sagt?«

»Ich kriege sie nicht zum Schweigen«, erklärte Marlies, und der schüchterne Blick war plötzlich wieder da. »Sie erzählt mir dauernd, dass ich ihre Freundin wäre und sie mir deshalb alles sagen müsste.«

»Und du bist wirklich ihre Freundin?«, fragte Susanne.

»Nein, nicht wirklich. Aber ich bringe es nicht fertig, ihr zu sagen, dass ich es gar nicht sein will«, beichtete Marlies. »Erzähl mir jetzt nicht, dass ich feige bin. Das weiß ich selbst. Aber ich kann nicht anders.«

»Schluss für heute, Marlies«, rief die Krankenschwester. »Sag Dolly, sie darf in einer halben Stunde kommen und auch ein Spiel mitbringen – ein ganz einfaches, nichts zum Kopfzerbrechen!«

Dolly kam und brachte ein Würfelspiel mit. Aber die beiden Mädchen brauchten es nicht. Sie sprachen über Marlies und Evelyn.

»Evelyn ist die reinste Giftnatter«, sagte Susanne. »Immer hetzt sie gegen dich und Alice und behauptet, ihr spielt Marlies die gemeinen Streiche.«

»Ich möchte bloß wissen, wer es wirklich tut«, überlegte Dolly laut. »Ein Mädchen aus einem anderen Turm? Vielleicht Gerda vom Westturm? Sie macht immer solche verrückten Sachen.«

»Nein. Ich glaube eher, dass Evelyn selbst dahintersteckt«, meinte Susanne.

Dolly sah sie erstaunt an. »Ach nein!«, rief sie. »Sie ist doch mit Marlies befreundet!«

»Sagt Evelyn. Marlies sieht das ganz anders.«

»Ja, aber ... so gemein kann doch niemand sein, zu behaupten, dass er mit einem befreundet ist – und ihm dabei die ganze Zeit gemeine Streiche zu spielen! Das wäre ja ganz abscheulich.«

»Genau. Und ich finde, Evelyn ist abscheulich«, sagte Susanne. »Ich habe sie nie ausstehen können. Sie hat zwei Gesichter. Und sie kümmert sich keinen Pfifferling um einen anderen Menschen.«

Dolly sah Susanne an. »Ich glaube, du bist sehr klug. Du scheinst alle genau zu durchschauen. Ich bin sicher, dass du auch Marlies besser kennst als ich.«

»Eigentlich kann ich sie gut leiden«, sagte Susanne. »Wenn wir ihr nur beibringen könnten, nicht immer so schrecklich ängstlich zu sein.«

»Aber wie?«, fragte Dolly. »Wie können wir Marlies kurieren? Ich habe versucht, sie zu ermutigen und sie dazu zu bringen, dass sie sich wegen ihrer Feigheit wenigstens schämt. Aber es scheint keinen Zweck zu haben.«

»Merkst du nicht, dass sie sich längst schämt?«, fragte Susanne unerwartet. »Aber das gibt ihr noch lange keinen Mut. Sie kann nur durch sich selbst aufgerichtet werden.«

»Aber wie willst du das erreichen?«, rief Dolly. »Ich wette, du weißt auch keinen Weg.«

»Ich werde heute Abend darüber nachdenken, ehe ich einschlafe«, versprach Susanne. »Und wenn du mich morgen früh besuchst, werde ich einen Plan haben. Du wirst sehen!«

Susannes Plan

Als Dolly am anderen Morgen in der Frühstückspause zu Susanne ging, begrüßte die Freundin sie lebhaft.

»Ich habe nachgedacht!«, sagte sie. »Der Plan ist nicht gerade genial, aber für den Anfang wird er genügen. Hör zu! Was hältst du davon: Du tust, als würde dir beim Schwimmen schlecht. Du schreist laut nach Marlies, dass sie dir den Rettungsring zuwirft. Wenn sie das fertigbringt und glaubt, dass sie dich gerettet hat, wird sie sehr stolz sein.«

»Ja. Eine gute Idee!«, sagte Dolly. »Ich werde es morgen versuchen. Den anderen gebe ich einen Tipp, dass nicht sie werfen, sondern es Marlies überlassen. Ich werde es allen erzählen, auf die man sich verlassen kann. Meinst du wirklich, dass Marlies ihre Angst ein wenig verliert?«

»Ja. Ich glaube, Marlies wird niemals irgendwelchen Dingen richtig ins Gesicht sehen können, solange sie nicht weiß, dass selbst sie ein bisschen Verstand und Mut hat.«

»Woher weißt du denn das?«, fragte Dolly bewundernd.

»Ach, das ist wirklich nicht schwierig«, sagte Susanne. »Du musst dich bloß in die Lage eines anderen versetzen. Das klingt schwierig ... ich kann es nicht genau ausdrücken, wie ich es meine.«

»Ich verstehe dich schon«, sagte Dolly. »Du tust genau das, was meine Mutter mir immer rät: in die Haut eines anderen hineinkriechen und fühlen, was er fühlt. Aber ich bin zu ungeduldig. Ich stecke zu fest in meiner eigenen Haut. Du nicht. Du bist klug und freundlich!«

Susanne wurde rot, doch sie sah erfreut aus – aber auch ein wenig verlegen. »Ich bin gar nicht klug«, sagte sie. »Und du weißt auch, dass ich nicht freundlich bin ... Denk nur daran, wie ich mich meinem

Schwesterchen gegenüber benommen habe! Trotzdem ist es nett, dass du es sagst. Glaubst du, du kannst unseren Plan richtig ausführen?«

»Ich glaube schon. Morgen versuche ich es, wenn wir schwimmen. Marlies hat sich ein bisschen erkältet und darf diese Woche nicht ins Wasser. Sie wird also vom Ufer aus zusehen. Dann kann sie leicht loslaufen, den Rettungsring holen und mir zuwerfen. Sie wird stolz sein!«

Dolly stand auf. »Es läutet«, sagte sie. »Nach dem Mittagessen komme ich zurück und berichte mehr. Ich habe dir noch gar nicht erzählt, wie Alice und Betty einen Faden um einen Stoß Bücher von Mademoiselle banden! Und wie Alice dann an dem Faden zog und wie die Bücher direkt vor Mademoiselles Nase auf dem Pult hin- und herrutschten. Irene wäre vor Lachen bald gestorben. Du weißt ja, wie laut sie immer losprustet.«

»Ach ja, komm wieder und erzähl mir alles ganz genau«, bat Susanne. »Ich höre dir so gern zu.«

Wie völlig anders Susanne jetzt war! Wenn Dolly sich an die ruhige, selbstbewusste, ernste Susanne Hoppe erinnerte, schien es ihr kaum möglich, dass dieses lachende, lebhafte, lustige Mädchen derselbe Mensch war.

Gewiss, sie ist nicht ganz so lustig wie Alice, dachte Dolly, aber sie ist verlässlicher, und sie hat auch keine so böse Zunge. Und sie ist klug und kann Menschen gut beurteilen.

Dolly legte sich den Plan, mit dem sie Marlies zu mehr Selbstbewusstsein verhelfen wollte, sorgfältig zurecht. Sie wollte Alice und Betty bitten, die anderen an das entgegengesetzte Ende des Schwimmbeckens zu locken, damit sie – Dolly – allein an der tiefen Stelle wäre. Dann würde sie um sich schlagen und rufen, sie hätte einen Wadenkrampf.

Ich werde Marlies zuschreien: »Schnell, schnell, wirf mir den Rettungsring her!«, überlegte sie. Das wird sie sicher schaffen, und ich werde mich an den Ring klammern und keuchen und rufen: »Du hast mir das Leben gerettet, Marlies!« Und wenn Marlies dadurch wirklich mehr Zutrauen zu sich selbst gewinnt, reißt sie sich möglicherweise zusammen und lässt sich nicht mehr so leicht einschüchtern!

Es schien ein guter Plan zu sein. Dolly weihte Alice und Betty ein. »Das war Susannes Idee«, sagte sie.

»Warum willst du dich damit abplagen, dieses ewige Angsthäschen zu ändern?«, fragte Alice erstaunt. »Ich halte den Fall für hoffnungslos.«

»Vielleicht gelingt es doch«, wandte Dolly ein. Sie war recht enttäuscht von der Art, wie Alice den Vorschlag aufnahm.

»Viel Aussicht besteht nicht«, meinte Alice. »Ich vermute, Marlies wird vor lauter Schreck kein Glied rühren können, sondern bibbernd am Rand stehen bleiben und eine andere nach dem Rettungsring laufen lassen. Danach wird es für sie noch schlimmer, weil sie dann jeder verachtet.«

»Das stimmt«, sagte Dolly niedergeschlagen. »Das wäre schrecklich. Daran habe ich nicht gedacht.«

Dolly erzählte Susanne von Alices Bedenken. »Ich verstehe schon, was Alice meint. Und es wäre für Marlies dann tatsächlich schlimmer, weil alle sie verspotten würden. Daran haben wir beide nicht gedacht, Susanne. Alice ist doch klug.«

»Ja. Zu klug manchmal. Sie hat nur etwas vergessen.«

»Was?«

»Dass du es sein wirst, die um Hilfe schreit«, sagte Susanne. »Alle wissen, wie sehr Marlies dich bewundert und dass sie für dich alles tun würde – wenn du sie nur ließest. Nun, hier kann sie es beweisen. Und sie wird es tun! Du wirst sehen, dass ich recht habe. Gib Marlies eine Gelegenheit! Alice sieht bloß ein Wickelkind in ihr. Doch sie kann mehr sein, wenn es sich um einen Menschen handelt, den sie liebt.«

»Gut, Susanne. Ich versuche es«, sagte Dolly. »Ich fürchte trotzdem, dass Alice recht hat. Sie ist wirklich gut. Ich wollte, sie wäre nicht mit Betty befreundet, sondern mit mir.«

Susanne sagte nichts mehr. Sie spielte mit Dolly Domino und war recht still. Bald darauf kam die Schwester und schickte Dolly weg. Dolly hatte ja noch Schularbeiten zu machen.

»Ich werde es trotzdem mit Susannes Plan wegen Marlies versuchen«, erklärte sie Alice. »Lockst du mit Betty zusammen die anderen dann in den flachen Teil des Wassers, wenn ihr Marlies am tiefen Ende stehen seht? Dann werde ich schreien! Und es wird sich herausstellen, ob Marlies es fertigbringt, mir den Ring zuzuwerfen. Schwer ist es ja nicht.«

»Für sie doch«, meinte Alice ein bisschen verärgert, weil Dolly an dem Plan festhielt. »Immerhin – wir werden sehen.«

Am nächsten Nachmittag wurde die Sache ausgeführt. Die Mädchen der ersten Klasse gingen plaudernd in ihren Badeanzügen und Frotteemänteln hinunter ans Wasser.

Marlies hatte kein Badezeug an und war vergnügt.

Dolly rief ihr zu: »Du kannst mir Münzen ins Wasser werfen, Marlies, und zusehen, wie ich an der tiefen Stelle danach tauche.«

»Fein!«, rief Marlies erfreut. Eifrig suchte sie in ihrem Geldbeutel nach ein paar Cents.

Die Mädchen gingen ins Wasser. Manche sprangen, andere tauchten. Nur Evelyn stieg vorsichtig die Stufen hinunter. Aber selbst sie kam mit einem Mal schnell voran: Irgendjemand gab ihr einen Stoß. Als sie wütend und prustend wieder hochkam, war niemand in ihrer Nähe.

Marlies stand vor der tiefen Stelle des Wassers und beobachtete die anderen. Oft blickte sie zu Dolly hin. Sie bewunderte ihre Schwimmkünste: wie sie das Wasser mit ihren kräftigen braunen Armen teilte und sich von den Wellen treiben ließ.

»Kommt ans andere Ende, wir wollen um die Wette schwimmen«, rief Alice plötzlich. »Los, kommt alle!«

»Ich bleibe noch hier und tauche nach Münzen!«, rief Dolly zurück. »Wenn ihr kommt, schwimme ich euch aus der Bahn. Los, Marlies, fang an.«

Alice und Betty, die Einzigen, die von Dollys Plan wussten, beobachteten, was geschah. Beide waren überzeugt, dass Marlies weinen und wie angewurzelt stehen bleiben würde, wenn Dolly schrie. Die anderen planschten herum und stellten sich für das Wettschwimmen auf.

Marlies warf einen Cent ins Wasser, und Dolly tauchte danach. Im Nu brachte sie ihn wieder herauf. »Den nächsten«, rief sie. Marlies warf eine neue Münze. Dolly tauchte abermals.

Jetzt war es an der Zeit!

Japsend kam sie an die Oberfläche. »Hilfe, Hilfe!«, schrie sie. »Ich habe einen Wadenkrampf! Schnell, Marlies, den Rettungsring. Den Rettungsring! Hilfe! Hilfe!«

Sie warf die Arme in die Luft, schlug um sich und tat, als müsse sie untergehen. Wie versteinert stand Marlies da und starrte.

»Wie ich es mir vorgestellt habe«, sagte Alice leise zu Betty. »Nicht mal den Rettungsring kann sie holen!«

»Hilfe!«, schrie Dolly gellend, und zwei oder drei Mädchen näherten sich.

Doch jemand anders war noch schneller zur Stelle! Es gab einen Platsch, und im Wasser schwamm, in Kleidern!, die erschrockene Marlies, obwohl sie doch gar nicht richtig schwimmen konnte. Sie erreichte Dolly tatsächlich und streckte die Arme nach ihr aus, um sie zu retten!!!

Als Dolly zum zweiten Mal den Kopf aus dem Wasser steckte, war sie vollkommen verblüfft, neben sich Marlies' nassen Kopf zu sehen.

»Halt dich an mir fest, Dolly, halt dich fest!«, keuchte Marlies. »Ich rette dich!«

Gut gemacht, Marlies!

Da aber kamen zwei oder drei Wettschwimmerinnen herangekeucht. Im Eifer des Gefechts hatten sie nicht erkannt, was los war. Eine rief: »Aus dem Weg, Marlies!«

Aber das konnte Marlies nicht. Sie hatte sich zu sehr verausgabt. Nun war ihre Kraft am Ende, und die nassen Kleider zogen sie hinunter. Eine der Schwimmerinnen brachte sie an die Seite, wo sie sich an eine Stange klammerte. Marlies keuchte und blickte ängstlich über die Schulter, ob Dolly in Sicherheit wäre. Dolly schien sich von dem Krampf erholt zu haben, denn sie kam mit ein paar schnellen, kräftigen Schlägen zu Marlies herübergeschwommen.

»Marlies! Du springst einfach ins Wasser, obwohl du doch kaum schwimmen kannst! Du bist ein kleines Schaf, aber das mutigste Schaf, das ich je gesehen habe!«, rief Dolly begeistert.

Irgendjemand half der zitternden, erstaunten Marlies aus dem Wasser. In diesem Augenblick kam Frau Pott die Klippe hinunter.

»Was ist denn los?«, fragte Frau Pott verwundert. »Ist Marlies ins Wasser gefallen?«

Eifrig berichteten die Mädchen: »Hineingesprungen ist sie, um Dolly zu retten! Dolly hatte einen Krampf und schrie nach dem Rettungsring. Aber Marlies sprang einfach hinein, um sie herauszuholen!«

»Und warum hast du nicht den Rettungsring geworfen?«, fragte Alice.

»Er w-w-ar nicht da«, stotterte Marlies. Ihre Zähne klapperten, teils vor Kälte, teils vor Aufregung und Schreck. »Er i-i-ist weggeholt worden, w-w-weil er ausgebessert wird. Wusstet ihr das nicht?«

Nein. Keine hatte bemerkt, dass er nicht an seinem Platz war. Also hatte Marlies nicht töricht gehandelt. Sie hatte gewusst, dass der Rettungsring nicht da war, und darum das Nächstliegende getan, um Dolly zu retten: Sie war hineingesprungen. Das hätte ihr niemand zugetraut.

Dolly sah Alice strahlend an. »Nun – wer hatte recht? Susanne oder du? Marlies war wirklich mutig. Sogar mutiger als wir alle, denn sie hatte bestimmt große Angst.«

Alice konnte großmütig sein, wenn sie sich im Unrecht fühlte. »Ja.« Sie nickte. »Sie war wirklich tapfer. Ich hätte das nie von ihr geglaubt.«

Dolly konnte es kaum abwarten, Susanne alles zu berichten. Nach dem Nachmittagskaffee stürzte sie mit glühendem Gesicht zu ihr. »Susanne, dein Plan war wunderbar! Weißt du übrigens, dass der Rettungsring heute Nachmittag nicht da war? Deshalb sprang Marlies einfach ins Wasser – mit den Kleidern – und versuchte, mich zu retten.«

»Was?«, rief Susanne. Auch ihr Gesicht fing an zu glühen. »Das hätte ich nie gedacht. Wirklich, Dolly, das ist großartig! Jetzt kannst du Marlies zurechtbiegen.«

»Wie meinst du das?«, fragte Dolly.

»Nun, du brauchst ihr nur zu erzählen, wie mutig sie ist und dass das niemand vermutet hätte. Und weil sie es jetzt weiß, wird sie in vielen anderen Dingen nun wirklich mutig sein! Wenn du jemanden einmal dazu gebracht hast, dass er Selbstvertrauen hat, ist alles in Ordnung.«

»Du bist klug!«, sagte Dolly bewundernd. »Ich denke niemals an solche Dinge. Gut, ich werde mein Bestes tun. Und wenn Marlies dich wieder besucht, musst du ihr auch etwas sagen!«

So wurde Marlies zu ihrem eigenen Erstaunen und Entzücken die Heldin des Tages, denn bald wusste die ganze Schule, was sie getan hatte.

»Es hat keinen Sinn, dass du dich wieder in eine Ecke verkriechst oder schreist, wenn du eine Spinne siehst«, sagte Dolly zu ihr. »Wir wissen jetzt, dass du mutig bist, und wollen auch ein bisschen mehr davon sehen!«

»Gut«, versprach Marlies strahlend. »Ich werde es versuchen. Es ist jetzt ganz anders, seit ich weiß, dass ich mutig sein kann. Ich hätte nie im Leben geglaubt, dass ich einfach so ins tiefe Wasser springen könnte. Wirklich mutig war ich gar nicht, weil ich gar keinen Mut fassen musste. Ich dachte in dem Augenblick an nichts!«

Evelyn hatte als Einzige kein Lob für Marlies. Sie war regelrecht eifersüchtig, weil so viel Theater um Marlies gemacht wurde. Sogar die Lehrer beteiligten sich daran, denn alle erkannten, dass dies die einzige Möglichkeit war, Marlies davon zu überzeugen, dass sie könnte, wenn sie nur wollte. Evelyn ärgerte das alles – zumal es gerade Dolly war, deretwegen Marlies ins Wasser gesprungen war. Dass jemand ausgerechnet der etwas Gutes tun will, dachte sie und erinnerte sich an die schmerzhaften Schläge, die sie damals von der zornigen Dolly bekommen hatte. Ich hätte sie ruhig zappeln lassen! Diese dämliche Marlies! Vermutlich wird sie jetzt überschnappen!

Aber das tat Marlies nicht. Sie blieb schüchtern und still. Doch sie hatte jetzt mehr Selbstvertrauen und konnte sich besser durchsetzen. Sie hatte sich bewährt. Das freute sie und machte sie stolz.

Sie behauptete sich auch Evelyn gegenüber besser – die das schrecklich wurmte. Und als Susanne nach zwei Wochen wieder zur Schule kam, hielt auch sie zu Marlies und wollte von Evelyn nichts wissen.

Die Wochen und Monate vergingen immer schneller. Die Ferien lagen nicht mehr in weiter Ferne.

Dolly arbeitete jetzt fleißiger im Unterricht mit, und bei den wöchentlichen Beurteilungen war sie schon zweimal die Fünftbeste gewesen. Evelyn blieb als Einzige immer schlecht. Ob sie wohl ihren Eltern wieder weismachen konnte, dass sie die Beste wäre? Schließlich gab es ja bald Zeugnisse.

Darüber sprach Dolly eines Tages mit ihr. Sie fragte neugierig: »Evelyn, was werden deine Eltern wohl sagen, wenn sie aus deinem Zeugnis erfahren, wie schlecht du in der Schule bist?«

Evelyn sah sie erschrocken an. »Was meinst du mit dem Zeugnis?«

»Na, hör mal – weißt du nicht, was Zeugnisse sind?«, fragte Dolly. »Komm, ich zeige dir mein letztes Zeugnis. Ich habe es von meiner alten Schule mitgebracht.«

Entsetzt starrte Evelyn auf dieses Zeugnis. Sie sah so etwas zum ersten Mal in ihrem Leben. Das war ja schrecklich! Auf dem Blatt waren alle Fächer aufgeführt, und dahinter standen die Zensuren. Und am Schluss standen die »Bemerkungen«.

Evelyn konnte sich genau vorstellen, was in ihrem Zeugnis stehen würde – lauter schlechte Noten! Und unter »Bemerkungen« wäre sicher zu lesen: »Evelyn ist faul und beteiligt sich nicht genügend am Unterricht ... Vor allem in Französisch wird sie das Klassenziel nur durch Nachhilfestunden während der Ferien erreichen können ... Sie zeigt sich unkameradschaftlich und hat wenig Sportsgeist ...« Und so weiter ... Arme Evelyn! Bis dahin war es ihr tatsächlich nie in den Sinn gekommen, dass ihre schlechten Leistungen den Eltern so unverblümt mitgeteilt werden könnten.

»Aber Evelyn, hast du denn nie ein Zeugnis bekommen?«

»Nein«, sagte Evelyn ganz erschüttert. »Nie. Ich bin ja früher in keine Schule gegangen. Mich hat nur meine Privatlehrerin unterrichtet, und so etwas wie Zeugnisse hat sie natürlich nie geschrieben. Sie hat meiner Mutter immer nur erzählt, was ich für gute Fortschritte machte.«

»Na, dann werden deine Eltern einen schönen Schreck bekommen, wenn sie dein Zeugnis sehen!«, sagte Dolly unbarmherzig. »Wahrscheinlich wird es das schlechteste der ganzen Schule sein. Und dir wird es leidtun, dass du deiner Mutter und Frau Winter so viel vorgeschwindelt hast!«

»Ich zerreiße es einfach!«, rief Evelyn wütend.

»Das kannst du nicht«, belehrte sie Dolly. »Es wird mit der Post geschickt. Geschieht dir ganz recht, wenn sie zu Hause mal erfahren, was mit dir los ist!«

Evelyn war sprachlos. Wie konnte Dolly es wagen, so mit ihr zu sprechen! Und wie konnte Marlies den anderen erzählen, was sie gehört hatte! Dieses gemeine Ding! Sie würde es ihr schon heimzahlen! Sie würde ihr den Füllfederhalter wegnehmen und ihn zertreten! Sie würde ... sie würde ... ach, was sie dieser niederträchtigen, undankbaren Marlies nicht alles antun würde!

Dann aber begann sie über ihr Zeugnis nachzudenken. Sie fürchtete sich vor dem Augenblick, da Papa es lesen würde. Er hatte sie ja gerade deshalb auf diese Schule geschickt, weil er meinte, sie wäre faul und zu überzeugt von sich selbst.

Noch zwei, drei Wochen, dachte Evelyn. Ob ich bis dahin mein Zeugnis verbessern kann? Versuchen muss ich es ...

Und zum größten Erstaunen aller Lehrerinnen und Lehrer fing Evelyn zu arbeiten an.

»Was ist nur in Evelyn gefahren?«, fragte Frau Pott die Französischlehrerin. »Ich fange tatsächlich an zu glauben, dass sie doch ein bisschen, ein ganz kleines bisschen Verstand hat!«

»Ich auch!«, sagte Mademoiselle. »Sehen Sie bloß diese französische Arbeit. Nur ein einziger Fehler! Das ist bei Evelyn noch nie vorgekommen.«

»Ja, es geschehen oft überraschende Dinge. Auch Dolly arbeitet jetzt viel besser. Susanne Hoppe ist geradezu ein neuer Mensch. Und Marlies ist erstaunlich aufgeblüht, seit sie neulich Dollys Rettung versuchte. Aber die größte Überraschung ist doch Evelyn. Sie schrieb gestern eine ganz ordentliche Mathematikaufgabe mit nur drei Fehlern.«

Spaß machte Evelyn die schwere Arbeit allerdings wenig. Dolly lachte über sie und verriet den anderen, warum das faule Mädchen sich plötzlich so gewandelt hatte. »Ihre Eltern sollen nicht erfahren, dass es lauter Schwindeleien waren, was sie neulich erzählt hat«, sagte sie. »Nicht wahr, Marlies? Das kommt vom Angeben, Evelyn! Früher oder später muss man auslöffeln, was man sich eingebrockt hat.«

Marlies lachte auch. Sie war jetzt kühner, zumindest wenn Dolly oder Susanne in der Nähe waren. Evelyn sah sie finster an. Diese grässliche kleine Überläuferin!

Am nächsten Tag hatte Evelyn die Gelegenheit, Marlies alles heimzuzahlen. Sie ging in den Gemeinschaftsraum, als niemand dort war. In Marlies' Schrankfach lag deren schöner Füllfederhalter mit Goldfeder …

»Marlies hat die längste Zeit einen so schönen Füller gehabt!«, sagte Evelyn gehässig und warf ihn auf den Boden. Dann trat sie mit aller Kraft darauf. Die Feder zerbrach, und die Tinte spritzte nach allen Seiten auf den hölzernen Fußboden.

Ein Schreck für Dolly

Jenny war die Erste, die den zerbrochenen Füllfederhalter sah. Sie kam in den Gemeinschaftsraum, um ein Buch zu holen, und blieb stehen, als sie die Tinte auf dem Fußboden bemerkte.

»Du meine Güte!«, rief Jenny. »Wer hat das getan?«

Angela und Katrin kamen herein. Jenny deutete auf den Füller. »Schaut mal!«, sagte sie. »Das gibt einen netten kleinen Ärger!«

»Marlies' Füller!«, rief Katrin. »Das ist nicht durch Zufall geschehen!«

Marlies kam mit der stillen Verena und ein paar anderen Mädchen herein. Als sie ihren Füller sah, blieb sie stehen. »Wer hat das getan?«, fragte sie entsetzt. »Ich habe ihn von meiner Mutter zum Geburtstag bekommen.«

Als Dolly, Susanne und Irene erschienen, sahen sie erstaunt den schweigenden Kreis.

Alice rief sofort: »Wer war das? Das muss Pöttchen gemeldet werden. Ich wette, Evelyn steckt dahinter. Dieses boshafte Biest.«

»Wo ist Evelyn eigentlich?«, fragte Katrin. Keiner wusste es.

Tatsächlich stand sie vor dem Gemeinschaftsraum! Sie wollte gerade hineingehen und auch über den zerbrochenen Federhalter erstaunt tun. Doch als sie erkannte, wie wütend die Mädchen waren, bekam sie Angst. Sie lauschte an der Tür.

»Passt auf«, sagte Alice, »es gibt ein sicheres Mittel, wie wir herausfinden können, wer das getan hat.«

»Welches?«, fragte Katrin.

»Wer diesen Füller zertrampelt hat, muss Tinte unter seinen Schuhsohlen haben«, erklärte Alice.

»Ja, natürlich!«, riefen die anderen.

»Das ist schlau von dir, Alice«, meinte Katrin. »Wir werden jedes einzelne Paar Schuhe in den Schränken vom Nordturm untersuchen – und wenn wir Tintenspuren entdecken, kennen wir den Täter.«

»Ich weiß es so schon«, sagte Dolly spöttisch. »Das kann niemand anders gewesen sein als Evelyn. Keine andere ist gemein und boshaft genug dazu.«

Evelyn zitterte vor Wut und Furcht. Sie untersuchte ihre Sohlen. Ja, sie waren voller Tintenflecke. Schnell rannte sie den Flur hinunter in die kleine Vorratskammer, holte ein Fläschchen Tinte und stürzte damit in den Putzraum, wo die Schuhschränke standen. Dort schmierte Evelyn rasch etwas Tinte auf die Sohle eines der Schuhe, die Dolly gehörten. Dann stellte sie die Flasche ganz hinten in den Schrank, riss sich ihre eigenen, befleckten Schuhe von den Füßen, versteckte sie und zog sich ein Paar saubere Sandalen an.

Sie rannte in den Hof und erschien dann in der Tür des Gemeinschaftsraumes – sichtlich ruhig und gelassen. O, Evelyn konnte gut schauspielern!

»Da ist Evelyn!«, rief Alice. »Evelyn, weißt du etwas von der Sache mit dem Füller von Marlies?«

»Füller von Marlies? Was ist damit?«, fragte Evelyn scheinheilig.

»Irgendjemand hat ihn zertreten«, sagte Susanne.

»So eine Gemeinheit!«, rief Evelyn scheinbar empört. »Und wer war es?«

»Das möchten wir ja auch gerne wissen«, sagte Dolly. »Und wir werden es herausfinden, pass nur auf!«

»Das hoffe ich auch«, erwiderte Evelyn. »Starr mich nicht so an, Dolly. Ich war es nicht. Viel eher du! Ich habe genau gemerkt, wie eifersüchtig du warst, seit so viel Theater um Marlies gemacht wurde, weil sie deinetwegen ins Wasser gesprungen ist.«

Alle schnappten nach Luft. Woher hatte Evelyn die Stirn, so etwas zu behaupten! Dolly merkte, wie die altbekannte heiße Flamme in ihr aufstieg.

Susanne sah sie an und legte ihr die Hand auf den Arm. »Vorsicht!«, flüsterte sie, und Dolly beruhigte sich. Aber es kostete sie eine gewaltige Anstrengung.

»Evelyn«, sagte Katrin, »wir haben uns überlegt, dass der Täter Tinte unter den Schuhsohlen haben muss. Deshalb werden wir von allen die Schuhe untersuchen, und wir sind sicher, dass wir die Schuldige finden.«

Evelyn zuckte nicht mit der Wimper. »Ein sehr guter Gedanke!«, rief sie. »Ich wollte, er wäre mir eingefallen. Bestimmt erfahren wir so, wer die gemeine Person ist, die Marlies' Füller zertreten hat.«

Jeder staunte, als sie das sagte. Leiser Zweifel regte sich bei den Mädchen. Wäre Evelyn so begeistert von diesem Plan, wenn sie selbst den Füller zertreten hätte? Vielleicht war sie wirklich unschuldig?

»Meine Schuhe könnt ihr zuerst ansehen, wenn ihr wollt«, sagte Evelyn und kehrte erst ihre eine, dann die andere Schuhsohle nach oben. Natürlich war keine Tintenspur daran.

»Die Schuhe in den Schränken werden wir auch untersuchen«, erklärte Katrin. »Aber zeigt bitte zuerst einmal alle eure Schuhsohlen!«

Nirgends waren Tintenspuren. Dann ging die ganze Klasse in feierlichem Zug zum Putzraum, wo die Schuhschränke standen.

Wieder wurden Evelyns Schuhe zuerst überprüft, weil Katrin genau wie die anderen es für wahrscheinlich hielt, dass man dort Tintenflecke entdeckte. Doch es waren keine da ... Aber einer von Dollys Schuhen war mit Tinte beschmiert! Katrin zog ihn heraus und starrte mit größtem Erstaunen und Schrecken darauf. Sie hielt ihn Dolly schweigend hin.

»Dein Schuh!«, sagte sie. »Dolly!«

Sprachlos starrte Dolly auf die tintenbekleckste Sohle. Dann sah sie die schweigenden Mädchen ringsum an. Einige schauten weg. Alice aber blickte ihr kühl in die Augen. »Ja, ja, wer hätte das gedacht! Unsere offene, ehrliche Dolly!«, sagte sie. »Nie hätte ich dir das zugetraut!«

Dolly packte sie am Arm. »Alice, du kannst doch nicht im Ernst denken, ich hätte diese Gemeinheit begangen! Ich war es nicht, sage ich dir, ich war es nicht!«

»Nun, du kannst nicht leugnen, dass deine Schuhsohle voll Tinte ist«, sagte Alice. »Du hast ein heftiges Temperament, und ich zweifle nicht, dass du in einem Anfall von Wut den Füller zertreten hast. Frag mich nicht, warum! Ich bin nicht so jähzornig wie du.«

»Aber Alice ... ich bin doch nicht gemein!«, schrie Dolly. »Du weißt genau, dass ich es nicht gewesen sein kann. Alice, ich dachte, du wärst meine Freundin!«

»Du bist nicht meine Freundin«, sagte Alice und ging zur Tür hinaus.

»Da ist irgendetwas faul!«, rief Dolly. »Bitte, glaubt nicht, dass ich es war. Bitte!«

»Ich glaube nicht, dass du es warst«, sagte Marlies, und die Tränen liefen ihr über die Wangen. »Ich halte zu dir, Dolly.«

»Ich natürlich auch«, sagte Susanne mit weicher Stimme.

Dolly war froh, dass sie neben den Mädchen mit den eisigen Augen ringsum zwei Freundinnen hatte. Sie war den Tränen nahe. Susanne zog sie aus dem Putzraum hinaus. Katrin sah die anderen an. Ihr Gesicht hatte einen verwirrten und traurigen Ausdruck. »Ich kann nicht glauben, dass Dolly es war«, sagte sie. »Aber – ich meine – bis wir keine anderen Beweise haben, müssen wir sie wohl für die Schuldige halten.«

»Ich habe schon immer vermutet, dass Dolly zu Gemeinheiten fähig ist«, bemerkte Evelyn.

»Halt du den Mund!«, sagte Jenny.

Susanne und Marlies erwiesen sich als Dollys gute Freundinnen. Sie hielten treu zu ihr und verteidigten sie nach besten Kräften. Marlies stellte sich offen gegen Evelyn. Doch es war alles sehr unerfreulich, und obgleich niemand eine Bestrafung für das Zertreten des Füllfederhalters gefordert hatte, waren die kalten Blicke und die nicht minder kalten Stimmen ringsum Strafe genug.

Marlies war sehr traurig. Ausgerechnet wegen ihres Füllers war Dolly in so eine Situation geraten! Doch sie war überzeugt, dass Dolly keine Schuld traf.

Aber wer konnte es dann gewesen sein? Doch nur jemand, der gegen beide, gegen Marlies und gegen Dolly, einen Zorn hatte! Da konnte nur Evelyn infrage kommen. Also musste Evelyn Dollys Schuhe mit Tinte beschmiert haben! Aber auch Evelyns eigene Schuhe mussten voll Tinte sein – sie waren aber sauber gewesen, als sie sie den anderen gezeigt hatte!

Marlies lag nachts im Bett und zerbrach sich den Kopf über dieses Rätsel. War Evelyn dabei gewesen, als sie den Plan gefasst hatten, die Schuhe zu durchsuchen? Nein. Hatte sie vielleicht draußen gelauscht? Dann hatte sie genug Zeit gehabt, zu den Schränken zu laufen, Dollys Schuhe mit Tinte zu beschmieren und ihre eigenen wegzuräumen, bevor sie wieder in den Gemeinschaftsraum kam, um an der Besprechung teilzunehmen.

Aufgeregt setzte sich Marlies auf. Plötzlich war sie sicher, dass sich alles so zugetragen hatte. Sie zitterte ein wenig, wie immer, wenn sie aufgeregt oder ängstlich war. Wo mochte Evelyn ihre Schuhe versteckt haben? Wahrscheinlich in der Nähe der Schuhschränke.

Es war sehr spät und sehr dunkel. Längst waren alle schlafen gegangen. Marlies überlegte, ob sie sich wohl bis zum Putzraum traute, um dort nachzusehen. Sie wollte diese leidige Sache so gern klären.

Marlies kroch aus dem Bett und schlich zur Tür. Zum Glück brannte im Flur ein trübes Licht. Sie ging die Treppe hinab. Im Erdgeschoss steuerte sie auf den Putzraum zu. Auweh, dort war es stockfinster! Marlies fühlte, wie es ihr kalt den Rücken hinunterlief. Sie fürchtete sich. Gleich würde sie losschreien.

»Ich tue es für Dolly. Ich tue etwas für eine andere, und es ist sehr wichtig!«, sagte sie zu sich selbst mit fester Stimme. »Ich darf nicht schreien. Aber wo ist der Schalter?«

Nach einigem Suchen fand sie ihn und knipste das Licht an. Nun konnte sie den Raum überblicken. Marlies atmete tief durch. Sie stand nicht mehr im Dunkeln. Sie war stolz, dass sie nicht geschrien hatte.

Sie sah nach den Schränken. Das dort war das Fach von Evelyn. Sie öffnete es und prüfte alle Schuhe nach. Nein – an keinem war Tinte. Wo also hatte sie die mit den Tintenspuren versteckt?

Marlies' Blick fiel auf den kleinen Schrank in der Ecke. Sie wusste, was darin war: alte Bälle, ein paar lädierte Tennisschläger, zerrissene Turnschuhe und Gummistiefel. Dort konnten Evelyns Schuhe sein! Voll Angst, dass eine Spinne oder ein Ohrwurm ihr entgegenkriechen könnte, öffnete sie die Schranktür. Sie sah einen alten Stiefel und befühlte ihn mit den Fingern. Dann stieß sie an einen Schläger, und irgendetwas fiel mit einem Krach zu Boden.

Hoffentlich war niemand davon aufgewacht! Bebend hielt sie den Atem an. Aber keiner schien etwas gehört zu haben. Sie tastete weiter. Und endlich fand sie Evelyns Schuhe! Und auch das Fläschchen Tinte! Das war es, was hinuntergefallen war! Marlies betrachtete die kleine

Flasche. Natürlich, die hatte Evelyn benutzt. Sie sah die Schuhe an ... und da ... unter dem rechten ... war ein großer Tintenfleck!

Mit zitternden Händen prüfte Marlies noch den Namen im Schuh nach! Ja – da stand in Frau Winters Druckbuchstaben: »Evelyn Lessing«.

Es war also wirklich Evelyn! Ich wusste doch, dass Dolly es nicht war, frohlockte Marlies. Das erzähle ich gleich den anderen ... Nein, lieber nicht! Vielleicht ist Katrin verärgert, wenn sie erfährt, dass ich nachts ...

Marlies griff sich die Tintenflasche und die Schuhe. Sie knipste das Licht aus. Die Dunkelheit machte ihr nichts aus – kein bisschen! Sie dachte überhaupt nicht an die schwarze Nacht, als sie schnell die Treppe wieder hinaufstieg. Nur an ihre große Entdeckung dachte sie: Dolly war es nicht gewesen, Dolly hatte es nicht getan!

Am Morgen war sie als Erste wach. Sie ging an Katrins Bett und schüttelte das schlafende Mädchen. »Wach auf! Ich muss dir etwas sehr Wichtiges erzählen.«

Die anderen wurden von dem Lärm wach und rieben sich die Augen. Marlies stellte sich vor die Betten und schwenkte Evelyns Schuhe. »Seht her! Ich habe die richtigen Tintenschuhe gefunden! Und die Flasche mit der Tinte stand daneben. Seht ihr? Diejenige, die meinen Füller wirklich kaputt gemacht hat, versteckte ihre eigenen Schuhe und beschmierte Dollys Schuhe, damit es aussieht, als hätte Dolly es getan!«

»Aber wessen Schuhe sind es?«, fragte Katrin erstaunt. »Und woher hast du sie?«

»Ich bin heute Nacht im Dunkeln davongeschlichen und habe im Putzraum gesucht«, sagte Marlies triumphierend. Alle schnappten vor Überraschung nach Luft. Marlies schlich im Finstern umher! Jeder wusste doch, wie sie sich fürchtete!

»Ich fand dort im Schrank die Schuhe und die Flasche«, erzählte Marlies. »Soll ich euch sagen, welcher Name in den Schuhen steht? Nein, das tue ich nicht. Schaut selbst nach, und dann wisst ihr, wem diese Schuhe gehören. Ihr seht es an ihrem Gesicht.«

Das stimmte. Evelyns Gesicht war rot vor Scham und vor Schreck. Entsetzt und wütend funkelte sie Marlies an. Die hatte es also doch herausgefunden! Warum hatte sie nur diese Schuhe und die Flasche nicht mitgenommen und einfach ins Meer geworfen!

»Evelyn war es!«, sagten die Mädchen leise und musterten sie voller Abscheu. Diesmal versuchte Evelyn nicht zu leugnen. Sie blieb im Bett liegen und versteckte ihr Gesicht in den Kissen.

Katrin prüfte Schuhe und Flasche. Dann ging sie zu Dolly hinüber und streckte ihr die Hand hin.

»Dolly, ich bitte dich um Verzeihung, weil ich einen Augenblick annahm, du hättest es getan. In Wirklichkeit glaubte ich es nicht … nur gab es keine andere Erklärung. Entschuldige bitte!«

»Ach, es ist schon gut«, sagte Dolly strahlend. »Es ist alles in Ordnung. Mir war zwar elend zumute … doch Marlies und Susanne haben ja zu mir gehalten. Evelyn hatte sicher niemanden.«

Ein Mädchen nach dem anderen entschuldigte sich bei Dolly. Alice war ein bisschen verlegen, denn sie schämte sich wirklich wegen ihrer harten Worte.

»Ich möchte gern, dass wir wieder Freundinnen sind«, sagte sie verlegen. »Du, Betty und ich – wie früher, ja?«

»Hm«, sagte Dolly und sah sich nach Susannes ruhigem, kleinem Gesicht um. »Hm … wenn es dir nichts ausmacht … ich möchte bei Susanne und Marlies bleiben. Ich bin nicht immer nett zu ihnen gewesen, aber sie haben zu mir gehalten, als ich in Not war. Deshalb sind sie jetzt meine richtigen Freundinnen.«

»Ach!«, sagte Marlies und strahlte. »Danke, Dolly!«

Susanne sagte nichts, aber Dolly merkte, wie sie sie vor Freude in den Arm kniff. Sie drehte sich um und lächelte.

Dann sah sie Evelyn auf dem Bett liegen. Das Gesicht hatte sie vergraben und schluchzte heftig. In ihrer Herzensfreude konnte Dolly nicht einmal ihre Feindin unglücklich sehen. Sie ging hinüber und schüttelte Evelyn leicht.

»Evelyn! Ich werde niemandem etwas von dieser Geschichte erzählen, und die anderen werden es auch nicht tun, wenn ich sie darum bitte. Aber du musst Marlies einen schönen neuen Füller kaufen! Ja?«

»Ja«, murmelte Evelyn. »Das tue ich.«

Und das war alles, was aus Evelyn herauszubekommen war. Dass es ihr leidtat, brachte sie nicht über die Lippen. Nicht einmal, als sie Marlies nach ein paar Tagen einen wirklich prächtigen Füller überreichte, kam eine Entschuldigung aus ihrem Mund. Sie war schwächer, als Marlies je gewesen war, denn sie konnte nicht einmal sich selbst überwinden.

»Aus der wird wohl nie was, Katrin. Glaubst du nicht auch?«, meinte Dolly.

Katrin lächelte.

»Das hängt davon ab, wie lange sie in Möwenfels bleibt«, sagte sie. »Es ist merkwürdig, wie viel braver man wird, je länger man hier ist. Das hat meine Tante mir schon gesagt. Sie war auch hier, und sie hat mir alle möglichen Geschichten erzählt über grässliche Mädchen, die dann doch noch ganz kameradschaftlich wurden.«

»Aber nicht solche wie Evelyn«, sagte Dolly. »Die wird sich nie ändern. Wenn sie bloß von der Schule ginge!«

Das wünschte sich Evelyn auch. Die letzten Schulwochen waren nicht sehr vergnüglich für sie. Die Geschichte mit dem Füllfederhalter erwähnte niemand mehr, aber alle dachten daran, wenn sie Evelyn nur sahen. Sie sprachen nicht mit ihr und sahen sie nicht an, wenn sie es vermeiden konnten. Sie waren überzeugt, dass auch die anderen bösen Streiche, die Marlies während der ganzen Zeit gespielt worden waren, von ihr stammten.

Arme Evelyn! Es war nicht leicht für sie. Die Mädchen verachteten sie nun, und außerdem musste sie wie verrückt arbeiten.

Dolly verlebte eine sehr glückliche Zeit. Sie, Susanne, und Marlies waren immer zusammen. Susanne war jetzt ihre Freundin – sie verstanden sich ohne viele Worte. Susanne war ausgeglichen, und so würde wahrscheinlich auch Dollys Jähzorn nicht mehr so leicht ausbrechen.

Endlich Ferien!

Die Prüfungen waren überstanden. Dolly kam gut durch. Susanne schnitt etwas schlechter ab. Evelyn ging es besser, als alle erwartet hatten.

»Das zeigt«, sagte Frau Pott ernst, »dass du sehr wohl kannst, wenn du nur willst, Evelyn.«

Dolly fand, es war eine schöne Zeit gewesen – abgesehen von Susannes Krankheit und als die Mädchen sie wegen des Füllfederhalters verdächtigt hatten.

Aber an diese Dinge dachte sie nicht oft. Sie war eine Frohnatur und erinnerte sich lieber an die schönen Stunden. Und darum tat es ihr ein bisschen leid, Möwenfels für einige Zeit zu verlassen – aber immerhin: Die Ferien würden auch herrlich werden. Sie und Susanne wollten sich während dieser Zeit gegenseitig besuchen.

»Dann siehst du meine kleine Schwester«, sagte Dolly. »Die wird dir gefallen. Sie ist süß.«

»Und du wirst meine auch sehen«, sagte Susanne ein bisschen verlegen. »Sie soll lernen, wie man ein netter Kerl wird – so wie du!«

Marlies wünschte, sie würde auch in der Nähe der beiden anderen wohnen, damit sie sie besuchen könnte. Aber nach den Ferien sahen sie sich ja alle wieder …

Marlies wusste genau, dass Dollys beste Freundin Susanne war und nicht sie. Aber das störte sie nicht. Sie mochte Dolly gern und bewunderte sie. Das war das einzig Wichtige für die bescheidene Marlies.

Der letzte Tag war gekommen – mit all seinen Aufregungen, dem Kofferpacken und dem Suchen nach verlorenen Schlüsseln ...

Die Schule glich einem Zirkus. Die Mädchen aus allen vier Türmen rannten ständig durcheinander.

»Der letzte Tag ist immer ganz verrückt«, stöhnte Mademoiselle und versuchte, sich durch eine brodelnde Masse von aufgeregten Mädchen zu zwängen. »Dolly! Susanne! Wollt ihr mich bitte durchlassen?«

Frau Pott teilte Päckchen aus, hakte Namen auf der Liste ab, wenn die Eltern ihre Töchter abholten, fand verlorene Schlüssel wieder und blieb der ruhende Pol.

Endlich kamen die Busse angerollt, die die Mädchen zum Zug bringen sollten.

»Los, Dolly!«, rief Susanne. »Wir wollen uns nach vorn setzen. Wo ist Marlies?«

»Sie wird mit dem Auto abgeholt!«, rief Dolly. »Hallo, Marlies, auf Wiedersehen! Schreib mir bald. Mach's gut!«

»Vorwärts jetzt!«, rief Frau Pott, und die Mädchen drängten in die Busse. »Wo ist Alice? Wenn sie noch einmal wegläuft, werde ich ernstlich böse. Alice! Steig sofort ein und bleib endlich drin! Auf Wiedersehen, Mädchen. Benehmt euch gut – oder wenigstens so gut wie möglich!«

»Wiedersehen, Pöttchen! Leben Sie wohl!«, schrien die Mädchen. »Wiedersehen, liebes altes Pöttchen!«

»Auwei!«, entfuhr es Dolly, die noch nie erlebt hatte, dass jemand Frau Pott mit »Pöttchen« anzureden wagte.

»Wir machen es nur beim Abschied«, meinte Alice lachend. »Dann lässt sie es durchgehen. Sieh doch, wie sie übers ganze Gesicht lacht!«

Dolly lehnte sich aus dem Bus. »Wiedersehen, Pöttchen!«, rief sie. »Leb wohl, Möwenfels«, sagte sie leise. »Ich freue mich schon jetzt, wieder herkommen zu können.«

Macht's gut, macht's alle gut bis zum nächsten Mal – Dolly und Susanne und ihr anderen! Wir treffen uns wieder! Bis dahin viel Glück!

Enid Blyton®

Dolly

Wirbel in Klasse 2

Rückkehr nach Möwenfels

»Die Ferien waren einfach großartig«, sagte Dolly, als sie in den Wagen ihres Vaters einstieg, der sie ins Internat Burg Möwenfels zurückbringen sollte. »Aber ich bin froh, dass die Schule wieder beginnt. Acht Wochen war ich nicht mehr dort!«

»Na, das ist wirklich eine sehr lange Zeit!«, sagte der Vater und lächelte. »Wo bleibt Mutter? Merkwürdig, dass ich immer als Erster reisefertig bin. Ah, da kommt sie ja!«

Frau Rieder kam die Stufen heruntergeeilt. »Habe ich euch warten lassen?«, fragte sie. »Das Telefon klingelte noch in der letzten Minute. Es war Susannes Mutter. Sie wollte wissen, wann wir Susanne abholen.«

Susanne Hoppe war Dollys beste Freundin. Dr. Rieder hatte sich bereit erklärt, beide Mädchen nach Möwenfels zu bringen. Sie wollten so früh wie möglich aufbrechen, um noch vor Dunkelheit dort zu sein. Außerdem mussten sie ja noch bei Susanne vorbeifahren.

»Ich bin ganz aufgeregt, wenn ich an die Schule denke«, erklärte Dolly. »Das ist jetzt mein zweites Jahr in Möwenfels – und nun bin ich in der zweiten Klasse!«

»Jetzt wirst du auf die erste Klasse herabsehen und die Kleineren als Babys betrachten, nicht wahr?«, sagte ihre Mutter, während sie sich im Wagen zurechtsetzte.

»Ich glaube schon.« Dolly lachte. »Dafür werden die aus der dritten Klasse auf uns herabschauen – so gleicht sich alles wieder aus!«

»Schau dich noch mal um! Deine Schwester winkt dir zum Abschied«, sagte der Vater, als sich der Wagen in Bewegung setzte. »Sie wird dich vermissen, Dolly.«

Dolly winkte wie wild. »Auf Wiedersehen, Felicitas!«, rief sie. »Du wirst später auch einmal nach Möwenfels kommen, dann gehen wir zusammen zur Schule!«

Der Wagen schnurrte auf die Landstraße hinaus. Dolly warf einen letzten Blick zurück auf ihr Elternhaus. Sie würde es einige Monate nicht wiedersehen. Sie war ein bisschen traurig – aber weil sie ein vernünftiges Mädchen war, wurde sie gleich wieder fröhlich, und ihre Gedanken wanderten bereits nach Möwenfels. Sie hatte die Schule lieb gewonnen, und sie war stolz darauf, sie besuchen zu dürfen. Im ersten Jahr hatte sie Frau Pott als Klassenlehrerin gehabt. Wer würde wohl die zweite Klasse leiten?

Nach einer Stunde erreichten sie ihr erstes Ziel, das Haus von Susanne Hoppe. Susanne erwartete sie bereits. Der Schulkoffer und ihr Handköfferchen standen neben ihr auf der Treppe vor dem Haus. Jetzt kam auch ihre Mutter heraus. An der Hand hatte sie ein kleines Mädchen von etwa anderthalb Jahren, das sich offenbar nur schwer von der größeren Schwester trennen konnte.

»Guten Tag, Susanne! Hallo, Vivi!«, rief Dolly aufgeregt. »Gut, dass du fertig bist, Susanne!«

Das Gepäck wurde im Kofferraum verstaut. Susanne kletterte zu Dolly auf den Rücksitz.

»Auch mit!«, rief Vivi mit tränennassen Augen, als sie ihre geliebte große Schwester im Auto verschwinden sah.

»Mach's gut, Mutti! Ich schreibe so bald wie möglich!«, rief Susanne. »Auf Wiedersehen, Vivi!«

Der Wagen fuhr ab, und Vivi begann zu weinen. Susanne sah ein bisschen aufgeregt aus. »Der Abschied von Mutti und auch von Vivi ist immer furchtbar schwer. Ist Vivi nicht goldig? Sie läuft schon überall herum und plappert den ganzen Tag.«

»Weißt du noch«, fragte Dolly, »wie du sie nicht ausstehen konntest, als sie noch ganz, ganz klein war? Und jetzt gehe ich jede Wette ein, dass du sie gar nicht mehr hergeben würdest. Es ist doch schön, eine Schwester zu haben.«

»Ja, ich war schrecklich zu ihr«, sagte Susanne. »Ich hatte damals ein paar schlimme Monate in Möwenfels. Ich war so unglücklich, dass man mich von zu Hause fortschickte, weil ich glaubte, ich solle Platz für das neue Baby machen. Ich habe damals auch dich gehasst, Dolly – kannst du dir das heute noch vorstellen?«

»Jetzt sind wir die besten Freundinnen!«, erwiderte Dolly lachend. »Übrigens – wer wird nach deiner Meinung in diesem Jahr Klassensprecherin werden? Katrin nicht, die war es im letzten Jahr. Wer also?«

»Alice vielleicht«, meinte Susanne. »Sie ist die Älteste.«

»Ich weiß. Aber glaubst du, dass sie eine gute Klassensprecherin wäre?«, fragte Dolly zweifelnd. »Sicher, sie ist furchtbar intelligent und hat immer die besten Noten, aber sie spielt zu gern den Clown.«

»Das würde wahrscheinlich aufhören, wenn sie Klassensprecherin ist«, sagte Susanne. »Alice braucht eine Aufgabe. Sie weiß nicht, was Verantwortung ist. Erinnerst du dich – damals sollte sie die Ausflüge für den Naturkundeunterricht organisieren. Aber sie wollte nicht. Es gibt noch einen anderen Grund, warum sie nicht zur Klassensprecherin taugt.«

»Welchen?«, fragte Dolly, die den Klatsch über die Mitschülerinnen sehr genoss.

»Sie ist hart«, entgegnete Susanne. »Es würde ihr nie einfallen, jemandem zu helfen, der in Not ist. Sie würde sich auch keine Mühe geben, freundlich zu sein. Sie wäre einfach nur Klassensprecherin, würde Anordnungen geben und darauf achten, dass sie befolgt werden. Aber bei einer Klassensprecherin setzt man doch ein bisschen mehr voraus, meinst du nicht?«

»Und wer sollte nach deiner Meinung den Posten bekommen?«, fragte Dolly. »Wie wär's denn übrigens mit dir? Du kannst sehr gut mit Menschen umgehen, du bist prima, wenn es darum geht, die Wogen zu glätten oder anderen zu helfen, wenn sie in Not sind. Du bist so – ja, irgendwie so ausgeglichen. Du gehst nicht immer gleich in die Luft wie ich, wenn mir etwas nicht in den Kram passt. Ich fände es großartig, wenn wir dich als Klassensprecherin hätten.«

»Ich würde es gar nicht wollen«, sagte Susanne. »Außerdem habe ich keine Aussichten. Aber ich glaube, dass du für den Posten geeignet bist, Dolly. Wirklich! Jeder mag dich und vertraut dir.«

Einen kleinen Augenblick überlegte Dolly. Susanne hatte nicht unrecht. Es stimmte schon: Die Mädchen mochten sie und vertrauten ihr – bis auf eine oder zwei.

»Trotzdem ist es unmöglich. Mein Temperament ist mir im Weg«, sagte sie dann bedauernd. »Denk nur daran, wie ich aufbrauste, als Marlies mich beim Tennis falsch bewertete, weil sie mich verwechselt hatte. Ich konnte natürlich nicht wissen, dass es nur ein Versehen war. Aber dass ich sie angebrüllt und sogar auf meinem Tennisschläger herumgetrampelt habe, war nicht richtig. Ich weiß nicht, was über mich kam.«

»Du hattest einen kleinen Sonnenstich«, erwiderte Susanne tröstend. »Es war ein sehr heißer Tag, und wir waren alle ziemlich gereizt. Du explodierst doch sonst nicht so schnell aus so dummen Anlässen. Spar deine Wutausbrüche für wichtigere Gelegenheiten. Zum Beispiel wenn es gilt, auf diese Ziege von Evelyn loszugehen!«

Dolly lachte. »Ja, sie ist wirklich unausstehlich! Weißt du noch, wie sie sich bei Frau Teng anzubiedern versuchte, als sie im letzten Vierteljahr Herrn Jung vertrat? Ich glaubte zuerst, die Teng würde darauf hereinfallen.«

»Evelyn wird immer versuchen, sich bei jemandem einzuschmeicheln. Sie ist nun mal so. Auch in diesem Jahr wird sie jemanden finden, den sie verehren kann. Zum Glück ist es ausgeschlossen, dass ich ihr Opfer werde.«

»Hoffentlich kommen ein paar Neue«, sagte Dolly. »Es macht Spaß, sie kennenzulernen, und vielleicht sind ein paar nette Mädchen dabei.«

»Bestimmt gibt es auch diesmal wieder ein paar«, entgegnete Susanne. »Du, wäre es nicht komisch, wenn Marlies Klassensprecherin würde?«

Die Mädchen lachten. Marlies war Susanne und Dolly treu ergeben, wenn auch Dolly ihre eigentliche Heldin war. Beide Mädchen mochten die kleine Marlies sehr. Aber sie war sehr schüchtern und schreckte vor jeder Verantwortung zurück. Es war wirklich spaßig, sich ihr Gesicht vorzustellen, wenn sie erführe, sie sei Klassensprecherin geworden.

»Sie würde rot anlaufen und sich in Luft auflösen«, sagte Dolly. »Aber es ist schon viel besser mit ihr geworden, Susanne. Weißt du noch, wie ihre Knie immer zitterten, wenn sie sich fürchtete? Heute passiert ihr das kaum noch. Es hat sich gelohnt, dass wir uns um sie bemühten. Sie hat doch Selbstvertrauen gewonnen und sich gründlich verändert. So schlimm wie früher wird es nie wieder werden.«

Es war eine lange Fahrt nach Möwenfels. Hin und wieder wurde am Straßenrand Picknick gemacht. Frau Rieder löste ihren Mann von Zeit zu Zeit am Steuer ab, damit er sich ausruhen konnte. Die Mädchen saßen hinten im Wagen, unterhielten sich oder träumten vor sich hin.

»Wir sind bald da«, sagte Dr. Rieder schließlich. Er saß wieder am Steuer. »Jetzt werden wir sicher auch andere Autos sehen, die auf dem Weg zur Schule sind.«

Bald entdeckten sie einen schnittigen roten Wagen, in dem Irene saß. Irene winkte so stürmisch, dass sie ihrem Vater fast die Brille von der Nase schlug. Der Wagen schlingerte leicht.

»Typisch Irene«, sagte Susanne. »Hallo, Irene! Schöne Ferien gehabt?«

Die beiden Wagen blieben dicht beisammen, sodass die Freundinnen Irenes fröhliches Gesicht genau erkennen konnten. Sie hatten sie gern. Sie war ein intelligentes Mädchen, hochmusikalisch, sonst aber ein ausgesprochener Wirrkopf. Sie vergaß oder verlor immerzu irgendetwas. Doch sie war gutmütig und immer freundlich, sodass man ihr nie ernsthaft böse sein konnte.

»Da ist noch ein Wagen! Wer könnte das sein?«, rief Susanne, als aus einer Seitenstraße ein drittes Auto herauskam. Auf dem Dach war ein großer Koffer festgeschnallt. Der Wagen überholte sie.

»Eines von den älteren Mädchen«, sagte Dolly. »Sieht nach Georgia Thomas aus. Ich bin neugierig, wer in diesem Jahr Turmsprecherin wird. Pamela ist nicht mehr da. Hoffentlich wird nicht Georgia ihre Nachfolgerin. Sie ist immer so herrisch.«

Sie näherten sich der Schule, und plötzlich kam hinter einer Kurve Möwenfels in Sicht. Die Mädchen betrachteten es schweigend. Sie waren beide sehr stolz auf ihre Schule. Das große weiße Gebäude wurde an allen vier Ecken von runden Türmen flankiert – dem Nordturm, dem Südturm, dem Ostturm und dem Westturm. Kletterpflanzen, die sich in der Abendsonne rot färbten, rankten sich fast bis zum Dach hinauf.

»Unsere Burg!«, sagte Dolly. »Möwenfels – die beste Schule der Welt.«

Bald hielt der Wagen vor der gewaltigen Steintreppe, die zum Hauptportal hinaufführte. Andere Autos parkten schon an der Auffahrt. Man hörte fröhliche Zurufe: »Hallo, Lucie! Schau, da ist Helga! Hast du schöne Ferien gehabt? Wie braun gebrannt du bist!«

»Guten Tag, Jenny. Hast du meine Briefe bekommen? Geantwortet hast du jedenfalls nicht, du treulose Tomate. He, Tessie, das ist mein Handkoffer! Tritt nicht mit deinen großen Füßen darauf!«

»Auf Wiedersehen, Mutter, auf Wiedersehen, Vater! Ich schreibe, sobald ich mich wieder eingewöhnt habe. Vergesst nicht, meinen Goldhamster zu füttern, hört ihr?«

»Platz da, Vorsicht, ihr werdet noch überfahren! Da ist ja Betty Hiller! Huhu, Betty! Hast du Ideen für neue Streiche mitgebracht?«

Ein spitzbübisches Augenpaar lugte aus dem Wagenfenster, eine Haarsträhne fiel in eine gebräunte Stirn. »Wer weiß!«, erwiderte Betty, während sie ausstieg. »Vielleicht ja, vielleicht nein. Hat schon jemand Alice gesehen?«

»Die Mädchen, die mit der Bahn kommen, sind noch nicht da! Der Zug hat Verspätung – wie üblich!«

»Dolly! Dolly Rieder! Hallo, du da! Und Susanne! Hört mal, kommt mit in den Schlafraum, wir wollen sehen, wo unsere Betten sind. Kommt!«

Was für ein Lärm! Welch ein Tumult! Dolly fand es einfach aufregend. Es war schön, wieder in der Schule zu sein, zurückgekehrt zu sein nach Burg Möwenfels.

Die drei Neuen

Dolly verabschiedete sich von ihren Eltern, und der Wagen fuhr davon. Nur gut, dass Vati und Mutti vernünftig waren, wenn man ihnen Auf Wiedersehen sagte. Sie brachen nicht in Tränen aus, wie es Evelyns Mutter immer tat. Sie erwarteten nicht, dass sie neben ihnen stand und eine Trauermiene aufsetzte. Die Eltern lachten und benahmen sich wie gewöhnlich, versprachen ihr, sie einmal in der Schule zu besuchen, und fuhren fröhlich winkend davon.

Dolly und Susanne brachten ihr Gepäck in die große Halle. Dort erwartete sie Frau Pott. Sie war ihre Klassenlehrerin gewesen, als sie noch die erste Klasse besuchten, und würde weiterhin ihre Hausvorsteherin sein – verantwortlich für den gesamten Nordturm. Alle Schlafsäle der Mädchen lagen in den vier Türmen. Für jeden Turm waren eine »Hausvorsteherin« und eine »Hausmutter« zuständig.

Frau Pott entdeckte Susanne und Dolly und rief sie zu sich. »Susanne! Dolly! Bitte nehmt euch dieser neuen Schülerin hier an. Sie kommt in eure Klasse, und sie wird auch im selben Schlafraum untergebracht wie ihr. Zeigt ihr den Weg zur Hausmutter.«

Dolly warf einen Blick auf das große, dünne Mädchen, das nervös und etwas ängstlich neben der Lehrerin stand. Sie erinnerte sich daran, wie verloren sie selbst sich vorgekommen war an ihrem ersten Tag in Möwenfels, und die Neue tat ihr leid.

Gemeinsam mit Susanne ging sie auf sie zu. »Guten Tag. Kommst du mit uns? Wir werden uns ein bisschen um dich kümmern. Wie heißt du?«

»Ellen Wieland«, sagte das Mädchen. Es sah blass und müde aus. Auf Ellens Stirn stand eine Falte, die wie eine Trennungslinie zwischen ihren Augenbrauen verlief.

Sie machte keinen allzu sympathischen Eindruck, aber Dolly lächelte sie freundlich an. »Wahrscheinlich bist du ganz durcheinander von dem Krach hier«, sagte sie. »Ich habe das genauso empfunden, als ich im vergangenen Jahr hierherkam. Ich heiße Dolly Rieder. Und das ist meine Freundin, Susanne Hoppe.«

Das Mädchen lächelte höflich und schloss sich ihnen schweigend an. Sie bahnten sich den Weg durch die Menge der aufgeregt schwatzenden Schülerinnen.

»Dort ist Marlies!«, sagte Dolly. »Hallo, Marlies! Bist du aber gewachsen!«

Die kleine Marlies strahlte. »Hoffentlich!«, erwiderte sie. »Ich habe es satt, immer die Kleinste der Klasse zu sein. Wer ist das?«

»Ellen Wieland. Eine Neue. Zweite Klasse«, erklärte Dolly. »Sie schläft in unserem Schlafsaal«, fügte Susanne hinzu. »Wir bringen sie zur Hausmutter. Hallo, da ist ja auch Irene. Irene, du hast ja deinem Vater fast die Brille von der Nase geschlagen, als du uns winken wolltest.«

Irene grinste. »Ja, und das war bereits das dritte Mal. Er fing an, sich wirklich zu ärgern. Geht ihr zur Hausmutter? Ich komme mit.«

»Hast du dein Gesundheitsattest?«, erkundigte sich Susanne. Es war ein ständiger Spaß für die Mädchen, dass Irene immer ohne Gesundheitsattest in der Schule ankam. Ihre Mutter konnte es noch so sorgfältig in ihrem Handkoffer oder der Jackentasche verstauen oder in einen Briefumschlag stecken.

»Hast du deines?«, fragte Dolly die neue Schülerin. Und als Ellen Wieland nickte, fügte sie hinzu: »Wir müssen es sofort abgeben. Und wehe dir, wenn du dich nach Ablieferung des Attests und der ausdrücklichen Versicherung, mit keinem Kranken zusammengekommen zu sein, plötzlich mit Masern, Windpocken oder etwas Ähnlichem ins Bett legst. Irene, du willst doch nicht etwa sagen, dass du dein Attest wieder einmal verloren hast?«

Irene durchsuchte ihre sämtlichen Taschen – in ihrem Gesichtsausdruck lag eine komische Verzweiflung. »Ich kann es momentan nicht finden«, erklärte sie. »Es ist wahrscheinlich in meinem Handkoffer. Aber nein – da wollte Mutter es nicht mehr hineinlegen, weil es doch von dort immer verschwindet.«

»Die Hausmutter sagte, dass sie dich das nächste Mal so lange ganz allein in einem Zimmer der Krankenstation in Quarantäne nehmen wird, bis deine Mutter ein anderes Attest geschickt hat. Du bist ein richtiges Schusselchen, Irene!«

Aufgeregt in allen Taschen wühlend, folgte Irene den drei Mädchen zum Nordturm. Der Schlafsaal der zweiten Klasse war nicht weit von dem der ersten entfernt, in dem Dolly während des letzten Schuljahres geschlafen hatte. Es war ein großer freundlicher Raum mit zehn blütenweiß bezogenen Betten und molligen, bunt gemusterten Daunendecken. Die Mädchen setzten ihre Handkoffer und Taschen ab und schauten sich dann nach der Hausmutter um. Die führte gerade eine weitere Neue in den Schlafsaal.

Das neue Mädchen war etwa in Dollys Alter und hatte wie diese schwarzes, gelocktes Haar, trug es aber viel kürzer, fast wie ein Junge. Sie sah ziemlich schmutzig und unordentlich aus, hatte jedoch ein sehr gewinnendes Lachen. Ihre Augen zwinkerten lustig, als sie ihre Mitschülerinnen betrachtete. Sie machte längst keinen so hilflosen Eindruck wie Ellen.

»Susanne und Dolly, da seid ihr ja! Hier ist noch eine neue Schülerin!«, rief die Hausmutter. »Nehmt euch ihrer ein bisschen an, ja? Ihr Name ist Britta Mohr. Nun, habt ihr alle eure Handkoffer oder Taschen mit den Wasch- und Schlafsachen? Und vor allem die Gesundheitsatteste?«

»Unser Handgepäck ist dort«, erwiderte Dolly. »Und hier ist mein Attest.«

»Wo ist mein Handkoffer?«, fragte Britta plötzlich.

»Du wirst ihn schon noch finden«, erwiderte die Hausmutter. »Gib mir erst einmal dein Attest, dann können wir in Ruhe nach dem Koffer suchen.«

»Aber das Attest ist ja im Koffer«, erklärte Britta, wobei sie sich suchend um die eigene Achse drehte.

»Du hast ihn sicherlich in der Halle stehen lassen, damit jeder darüberfällt!«, sagte die Hausmutter. »Danke, Dolly. Und dein Attest, Susanne? Gut – und deines, Marlies, und deines, Ellen! Und du, Irene?«

»Es ist wirklich ganz merkwürdig ...« Irene wühlte erneut fieberhaft in ihren sämtlichen Taschen. »Als ich heute Morgen abfuhr, hatte ich es noch. Das weiß ich ganz genau!«

Die Hausmutter blickte Irene ehrlich erzürnt an. »Irene! Du willst doch nicht etwa behaupten, du hättest es wieder einmal verloren? Erinnerst du dich, was ich dir das letzte Mal gesagt habe? Es gibt eine Vorschrift, dass Schülerinnen ohne Gesundheitsattest so lange in der Krankenstation, und zwar von allen anderen Mädchen abgesondert, eingesperrt werden, bis das Attest vorgelegt wird. Bisher brauchte ich noch niemals nach dieser Vorschrift zu handeln – aber jetzt in deinem Fall sollte ich doch ...«

»O, bitte sperren Sie mich nicht in Quarantäne!«, bettelte Irene, während sie ihren Handkoffer öffnete und den Inhalt auf dem Boden verstreute. »Ich finde das Attest noch. Ganz bestimmt!«

Die Mädchen standen lachend um sie herum. Irene war wirklich komisch, wenn sie etwas verloren hatte!

Die Hausmutter schaute ihr grimmig zu. Irene beugte sich über ihre auf dem Boden herumliegenden Sachen, um nochmals alles zu durchsuchen. Plötzlich stieß sie einen Schrei aus und griff mit der Hand in die Magengegend. »Au! Irgendetwas hat mich gestochen! Was ist das nur?« Sie öffnete ihren Mantel – und die Mädchen kreischten vor Vergnügen.

»Irene, du Dummchen! Du hast dir dein Attest mit einer Nadel an die Bluse gesteckt. Du konntest es ja überhaupt nicht verlieren!«

Irene blickte freudig überrascht an sich hinunter. »Natürlich!«, sagte sie, während sie die Nadel löste. »Jetzt erinnere ich mich ...«

Die Hausmutter nahm das Attest und legte es zu den anderen. »Da bist du noch einmal knapp davongekommen«, sagte sie. Auf ihrem runden Gesicht erschien ein Lächeln. »Immer wenn das Schuljahr beginnt, kriege ich deinetwegen wieder ein paar graue Haare mehr.«

Damit rauschte sie davon – nach zurückkehrenden Mädchen ausschauend, Bestandslisten prüfend, Atteste einsammelnd, Ordnung in das Durcheinander bringend, rund sechzig Schülerinnen willkommen heißend, die nach und nach im Nordturm eintrafen. In den anderen drei Türmen waren die übrigen drei Hausmütter mit den gleichen Aufgaben beschäftigt. Es war ein ordentliches Stück Arbeit, zweihundertfünfzig Mädchen zu empfangen, die mit ihren Koffern, Schachteln, Kisten und Kästen hereinstürmten!

Britta war losgezogen, ihren Handkoffer zu suchen. Als die anderen bereits ihre Sachen auspackten, kam sie zurückgeschlendert. In der Hand hielt sie einen kleinen braunen Koffer. Sie öffnete ihn und nahm einen Pyjama heraus. Verblüfft besah sie sich den Schlafanzug. »Du meine Güte! Ich wusste gar nicht, dass ich solch einen Pyjama besitze!«, rief sie aus. »Und was für elegante Hausschuhe meine Mutter mir eingepackt hat. Wahrscheinlich soll das eine Überraschung sein!«

Dolly trat näher heran. Dann lachte sie laut. »Du wirst Ärger kriegen, wenn du diesen Koffer weiter auspackst«, sagte sie. »Das Zeug gehört Georgia Thomas! Sie wird außer sich geraten, wenn sie erfährt, dass du ihren Handkoffer hast. Sicherlich rennt sie schon im ganzen Haus herum und sucht ihn. Kannst du nicht lesen, Britta?«

Dolly zeigte auf den Namen, der innen am Kragen der Pyjamajacke eingenäht war: Georgia Thomas.

»Was bin ich für ein Kamel!«, sagte Britta und stopfte alle Sachen schnell in den Koffer zurück. »Ich dachte wirklich, er gehört mir.« Dann ging sie hinaus, um die Suche nach dem eigenen Koffer wieder aufzunehmen.

Dolly lachte zu Irene hinüber. »Ich weiß nicht, was wir tun sollen, wenn wir zwei von deiner Sorte hier haben, Irene«, sagte sie. »Eine ist schon schlimm genug. Aber zu zweit werdet ihr die Hausmutter in den Wahnsinn treiben. Und Frau Parker, die neue Klassenlehrerin – na, du weißt selbst, wie sie ist! Sie kann Unordnung und Schlamperei nun mal nicht ausstehen. Das wird sehr komisch werden mit dir und Britta!«

Irene machte sich nicht das Geringste daraus, geneckt zu werden. Sie war intelligent und gutmütig und außerdem hochmusikalisch. Aber eben gedankenlos und nachlässig, was die alltäglichen Dinge des Lebens anging. Wenn jemand ein Grammatikbuch verlor, so war es Irene. Wenn jemand zum Turnunterricht in den Handarbeitsraum ging, so war es natürlich Irene. Und nun tauchte da noch ein anderes Mädchen auf, das ebenso wirr zu sein schien. Irene mochte sie gleich auf den ersten Blick und beschloss, sich mit ihr anzufreunden.

Endlich kehrte Britta mit ihrem eigenen Koffer zurück. Sie packte aus und begann, jedes Ding an seinen Platz zu räumen, so wie es die anderen Mädchen auch taten: Pyjama unter das Kopfkissen, Zahnbürste, Zahnpasta, Waschlappen und Schwamm auf ein Glasbord über ihrem Waschbecken am Ende des Schlafsaals, Bürste und Kamm in das oberste

Fach der Kommode neben dem Bett. Dann wurden die leeren Handkoffer im Korridor gestapelt, von wo aus sie auf den Speicher geschafft wurden.

Plötzlich hörte man lautes Getrappel auf der Treppe. Die Mädchen im Schlafsaal hoben die Köpfe und lauschten.

»Die Eisenbahnerinnen!« So nannte man hier die Schülerinnen, die nicht mit dem Auto hergebracht wurden, sondern mit dem Zug kamen. »Endlich! So eine Verspätung!«

Ein Mädchen nach dem anderen erschien im Schlafsaal. Zuerst stürmte Alice Jahn herein – wie immer mit strahlenden Augen. Hinter ihr kam Jenny, ein ebenso aufrichtiges wie vernünftiges Mädchen. Dann erschien Angela, die immer sehr still war und sich eigentlich nur für Näharbeiten und Stickereien interessierte.

»Eins, zwei, drei, vier, fünf, sechs, sieben, acht!«, zählte Dolly. »Zwei fehlen noch. Und zwar wer?«

»Die eine wird sicherlich Evelyn sein.« Irene zog eine Grimasse. »Unser Goldstück Evelyn! Sie liegt wahrscheinlich noch in den Armen ihrer schluchzenden Mama, die sich von ihrem kleinen Liebling nicht trennen kann. Aber wer ist die Zehnte?«

»Da kommt Evelyn schon!«, sagte Dolly. Die Mädchen hörten die vertraute weinerliche Stimme ihrer Mitschülerin. Evelyn war ein verwöhntes Einzelkind. Obwohl ihr der Aufenthalt in Möwenfels außerordentlich gut bekommen war, wurden alle Fortschritte in den Ferien immer wieder zunichtegemacht.

Evelyn kam herein, begleitet von dem zehnten Mädchen. »Guten Abend«, sagte sie, und dann stellte sie die Neue vor: »Das ist Diana Türk. Sie geht von jetzt an in unsere Klasse und schläft in unserem Schlafsaal. Wir sind zusammen in einem Abteil gefahren. Und ich kann euch eines prophezeien: Sie wird im Handumdrehen der Liebling der ganzen Klasse sein!«

Der erste Tag nach den Ferien

Das war natürlich die dümmste Art und Weise, eine neue Schülerin einzuführen, umso mehr, als sich die Mädchen darüber einig waren, dass Evelyns Auserwählte niemals auch ihre Freundin sein konnte. Sie lächelten das neue Mädchen höflich an und betrachteten sie von Kopf bis Fuß. Hübsch war sie ja: Sie hatte wunderschöne goldblonde Locken, und ihre Augen leuchteten noch viel blauer als die von Evelyn. Aber sie standen enger zusammen, und das gab ihr einen leicht lauernden Ausdruck. Sie hatte wunderbar weiße Zähne und ein äußerst reizvolles Lächeln, das sie jetzt einsetzte: »Ich bin so froh, dass ich nach Möwenfels kommen durfte«, sagte sie. »Ich bin noch nie auf einer Schule gewesen.«

»Auch das haben wir gemeinsam«, sagte Evelyn mit Genugtuung. »Bevor ich hierherkam, hatte ich ebenfalls noch keine Schule besucht.«

»Das wäre aber gut für dich gewesen«, bemerkte Alice. »Dann hätte man dir frühzeitig den Kopf zurechtgerückt. Ich wette, du hast dich in den Ferien wieder von hinten bis vorn von deiner alten Privatlehrerin bedienen lassen und mit deiner Mama über nichts anderes gesprochen als darüber, dass du das wunderbarste Mädchen der Welt bist!«

Evelyn schaute sie finster an. »Du brauchst nicht gleich ausfallend zu werden, wenn du mich nur zu Gesicht bekommst, Alice«, sagte sie. »Komm, Diana, ich will dir alles zeigen. Also, du bist in unserem Schlafsaal. Das ist wirklich schön. Ich werde dich erst einmal überall herumführen. Ich weiß noch, wie mir zumute war, als ich hier keine Menschenseele kannte.«

Diana schien ihr sehr dankbar zu sein. Sie war nur ein bisschen zu höflich und bedankte sich jedes Mal, wenn ihr etwas gezeigt oder erklärt wurde. Ohne Zweifel war sie sehr hübsch und anmutig. Es lag klar auf der Hand, dass Evelyn beschlossen hatte, sie anzuhimmeln.

Die Mädchen machten sich auf den Weg in den Speisesaal.

»Habe ich dir nicht gleich gesagt«, bemerkte Susanne zu Dolly, »dass sie wieder eine finden wird, an die sie sich ranschmeißen kann? Diese Diana schenke ich ihr. Sie ist mir zu affig. Ich kann ihr Getue nicht ausstehen!«

»Evelyn sagt, Dianas Vater wäre Millionär«, erklärte Dolly. »Sie soll ein Kindermädchen, eine Gouvernante und sogar eine eigene Zofe gehabt haben, bevor sie hierherkam.«

»Ach, deshalb hat sich Evelyn an sie herangemacht!«, erwiderte Susanne. »Ich dachte mir gleich, dass das einen besonderen Grund haben müsste. He, Irene – du hast noch deine Mütze auf! Legst du großen Wert darauf, mit Mütze zu essen?«

»Ach, du Schreck!«, sagte Irene und fasste sich auf den Kopf. »Habe ich vergessen, sie abzunehmen? Britta, du hättest mich darauf aufmerksam machen sollen!«

Britta lachte. »Dazu hätte ich es erst einmal bemerken müssen«, erwiderte sie. »Mir kommen hier so viele Dinge komisch vor, dass es mir sicher gar nicht auffallen würde, wenn eine bei Tisch eine Mütze aufhat.«

»Ihr seid mir das richtige Paar!«, sagte Susanne. »Komm, Dolly, komm, Marlies. Wir kriegen kein Essen mehr, wenn wir uns nicht beeilen.«

An diesem Abend waren alle Mädchen sehr müde und froh, endlich schlafen gehen zu können.

Evelyn hatte ein Bett neben Diana gewählt. »Wenn du Heimweh hast, sag es mir«, ermunterte sie Diana.

»Ich glaube, ich werde mir hier sehr merkwürdig vorkommen«, antwortete Diana, während sie ins Bett schlüpfte. »Du musst wissen – ich bin daran gewöhnt, eine Menge freundlicher Leute um mich zu haben.

Erst kommt meine Mutter und gibt mir einen Gutenachtkuss, dann schaut meine Gouvernante herein, um sich nach meinem Wohlbefinden zu erkundigen, und schließlich legt meine Zofe noch alle Dinge an ihren Platz. Ich werde –«

»Schluss mit der Unterhaltung!«, sagte Susanne plötzlich.

Evelyn setzte sich im Bett auf. »Du bist weder Sprecherin der Klasse noch des Schlafsaals, Susanne!«, sagte sie. »Du hast hier gar nichts zu befehlen!«

»Richtig!«, gab Susanne zurück. »Du kennst jedoch die Vorschriften, Evelyn. Ich erinnere dich nur an sie. Das ist alles.«

Evelyn legte sich wieder hin. Kurz darauf begann das Flüstern von Neuem.

Susanne wurde ärgerlich. »Halt jetzt den Mund! Wir wollen schlafen.«

»Warte, bis du Klassensprecherin bist, dann tue ich, was du sagst, aber keine Minute früher!«, erwiderte Evelyn, die sich vor ihrer Freundin stark zeigen wollte. »Morgen werden wir wissen, wer Klassensprecherin ist.«

»Du auf keinen Fall«, sagte Alice boshaft vom anderen Ende des Schlafsaals her.

»Pssst!«, machte Dolly, die auf einmal Schritte hörte.

Es war die Hausmutter. Sie kam herein, sah, dass die Mädchen noch wach waren, und sagte freundlich: »Ihr schlaft noch nicht? Nun aber schnell! Keine Gespräche mehr, wenn ich bitten darf. Gute Nacht, bis morgen!«

Sie ging leise hinaus.

Evelyn überlegte, ob sie ihre geflüsterte Unterhaltung mit Diana fortsetzen sollte. Aber ein kaum hörbares Schnarchen von Diana zeigte ihr an, dass die neue Freundin eingeschlafen war. Es hatte also keinen Zweck, Susanne herauszufordern, Diana würde doch nicht antworten.

Die Morgenglocke ließ alle wieder aus dem Schlaf hochschrecken.

Susanne setzte sich gerade im Bett auf und blickte sich erstaunt um. »Ach, es ist nur die Schulglocke«, sagte sie dann lachend. »Ich wusste erst gar nicht, wo ich bin!«

Der erste Schultag machte immer Spaß. Es gab noch keine richtigen Schulaufgaben, obwohl unterrichtet wurde. Allerdings mussten die neuen Schülerinnen einige Prüfungsfragen über sich ergehen lassen. Man wollte feststellen, ob sie den Anforderungen der Klasse gewachsen waren. Neue Bücher, Hefte und so weiter wurden ausgegeben, und man stellte eine Liste der verschiedenen Ämter und Pflichten auf, die die Mädchen von Woche zu Woche abwechselnd zu übernehmen hatten.

Die neuen Schülerinnen mussten sich der Direktorin vorstellen, der ruhigen und beherrschten Frau Greiling, die immer mit gedämpfter Stimme sprach. Sie erzählte den Mädchen ungefähr das Gleiche, was sie vor einem Jahr Dolly gesagt hatte: »Ihr werdet alle viel lernen in den Jahren, die ihr hier in Möwenfels seid. Man wird euch so viel wie möglich geben – gebt ihr so viel wie möglich zurück: Seid gerecht und verantwortungsbewusst, freundlich und arbeitsam. Ich buche es als Erfolg, wenn junge Menschen von hier in die Welt und in das Leben hinausgehen, die hilfsbereit und freundlich, vernünftig und tüchtig sind, Menschen, auf die man sich im Leben verlassen kann.«

Diese Worte hörten nun heute Diana, Ellen, Britta und die anderen neuen Schülerinnen der verschiedenen Klassen. Alle lauschten der Direktorin beeindruckt. Manche nahmen die Worte in sich auf und vergaßen sie nie. Sie würden einmal zu jenen Mädchen zählen, die Möwenfels als Erfolg buchen konnte.

Die drei Neuen aus der zweiten Klasse schienen ernst und aufrichtig zuzuhören, besonders Diana. Frau Greiling hatte sie, ohne dass es auffiel, genau im Auge. Sie wusste eine ganze Menge von Diana Türk. Diana ließ keinen Blick von der Direktorin und versuchte, ihre ganze Seele in die Augen zu legen.

Sie wünschte leidenschaftlich, einen guten Eindruck auf Frau Greiling zu machen. Sie lächelte ihr unwiderstehlichstes Lächeln, aber die Direktorin erwiderte es nicht. Sie beendete ihre Ansprache und entließ die Mädchen.

Alle gingen still hinaus.

»Ist sie nicht wunderbar?«, rief Diana glühend vor Begeisterung. »Evelyn sagte im Voraus, Frau Greiling würde einen tollen Eindruck auf mich machen. Und das stimmt!«

Niemand schien sich groß darum zu kümmern, welchen Eindruck Diana gewonnen oder nicht gewonnen hatte. Sie trennten sich, und jede ging ihrer Wege.

Dolly und Susanne wollten zur zweiten Klasse. Sie kamen an der ersten Klasse vorüber, in der sie das letzte Schuljahr verbracht hatten. Die Tür zum Klassenraum stand offen. Eine aufgeregte Schar von jüngeren Mädchen war damit beschäftigt, sich über die Sitzordnung zu einigen.

»Babys!«, sagte Dolly hochnäsig. »Tintenbeschmierte Abc-Schützen, die nicht einmal ihren Stundenplan auswendig können!«

Zwei Ehemalige aus der zweiten Klasse, die seit heute in die Dritte gingen, begegneten ihnen. »Damit ihr's wisst, ihr Kleinen«, sagte die eine gönnerhaft zu ihnen, »ihr müsst euch vor Spitznase in Acht nehmen. Sie ist furchtbar streng bei Diktaten!«

»Spitznase« – so wurde Frau Parker, die Klassenlehrerin der zweiten Klasse, von allen Schülerinnen genannt. Sie hatte eine spitze, lange Nase, die sie nach Meinung der Mädchen zu oft in fremde Angelegenheiten steckte. Auf jeden Fall war sie eine außerordentlich neugierige Person, die, wenn sie erst einmal Unheil witterte, nicht eher ruhte, bis sie der Sache auf den Grund gekommen war. So genau sie aber auch auf alles achtete, manchmal versank sie ins Träumen. Dann schien sie die Klasse zu vergessen und richtete ihren Blick in die Ferne. Die Mädchen freuten sich immer auf diese seltenen Augenblicke und nutzten sie weidlich aus. Dolly war überzeugt, dass sie Frau Parker nicht so gern mögen würde wie Frau Pott, ihre bisherige Klassenlehrerin, deren Spitzname »Pöttchen« war.

Britta und Ellen schienen sehr begierig zu sein, Einzelheiten über die verschiedenen Lehrerinnen zu erfahren. Dolly und Susanne waren ihnen nur zu gern behilflich.

Diana ließ sich natürlich von Evelyn alles berichten.

»Bei den beiden Französischlehrerinnen, den Mademoiselles, musst du vorsichtig sein«, sagte Evelyn. »Besonders bei Mademoiselle Rougier. Sie sind beide sehr temperamentvoll und geraten leicht in Wut – aber bei Mademoiselle Dupont ist es nur ein kurzes Strohfeuer, während es bei Mademoiselle Rougier katastrophale Ausmaße annimmt!«

»Und bei Frau Cornelius heißt es aufpassen«, erklärte Alice den Neuen. »Wenn ihr nichts für Geschichte übrighabt, dann Gnade euch ...«

Der erste Tag verlief interessant und angenehm. Die neuen Mädchen besichtigten die Schulräume, die Tennisplätze und die Gärten. Das große Schwimmbad, das am Ufer der See in den Felsen eingelassen war und vom Meer ständig mit frischem Wasser versorgt wurde, bewunderten sie besonders.

»Sicher bist du eine gute Schwimmerin«, sagte Diana zu Evelyn.

Evelyn zögerte und schaute sich verstohlen um. Sie hatte vor Diana schon ziemlich aufgeschnitten, aber niemals in Gegenwart anderer. Jetzt aber stand Dolly in der Nähe. Da war es zu gefährlich, unwahre Angaben über ihre Schwimmkünste zu machen.

»Nun – keine so gute wie die anderen«, erwiderte sie.

»Ich wette, du schwimmst am besten!«, sagte Diana. »Du bist nur zu bescheiden!«

Dolly kicherte. Bescheiden konnte man Evelyn wirklich nicht nennen – sie war die größte Angeberin der Schule.

»Ich kann nicht schwimmen«, erklärte Ellen. »Ich habe nie Gelegenheit gehabt, es zu lernen. Und auch zum Spielen bin ich selten gekommen, weil ich immer büffeln musste. Dabei würde es mir riesigen Spaß machen.«

»Du musst furchtbar intelligent sein«, sagte Marlies. »Du hast das einzige Stipendium gewonnen, das von Möwenfels vergeben wird, nicht wahr?«

»Ja, aber glaube nur nicht, dass ich wirklich intelligent bin«, erwiderte Ellen. Während dieser Worte vertiefte sich ihre Stirnfalte und gab ihr ein sorgenvolles Aussehen. »Ich meine, ich kann arbeiten und arbeiten und arbeiten, und ich kann mir dann auch merken, was ich gelernt habe. Aber richtig begabt bin ich nicht. Nicht so wie andere Mädchen. Manche brauchen wenig zu arbeiten, ihnen fliegt alles zu, und sie bringen gute Schulleistungen, weil sie von Natur aus so intelligent sind. Ich musste mir alles schwer erkämpfen. Doch es war mein sehnlichster Wunsch, nach Möwenfels zu kommen ...«

Britta war ganz begeistert von Möwenfels: »Das Wasser, die Wiesen, diese prächtigen Farben! Schnell – wo ist mein Farbkasten?«

Und nun entdeckten die Mädchen zum ersten Mal, welches Talent Britta besaß: Sie konnte fabelhaft zeichnen und malen. Was aber am schönsten war, wenigstens nach Ansicht der Mädchen: Mit ein paar kühnen Bleistift- oder Kohlestrichen warf sie köstliche Karikaturen hin – Zeichnungen von so herrlich übertriebener Ähnlichkeit, dass alle sich vor Lachen bogen.

»Was werden wir für Spaß mit dir haben, Britta!«, rief Irene. »Du musst Spitznase Parker zeichnen! Und Mademoiselle – beide Mademoiselles natürlich! Und überhaupt jedermann! Ich bin so froh, dass du da bist!«

Wer bestimmt in Klasse 2?

»Ich bin sicher, dass ihr alle wissen möchtet, wer in diesem Jahr zur Klassensprecherin gewählt worden ist«, sagte Frau Parker zu Beginn des Unterrichts am ersten Tag.

Die Mädchen platzten fast vor Neugier, während die Lehrerin in aller Ruhe mit ihren Papieren raschelte und die Bleistifte ordnete.

»Nun, ich will euch nicht länger im Ungewissen lassen«, fuhr sie schließlich fort. »Nach einer eingehenden Besprechung im Lehrerkollegium entschieden wir uns für: Susanne Hoppe.«

Die Mädchen klatschten Beifall, und Susanne errötete. Sie freute sich riesig.

Frau Parker fuhr fort, während sie auf ihre Notizen blickte: »Ihr möchtet vielleicht auch wissen, welche Mädchen sonst noch in der engeren Wahl waren. Es waren Dolly Rieder, Jenny Mayer und Vera Tamm.«

Alle warteten darauf, dass auch Alice erwähnt würde oder Irene. Aber Frau Parker nannte keine weiteren Namen. Irene machte sich nichts daraus. Sie wusste, dass sie ein Wirrkopf war, und sie hatte nicht den geringsten Wunsch, Klassensprecherin zu sein. Solange sie ihre Musik hatte, war sie glücklich. Die Tätigkeit der Klassensprecherin würde ihr nur die Zeit stehlen, die sie lieber für ihre Musikstudien aufwendete.

Alice aber traf es hart. Sie war in den letzten Monaten Klassenbeste gewesen. Trotzdem hatte man sie bei der Wahl der Klassensprecherin nicht einmal in die engere Wahl gezogen. Sie biss sich auf die Lippen und hoffte, nicht rot zu werden.

Manche werden eben immer bevorzugt, dachte sie verärgert. Und alles nur, weil ich ab und zu einen Streich spiele und die Lehrerinnen sich darüber aufregen! Die lassen mich ganz bestimmt niemals Klassensprecherin werden!

Aber Alice hatte keineswegs recht. Nicht weil sie öfter den Clown spielte, hatte man sich für eine andere entschieden, sondern aus einem wichtigeren Grund. Der Grund war Alices kaltschnäuzige Art gegen alle, die sie nicht mochte, und wegen ihres höhnischen Lächelns, mit dem sie alle bedachte, die nicht so intelligent waren wie sie, die aber ihre Hilfe gebraucht hätten und keinen Spott. Oft lachte das Lehrerkollegium sogar heimlich über Alices Späße. Aber ihre scharfe, unbarmherzige Zunge und die unüberlegten Dinge, die sie sagte, mochte niemand.

»Sie wird immer Bewunderung und Neid erregen, doch niemals wirkliche Freundschaft finden«, sagte die Direktorin auf der Lehrerkonferenz. »Ihre Freundin Betty ist auch ein recht intelligentes Mädchen, nur leider ein bisschen oberflächlich. Bei Alice steckt viel mehr dahinter. Ihr Kopf ist in Ordnung, nicht aber ihr Herz.«

Und so fiel die Wahl auf Susanne Hoppe – die ausgeglichene, hilfsbereite, freundliche Susanne, Dollys beste Freundin. Susanne war zwar nicht die Klassenbeste, aber sie hatte immer ein offenes Ohr für Schülerinnen, die in Schwierigkeiten waren. Sie glänzte nicht gerade mit hervorragenden schulischen Leistungen so wie Alice, doch sie half jüngeren Mitschülerinnen bei den Schularbeiten. Sie würde als Klassensprecherin – darüber gab es keinen Zweifel – immer gerecht sein.

Jede in der Klasse wusste, dass mit Susanne eine gute Wahl getroffen worden war. Ein paar aber hätten eine schlechtere Wahl begrüßt, weil sie Susanne nicht leiden konnten. Evelyn zum Beispiel ärgerte sich sehr. Ebenso Betty, die gehofft hatte, Alice würde gewählt. Einige Freundinnen von Betty, aus einem anderen Schlafsaal, schlossen sich der ablehnenden Haltung aus Neid an.

Dolly drückte Susannes Arm. »Wie ich mich freue!«, sagte sie. »Bin ich vielleicht froh! Wird deine Mutter nicht stolz sein? Und du bist auch unsere Zimmerälteste. Da wird sich Evelyn schwarzärgern!«

Und richtig – Evelyn platzte bald vor Wut, als Susanne abends im Schlafsaal das Kommando übernahm. Susanne beabsichtigte zwar nicht, ihre Position auszunutzen, doch war sie fest entschlossen, Evelyn sofort die Stirn zu bieten, falls diese Unruhe stiften sollte.

Evelyn, die Großzügigkeit nicht zu schätzen wusste und Susannes Zurückhaltung für Schwäche hielt, begann sofort zu flüstern, nachdem das Licht ausgeschaltet war.

»Ruhe, Evelyn!«, rief Susanne. »Ich hab's dir gestern Abend schon einmal gesagt. Aber da war ich noch nicht Klassensprecherin und also auch nicht Zimmerälteste. Jetzt bin ich es. Halte also den Mund, wenn ich es dir sage.«

»Die arme Diana hat Heimweh!«, begann Evelyn.

»Das wird auch nicht besser, wenn du ihr Unsinn ins Ohr flüsterst«, sagte Susanne.

Es trat eine kurze Stille ein.

Dann ließ sich Brittas Stimme im Dunkeln hören: »Susanne! Was passiert eigentlich, wenn eine nicht aufhört zu flüstern, nachdem du sie ermahnt hast?«

»Das wird keine versuchen!«, entgegnete Susanne energisch. »Aber ich glaube, es gibt ein ungeschriebenes Gesetz hier in Möwenfels, dass jede, die hier in der Nacht keine Ruhe gibt, eine tüchtige Abreibung mit der härtesten Haarbürste bekommt!«

Evelyn hatte bereits den Mund geöffnet, um ihre Unterhaltung mit Diana fortzusetzen. Aber als sie Susannes Antwort auf Brittas Frage hörte, schloss sie ihn schnell wieder. Wie konnte es Susanne wagen, ihr so etwas anzudrohen! Ob Susanne sie nur einschüchtern wollte?

Evelyn entschied sich, es nicht auf einen Versuch ankommen zu lassen – es wäre zu demütigend, wenn Susanne ihre Drohung ausführte. Diana würde sie nie wieder respektieren.

So war die Ruhe im Schlafsaal wiederhergestellt, und als die Hausmutter leise zur Tür hineinschaute, hörte sie nur noch die regelmäßigen Atemzüge der zehn Mädchen.

Acht schliefen fest. Zwei aber lagen wach: Evelyn und Ellen. Evelyn konnte vor Ärger nicht schlafen. Ellen dachte an ihre Schulaufgaben. Sie hatte am Vormittag bei der Übungsarbeit zwar ganz gut abgeschnitten, aber keineswegs hervorragend. War sie wirklich den Anforderungen der zweiten Klasse gewachsen? Sicher, sie hatte das Stipendium bekommen.

Sie hatte es sich schwer erarbeitet – aber nicht mittels irgendeiner überragenden Begabung, sondern nur durch unermüdlichen Fleiß. Würde es ihr möglich sein, mit den anderen Schritt zu halten? Überhaupt schien ihr Gehirn in letzter Zeit nicht so zuverlässig zu arbeiten wie früher. Ellen machte sich Sorgen und schlief erst lange, lange nach Evelyn ein.

Die neuen Mädchen brauchten ein paar Tage, um sich einzugewöhnen. Ellen und Diana fanden sich viel schneller zurecht als Britta, die sich auf dem Weg zum Klassenzimmer immer wieder verlief. Wiederholt tauchte sie im Raum der ersten Klasse auf – sehr zum Ärger von Frau Pott.

»Britta! Du bist doch nicht schon wieder hier?«, rief die Lehrerin dann empört aus. »Aber wenn du durchaus in die erste Klasse willst – vielleicht können wir dich zurückversetzen!«

Worauf sich Britta unter hastig gemurmelten Entschuldigungen zurückzog.

»Ich werde mich ein bisschen um sie kümmern«, sagte Irene einmal.

Frau Parker war aber strikt dagegen. »Britta muss endlich lernen, sich selbst zurechtzufinden. Schließlich ist sie schon drei Tage hier!«

»Ja, Frau Parker«, sagte Britta ergeben und begann die Lehrerin zu zeichnen. Sie zeichnete, wo sie ging und stand. Sie hatte immer ein kleines Skizzenbuch in der Tasche und füllte es mit witzigen Zeichnungen von den Mädchen, den Blumen auf dem Fensterbrett, dem Blick aus ihrem Zimmer – von allem, was ihr aufmerksames Auge entdeckte.

Mademoiselle Dupont, mollig, klein und perläugig, die Lorgnette dicht vor die Augen haltend, war eine Quelle des Vergnügens für Britta, denn sie ließ sich mit wenigen Strichen zeichnen. Fast jedes Mädchen besaß eine kleine Skizze von Mademoiselle. Es war der Ehrgeiz der Klasse, Karikaturen der verschiedenen Lehrerinnen als Lesezeichen für die Bücher jener Fächer zu benutzen, in denen sie unterrichteten – also Frau Cornelius für das Geschichtsbuch, Frau Greiling für das Religionsbuch, Herr Jung für das Liederbuch und so weiter.

Britta versprach, jedem Mädchen ein Lesezeichen anzufertigen, vorausgesetzt, sie räumten ihr die Schubladen auf, hielten ihr Pult sauber und sorgten dafür, dass alles, was sie selbst vergaß, rechtzeitig erledigt würde.

»Ich kann einfach nichts dagegen tun, dass ich immer alles vergesse«, erklärte sie. »Ich bin noch schlimmer als Irene. Und wenn ich zu viel Ärger kriege, werde ich ganz nervös und kann gar nicht mehr zeichnen!«

»Mach dir keine Sorgen! Wir werden schon alles für dich erledigen!«, sagte Alice, während sie lachend die frechen Zeichnungen von Herrn Jung, dem Gesangslehrer, betrachtete. Es war Herr Jung, wie er leibte und lebte, mit seinem komischen Spitzbärtchen, der Glatze, auf der noch ganze drei oder vier Haare wuchsen, und den großen Eulenaugen hinter den dicken Brillengläsern.

»Du bist einfach fabelhaft, Britta«, sagte Betty, die über Alices Schulter auf die Karikatur schaute. »Was zeichnest du mir, wenn ich dir verspreche, den Klassenzimmerdienst für dich zu übernehmen? Du bist doch nächste Woche dran?«

So schloss Britta einen Handel nach dem anderen ab und kam um all die Dinge herum, die sie nicht tun mochte. Verwundert beobachtete Frau Parker, was die Mädchen alles für Britta taten. Britta verärgerte sie durch ihr unverantwortliches Verhalten, aber sie konnte sich nicht erklären, warum die Schülerinnen ständig um sie herum waren.

»Merkwürdig«, sagte sie zu Mademoiselle Dupont. »Für Irene, die genauso wirrköpfig ist, tun sie das alles nicht! Mögen sie Britta so viel lieber? Kaum zu glauben – ich sah sogar, wie Evelyn heute Morgen Brittas Pult abstaubte.«

»O, Britta hat eine künstlerische Ader«, erklärte Mademoiselle. »Sie hat keine Zeit dafür, Pulte abzustauben und Betten zu machen. Ich selbst habe auch eine künstlerische Ader. Aber in dieser Schule hat man natürlich kein Verständnis dafür. Hier hat man keinen Sinn für solche Feinheiten.«

»Nein, das haben wir nicht!«, sagte Frau Parker, die schon unzählige Male von Mademoiselles »künstlerischer Ader« gehört hatte. Für gewöhnlich sprach Mademoiselle davon, wenn sie langweilige Pflichten hatte, wie eine Anwesenheitsliste zu erstellen oder ähnlich eintönige Dinge.

»Mit Mädchen wie Britta müssen wir Geduld haben«, fuhr Mademoiselle fort. »Wie habe ich gelitten, weil die Menschen –«

»Ja, natürlich. Glauben Sie mir, Britta wird auch leiden, wenn sie nicht schleunigst ihre Unarten ablegt«, unterbrach Frau Parker sie. »Ich weiß, was Kollegin Pott im letzten Jahr mit Irene auszustehen hatte. Sie hat sie ein bisschen Vernunft gelehrt – ein Segen! –, sodass ich jetzt einigermaßen mit ihr zurechtkomme. Britta darf auch nicht aus der Reihe tanzen. Es ist wirklich schlecht, dass die Mädchen so viel für sie tun.«

Niemand nannte Frau Parker den wahren Grund dafür, und obwohl sie sich redlich Mühe gab, fand sie ihn nicht heraus. Denn natürlich zeigte ihr niemand eine der Zeichnungen. Brittas Zeichenstift hatte oft einen boshaften Strich und zielte direkt auf den schwächsten Punkt ihres Modells. Frau Parkers spitze Nase war auf den Zeichnungen immer ein bisschen spitzer als in Wirklichkeit, Mademoiselle Rougier war etwas knochiger und Mademoiselle Dupont ein wenig dicker und runder. Nein, die Mädchen hüteten sich, diese Karikaturen ihren Lehrerinnen zu zeigen.

Die einzige Lehrerin, die wirklich von Britta begeistert war, hieß Frau Lind. Sie unterrichtete Kunstgeschichte, war jung, fröhlich und hatte viel Humor. Sie fand bald heraus, dass Britta ein besonderes Kunstverständnis hatte, und bestärkte sie darin, so gut sie konnte.

»Ich werde mich hier wohlfühlen!«, sagte Britta zu Irene. »Frau Lind ist einverstanden mit mir und hilft mir wirklich viel. Und ich bin all die blöden Beschäftigungen losgeworden, die ich so hasse. Angela hat sich sogar bereit erklärt, meine Knöpfe anzunähen und ähnlich lästigen Kram für mich zu machen!«

»Du Glückspilz!«, rief Irene. »Ich wäre durchaus bereit, euch ein Liedchen zu komponieren, wenn ihr meine Hausarbeiten übernehmen würdet. Aber niemand will meine Musik. Alle wollen sie nur deine witzigen Zeichnungen haben!«

Freundinnen finden zueinander

Die erste Woche verging langsam. Das war immer so, und dann verflogen die Wochen nur umso schneller, denn die Mädchen hatten sich alle inzwischen eingelebt.

Evelyn und Diana hatten sich angefreundet. Evelyn, die während des vergangenen Schuljahres keine richtige Freundin gehabt hatte, war selig, Diana gefunden zu haben. Sie bewunderte sie sehr. Vor allem hörte sie es leidenschaftlich gern, wenn Diana von ihrem reichen Elternhaus erzählte.

Die beiden Mädchen hatten vieles gemeinsam. Zum Beispiel machten sie sich beide nichts aus Schwimmen.

»Wir haben einen eigenen Tennisplatz zu Hause«, sagte Diana. »Mama ist eine zauberhafte Gastgeberin, und sie gibt hin und wieder auch Tennispartys. Aber am beliebtesten sind die Partys, die Mama an Bord von Papas Motorjacht gibt.«

Evelyn hatte bisher noch nichts von dieser Jacht gehört. Neidisch schaute sie ihre Freundin an. Vielleicht würde Diana sie in den Ferien einladen? Dann könnte sie auch auf die märchenhafte Jacht. Wie würde sich ihre Mutter freuen, wenn sie erführe, dass sie endlich eine so wunderbare Freundin gefunden hatte.

»Es muss einfach schrecklich für dich gewesen sein, hierher in die Schule zu kommen«, sagte sie zu Diana. »All den Luxus im Stich zu lassen, um dich hier abzuplagen! Ich wette, du musstest noch nie in deinem Leben ein Bett machen, bevor du herkamst.«

»Natürlich nicht«, erwiderte Diana und warf ihre prächtigen Locken zurück. »Und du bestimmt auch nicht, oder?«

»Nein!«, bestätigte Evelyn. »Das erledigte immer meine Privatlehrerin, Frau Winter, für mich. In den Ferien macht sie es heute noch. Sie ist eine einfältige, alte Frau, aber in dieser Hinsicht recht nützlich. Als Lehrerin war sie allerdings weniger gut. Ich hatte furchtbar viel nachzuholen, als ich hierherkam.«

Evelyn hatte in der Tat noch immer viel nachzuholen. Aber statt sich wirklich Mühe zu geben, mit den anderen gleichzuziehen, tat sie herzlich wenig und spielte den Filmstar. Ihre Eltern hatten sich bereits damit abgefunden, dass ihre Zeugnisse immer nur »mangelhaft« oder »ausreichend« lauteten.

Ihr Vater machte oft kritische Bemerkungen über diese Zensuren. Aber da die Mutter immer auf Evelyns Seite war und sie maßlos verwöhnte, fielen seine Worte nicht auf fruchtbaren Boden. Sie machten Evelyn nur trotzig. Sie brach in Tränen aus, und ihre Mutter konnte sie nur mit Mühe und mit der Unterstützung von Frau Winter trösten. Evelyn verstand es, ihre Tränen immer zum rechten Zeitpunkt zu vergießen.

Diana dagegen wusste sehr genau, wann es galt, ihr gewinnendes Lächeln aufzusetzen. Es bewahrte sie vor manchem Ärger, vor allem mit Mademoiselle Dupont, Frau Lind und Herrn Jung.

Mademoiselle konnte diesem Lächeln nicht widerstehen. Diana beherrschte die Kunst des Lächelns. Sie konnte süß lächeln, tapfer, leidenschaftlich – es war erstaunlich, wie viele Arten von Lächeln es gab! Wenn Diana Mademoiselle eine Französischarbeit vorlegte, in der es von Fehlern nur so wimmelte, setzte sie ihr Lächeln auf, und Mademoiselle wurde es ganz warm ums Herz. Ach, dieses hübsche Kind! »Ich habe mein Bestes getan, Mademoiselle«, pflegte Diana in solchen Fällen zu sagen und ständig dabei zu lächeln. »Aber ich fürchte, es ist noch nicht sehr gut. Sehen Sie – es ist so schwierig für mich, weil ich ja vorher noch nie zur Schule gegangen bin.«

Mademoiselle war dann immer überwältigt, streichelte Dianas Arm und rief: »Du tust dein Bestes, mon enfant! Du kannst vorläufig gar nicht mehr tun! Ich will dir gern am Abend Nachhilfeunterricht geben!«

Mademoiselle machte dieses Angebot, über das ganze Gesicht strahlend, immer wieder. Aber Diana reagierte geistesgegenwärtig. Sie schüttelte bedauernd den Kopf und versicherte, wie traurig sie wäre, aber es fehle ihr die Zeit – sie hätte sich schon zum Nachhilfeunterricht bei einer anderen Lehrerin angesagt.

Und wie viele Schülerinnen auch immer ihre Französischarbeit wiederholen mussten – Diana war niemals dabei. Sie konnte Mademoiselle um den kleinen Finger wickeln, wenn sie nur ihren Charme einsetzte und ihr hinreißendes Lächeln.

Unglücklicherweise hatte gerade dieses Lächeln die gegenteilige Wirkung auf Frau Parker, Frau Pott und Mademoiselle Rougier – besonders auf Mademoiselle Rougier, die grundsätzlich alle Mädchen nicht mochte, die von der anderen Mademoiselle bevorzugt wurden.

Sie war streng zu Diana, und es war aussichtslos, sie anzulächeln. Sie konnten einander nicht ausstehen. Für Diana wären böse Zeiten angebrochen, wenn ihr nicht unerwartet jemand aus der Klasse zu Hilfe gekommen wäre und sie davor bewahrt hätte, alle Arbeiten für Mademoiselle Rougier wieder und wieder schreiben zu müssen. Dieser Jemand war – überraschend genug – Marlies!

Marlies war jetzt wirklich gut in Französisch, denn ihre Mutter hatte in den Ferien ein französisches Mädchen eingeladen, das sich mit Geduld und Ausdauer ihrer angenommen hatte.

Marlies fand Diana einfach wunderbar. Sie musste sie immer wieder anschauen. Sie würde sie niemals so gernhaben wie Dolly oder Susanne, aber sie geriet ganz in den Bann ihrer Liebenswürdigkeit und ihres hübschen Aussehens.

Eines Tages kam Diana, den Tränen nahe, von Mademoiselle Rougier zurück. Die Lehrerin hatte ihr angedroht, dass sie die französische

Übungsarbeit wiederholen müsse, falls sie das nächste Mal nicht in Ordnung wäre.

Marlies ging zu ihr. »Kann Evelyn dir nicht helfen?«, erkundigte sie sich schüchtern. »Ich glaube, sie hat im Augenblick nichts Besonderes vor. Soll ich sie bitten, dich bei den Französischarbeiten zu unterstützen?«

Diana schenkte ihr ein in Tränen schwimmendes, aber äußerst gewinnendes Lächeln. »Nein, es hat keinen Zweck, Evelyn zu fragen. Sie kann mir nicht helfen, weil sie nicht besser in Französisch ist als ich.«

»Ich darf dir ja wohl nicht helfen?«, fragte Marlies. Und sie fügte eifrig hinzu: »Obwohl ich es gern tun würde!«

»O, ich danke dir tausendmal!«, sagte Diana hocherfreut. »Du bist doch so gut in Französisch, so besonders gut! Schau mal, was hab ich denn hier falsch gemacht?«

Marlies setzte sich eilig neben Diana in die Bank und begann ihr die Übungsarbeit genau zu erklären. Bald hatte sie, ohne sich dessen bewusst zu werden, die ganze Arbeit getan und wurde von Diana mit einem herzerwärmenden Lächeln belohnt.

»Ich habe es gern getan«, versicherte Marlies schüchtern. Sie blickte auf Dianas goldene Lockenpracht. »Du hast wunderschönes Haar«, sagte sie.

Diana war genauso wie Evelyn: Sie liebte es, wenn man sie bewunderte und ihr etwas Angenehmes sagte. Außerdem fand sie es außerordentlich günstig, wenn Marlies sie auch zukünftig bei den Schularbeiten unterstützen würde.

»Willst du mir ab und zu in Französisch helfen?«, erkundigte sie sich. »Ich möchte natürlich keine Nachhilfestunden bei einer der beiden Mademoiselles haben – aber wenn du mir hin und wieder etwas erklärst, würde ich mich riesig freuen!«

Keine der Schülerinnen hatte Marlies jemals gebeten, ihr bei den Schularbeiten behilflich zu sein. Sie wurde tiefrot und schluckte krampfhaft.

»Aber gern!«, sagte sie endlich. »Ach, wenn ich mir vorstelle, dass ich dir helfen darf, wo ich doch sonst immer nur andere um Hilfe gebeten habe! Wirklich, ich tue es gern, Diana!«

So konnten die verblüfften Mädchen der zweiten Klasse das seltsame Schauspiel beobachten, wie Marlies an den Abenden mit Diana im Gemeinschaftsraum saß und ihr die Fehler erklärte, die das Mädchen mit dem berückenden Lächeln in ihrer Übungsarbeit gemacht hatte.

»Und dann macht sie ihr auch noch die Schularbeiten für den nächsten Tag«, sagte Dolly aufgebracht. Sie mochte es nicht, dass Marlies so viel Zeit für eine andere opferte. Monat für Monat hatte sie sich an Dolly und Susanne angeschlossen. Sie wollte doch nicht allen Ernstes diese grässliche Diana zu ihrer Freundin machen?

»Lass sie in Ruhe«, sagte die vernünftige Susanne. »Wenn sie ihr helfen möchte – warum nicht? Diana ist furchtbar schlecht in Französisch, aber ich kann ihr nicht übel nehmen, dass sie keinen Nachhilfeunterricht bei den Mademoiselles nimmt. Du weißt, wie gereizt Mademoiselle Rougier abends immer ist, und du weißt ebenso gut, dass Mademoiselle Dupont nie ein Ende findet, wenn man eine Nachhilfestunde bei ihr hat. Da werden aus einer Stunde meistens zwei!«

»Ich hoffe nur, Diana setzt Marlies keine dummen Flausen in den Kopf«, sagte Dolly.

»Vielleicht wird eher Marlies ein paar vernünftige Gedanken in Dianas Kopf hämmern«, meinte Susanne. »Ich habe den Verdacht, dass du dich einmischen willst, Dolly. Ich gebe dir einen guten Rat: Halte dich raus!«

Die Mädchen merkten bald, wer zu wem passte. Sie wählten sich ihre Freundinnen, neben denen sie in der Klasse sitzen wollten und mit denen sie gern ihre Freizeit verbringen wollten. Es war wunderbar, eine enge Freundin zu haben, der man auch hin und wieder etwas anvertrauen konnte!

Susanne hatte Dolly und Dolly hatte Susanne.

Irene hatte Britta. Die beiden wurden unzertrennlich. Aber das tat ihnen nicht gut. Was die eine vergaß, fiel der anderen bestimmt auch nicht ein.

Alice war natürlich mit Betty befreundet. Alice war jedoch nicht so gut gelaunt wie sonst. Es wurmte sie noch immer, dass sie nicht Klassensprecherin geworden war. Deshalb war sie gar nicht nett zu Susanne und unterstützte sie in keiner Weise. Susanne tat, als bemerkte sie es nicht, aber sie litt unter dieser Haltung.

Evelyn hatte natürlich Diana – und nun schien auch Marlies sich mit ihr anfreunden zu wollen. Evelyn fing an, das sehr übel zu nehmen.

»Du brauchst dir keine Gedanken zu machen«, sagte Diana zu Evelyn. »Ich nutze sie nur aus, das dumme Ding! Sie darf mich auch mal auf einem Spaziergang begleiten, wenn du keine Zeit hast. Sonst fällt es ihr noch auf, dass ich mir von ihr nur die Französischarbeiten machen lassen will. Außerdem nutzt sie dir auch – du brauchst nachher meine Arbeiten nur abzuschreiben.«

So duldete Evelyn ab und zu Marlies' Gegenwart und sagte auch nichts, wenn sie manchmal allein mit Diana ausging. Es spielte keine Rolle, Diana nutzte sie ja nur aus.

Dennoch konnte Diana sich nicht dagegen wehren, dass Marlies ihr wirklich lieb wurde. Es war eine ganz angenehme Abwechslung, wenn statt der eingebildeten Evelyn ein- oder zweimal in der Woche die warmherzige Marlies an ihrer Seite ging.

Die unsichtbare Kreide

Nach einigen Wochen wurde Alice unruhig.

»Es ist Zeit, dass wir etwas Leben in die Bude bringen!«, sagte sie zu Betty. »Ich weiß, wir sind zwar jetzt als Schülerinnen der zweiten

Klasse beinahe erwachsen, aber warum sollen wir nicht hin und wieder ein bisschen Spaß haben? Susanne ist so eine langweilige Jule – niemals ein Witz – niemals ein Streich!«

»Was wollen wir anstellen?«, fragte Betty, und ihre Koboldaugen funkelten. »Ich habe ›unsichtbare‹ Kreide. Kann man damit etwas anfangen?«

»Unsichtbare Kreide? Davon hast du mir noch nie was gesagt!«, rief Alice, und ihr Gesicht hellte sich auf. »Was ist das? Zeig mal her!«

»Ich habe sie oben in meinem Nachttisch«, sagte Betty. »Ich hole sie, und dann treffen wir uns im Gemeinschaftsraum. Dort ist jetzt niemand.«

Im Gemeinschaftsraum nahm Betty ein Stück rosa Kreide aus einer Schachtel und zeigte sie der Freundin.

»Sie sieht gar nicht unsichtbar aus«, sagte Alice. »Was kann man damit anfangen?«

»Also, wenn du beispielsweise einen Stuhl damit einreibst, dann kann man sie nicht sehen. Aber wenn man sich daraufsetzt und sie warm wird, dann hinterlässt sie einen herrlichen rosa Fleck auf dem Hinterteil.«

»Ich verstehe!«, sagte Alice. »Wir könnten den Stuhl im Klassenzimmer mit unsichtbarer Kreide einreiben! Am besten vor der Stunde mit Mademoiselle!«

»Nein! Reiben wir lieber Herrn Jungs Stuhl ein, wenn wir Musikunterricht haben!«, rief Betty. »Seinen Klavierstuhl! Auf den setzt er sich mit Sicherheit!«

Alice lachte laut. »Es ist besser, Herrn Jung diesen Streich zu spielen als Spitznase oder Mademoiselle. Er wird völlig ahnungslos sein – und außerdem hat auch die erste Klasse ihren Spaß, weil sie ja mit uns zusammen Musikunterricht hat.«

Alice bekam sichtlich bessere Laune, nachdem dieser Plan ausgeheckt war. Betty und sie probierten die unsichtbare Kreide heimlich aus. Betty nahm einen Stuhl und rieb die geheimnisvolle rosa Kreide auf den Sitz.

»Schau nur«, sagte sie, »auf dem Sitz ist keine Spur zu entdecken, nicht wahr?«

Alice überprüfte den Stuhl genau, indem sie ihn hin und her drehte. »Es funktioniert großartig«, sagte sie. »Nichts ist zu sehen, rein gar nichts! Merkwürdig – man reibt die Kreide darauf, und im selben Augenblick scheint sie schon zu verschwinden. Sie ist wirklich unsichtbar, Betty! Nun setz dich mal hin, und wir wollen sehen, was dann geschieht.«

Betty setzte sich auf den Stuhl und blieb eine Minute sitzen. Die Kreide musste erst leicht angewärmt werden, wenn sie sichtbar werden sollte.

Als Betty feierlich auf dem Stuhl saß, steckte Evelyn den Kopf zur Tür herein; sie suchte Diana.

»Was macht ihr denn da Schönes?«, erkundigte sie sich neugierig.

»Nichts«, sagte Alice. »Verschwinde. Diana ist nicht hier.«

»Aber was macht ihr denn da?«, fragte Evelyn beharrlich. »Warum sitzt Betty auf diesem unbequemen Stuhl und noch dazu mitten im Zimmer?«

»Alice, du sollst sofort zu Spitznase kommen!«, rief plötzlich eine Stimme, und Jenny schaute herein. »Schnell! Sie ist außer sich vor Wut. Es geht um deinen Aufsatz, glaube ich.«

»Du meine Güte!«, sagte Alice und schoss davon. »Ich bin gleich wieder da!«

Evelyn betrachtete Betty interessiert, die nach wie vor auf ihrem Stuhl saß. »Müde?«, erkundigte sie sich.

Betty machte ein finsteres Gesicht. Sie kam sich lächerlich vor. Am liebsten hätte sie Evelyn ein Buch an den Kopf geworfen, aber sie traute sich nicht aufzustehen, weil sie mit Sicherheit ein schönes Kreidemuster auf dem verlängerten Rücken haben würde.

Sie wollte vorläufig noch niemanden in ihren Plan einweihen. »Du scheinst wohl plötzlich gelähmt zu sein, du armes, armes Geschöpf?«, höhnte Evelyn. »Kannst gar nicht aufstehen, was? Oder plagt dich das Zipperlein?«

Zu Bettys Erleichterung wurde Evelyn die Situation bald langweilig. Sie ging hinaus, um weiter nach Diana zu suchen.

Jenny grinste und zog auch ab.

Betty stand auf und drehte ihren Rock nach vorn. Sie kicherte begeistert – ein leuchtend rosa Muster war deutlich zu erkennen. Wie toll diese unsichtbare Kreide wirkte, wenn sie erst einmal warm geworden war!

Alice kam angeflitzt. »Funktioniert es?«, rief sie und gackerte vor Vergnügen, als Betty ihr den rosa Fleck zeigte. »Prima! Das probieren wir morgen bei Herrn Jung aus!«

»Wollen wir jemanden ins Vertrauen ziehen?«, fragte Betty.

»Keinen Menschen«, erwiderte Alice. »Sonst wird es vorher ausgeplaudert.«

Weder Betty noch Alice waren sehr aufmerksam, als Frau Pott mit der Klasse eine Arbeit vorbereitete. »Pöttchen« blickte hin und wieder argwöhnisch auf die beiden Verschwörerinnen und fragte sich, was sie wohl im Schilde führten.

Pöttchen kannte die Anzeichen. Sie warnte Frau Parker: »Diese zwei aus Ihrer Klasse, Alice und Betty, hecken irgendetwas aus, liebe Kollegin. Passen Sie morgen gut auf!«

Aber Frau Parker konnte weder in der ersten noch in der zweiten Stunde etwas Verdächtiges feststellen. Nur Alice und Betty machten einen unruhigen Eindruck. Doch das war nichts Besonderes, vor allem bei Alice nicht.

In der letzten Stunde vor der großen Pause hatten sie Musikunterricht.

»Bitte, Frau Parker«, meldete sich Betty, »heute muss ich alles für den Musikunterricht vorbereiten. Darf ich schon gehen?«

Frau Parker warf einen Blick auf die Uhr. »Na schön. Es sind nur noch vier Minuten bis zum Schluss.«

Betty flitzte hinaus, nachdem sie Alice einen schnellen Blick zugeworfen hatte. Sie rannte den Korridor entlang zum Musikzimmer. Es war niemand darin. Herr Jung pflegte sich glücklicherweise immer ein paar Minuten zu verspäten.

Betty sauste zum Klavierstuhl. Er war rund und hatte einen lederbezogenen Sitz, den man rundherum drehen konnte. Betty holte ihr Stück Kreide heraus und rieb den Sitz kräftig damit ein. Sie war überzeugt, dass nicht das winzigste Fleckchen des Sitzes ohne Kreide blieb, obwohl sie natürlich nichts sehen konnte. Es handelte sich tatsächlich um unsichtbare Kreide!

Dann drehte sie den Stuhl ganz hinunter, sodass er auf jeden Fall zu niedrig für Herrn Jung war. Immer wenn er ihm zu hoch oder zu niedrig schien, setzte er sich darauf und drehte sich so lange herum, bis der Stuhl die richtige Höhe hatte. Tat er das heute auch, dann blieb die Kreide bestimmt gut an ihm haften.

Betty legte die Notenhefte zurecht und säuberte sorgfältig die Tafel. Dann hörte man bereits das Geräusch heranhastender Füße, und kurz darauf schwärmten die Mädchen der ersten Klasse unter den wachsamen Augen von Frau Pott herein. Bald kam auch die zweite Klasse. Alices Augen strahlten. Betty lachte ihr zu und winkte. Dann ging sie und hielt Herrn Jung die Tür auf.

Ein unbeholfener, kleiner Mann in unmodernem Anzug kam herein. Er strich sich über sein Spitzbärtchen und verbeugte sich höflich vor den Schülerinnen.

»Guten Morgen, meine Damen!«

»Guten Morgen, Herr Jung!«, riefen die Mädchen im Chor und raschelten mit den Notenblättern.

Der Unterricht begann. Herr Jung ließ fünf Minuten lang Noten an die Tafel schreiben und erklärte dann Notenschlüssel und musikalische Vorzeichen. Danach ging er zum Flügel.

Betty stieß Alice den Ellbogen in die Seite und hielt den Atem an. Aber ärgerlicherweise setzte sich Herr Jung nicht. Er schlug mit einer

Hand die Noten an, drehte sich wieder zu den Mädchen um und hob den Taktstock.

»Übungen, bitte«, sagte er. »Ich wünsche die Münder weit geöffnet zu sehen; der Ton muss aus dem tiefsten Grund der Kehle heraustönen!«

Herr Jung legte großen Wert auf den »Grund der Kehle«. Dieser Ausdruck tauchte immer wieder auf, ob es sich um Übungen, Gesang oder Notenlesen drehte. »Vom Grund der Kehle« war sein unerschütterliches Motto.

Nun stand er also, statt zu sitzen, und dirigierte die Gesangsübungen. Alice war blass vor Enttäuschung. Angenommen, er setzte sich überhaupt nicht? Die Nächste, die sich daraufsetzen würde, war vermutlich die Begleiterin der Tanzlehrerin, aber sie trug meistens farbige Röcke, sodass die Kreide gar nicht auffallen würde.

Aber Herr Jung setzte sich endlich doch noch hin. Er wollte den Mädchen ein neues Lied vorspielen, damit es ihnen ins Ohr ging.

So nahm er also Platz. Aha, der Stuhl war wieder mal zu tief gestellt! Herr Jung drehte sich mit Schwung darauf herum, bis er die richtige Höhe hatte. Die Mädchen kicherten. Herr Jung war sich nicht darüber im Klaren, wie komisch das aussah.

»Ich spiele euch jetzt das neue Lied vor«, sagte er. »Hört bitte ruhig zu. Ihr werdet genau bemerken, wann der Chor einsetzt, denn ich werde ihn singen.«

Und schon begann er: Tamta-Tatam. Seine Hände flogen über die Tasten, und seine Stimme schmetterte die Begleitung. Alice und Betty zwinkerten einander zu. Die Kreide fing jetzt sicherlich an zu wirken!

Dreimal spielte Herr Jung das Lied. Dann stand er auf. »Gefällt es euch?«, fragte er.

Und die Mädchen antworteten im Chor: »Ja, Herr Jung!«

Der Lehrer wandte sich der Tafel zu und nahm ein Stück Kreide zur Hand. In diesem Augenblick sahen die Mädchen, dass seine Sitzfläche leuchtend rosa war!

Sie waren vor Begeisterung außer sich: »Schaut nur, Herrn Jung! Wo hat der sich denn reingesetzt?« – »Ach, wie komisch!« – »Sieh doch nur mal!«

Nach und nach begann die ganze Klasse zu kichern.

Herr Jung fuhr herum. »Ruhe, bitte! Was ist das für ein Benehmen?«

Für einen kurzen Moment herrschte Stille. Sobald sich aber der arme Musiklehrer wieder der Tafel zuwandte, brach der nächste Heiterkeitssturm los. Irene explodierte nahezu vor Vergnügen.

Herr Jung warf die Kreide auf den Boden. Er sah aus, als wollte er darauf herumstampfen. Wahrscheinlich hätte er es auch getan, wenn nicht plötzlich die Tür aufgegangen und die Direktorin hereingekommen wäre. Sie wurde von einem Herrn begleitet.

»Entschuldigen Sie bitte, dass ich Ihren Unterricht störe«, sagte sie zu Herrn Jung. »Aber der Klavierstimmer ist gerade im Haus, und ich halte es für das Beste, wenn Sie gleich mit Herrn Lemming über den Flügel reden.« Sie wies mit einer Handbewegung auf den Herrn, den sie mitgebracht hatte.

Herr Jung schluckte seinen Ärger hinunter und erklärte, was an dem Flügel nicht in Ordnung war. Frau Greiling war inzwischen ein paar Schritte zurückgetreten und entdeckte zu ihrer großen Überraschung Herrn Jungs leuchtende Rückseite. Die Mädchen waren jetzt so still wie die Mäuschen. Alice und Betty fühlten sich gar nicht wohl in ihrer Haut.

Frau Greiling wandte sich an Susanne, die Klassensprecherin: »Würdest du bitte eine Kleiderbürste holen? Herr Jung hat sich irgendwo staubig gemacht.«

Susanne stürzte davon und holte die Bürste.

Überrascht schaute Herr Jung über seine Schulter und versuchte, einen Blick auf seine Sitzfläche zu werfen.

»Ist das Farbe?«, fragte er erschrocken. »Ich hoffe nicht! Ach – nur Kreide! Wie kommt denn die dorthin?«

»Igitt!«

Bald war die rosa Kreide eilfertig von Herrn Jungs Hose abgebürstet worden. Der Klavierstimmer, Herr Lemming, setzte sich dann auf den Klavierstuhl, um ein paar Basstöne anzuschlagen. Er wollte prüfen, ob das Klavier richtig gestimmt war.

Alice und Betty beobachteten ihn atemlos. Die meisten Mädchen ahnten jetzt, dass es sich hier um einen Streich handelte, und verfolgten das Geschehen mit größter Aufmerksamkeit. Sie wurden belohnt, als sich Herr Lemming vom Stuhl erhob. Sein schwarzer Mantel war jetzt ebenfalls mit einem wunderbaren rosa Muster geschmückt!

Herr Jung starrte verblüfft darauf. »Sehen Sie nur, Frau Greiling, Herr Lemming hat sich auch irgendwo mit Kreide beschmiert. Ich will ihn gleich abbürsten.«

Trotz Frau Greilings Gegenwart begannen die Mädchen zu kichern. Die Direktorin war sehr erstaunt. Sie ging auf den Stuhl zu und betrachtete ihn genau.

Alice und Betty hielten den Atem an. Aber die unsichtbare Kreide trug ihren Namen zu Recht. Mit bloßem Auge war nichts zu erkennen. Und glücklicherweise kam die Direktorin nicht auf die Idee, sich hinzusetzen und die merkwürdige Sache weiter zu untersuchen. Noch immer verwundert, verließ sie mit Herrn Lemming den Raum, und der Unterricht ging weiter.

Kurz vor Schluss der Stunde setzte sich der unglückliche Herr Jung noch einmal auf den Stuhl. Als er sich wieder erhob, bot er abermals ein prächtiges Bild. Die Mädchen glucksten und quietschten vor Vergnügen. Einige hatten sich ihre Taschentücher in den Mund gesteckt, um ihr Gelächter zu ersticken.

Herr Jung bemerkte jedoch überhaupt nichts. Er war zu sehr mit seinem Aufbruch beschäftigt, weil gerade die Glocke zur Pause läutete. Er ging zur Tür, blieb dort einen Augenblick stehen und verbeugte sich höflich wie immer. »Guten Morgen, meine Damen!« Dann ging er langsam hinaus, wobei er allen noch einmal die rosa gemusterte Kehrseite zuwandte.

Auf dem Schulhof hatten die Mädchen nur ein Thema. »Alice! Da hattest du deine Finger im Spiel! Wie hast du das gemacht?« – »O, wie herrlich! Als er sich umdrehte, hätte ich mich schier kaputtlachen können!« – »Betty! Was ist der Trick dabei? Als ich mir den Stuhl anschaute, konnte ich nichts entdecken!« So scholl es durcheinander.

»Halt, ja – du erinnerst mich an etwas«, sagte Betty mit einem listigen Lächeln zu Alice. »Ich glaube, ich werde den Stuhl doch lieber schnellstens mit einem feuchten Lappen abreiben.«

Sie verschwand, und die Mädchen drängten sich um Alice und flehten sie an, ihnen das Geheimnis zu verraten.

Unterdessen schritt Herr Jung einen der langen Korridore entlang. Er ahnte nichts von seiner farbigen Hinterpartie.

Gerade kam Mademoiselle Dupont hinter ihm aus einem Klassenzimmer heraus. Sie glaubte ihren Augen nicht zu trauen. »Monsieur Jung! Hallo, Monsieur Jung!«

Herr Jung fürchtete sich vor beiden Mademoiselles. Er beschleunigte seine Schritte.

Mademoiselle erhöhte ebenfalls das Tempo. »Monsieur, Monsieur, attendez, je vous prie! Warten Sie, warten Sie! Sie können doch nicht so herumlaufen! Wie sieht das aus! Es ist schrecklich!«

Schließlich fuhr Herr Jung verärgert herum. »Was ist los?«, fragte er. »Was ist schrecklich?«

»Dort, dort!«, rief Mademoiselle und begann die Kreide abzuklopfen. Eine Staubwolke wirbelte empor.

Herr Jung war entsetzt, dass Mademoiselle ihn wie einen Schuljungen abklopfte. Er drehte sich um die eigene Achse, um zu sehen, was eigentlich los war. Als er die Staubwolke bemerkte, die ihn einhüllte, fiel ihm ein, dass er und auch Herr Lemming vorhin schon einmal abgebürstet werden mussten.

»Ich entferne das sofort«, sagte Mademoiselle, packte ihn beim Arm und zog ihn zur Flurgarderobe, wo eine Kleiderbürste bereitlag. Mit kräftigen Strichen bürstete sie die Kreide aus seiner Hose.

Herr Jung war verärgert und keineswegs dankbar. »Zweimal ist mir das heute Morgen schon passiert«, sagte er wütend und schüttelte buchstäblich seine Faust unter Mademoiselles Nase, als sei sie die Schuldige. Sie fuhr erschreckt zurück. Herr Jung machte auf dem Absatz kehrt und hastete brummelnd davon.

Er ist sehr unhöflich, dieser Mann, überlegte Mademoiselle. Ich bin freundlich zu ihm, und er hält mir die Faust unter die Nase. Nie wieder rede ich auch nur ein Wort mit ihm!

Nur ein Mädchen war Augenzeugin dieses Zwischenfalles gewesen, und zwar Dolly. Sie eilte sogleich zu den anderen.

»Ich habe gesehen, wie Mademoiselle Dupont wild mit der Kleiderbürste auf Herrn Jung eingeklopft hat«, erzählte sie. »Ihr hättet sehen müssen, wie wütend er war! Komm, wir machen es noch einmal, Alice. Der Trick mit der Kreide ist einfach prima!«

Einen gelungenen Streich noch einmal zu wiederholen ist immer ein Fehler. Alice wusste das, aber sie konnte der Versuchung nicht widerstehen, den Trick auch bei Mademoiselle Dupont zu versuchen.

»Wollen wir?«, fragte sie Betty, und Betty nickte begeistert.

Die Mädchen bildeten einen Kreis um sie und betrachteten die rätselhafte Kreide. Sie kicherten und lachten, als sie sich an die Musikstunde erinnerten, und verrieten auch den Mädchen der ersten Klasse ihr Geheimnis.

»Wer reibt die Kreide vor der Französischstunde am Nachmittag auf Mademoiselles Stuhl?«, fragte Betty. »Alice und ich können es nicht tun. Wir haben keine Gelegenheit, uns in dem Raum aufzuhalten. Wer hat Klassendienst?«

»Ich!«, meldete sich Dolly. »Ich werde es tun. Gib mir die Kreide! Einfach auf den Stuhl aufreiben?«

Zehn Minuten vor dem Nachmittagsunterricht schlüpfte Dolly ins Klassenzimmer. In dieser Woche war sie an der Reihe, den Klassenschrank in Ordnung zu halten, die Tafel zu säubern, für genügend Kreide zu sorgen und zu sehen, ob Lappen und Schwamm vorhanden waren.

Es dauerte nur ein paar Minuten, diese Dinge zu erledigen. Dann ging sie zu dem Stuhl, der hinter dem Pult stand, und nahm die Kreide aus der Tasche. Sie wollte gerade beginnen, die Sitzfläche einzureiben, als ihr ein übermütiger Gedanke in den Sinn kam:

Könnte sie nicht vielleicht irgendein kurzes Wort schreiben, das dann auf dem Kleid von Mademoiselle erschiene? Die Mädchen würden vor Begeisterung bestimmt toben! Aber es müsste natürlich ein sehr kurzes Wort sein.

Ich werde ganz einfach »Igitt« schreiben, sagte sich Dolly erfreut. Und zwar in Spiegelschrift, damit es richtig herum auf der Rückfront von Mademoiselle erscheint.

Ganz sorgfältig und vorsichtig schrieb sie also mit der Kreide auf die Sitzfläche des Stuhls »Igitt« und setzte noch ein Ausrufungszeichen dahinter.

Die Glocke läutete zum Unterrichtsbeginn. Dolly steckte die Kreide ein und ging auf ihren Platz. Sie konnte sich kaum das Lachen verbeißen, als die Mädchen hereinkamen.

»Hast du's getan? Hast du genug Zeit gehabt?«, flüsterten sie, und Dolly nickte.

Dann erschien Mademoiselle Dupont, offensichtlich in bester Laune. Sie setzte sich sofort. Die Mädchen beobachteten sie aufmerksam. Wann würde sie aufstehen? Dolly konnte es kaum erwarten – was würden die anderen sagen, wenn sie sähen, was sie auf den Stuhl geschrieben hatte? Jenny wurde an die Tafel gerufen, um eine Vokabel anzuschreiben.

»Schreib das Wort falsch!«, zischte ihr Dolly zu. »Dann wird sie aufstehen und es verbessern!«

So schrieb die sonst so kluge Jenny zu Mademoiselles Erstaunen einen geradezu lächerlichen Fehler in das Wort hinein. Etwas verärgert schickte Mademoiselle Jenny auf ihren Platz zurück und erhob sich endlich, um das Wort eigenhändig zu verbessern.

Die Klasse rang nach Atem, als sie Mademoiselles Sitzfläche ansichtig wurde. Alle waren ganz fassungslos und wussten nicht, ob sie amüsiert oder erschrocken sein sollten. Auf ihrem eng anliegenden Kleid trug Mademoiselle in rosa Farbe den Schriftzug »Igitt!«.

Selbst Dolly war überrascht, wie klar es zu erkennen war, und fühlte sich sehr unbehaglich. Einen rosa Fleck auf jemandes Kleidung erscheinen zu lassen, das war etwas ganz anderes gewesen – wie aber sollte man erklären, wie ein »Igitt!« draufkam?

Die anderen hatten den gleichen Gedanken.

»Dolly, du Kamel! Stell dir vor, sie kommt nachher auf dem Flur den anderen Lehrerinnen unter die Augen, und die sehen, was hinten auf dem Kleid steht!«, zischte Alice. »Ich hätte dir wirklich mehr Verstand zugetraut.«

Der Gedanke, die anderen Lehrerinnen könnten das »Igitt!« sehen, löste Bestürzung in der Klasse aus. Frau Parker würde empört sein. Nichts war ihr so verhasst wie Respektlosigkeit. Aber wie konnten sie das Wort wieder wegbekommen? Das schreckliche »Igitt!« leuchtete immer wieder auf, verschwand, leuchtete wieder auf und verschwand, je nachdem, ob sich Mademoiselle schreibend der Tafel oder erklärend der Klasse zuwandte.

»Ich werde Mademoiselle sagen, ihr Rock sei staubig, und es am Ende der Stunde abbürsten«, versprach Dolly im Flüsterton.

Aber sie hatte keine Gelegenheit dazu. Mademoiselle ging nach der Stunde eilig davon, weil sie in der ersten Klasse unterrichten musste und sich schon einige Minuten verspätet hatte. So erlebten die Mädchen der Ersten die Überraschung ihres Lebens, als Mademoiselle mit dem leuchtenden »Igitt!« hereinspazierte.

Sie konnten ihr Kichern nicht unterdrücken, und Mademoiselle wurde von Augenblick zu Augenblick wütender. »Was ist heute Nachmittag so komisch an mir?«, fragte sie. »Ist mein Haar unordentlich? Habe ich ein schwarzes Gesicht? Oder trage ich zwei linke Schuhe?«

»Nein, Mademoiselle«, antworteten die Mädchen ganz erschöpft vor Lachen.

»Ich bin nicht komisch, und ich finde auch gar nichts komisch!«, sagte Mademoiselle scharf. »Aber ich werde bald komische Dinge tun. O ja, ich werde bald sagen: ›Jede schreibt hundert Zeilen aus dem französischen Lesebuch ab‹. Das wird sehr, sehr komisch!«

Nach diesen Worten drehte sie sich mit Schwung der Tafel zu, und das »Igitt!« blitzte wieder auf. Die Mädchen klammerten sich aneinander und wurden fast ohnmächtig vor unterdrücktem Gelächter. Aber sie hatten Verstand genug, Mademoiselle aufzuhalten, bevor sie die Klasse verließ. »Wir müssen das abbekommen, ehe sie geht«, hatte Gisela gesagt. »Sonst kriegt die zweite Klasse furchtbaren Ärger. Ich nehme an, sie wollten es abbürsten und sind nicht mehr dazu gekommen.«

So bat Gisela, bevor Mademoiselle den Klassenraum verließ, ihr das Kleid abbürsten zu dürfen, da es voller Kreide sei.

»Tiens!«, sagte Mademoiselle, während Gisela eifrig bürstete. »Immer diese Tafelkreide! Danke, Gisela, vous êtes gentille. Du bist sehr freundlich.«

Sie stand geduldig wie ein Lamm, bis Gisela auch die letzte Spur des rosa »Igitt!« entfernt hatte. Dann ging sie davon. Die Mädchen der zweiten Klasse warteten bereits auf sie, weil sie einen letzten verzweifelten Versuch machen wollten, sie abzubürsten, ehe sie das Lehrerzimmer erreichte.

Sie waren sehr erleichtert, als sie sahen, dass Mademoiselles Kleid fleckenlos war. Sie schlichen ins Klassenzimmer zurück und ließen sich kraftlos auf ihre Sitze fallen.

»Du meine Güte«, sagte Alice, »hätte das ein Theater gegeben! Pöttchen oder Spitznase hätten es sicher gemeldet, wenn sie das ›Igitt!‹ gesehen hätten. Du weißt, wie böse die beiden werden können, wenn sie glauben, wir wären frech und respektlos. Dolly, du warst ein Schafskopf. Ich nehme an, Susanne hat dich dazu angestiftet. Eine schöne Klassensprecherin, das muss man sagen!«

»Halt den Mund!«, fuhr Dolly sie an, die mit sich und jedermann grollte. »Susanne hat überhaupt nichts damit zu tun. Ich habe einfach nicht nachgedacht – das ist alles!«

Die Wochen vergehen

Die Geschichte mit der unsichtbaren Kreide wurde noch vier Tage danach diskutiert. Die Mädchen aus den oberen Klassen hörten davon und wünschten insgeheim, sie hätten das »Igitt!« auch zu Gesicht bekommen. Alle, die Dolly kannten, flüsterten »Igitt!« in ihr Ohr, wenn sie sie trafen.

Jedermann glaubte, Dolly hätte den Streich von Anfang bis Ende allein ausgeheckt. Darüber ärgerten sich Alice und Betty. Warum sollte Dolly allen Ruhm für sich beanspruchen, da sie doch nur dieses alberne Wort auf Mademoiselles Kleid hatte erscheinen lassen und dabei die ganze Klasse um ein Haar in eine arge Klemme gebracht hatte?

Die beiden zeigten Dolly die kalte Schulter, und Dolly behandelte sie ihrerseits, als wären sie Luft. Sie wusste, dass Alice darunter litt, nicht

Klassensprecherin zu sein, und deshalb Susanne nicht ausstehen konnte. Dolly hielt jedoch zu Susanne, und daran würde niemand etwas ändern können.

Alices Zunge wurde immer spitzer und schärfer. Dolly wusste, dass Alice sie um ihre Beherrschung bringen wollte. Sie wurde ganz rot vor unterdrückter Wut, sagte aber nichts. Sie durfte nicht die Beherrschung verlieren, auf keinen Fall und unter keinen Umständen! Dabei regte sie sich insgeheim furchtbar auf. Susanne versuchte, sie zu beruhigen, machte es aber dadurch nur noch schlimmer.

»Begreifst du nicht, dass ich so wütend auf Alice bin, weil du meine Freundin bist?«, fragte Dolly sie. »Über mich könnte sie sagen, was sie wollte, das würde mich gar nicht stören. Aber ich kann nun mal nicht still dasitzen und zuhören, wie sie über dich herzieht. Und alles nur, weil sie eifersüchtig ist. Sie tut es in meiner Gegenwart, weil sie genau weiß, wie leicht ich in Wut gerate.«

»Du darfst ihr unter keinen Umständen in die Falle gehen«, sagte die vernünftige Susanne. »Das wäre unklug. Betty und sie wollen dich nur zum Gespött machen.«

So musste die arme Dolly mit knirschenden Zähnen die Ruhe bewahren, wenn sich Alice und Betty im Gespräch die Bälle zuwarfen, um sie zu reizen.

»Ach, unsere gute Susanne«, sagte Alice etwa. »Immer so gutartig – und so langweilig. Die vollendete Klassensprecherin. Findest du nicht auch, Betty?«

»Wie recht du hast«, erwiderte Betty darauf. »Denk nur daran, was sie uns allen für ein gutes Beispiel gibt – die brave, gewissenhafte Susanne. Wirklich, ich bin ganz überwältigt vor Scham, wenn ich Susanne so steif und brav in der Klasse sitzen sehe! Sie lacht nicht, sie macht keine Witze – sie ist ein wunderbares Vorbild für uns alle!« Dazu setzte Betty ein Lächeln auf, das Dolly rasend machte.

»Was sollten wir nur ohne sie anfangen?«, fuhr Alice fort. Dabei schaute sie verstohlen zu Dolly hinüber, um zu sehen, ob sie schon vor Wut platzte. Dolly wusste, dass sie ihre Zunge nicht mehr im Zaum halten konnte, wenn sie noch länger bliebe. So stand sie auf und ging weg – was die beiden natürlich als Sieg für sich buchten.

Verständlicherweise war Dolly in diesen Tagen nicht gerade gut gelaunt. Aber es gab noch jemanden, der sich nicht in der besten Stimmung befand – und das war Ellen.

In den ersten Wochen war sie recht ausgeglichen gewesen, wenn sie auch einen etwas bedrückten Eindruck gemacht hatte. Und nun plötzlich wurde sie richtiggehend gereizt. Sie kläffte die Mädchen an wie ein bissiger Hund. Die kleine Falte auf ihrer Stirn vertiefte sich, als ob sie ständig irgendjemandem grollte.

Jenny versuchte herauszufinden, was ihr fehlte. Susanne hatte es schon probiert, aber Ellen schien zu glauben, dass Susanne, in ihrer Eigenschaft als Klassensprecherin, sie nur zurechtweisen wollte. So blaffte sie auch Susanne so heftig an, dass sich die Klassensprecherin überrascht und gekränkt zurückzog.

»Komisches Geschöpf«, sagte sie zu Dolly. »Ich kann sie nicht verstehen. Sie hat sich ein Stipendium für Möwenfels erarbeitet. Das bedeutet, dass sie schrecklich intelligent sein muss. Sie arbeitet viel – viel mehr als irgendeine von uns. Und doch ist sie niemals Erste oder nur unter den ersten drei oder vier. Ich glaube, sie ärgert sich darüber und ist deshalb so schlecht gelaunt. Ich kann sie nicht ausstehen.«

»Ich auch nicht«, erwiderte Dolly. »Sie ist es überhaupt nicht wert, dass man sich über sie den Kopf zerbricht, Susanne. Lass sie!«

»Nein – ich glaube, sie ist es doch wert«, meinte Susanne. »Jedermann ist es wert, dass man sich Gedanken über ihn macht. Ich werde Jenny bitten, sich um sie zu kümmern. Sie sitzt ja in der Klasse neben ihr.«

Jenny war ein geradliniges Mädchen mit wenig Fantasie. Für gewöhnlich ging sie direkt auf die Dinge zu. Wie ein Panzer walzte sie jeden Widerstand nieder und bestand darauf zu erfahren, was sie zu erfahren wünschte.

Aber bei Ellen verfuhr sie aus irgendeinem Grund nicht auf diese Weise. Sie saß neben ihr in der Klasse und hatte auch das Bett neben ihr im Schlafsaal. So hatte Jenny häufig Gelegenheit, Ellens unbewusstes Stöhnen und ihre unterdrückten Seufzer zu hören, wenn sie arbeitete oder einzuschlafen versuchte.

Ihr war bekannt, dass Ellen nachts oft wach lag, und sie vermutete, dass sie irgendwas bedrückte. Sicher war es nicht ihre Arbeit – das war bei einem Mädchen mit Stipendium gar nicht vorstellbar. Soweit sie beobachtet hatte, bewältigten alle Mädchen mit Stipendium die schulischen Anforderungen mühelos.

Jenny war trotz ihrer knappen Ausdrucksweise und ihres forschen Benehmens ein freundliches Mädchen. Sie versuchte, Ellens Vertrauen zu gewinnen. Da schien es keinen anderen Weg zu geben, als sie geradeheraus zu fragen, ob man ihr helfen könne. Aber das hatte wenig Aussicht auf Erfolg. Ellen würde sie sicherlich ebenso anfahren wie Susanne. So dachte Jenny zum ersten Mal über eine Sache nach, ohne so direkt zu verfahren wie üblich.

Ellen hatte keine Freundin. Sie ermutigte niemanden, auch nicht die ruhige Angela. Jenny begann ihr in unaufdringlicher Art kleine Gefälligkeiten zu erweisen. Sie konnte – das war ihr klar – niemals aus Ellen herausquetschen, was ihr fehlte, aber vielleicht bekam sie das Mädchen so weit, es ihr freiwillig anzuvertrauen. Das war wirklich eine lobenswerte Idee; denn es kam selten vor, dass die forsche Jenny viel Federlesens machte, wenn es galt, sich mit anderen Leuten zu verständigen. Aber sie war riesig stolz, dass Susanne sie gebeten hatte, sich Ellens anzunehmen, nachdem deren eigene Bemühungen gescheitert waren.

Ellen bemerkte zuerst gar nicht, dass Jenny keine Gelegenheit ausließ, ihr zu helfen oder ihr eine Gefälligkeit zu erweisen. Jenny half Ellen, ihre irgendwo verlegten Turnschuhe zu suchen, sie erbot sich, ihr nach dem Waschen die Haare zu trocknen – Kleinigkeiten, die niemandem auffielen, zunächst nicht einmal Ellen selbst.

Allmählich wurde Ellens Vertrauen zu Jenny immer größer. Sie sagte es ihr, wenn sie unter Kopfschmerzen litt, obwohl sie sich weigerte, es der Hausmutter zu erzählen. Sie fuhr Jenny nicht mehr an, ging jedoch nach wie vor in ihrer Gereiztheit auf jedes andere Mädchen los – Marlies ausgenommen. Es musste schon jemand sehr bösartig sein, um die schüchterne Marlies anzufahren. An manchen Abenden war Ellen ganz unausstehlich.

Wenn irgendjemand zu nahe an ihr vorbeiging und sie unabsichtlich streifte, sprang sie auf und zischte: »Kannst du nicht aufpassen? Pass doch auf, wohin du läufst!«

Wenn jemand sie beim Lesen störte, schlug sie ihr Buch auf den Tisch und starrte den Störenfried hasserfüllt an. »Siehst du nicht, dass ich lese? Es gibt doch keinen einzigen ruhigen Platz in diesem ganzen abscheulichen Haus!«

»Du liest ja gar nicht«, sagte Dolly einmal. »Du hast nicht eine Seite umgeblättert, seit du das Buch aufgeschlagen hast!«

»Ach, du beobachtest mich also, wie?«, antwortete Ellen, und ihre Augen füllten sich mit Tränen. Sie verließ den Raum und schlug die Tür hinter sich zu.

»Ist sie nicht widerlich? Faucht uns unablässig an!« – »Mir wäre lieber, sie hätte ihr Stipendium für eine andere Schule erhalten!« – »Tut immer so, als würde sie lesen und arbeiten, rutscht dabei aber von Woche zu Woche in ihren Leistungen ab. Eine Heuchlerin ist sie!«, riefen die Mädchen.

»Ach, sie ist einfach nicht glücklich. Wahrscheinlich hat sie sich noch nicht eingewöhnt«, sagte Jenny und wurde mit einem beifälligen Blick von Susanne bedacht. Jenny hatte mit ihrer Aufgabe ein schweres Stück Arbeit auf sich genommen, aber sie hielt durch.

Das Wetter war schlecht. Man konnte keinen Sport im Freien treiben und nicht einmal spazieren gehen, denn das Land ringsum war in Matsch und Schlamm versunken. Die Mädchen fühlten sich wie eingesperrt und wurden immer zappliger, sodass die Lehrerinnen beschlossen, schlechtes Wetter hin oder her, für den nächsten Tag eine Schulwanderung anzukündigen.

Alle stöhnten. Es regnete in Strömen. Der Himmel war völlig verhangen. Die Tennisplätze standen halb unter Wasser. Wie würden die Feldwege aussehen? Das Meer hatte eine bleigraue, unheimliche Farbe, und der Wind pfiff über die Steilküste.

Evelyn und Diana murrten am lautesten von allen.

Evelyn schniefte in der Klasse ständig, weil sie hoffte, Frau Parker würde glauben, sie habe sich erkältet, und sie von der Wanderung beurlauben.

Frau Parker aber war von Pöttchen auf Evelyns unglaubwürdiges Schniefen aufmerksam gemacht worden und zeigte kein Mitgefühl. »Wenn du weiterhin schniefst, kannst du vor die Tür gehen«, sagte sie. »Wenn es etwas gibt, was ich nicht vertragen kann, dann ist es dieses Schniefen!«

Evelyn starrte wütend vor sich hin. Warum waren nicht alle Lehrerinnen so wie ihre alte Privatlehrerin? Die lief sofort und holte das Thermometer, wenn sich Evelyn nur räusperte. Nicht im Traum würde sie Evelyn bei so einem Wetter hinausjagen! Sie traute sich aber nicht, weiterzuschniefen, und ärgerte sich über Dollys Grinsen.

Diana versuchte eine andere Taktik, um nicht mitwandern zu müssen. Sie wollte nicht meilenweit durch den Schlamm waten. So ging sie am Abend mit dem Übungsbuch unter dem Arm zu Mademoiselle Dupont. Sie setzte ihr süßestes Lächeln auf und klopfte an Mademoiselles Zimmertür.

»Ach, du bist's, ma petite! Meine kleine Diana!«, rief Mademoiselle und hieß ihren Liebling mit einem Lächeln willkommen, das womöglich noch reizender war als das von Diana. »Was hast du auf dem Herzen?«

»Ach, Mademoiselle, ich habe solche Probleme mit diesen unregelmäßigen Verben«, sagte Diana. »Ich glaube wirklich, dass mir eine Nachhilfestunde guttäte, falls Sie ein bisschen Zeit erübrigen könnten. Ich wünsche mir so sehr, meine Leistungen in Französisch zu verbessern.«

»Aber du bist ja in letzter Zeit schon so viel besser geworden!«, rief Mademoiselle strahlend, weil sie natürlich nicht wusste, dass Marlies fast alle Französischarbeiten für Diana gemacht hatte. »Ich bin so stolz auf dich!«

Diana lächelte noch inniger, und Mademoiselles Herz schmolz. Ach, dieses hübsche Ding! Sie legte den Arm um Diana. »Ja, ja, natürlich werde ich dir Nachhilfeunterricht geben«, sagte sie. »Wir bringen das ganz rasch in Ordnung mit den unregelmäßigen Verben. Bleib nur gleich da!«

»O nein, nicht jetzt, Mademoiselle«, sagte Diana. »Aber ich könnte auf diese schöne Schulwanderung verzichten, wenn Sie so gut wären, mich dann zu unterrichten. Es ist die einzige freie Zeit, die ich übrig habe.«

»Das gute Kind – auf die Wanderung zu verzichten, die ihr Mädchen so mögt!«, rief Mademoiselle, die jede Art von Bewegung in freier Luft für eine närrische Erfindung hielt. »Ja, natürlich werde ich mir Zeit für dich nehmen. Ich sage Frau Parker Bescheid. Du bist ein fleißiges Mädchen, Diana. Ich bin sehr, sehr zufrieden mit dir!«

»Vielen Dank, Mademoiselle«, sagte Diana erfreut, schenkte Mademoiselle noch ein hinreißendes Lächeln und verließ triumphierend den Raum.

Diana ärgert sich schwarz

Frau Parker war ebenso überrascht wie empört, als sie hörte, dass Diana nicht mitwandern würde.

»Woher diese plötzliche Begeisterung für Französisch?«, sagte sie und sah Mademoiselle verdrossen an. »Das passt so gar nicht zu Diana. Gerade ihr würde ein langer Fußmarsch guttun – und ganz besonders einer durch matschiges Gelände! Es wäre genau das Richtige gegen ihr zimperliches

Getue! Geben Sie ihr die Nachhilfestunde ein anderes Mal, Mademoiselle!«

Aber Mademoiselle war starrköpfig. Sie konnte die Kollegin mit der langen Nase nicht leiden. Sie kniff ihren kleinen Mund zusammen und schüttelte den Kopf. »Es ist leider zu einem anderen Zeitpunkt für mich nicht möglich. Außerdem finde ich es wirklich selbstlos von der Kleinen, auf einen Ausflug zu verzichten, um ihre Leistungen in Französisch zu verbessern.«

Frau Parker stieß ein ungläubiges Lachen aus, das Mademoiselle maßlos erbitterte. »Sie will sich vor der Wanderung nur drücken, das wissen Sie so gut wie ich, Mademoiselle. Es ist unklug, ihr in dieser Weise nachzugeben! Diana setzt zu leicht ihren Willen durch, und ich mag ihre Methoden nun einmal nicht. Zu sehr ›hintenrum‹ für meinen Geschmack!«

Mademoiselle sprang für ihren Liebling in die Bresche. Sie begann zu übertreiben. »Frau Parker! Wenn Sie wüssten, wie gern das Mädchen an der Wanderung teilgenommen hätte! Ach, welche Freude, durch die herbstliche Landschaft zu streifen! Die Seeluft tief in die Lunge zu saugen, nachdem sie so lange in der dunklen Stube sitzen musste! Diana hat all diese Freuden aus eigenem Antrieb geopfert und sollte dafür gelobt und nicht getadelt werden. Sie wird schwer mit mir arbeiten, während Sie sich alle amüsieren und die herrliche Luft der freien Natur atmen.«

»Nun, Mademoiselle Rougier hätte Diana nicht so leicht hereingelegt wie Sie«, sagte Frau Parker, die ihre Beherrschung zu verlieren begann. »Mademoiselle Rougier durchschaut sie!«

Mademoiselle war entrüstet. »Ich werde mal ein Wort mit Mademoiselle Rougier wechseln«, sagte sie. »Sie hat kein Recht, so über Diana zu sprechen, die von Tag zu Tag besser in Französisch wird!«

»Lassen wir dieses Thema«, sagte Frau Parker, der Diana ziemlich auf die Nerven ging. »Setzen Sie sich darüber mit Mademoiselle Rougier auseinander, wenn Sie es für richtig halten. Mir ist das gleichgültig.

Abgesehen davon, dass Diana uns mit Erfolg auf den Arm genommen hat, bin ich ganz froh, sie nicht während der Wanderung maulend, klagend und seufzend mit schweren Füßen hinter uns herziehen zu sehen.«

Diana konnte es sich nicht verkneifen, allen davon zu erzählen, auf welche Weise sie sich vor der Wanderung gedrückt hätte. Evelyn wünschte, sie wäre ebenso entschlossen vorgegangen. Die anderen fühlten sich durch diesen miesen Trick einfach abgestoßen.

»Wie man das nur tun kann, bloß, um sich vor einem Spaziergang zu drücken!«, sagte Dolly. »Wenn du es vorziehst, den ganzen Nachmittag mit französischen Verben zuzubringen – nur immer zu! Das sieht dir jedenfalls mal wieder ähnlich, Diana!«

Doch die Wanderung fand überhaupt nicht statt! Aus dem Wind war ein Sturm geworden, sodass Frau Parker den Spaziergang abblies. Die Mädchen zogen sich gerade Regenmäntel und Gummistiefel an, als die Lehrerin in den Garderobenraum kam und sie von ihrem Entschluss unterrichtete. Diana war bereits mit ihrem Französischbuch zu Mademoiselle gegangen.

»Mädchen! Es tut mir leid. Aber aus dem Wind ist ein richtiger Sturm geworden!«, sagte die Lehrerin. »Die Wanderung ist abgesetzt. Als Entschädigung werden wir alle in die Turnhalle ziehen und zusammen spielen – Ballspiele oder was immer ihr wollt! Wir werden außerdem die Hausmutter bitten, uns Kakao und Kuchen zu bringen, und dann halten wir zur Abwechslung ein Picknick im Hause ab.«

Die Mädchen brachen in Begeisterungsrufe aus. Ein Nachmittag mit lustigen Spielen, Völkerball oder Hindernisspringen, mit Lachen, Schreien und Gelächter, mit einem Picknick in der Turnhalle – das war so richtig nach ihren Herzen!

»Wie ist denn das mit Diana, Frau Parker?«, fragte Marlies, der plötzlich einfiel, dass Diana bei Mademoiselle war. »Soll ich gehen und sie holen?«

»Pst!«, sagte Alice mit verhaltenem Atem. »Frau Parker an Diana zu erinnern! Geschieht ihr ganz recht, wenn sie das alles hier verpasst! Ich werde Marlies gleich den Kopf waschen!«

Frau Parker schaute auf das ängstliche Gesicht von Marlies hinunter und fragte sich mindestens zum zwanzigsten Mal, warum Marlies sich um Diana kümmerte, wo sie doch Dolly und Susanne zu Freundinnen hatte.

»Marlies, du solltest Diana nicht stören«, sagte Frau Parker so deutlich, dass die begierig lauschenden Mädchen es gut hören konnten. »Sie hat sich diese Nachhilfestunde so sehnlich gewünscht, wie mir Mademoiselle erzählte, und sie wollte unbedingt auf die Wanderung verzichten. Ich bin sicher, dass sie ebenso gewillt ist, auf Spiel und Picknick im Hause zu verzichten. Nein, wirklich – wir dürfen sie nicht stören! Wenn ein Mädchen so fleißig ist wie Diana, wäre es nicht recht, sie von ihrem lobenswerten Entschluss abzuhalten.«

Marlies war die Einzige, die den ironischen Unterton nicht heraushörte. Die anderen begriffen sofort und bogen sich vor Lachen. Frau Parker lächelte.

»Da ist Diana schön hereingefallen«, sagte Alice. »Geschieht ihr wirklich ganz recht!«

Sie verlebten einen vergnügten Nachmittag und hatten sich am Schluss ganz müde gespielt. Dann setzten sie sich zu Tisch, wo der Kakao in Strömen floss und sich enorme Kuchenberge türmten.

Diana tauchte auf, als gerade das letzte Stück Kuchen gegessen wurde. Sie hatte einen unsagbar langweiligen Nachmittag bei Mademoiselle zugebracht – mit grässlichem Nachhilfeunterricht. Diana hatte intensiv Grammatik lernen und Vokabeln üben müssen.

Diana wünschte sich von Herzen, sie hätte diesen Unterricht nie angeregt. Sie hatte geglaubt, sie würde gemeinsam mit Mademoiselle ein behagliches Stündchen verbringen und hauptsächlich über sich selbst erzählen können. Da Mademoiselle aber von Diana völlig überzeugt war, wollte sie ihr den so dringend verlangten Unterricht auch erteilen.

So ließ sie die arme Diana üben und nochmals üben. Als Diana schwach protestierte und meinte, sie habe Mademoiselle lange genug aufgehalten und die anderen würden nun auch bald von der Wanderung zurückkehren, schlug Mademoiselle diesen Hinweis sofort in den Wind.

»Wir hören es ja, wenn die Mädchen zurückkommen«, sagte sie, weil sie nicht wusste, dass die Wanderung gar nicht stattgefunden und also auch niemand das Haus verlassen hatte.

»Sobald wir sie kommen hören, kannst du gleich zu ihnen hinuntergehen, ma petite.«

Schließlich wunderte sich Mademoiselle doch, dass die Wanderer noch immer nicht zurückgekehrt waren, und sie schickte Diana zur Erkundung aus. Das Mädchen hätte in Tränen ausbrechen mögen, als sie die leeren Teller entdeckte und all die glücklichen Gesichter ihrer Klassenkameradinnen sah, die gerade in der Turnhalle die letzten Kuchenreste verputzten!

»Ihr gemeinen Biester!«, schrie sie. »Ihr seid überhaupt nicht weg gewesen! Und ihr habt Kakao und Kuchen ohne mich gehabt!«

»Wir wollten dich nicht beim Nachhilfeunterricht stören«, sagte Alice und grinste. »Die liebe Frau Parker war auch der Meinung, es sei nicht recht von uns, dir die ganze Freude an der Französischstunde zu verderben.«

Diana blickte Evelyn wütend an. »Du hättest mich holen müssen!«, fauchte sie. »Es wäre kein Problem für dich gewesen, herüberzukommen, um mich zu rufen!«

»Die Einzige, die dich zu holen versuchte, war Marlies«, sagte Susanne. »Sie ging tatsächlich zu Frau Parker und schlug vor, man sollte dir Bescheid sagen. Marlies ist wohl der Ansicht, dass Ausflüge und Spiele den unregelmäßigen Verben vorzuziehen seien.«

Diana warf Marlies einen dankbaren Blick zu und empfand ein herzliches Gefühl für sie. Nicht einmal Evelyn, ihre Freundin, hatte versucht, sie aus der abscheulichen Nachhilfestunde herauszupauken. Marlies aber hatte freundlich an sie gedacht.

»Danke, Marlies«, sagte Diana und widmete ihr ein ziemlich weinerliches Lächeln. »Ich werde dir das nie vergessen. Das war sehr anständig von dir.«

Von diesem Zeitpunkt an war die egoistische, angeberische und unzuverlässige Diana nett zu Marlies, nicht nur, weil das kleinere Mädchen ihr in Französisch half, sondern auch, weil sie sie wirklich mochte und bewunderte.

Marlies war natürlich erfreut. Sie war ganz in Dianas Bann geraten und zu gutgläubig, um ihre Fehler zu bemerken. Sie sah nicht einmal, dass die Art, wie sich Diana in Französisch helfen ließ, an Mogelei grenzte. Denn in ihrem Eifer machte Marlies fast die gesamten Hausarbeiten für sie.

Evelyn begann eifersüchtig auf Marlies zu werden. Sie ahnte, dass Diana das Mädchen wirklich gern mochte. Aber Diana lachte jedes Mal, wenn Evelyn sie darauf ansprach.

»Du weißt, dass ich sie nur ausnutze«, behauptete sie. »Sei kein Schaf, Evelyn. Du bist meine Freundin, und ich will keine andere zur Freundin haben. Ich habe nichts gemeinsam mit Marlies – sie ist ein richtiger Einfaltspinsel, ein blödes Gänschen!« So redete sie sich nicht gerade sehr edel immer wieder heraus.

Es war gut, dass Marlies diese Bemerkungen nicht hörte. Sie wäre schockiert und tief verletzt gewesen. Und sie war so glücklich darüber, dass Diana sie mochte. Oft lag sie wach und dachte an das Mädchen mit dem wunderschönen Haar und dem lieblichen Lächeln. Sie wünschte sich, sie wäre auch so attraktiv wie Diana. Aber sie war es nicht, und sie würde es niemals sein, meinte sie.

Diana verzieh den anderen nicht, dass sie so gemein zu ihr gewesen waren, sie nicht zu benachrichtigen, als die Wanderung abgesagt wurde. Evelyn aber, die fürchtete, die Sympathie ihrer begüterten Freundin zu verlieren, schmeichelte ihr noch unterwürfiger als zuvor und lauschte ihren Geschichten noch aufmerksamer.

»Habe ich dir schon erzählt, wie meine Mutter eine Party an Bord unserer Jacht gab und ich während des Abendessens neben dem berühmten Filmschauspieler Donald Dorberg gesessen habe?«, fragte Diana einmal.

»Neben Donald Dorberg – dem Schwarm aller Mädchen? Neben dem durftest du sitzen?« Evelyn war ganz hingerissen vor Bewunderung. »Worüber hast du dich denn mit ihm unterhalten?«

»Ach, über viele Dinge. Er war sehr nett und hat mir Komplimente über meine schönen Haare gemacht«, sagte Diana, die ihre Geschichte wie üblich auszuschmücken begann. »Ich blieb bis ein Uhr morgens auf. Es war einfach herrlich auf der Jacht. Sie war mit bunten Lichtern beleuchtet. Die Leute an Land sagten, sie hätte ausgesehen wie ein Schiff aus dem Märchen.«

»Was hattest du an?«, fragte Evelyn.

»Ein mit kleinen Perlen besticktes Kleid. Dazu trug ich eine wertvolle Perlenkette.«

»Wo hast du die Kette?«, fragte sie.

»Ich durfte sie natürlich nicht mit nach Möwenfels bringen«, erwiderte Diana. »Meine Mutter ist sehr eigen in diesen Dingen, weißt du. Ich habe weder meinen Schmuck noch meine Abendkleider hier – nichts, das ihr nicht auch besitzt.«

»Ja, das ist mir schon aufgefallen. Ich finde es vernünftig von deiner Mutter«, sagte Evelyn.

Von beiden unbemerkt, hatte Susanne in einer Nische im Gemeinschaftsraum gesessen und wider Willen alles mit angehört. Jetzt reichte es ihr – sie hatte genug von dem prahlerischen Geschwätz. Sie kam aus ihrer Nische hervor und sagte: »Es ist ein Jammer, dass deine Mutter dich nicht mit einem eigenen Tennisschläger ausgestattet hat, oder mit einem zweiten Paar Schuhe und mit genügend Briefpapier. Dann brauchtest du uns nicht immerzu anzupumpen. Eine Jacht und ein paar Autos weniger und dafür mehr Briefumschläge und Briefmarken würden dir sehr guttun, Diana!«

Diana schaute Susanne hochmütig an. »Kümmere dich um deine eigenen Angelegenheiten!«, sagte sie. »Ich habe mit Evelyn gesprochen.«

»Es ist meine Angelegenheit!«, beharrte Susanne. »Du leihst dir andauernd etwas von uns – und du zahlst niemals etwas zurück! Wenn du so reich bist, solltest du etwas von deinem Taschengeld für Dinge aufsparen, die du wirklich brauchst!«

»Biest!«, sagte Diana, als Susanne den Raum verlassen hatte. »Sie ist eifersüchtig auf mich. Ich vermute, weil ihre Eltern nicht so wohlhabend sind wie meine!«

Mademoiselle gegen Mademoiselle

Die Wochen vergingen wie im Flug. Bald war die Hälfte der Schulzeit bis zu den nächsten Ferien verstrichen, und es kam der Besuchstag für die Eltern.

Dolly hatte sich schon seit Langem darauf gefreut, ihre Mutter und ihren Vater wiederzusehen. Als sie dann kamen, wurde es ein wunderschöner Tag: Die Eltern machten mit ihr und ihrer Freundin Susanne einen herrlichen Ausflug.

Zu Evelyns Enttäuschung kamen die Eltern von Diana nicht. Dabei hatte sie davon heimlich geträumt, von ihnen eingeladen und ausgeführt zu werden wie eine Prinzessin.

»Ich möchte deine Mutter zu gern kennenlernen«, sagte Evelyn. »Sie sieht auf dem Foto so strahlend schön aus!«

Auf Dianas Kommode stand das gerahmte Foto einer sehr schönen Frau in einem kostbaren Abendkleid. An ihrem schlanken Hals funkelten Juwelen. Alle bewunderten das Bild. »Aber du siehst deiner Mutter überhaupt nicht ähnlich«, sagte Dolly kritisch zu Diana. »Sie hat weit auseinanderstehende Augen – und deine stehen eng beieinander. Deine Nase ist auch ganz anders.

»Nicht jeder ähnelt seiner Mutter«, erwiderte Diana. »Ich komme mehr nach Vaters Familie. Mein Vater hat eine sehr, sehr schöne Schwester.«

»Und ich vermute, du siehst genauso aus wie sie, nicht wahr, Diana?«, erkundigte sich Jenny spöttisch. »Ich habe eine Mutter, die überhaupt nicht schön ist. Und mein Vater ist sogar ziemlich hässlich. Aber die beiden sind die goldigsten Menschen der Welt. Das ist für mich die Hauptsache. Sie haben Humor und machen jeden Spaß mit.«

Evelyns Mutter kam ebenfalls. Sie war ganz entzückt von Dianas Charme und sehr beeindruckt, als sie hörte, aus welch wohlhabendem Hause sie stammte. »Man stelle sich vor – eine Jacht und so viele Autos!«, rief sie aus. »Kann sie dich denn nicht einmal einladen, Kind?«

»Pst, Mama!«, zischte Evelyn, die fürchtete, dass Diana sie hören könnte.

Britta und Irene gingen beide zusammen aus und kehrten natürlich ohne Mützen und Handschuhe zurück. Sie hatten beides irgendwo vergessen. Alice und Betty waren ebenfalls gemeinsam losgezogen und kamen kichernd heim. Offenbar hatte Alices Bruder, der auch zu Besuch gekommen war, ihnen neue Streiche verraten, die die Jungen in seiner Schule ausgeheckt hatten.

Zur Überraschung aller hatte Jenny die übellaunige Ellen gebeten, mit ihr und ihren Eltern auszugehen. Ellen hatte erst abgelehnt – und dann plötzlich doch noch zugesagt. Es war kein sehr vergnüglicher Ausflug gewesen.

»Du warst unterwegs stumm wie ein Fisch«, sagte Jenny nachher vorwurfsvoll. »Nicht einmal die Späße meines Vaters konnten dich aufheitern. Und er ist doch wirklich sehr lustig!«

»Du brauchst mich ja nie wieder aufzufordern mitzukommen!«, erwiderte Ellen mit Tränen in den Augen.

Närrisches Ding, dachte Jenny, sie ist so empfindlich, dass sie beim harmlosesten Anlass aus der Haut fährt! Jenny wurde es langsam leid, immer nett zu Ellen zu sein.

»Nun haben wir schon einen ziemlich großen Teil des Schuljahres hinter uns«, sagte Dolly, »und –«

Noch ehe sie ausreden konnte, wurde sie von Alice unterbrochen: »Ja, und müssen jetzt schon anfangen, die grässlichen französischen Stücke einzustudieren, die zur Jahresabschlussfeier aufgeführt werden. Wer hat die beiden Mademoiselles nur auf diese furchtbare Idee gebracht? Und wer ist schon wild darauf, dass wir ihnen französisches Theater vorspielen?«

Jede Klasse sollte am Ende der Schulzeit etwas zur Unterhaltung beitragen. Die zweite Klasse war beauftragt worden, zwei kleine französische Theaterstücke einzuüben, von denen Mademoiselle Dupont das eine und Mademoiselle Rougier das andere ausgewählt hatte.

Als es galt, unter den Mädchen die Darstellerinnen dieser Stücke auszuwählen, kam es zwischen den beiden Mademoiselles beinahe zu einer Schlägerei.

Die Hauptrolle in dem einen Stück war eine »Prinzessin Edelherz«, ein wahrer Engel an Güte. Mademoiselle Dupont hatte Diana dafür vorgesehen. Und nach ihrer Meinung sollte Diana, weil sie so schön und begabt war, auch die Hauptrolle des zweiten Stücks übernehmen: die Feenkönigin.

Aber Mademoiselle Rougier war anderer Ansicht. »Wollen Sie im Ernst diesem Schwachkopf die beiden tragenden Rollen anvertrauen?«, fragte sie ungläubig. »Sie wird die Hälfte des Textes vergessen, und ihre Aussprache ist entsetzlich! Das wissen Sie doch selbst! Ich dulde nicht, dass dieses Mädchen eine Hauptrolle bekommt!«

»Aber sie sieht wie eine Prinzessin aus. Sie wird wunderschön sein mit ihrem goldenen Haar und diesem lieblichen Gesichtchen! Niemand wäre geeigneter für die Rolle als sie!«

»Pah!«, entgegnete Mademoiselle Rougier verächtlich. »Sie ist Ihr kleiner Liebling, Ihr Schoßhündchen! Nein – Susanne wird diese Rolle übernehmen. Sie lernt gut, und sie hat eine gute Aussprache. Oder Dolly. Sogar Marlies wäre besser als Diana, weil sie Französisch spricht, wie es gesprochen werden muss.«

»Ich glaube, Sie sind übergeschnappt!«, rief Mademoiselle Dupont. »Sehen Sie sich nur Diana an, dieses Mädchen mit dem Lächeln eines Engels! Ich bestehe darauf, dass sie die Rolle übernimmt.«

»In diesem Fall will ich überhaupt nichts mehr mit diesen Theaterstücken zu tun haben!«, sagte Mademoiselle Rougier eisig. »Es ist immer ein Fehler, Lieblinge in einer Klasse zu haben, Mademoiselle Dupont. Aber wenn Sie auch noch versuchen, mir Ihre Hätschelkinder aufzuzwingen, dann ist es aus und vorbei!«

»Ich habe keine Hätschelkinder!«, rief Mademoiselle Dupont wider besseres Wissen und stampfte mit dem Fuß auf. »Ich habe alle Mädchen gleich gern!«

Mademoiselle Rougier räusperte sich. »Mit dieser Meinung stehen Sie allein«, sagte sie. »Aber ich kann hier nicht den ganzen Tag herumstehen, um mir Unsinn über Diana anzuhören. Guten Tag, Mademoiselle.«

Mit diesen Worten machte sie auf dem Absatz kehrt und rauschte davon. Die mollige kleine Mademoiselle Dupont starrte ihr ungehalten nach. Hätschelkinder – das wäre ja noch schöner! Was diese Person sich einbildete – wie konnte sie wagen, so etwas zu behaupten! Nie wieder würde sie mit Mademoiselle Rougier auch nur ein einziges Wort wechseln. Überhaupt würde sie Möwenfels verlassen und in ihr geliebtes Frankreich zurückkehren. Mademoiselle stieß einen Laut aus, der wie das Knurren eines gereizten Hundes klang. Sie erschreckte damit Frau Pott, die gerade zur Tür hereinkam.

»Fühlen Sie sich nicht wohl, Mademoiselle Dupont?«, fragte sie, als sie das vor Zorn gerötete Gesicht der Französin erblickte.

»Ich fühle mich durchaus nicht wohl. Ich bin beleidigt worden«, erwiderte Mademoiselle Dupont. »Man erlaubt es mir nicht, für unsere Theaterstücke die Mädchen auszuwählen, die ich für die Rollen geeignet finde. Mademoiselle Rougier erhebt Einspruch dagegen, dass ich als Feenkönigin die hübsche, liebenswerte Diana einsetzen will. Sie will mir nicht einmal erlauben, ihr die Rolle der Prinzessin Edelherz zu geben.«

»Nun, da stimme ich aber völlig mit ihr überein!«, sagte Frau Pott, während sie sich setzte und ihre Unterlagen sortierte. »Diana ist meiner Ansicht nach ein doppelzüngiges kleines Wesen.«

»Auch Sie sind gegen mich – das ist ja die reinste Verschwörung!«, rief Mademoiselle Dupont und brach in Tränen aus. »Auch Sie! O, diese kaltherzigen Menschen! Ach, diese ...«

Frau Pott war froh, dass in diesem Augenblick an die Tür geklopft wurde. Die Hausmutter kam lächelnd herein. »Kann ich Sie bitte einen Augenblick sprechen, Mademoiselle?«, fragte sie.

»Nein, das können Sie nicht«, erwiderte Mademoiselle mit Nachdruck. »Mein Herz schlägt mir bis zum Hals! Aber ich werde Ihnen etwas sagen, Frau Kollegin – ich wähle die Darstellerinnen aus, die ich für richtig halte!« Und sie marschierte knurrend hinaus.

Die Hausmutter schaute ihr verdutzt nach. »Was, in aller Welt, hat sie denn?«, fragte sie.

»Sie hatte wohl eine Auseinandersetzung mit Mademoiselle Rougier«, erwiderte Frau Pott und begann Zensuren in ein Büchlein einzutragen. »Sie geraten ja öfter aneinander. Diesmal scheint es allerdings wesentlich ernstere Formen anzunehmen!«

Die beiden Mademoiselles studierten mit den Mädchen die Rollen für die französischen Stücke abwechselnd ein. Jedes Mal, wenn Mademoiselle Dupont an der Reihe war, besetzte sie beide Hauptrollen mit Diana – sehr zur Genugtuung des Mädchens. Mademoiselle Rougier ihrerseits wies ihr eine unbedeutende Nebenrolle zu und studierte die Hauptrollen mit Susanne und Dolly ein. Es war wirklich ein tolles Durcheinander!

Keine der Mademoiselles gab nach. Sie schauten sich nicht mehr an und wechselten kein Wort miteinander.

Für die Mädchen war das ein Riesenspaß, aber mit der Zeit ergriffen sie für Mademoiselle Dupont Partei, weil sie ihnen lieber war. Das änderte nichts daran, dass auch sie Diana nicht für beide Hauptrollen haben wollten.

Britta, die den Streit sehr amüsant fand, zeichnete meisterhafte Karikaturen von Mademoiselle Rougier, die sie knochiger und dürrer denn je darstellten. Sie zeichnete sie mit einem Dolch in der Hand, wie sie sich anschickte, die arme Mademoiselle Dupont zu erstechen. Sie zeichnete sie, wie sie hinter einem Gebüsch mit einem Gewehr im Anschlag lauerte. Und sie zeichnete sie, wie sie Gift in den Kaffee träufelte, bevor sie ihn ihrer Feindin servierte.

Kichernd rissen sich die Mädchen die Zeichnungen gegenseitig aus den Händen.

Alice war ganz außer sich vor Begeisterung. In ihr reifte ein böser Gedanke. »Britta! Mademoiselle Dupont wäre entzückt von diesen Bildern! Du kennst ihren Humor. Legen wir die Bilder morgen vor der Französischstunde aufs Pult! Ich bin gespannt, was sie für ein Gesicht machen wird!«

»Ich wette, die Übersetzungsprobe wird ausfallen, wenn Mademoiselle Dupont die Bilder sieht«, sagte Betty lachend, und die anderen stimmten ihr zu.

Britta legte die Zeichnungen fein säuberlich in ein Buch. Sie hatte unter jede Einzelne geschrieben, was sie darstellen sollte, aber das konnte man auch so mühelos erkennen.

Alice flüsterte Betty etwas ins Ohr. Diese schaute überrascht und begann dann zu grinsen. Wirklich interessant, was sie da von Alice erfuhr:

Morgen sollte nicht Mademoiselle Dupont unterrichten, sondern Mademoiselle Rougier. Aufgepasst – das würde ein Feuerwerk geben!

Klasse 2 kriegt einen Schreck

Die Zeichnungen wurden vor der Französischstunde aufs Pult gelegt. Die Mädchen standen neben ihren Plätzen und warteten voll Ungeduld auf das Erscheinen von Mademoiselle Dupont. Sie würde sich über die Darstellung ihrer Feindin biegen vor Lachen!

Alice hatte Türdienst. Dass heute nicht Mademoiselle Dupont, sondern Mademoiselle Rougier unterrichten würde, hatte sie ganz zufällig erfahren. Sie hätte sich kugeln können vor Vergnügen, wenn sie daran dachte, was sie da für eine Bombe gelegt hatte. Alice hatte es der Mademoiselle schon heimzahlen wollen, dass sie ihr gegenüber oft so scharfe Worte gebrauchte.

Rasche Schritte kamen den Gang entlang. Wie elektrisiert hoben die Mädchen die Köpfe. Jemand kam durch die Tür und ging zum Pult – aber es war nicht die Mademoiselle, die sie erwartet hatten. Es war die andere.

Mademoiselle Rougier setzte sich und wandte sich der Klasse zu: »Asseyez-vouz, s'il vous plaît!«

Einige der Mädchen vergaßen, sich zu setzen. Sie waren vor Schreck wie gelähmt, als ihnen klar wurde, dass die Zeichnungen direkt vor Mademoiselles Nase lagen.

Mademoiselle klopfte ungeduldig aufs Pult. »Seid ihr taub? Setzt euch!«

Sie setzten sich. Britta schaute mit flehendem Blick umher. Sie sah Alices hämisches Grinsen und war wütend. Alice hatte gewusst, dass Mademoiselle Rougier anstelle von Mademoiselle Dupont kommen würde. Und sie war ihr auf den Leim gegangen. Jeder wusste, wie wütend die

Rougier werden konnte! Sie würde bestimmt an die Decke gehen! Britta wusste weder aus noch ein.

Dolly sah ihr verzweifeltes Gesicht und fasste einen kühnen Entschluss. Sie stand auf, ging zum Pult und griff nach den Zeichnungen. »Entschuldigen Sie bitte«, sagte sie, »ich habe das versehentlich hier liegen lassen.«

Es wäre beinahe geglückt. Aber nur beinahe. Die Mädchen beobachteten die Szene atemlos.

»Einen Augenblick mal«, sagte Mademoiselle Rougier. »Was hast du da?«

»Ach, nur ein paar Aufzeichnungen«, sagte Dolly unsicher. Mademoiselle warf einen Blick auf die Klasse. Weshalb machten alle so große Augen und lauschten so aufmerksam? Da war doch irgendetwas nicht in Ordnung!

Sie nahm Dolly die Zeichnungen aus der Hand. Ihr Blick fiel auf die erste Karikatur – jene, auf der sie sich anschickte, Mademoiselle Dupont mit einem Dolch zu erstechen. Sie starrte ungläubig darauf. Das war sie auf dem Bild – hager, dürr, knochig und bösartig dreinschauend. Und noch dazu mit einem Messer in der Hand! Sie betrachtete die nächste Zeichnung. Da war sie wieder: diesmal mit einem Gewehr! O nein, das war zu viel! Sie betrachtete Zeichnung für Zeichnung. Immer sah sie sich selbst, wie sie die arme Mademoiselle Dupont verfolgte, die lieb und freundlich aussah. Diese war offensichtlich die Heldin, während man ihr selbst die Rolle der Schurkin zugedacht hatte.

»Unglaublich!«, sagte Mademoiselle, nach Atem ringend.

Dolly stand wie versteinert vor ihr. Britta war sehr blass. Was für ein Pech! O, warum war sie nur so dumm gewesen, Alice in die Falle zu gehen!

Mademoiselle wurde sich wieder der Gegenwart der Mädchen bewusst. »Scher dich auf deinen Platz!«, fuhr sie Dolly an. Dolly flüchtete Hals über Kopf. Mademoiselle ließ den Blick über die Klasse schweifen. Sie betrachtete ein Mädchen nach dem anderen mit kalten, wütenden Augen.

»Wer war das? Wer hat die Unverschämtheit besessen, mir diese Zeichnungen vor die Augen zu bringen?«

Susanne erhob sich sofort und sagte: »Wir sind alle daran beteiligt, Mademoiselle. Aber es war für Mademoiselle Dupont bestimmt. Wir wussten nicht, dass Sie heute unterrichten.«

Das war das Allerschlimmste, was sie hatte sagen können. Mademoiselle war mit einem Sprung auf den Beinen, ihre Augen traten vor Ärger fast aus den Höhlen. »Was? Ihr wolltet diese Zeichnungen Mademoiselle Dupont zeigen? Ihr wolltet mit ihr gemeinsam über mich lachen? Das also treibt sie hinter meinem Rücken? Gut, dass ich jetzt weiß, wie sie wirklich ist, die schamlose Person! Das soll sie mir büßen. Ich werde zur Direktorin gehen – und zwar augenblicklich!«

Die Klasse war vor Schreck wie gelähmt.

Britta war ganz schwach zumute. »Mademoiselle!«, begann sie. »Gehen Sie nicht zu Frau Greiling. Ich ...«

Aber die Klasse ließ nicht zu, dass Britta alle Schuld auf sich nahm. Die Mädchen sprachen alle zugleich. »O Mademoiselle, es tut uns so leid! Bitte, melden Sie uns nicht!« – »Verzeihen Sie uns doch! Nur dieses eine Mal!«

Brittas bebende Stimme ging in dem Chor klagender Mädchen unter. Mademoiselle rauschte bereits, von kaltem Zorn gepackt, zur Tür hinaus. Die Mädchen sahen einander entsetzt an.

»Alice, du wusstest, dass Mademoiselle Rougier die Stunde übernehmen würde!«, rief Britta. »Ich sah, wie du Betty ein Zeichen machtest. Ich hätte Mademoiselle Rougier niemals die Bilder gezeigt – das weißt du ganz genau!«

Welche Fehler Alice auch haben mochte, ehrlich war sie auf jeden Fall. Sie leugnete nicht. »Ich konnte nicht ahnen, dass sie deswegen ein solches Theater machen würde«, sagte sie ziemlich kleinlaut.

»Du bist gemein!«, rief Dolly wütend. »Du hättest dir denken können, dass du Britta in Schwierigkeiten bringst.«

»Reg dich nicht auf, Dolly«, sagte Susanne ruhig. »Mit Alice setze ich mich schon auseinander.«

»Ach, tust du das?«, erkundigte sich Alice aufsässig. »Wenn du glaubst, du kannst mich einschüchtern, hast du dich geirrt, du Klassensprecherin und leuchtendes Vorbild, du braves Seelchen Susanne Hoppe!«

»Sei nicht albern!«, sagte Susanne verächtlich. »Ich weiß nicht, was in dich gefahren ist, Alice. Du versuchst immer, mir das Leben so schwer wie möglich zu machen. Ich gehe jetzt sofort zur Direktorin hinunter – und du wirst mich begleiten, Britta. Wir wollen versuchen, die Sache wieder in Ordnung zu bringen.«

»Natürlich werdet ihr alles auf mich schieben«, sagte Alice zornig. »Ich kenne dich! Du wirst Britta reinwaschen und mich dafür anschwärzen!«

»Ich werde dich mit keinem Wort erwähnen«, sagte Susanne. »Schließlich bin ich keine Petze. Komm, Britta, lass uns gehen, bevor es zu spät ist.«

Vor der Tür des Direktorenbüros blieben die Mädchen einen Augenblick stehen, um all ihren Mut zusammenzunehmen. Von drinnen hörte man unverkennbar die Stimmen von Frau Greiling, von Mademoiselle Rougier und auch von Frau Lind, der Zeichenlehrerin.

Frau Lind war gerufen worden, um ihr Gutachten darüber abzugeben, wer diese bösartigen Bilder gezeichnet haben könnte.

»Britta Mohr natürlich!«, sagte sie. Sie hatte nur einen Blick darauf geworfen. »Kein anderes Mädchen zeichnet so begabt. Sie wird später einmal eine große Künstlerin werden. Wirklich sehr begabt!«

»Begabt!«, schnaubte Mademoiselle. »Die Zeichnungen sind respektlos, ganz böse, böse, böse! Ich verlange, dass dieses Mädchen bestraft wird, Frau Greiling! Ich bestehe sogar darauf, dass die ganze Klasse bestraft wird!«

In diesem Augenblick klopfte Susanne an die Tür.

»Herein!«, rief die Direktorin. »Nun?«, fragte sie, als die beiden Mädchen eingetreten waren.

Susanne schluckte mehrmals. Es war alles sehr schwierig – besonders, weil Mademoiselle Rougier sie so durchbohrend musterte.

»Frau Direktor«, begann sie, »es tut uns wirklich furchtbar leid.«

»Was hast du damit zu tun?«, erkundigte sich die Direktorin. »Ich denke, Britta hat diese Bilder gezeichnet?«

»Ja, ich habe es getan«, sagte Britta mit leiser Stimme.

»Aber die ganze Klasse war dafür, diese Zeichnungen aufs Pult zu legen, damit Mademoiselle Dupont sie sehen sollte«, sagte Susanne. »Doch stattdessen kam Mademoiselle Rougier und sah sie. Es tut uns allen sehr, sehr leid.«

»Aber warum zeigst du Mademoiselle immer, wie sie in mörderischer Absicht hinter Mademoiselle Dupont herjagt? Ich kann mir nicht denken, dass Mademoiselle Dupont großes Vergnügen an einer solchen Darstellung haben könnte.«

Es entstand eine Pause. Dann sagte Mademoiselle Rougier säuerlich: »Mademoiselle und ich sind keine Freundinnen.«

Und ehe Frau Greiling es verhindern konnte, ergoss sie ihren ganzen Kummer wegen der französischen Theaterstücke über ihr Haupt.

Frau Greiling hörte ihr mit ernstem Gesicht zu. Dann wandte sie sich an die Mädchen. »Verstehe ich recht, dass an einem Tag die Hauptrollen von Diana und am darauffolgenden Tag von Susanne und Dolly gespielt werden?«, fragte sie.

Susanne bestätigte das.

Mademoiselle Rougier sah plötzlich recht beschämt aus. Es wurde ihr klar, dass sie und Mademoiselle Dupont sich ziemlich kindisch aufgeführt hatten. Sie hatten ihren Streit vor den Mädchen ausgefochten und ihnen das Einstudieren der Rollen erschwert. Sie wünschte, sie hätte sich nicht so voreilig entschlossen, mit den Zeichnungen zur Direktorin zu laufen. Kein Wunder, dass die Mädchen sich über den Zank der Lehrerinnen lustig machten! Aber warum wurde Mademoiselle Dupont als Heldin, sie dagegen als Schurkin dargestellt? Ach, das war zu bitter!

»Bitte, glauben Sie mir«, sagte Britta flehentlich. »Ich wollte Mademoiselle Rougier nicht kränken. Es sollte nur ein Scherz sein, der nicht einmal für sie bestimmt war.«

»Das ist mir schon klar«, sagte Frau Greiling. »Unglücklicherweise war es ein schlechter Scherz – aber immerhin ein Scherz. Wie mir scheint, sind mehrere Leute daran schuld, dass dieser misslungene Scherz zustande kam.«

Sie sah Mademoiselle Rougier an, die errötete. »Ohne einen gewissen Streit wäre das wohl alles nicht passiert«, fuhr die Direktorin fort. »Ihr beiden könnt jetzt gehen. Ich werde mit Mademoiselle gemeinsam entscheiden, welche Strafe ihr bekommt.«

Britta und Susanne schlichen mit hängenden Köpfen davon.

Frau Lind, die mit ihnen das Zimmer verließ, sagte zu Britta: »Du bist wirklich ein Dummkopf!«

»Ich werde nie wieder zeichnen!«, sagte Britta kläglich.

»Natürlich wirst du das!«, widersprach Frau Lind. »Aber du solltest vielleicht in Zukunft freundlichere Bilder zeichnen. Du darfst dir nicht allzu gescheit vorkommen, Britta. Daraus erwächst früher oder später doch bloß Ärger!«

Mademoiselle Dupont schließt Frieden

Mademoiselle Dupont kam an der zweiten Klasse vorbei. Zu ihrem Erstaunen stand die Tür offen. Als sie in die Klasse hineinschaute, sah sie, dass Mademoiselle Rougier nicht im Raum war. Besonders überraschend aber war, dass die Mädchen trotz der Abwesenheit der Lehrerin mucksmäuschenstill auf ihren Plätzen saßen und lange Gesichter zogen. Und was für lange Gesichter!

»Was ist denn los, mes petites?«, rief Mademoiselle Dupont. »Was ist geschehen?«

Marlies, die immer gleich sehr aufgeregt war, schluchzte auf. Mademoiselle wandte sich ihr zu. Sie hatte Marlies besonders ins Herz geschlossen, weil das Mädchen so gut Französisch sprach.

»Was ist passiert? Heraus mit der Sprache! Bin ich nicht eure Freundin?«

»O Mademoiselle – es ist etwas Furchtbares vorgefallen!«, platzte Marlies heraus. »Britta hat Zeichnungen von Ihnen und Mademoiselle Rougier gemacht. Von Ihnen sehr nette, aber recht schreckliche von Mademoiselle Rougier – und wir wussten ja nicht, das sie heute an Ihrer Stelle unterrichten würde. Wir legten die Zeichnungen aufs Pult, damit Sie sie sehen sollten, und –«

»Ah! Und nun hat sie Mademoiselle Rougier gesehen, ist ganz rot vor Wut geworden und hat Britta und die arme Susanne zu Frau Greiling geschleppt!«, rief Mademoiselle Dupont. »Sie ist so humorlos! Sie versteht überhaupt keinen Spaß. Ich werde sofort zu Frau Greiling gehen. Ich werde ihr zwei, drei Sachen über Mademoiselle Rougier erzählen. Ah-h-h!« Und fort war sie. Die Mädchen schauten einander an: Das war ein Tag!

Mademoiselle Dupont begegnete Britta und Susanne nicht, weil die beiden einen anderen Treppenaufgang heraufkamen. Die Direktorin ließ sich gerade von Mademoiselle Rougier einen Bericht über den Streit der beiden Französischlehrerinnen geben, als die Tür aufging und Mademoiselle Dupont hereinrauschte.

Sie steuerte sofort auf die Zeichnungen zu und betrachtete sie eingehend. »O, là, là! Diese Britta ist ein Genie! Schauen Sie nur, wie ich aussehe, Frau Greiling – haben Sie schon mal so ein plumpes Kaninchen gesehen? Und Mademoiselle Rougier – was tut sie denn mit dem Dolch? Es ist zauberhaft, großartig, hinreißend komisch! Und hier – hier werde ich vergiftet!«

Mademoiselle Dupont bog sich vor Lachen. Sie wischte sich die Tränen aus den Augen. »Finden Sie es nicht ulkig?«, fragte sie Frau Greiling und Mademoiselle Rougier erstaunt. »Ach, und sehen Sie nur – hier soll ich erschossen werden. Als ob meine Freundin, Mademoiselle Rougier, mir so etwas antun würde! Ja, wir zanken uns manchmal, sie und ich. Aber das spielt doch keine Rolle. Wir halten doch als Französinnen zusammen, n'est-ce pas, Mademoiselle Rougier? Sonst würden wir ja gar nicht mit diesen kessen Mädchen fertigwerden.«

Mademoiselle Rougier sah schon nicht mehr ganz so frostig aus.

Frau Greiling, die sich die Zeichnungen nochmals angeschaut hatte, musste wider Willen lächeln. »Diese hier ist wirklich recht witzig, Mademoiselle Dupont«, sagte sie. »Und die auch. Natürlich ist das Ganze sehr respektlos, und ich bitte Sie beide, mir vorzuschlagen, wie man die Mädchen am wirkungsvollsten bestraft. Besonders Britta, das versteht sich von selbst.«

Es entstand eine Pause.

»Ich glaube«, sagte Mademoiselle Rougier endlich, »dass meine Kollegin und ich an dieser Angelegenheit auch nicht so ganz unschuldig sind. Unser dummer Streit hat die Mädchen dazu herausgefordert.«

»O ja, Sie haben recht!«, rief Mademoiselle Dupont mit Nachdruck. »Sie haben vollständig recht, meine Liebe! Es ist unsere Schuld. Frau Greiling, wir fordern keine Bestrafung der Mädchen! Wir werden ihnen großmütig verzeihen!«

Mademoiselle Rougier machte ein verblüfftes Gesicht. Warum sollte Mademoiselle Dupont ihnen vergeben? Die Mädchen hatten sie ja nicht unfreundlich gezeichnet.

Aber Mademoiselle Dupont war nicht aufzuhalten. »Diese Zeichnungen sind ja mehr ein Spaß. Sie sind überhaupt nicht böse gemeint. Wir machen uns gar nichts daraus – wirklich nicht. Und jetzt verstehen wir uns wieder, nicht wahr, Mademoiselle Rougier?«

Mademoiselle Rougier konnte dazu nicht Nein sagen. Völlig überrumpelt nickte sie und wurde von Mademoiselle Dupont mit zwei Küssen belohnt.

Die Direktorin lachte amüsiert.

»Diese Britta!«, sagte Mademoiselle Dupont und betrachtete nochmals die Zeichnungen. »Wie begabt sie ist! Eines Tages werden wir vielleicht sehr stolz auf die Zeichnungen sein. Wenn Britta erst einmal berühmt ist, werden Mademoiselle Rougier und ich uns die Bilder gemeinsam ansehen und sagen: Diese große Künstlerin ist einmal von uns unterrichtet worden!«

Mademoiselle Rougier schwieg. Sie fühlte, dass man ihr eine Zustimmung abgerungen hatte, die sie ursprünglich gar nicht hatte geben wollen. Aber sie konnte nun nichts mehr zurücknehmen, so viel stand fest.

»Am besten gehen Sie jetzt wieder in Ihre Klassen«, schlug Frau Greiling vor. »Und vielleicht sollten Sie den Mädchen sagen, dass sie diesmal noch mit dem Schrecken davongekommen sind. Britta muss sich natürlich entschuldigen.«

Die beiden Mademoiselles verließen das Zimmer Arm in Arm. Die Mädchen, die sie unterwegs trafen, trauten ihren Augen kaum. Es war überall bekannt, dass die Lehrerinnen bisher erbitterte Feindinnen gewesen waren.

Kurz darauf betraten die Mademoiselles die zweite Klasse. Allen fiel sofort auf, dass Mademoiselle Dupont in heiterer Stimmung war und auch Mademoiselle Rougier nicht so säuerlich aussah wie sonst. Natürlich waren die Mädchen erleichtert.

Mademoiselle Dupont sagte: »Ihr wart sehr ungezogen, wirklich sehr ungezogen. Offensichtlich ist der Bleistift mit dir durchgegangen, Britta. Ich bin entsetzt!«

Aber sie sah gar nicht so entsetzt aus. Um ihre dunklen Augen spielte ein belustigtes Zwinkern.

Britta erhob sich. »Ich möchte mich von ganzem Herzen entschuldigen. Bei Ihnen, Mademoiselle Rougier, und natürlich auch bei Ihnen, Mademoiselle Dupont.« Sie war den Tränen nahe.

Beide Lehrerinnen nahmen die Entschuldigung an.

»Aber ohne Strafe kommt ihr mir nicht davon«, sagte Mademoiselle Dupont, »denn schließlich wart ihr ja alle mit im Bunde.« Und als die Mädchen sie ängstlich ansahen, fuhr sie mit einem lustigen Zwinkern fort: »Ab heute werdet ihr meine besten Französischschülerinnen! Die besten von ganz Möwenfels. Nicht wahr?«

»O ja«, versprachen die Mädchen mit Überzeugung, und diesmal meinten es sogar Evelyn und Diana ehrlich.

»Nur eine Frage noch!«, sagte Dolly. »Wer spielt nun die Hauptrollen in den beiden Schauspielen? Es ist doch recht verwirrend für uns, dass wir es nie genau wissen.«

»Darüber haben wir uns noch nicht geeinigt«, erwiderte Mademoiselle Dupont. »Da ich aber heute meinen großzügigen Tag habe, möchte ich der Regelung von Mademoiselle Rougier zustimmen. Du hast sicher Verständnis dafür, Diana, nicht wahr?«

Diana war in ihrer Eitelkeit verletzt und schaute Mademoiselle vorwurfsvoll an. Doch dann fiel ihr ein, dass diese Lösung auch ihre Vorteile hatte. Wie in aller Welt hätte sie diesen Wust an französischem Text bewältigen sollen?

So sagte sie: »Ich wollte mir so große Mühe geben, um Ihnen eine Freude zu machen, Mademoiselle Dupont. Aber ich trete natürlich zurück, wenn Sie es wünschen!«

»Ach, dieses freundliche Kind!«, rief Mademoiselle Dupont gerührt. »Wir werden dafür beide zusammen ein französisches Buch lesen, das ich als Kind sehr liebte. Komm gleich morgen Abend zu mir, Diana!«

Die ganze Klasse hätte beinahe laut losgelacht, als sie Dianas Gesicht sah. Ein französisches Buch mit Mademoiselle lesen! Wie schrecklich!

Diana überlegte bereits fieberhaft, wie sie um diese Sache herumkommen könnte …

Die Angelegenheit mit den Zeichnungen hatte drei Folgen: Alice war missmutig, weil sie im Gegensatz zu Susanne und Dolly eine unglückliche Figur gemacht hatte. Die beiden Mademoiselles waren Freundinnen geworden. Und Diana spielte in dem Schauspiel keine Hauptrolle als strahlende Schönheit, sondern eine kleine Nebenrolle als alter Mann mit Kapuze! Sie fand es ungerecht.

»Ja!«, bestätigte Evelyn. »Aber mach dir nichts daraus, Diana. Dafür brauchst du nicht tagaus, tagein deine Rollen zu büffeln!«

In diesem Augenblick kam Jenny mit einer Sammelbüchse und schüttelte sie vor ihrer Nase. »Wie ist es mit einem Beitrag? Wir müssen wieder neue Tennisbälle kaufen. Heute ist Sammeltag.«

»Augenblick!«, sagte Evelyn und zückte ihre Geldbörse.

»Und du, Diana?«, fragte Jenny.

Diana holte ihr Portemonnaie heraus, öffnete es und blickte hinein. »Ach, du Schreck!«, rief sie. »Ich dachte, ich hätte noch den Zehneuroschein, aber jetzt habe ich nur dreißig Cent. Ach ja, natürlich – ich musste meiner Gouvernante ja ein Geburtstagsgeschenk schicken. Evelyn, würdest du mir das Geld auslegen?«

»Sie hat dir erst vor einer Woche zwei Euro geliehen«, sagte Jenny und klapperte mit der Sammelbüchse. »Ich wette, du hast sie ihr noch nicht zurückgegeben. Mir schuldest du auch noch fünf Euro.«

»Was spielen denn solche Beträge für eine Rolle?«, sagte Diana verächtlich. »Ich werde an meinem Geburtstag eine größere Summe bekommen. Und außerdem kann ich das Geld schon in dieser Woche zurückzahlen. Mein Onkel hat mir Geld versprochen.«

»Ich borge dir bis dahin das Geld«, sagte Evelyn und steckte es in die Sammelbüchse.

Jenny wandte sich Ellen zu und klapperte auch ihr mit der Büchse vor der Nase herum: »Eine Spende, bitte!«

»Nimm die dumme Büchse weg!«, rief Ellen gereizt. »Ich habe gerade kein Geld bei mir. Ich geb es dir später!«

»Das hast du das letzte Mal auch gesagt«, erwiderte Jenny, die schrecklich hartnäckig sein konnte, wenn es ums Geldsammeln ging. »Komm, Ellen, hol deine Geldbörse. Nur du hast noch nichts gegeben!«

»Lass mich in Ruhe«, sagte Ellen patzig. »Ich habe zu arbeiten.«

Jenny zog verärgert ab.

»Ich gehe jede Wette ein, dass sie keinen müden Euro mehr hat«, flüsterte Diana ihrer Freundin Evelyn zu. »Sie hat zwar ein Stipendium gewonnen. Aber ...«

Ellen verstand zwar nicht, was Diana über sie sagte. Doch sie konnte Dianas hämischem Gesichtsausdruck entnehmen, dass es nichts Gutes war. »Kann man denn nirgendwo in Ruhe arbeiten?«, rief sie wütend. »Hör auf zu tuscheln, Diana, und grins nicht so albern!«

Arme Ellen!

»Na, so was!«, sagte Diana, als Ellen unter empörtem Türenknallen hinausgegangen war. »Was für unmögliche Manieren sie hat!«

Niemand ahnte, dass Ellen sich immer mehr Sorgen über ihre schulischen Leistungen machte. Das Schuljahr neigte sich langsam seinem Ende zu. Sie musste mit einem guten Zeugnis nach Hause fahren! Sie musste einfach! So arbeitete sie ununterbrochen. Endlich hatte sie das beruhigende Gefühl, dass sie bei den Prüfungen nicht schlecht abschneiden würde.

Aber an diesem Abend fühlte sie sich nicht wohl. Ihre Augen schmerzten. Ein trockener Husten plagte sie. Sie würde doch nicht krank werden? Das würde sie in der Arbeit weit zurückwerfen! Keinesfalls durfte das passieren! Sie lutschte Hustenbonbons und gurgelte heimlich. Ihre Augen flackerten fiebrig, und ihre Wangen waren unnatürlich gerötet.

Am nächsten Tag beobachtete Frau Pott sie während des Unterrichts: Ellen hustete immerzu.

»Fehlt dir etwas, Ellen?«, fragte sie. »Bist du krank?«

»O nein«, erwiderte Ellen verzweifelt, »es kitzelt mich nur im Hals. Vielleicht ... wenn ich ein Glas Wasser trinke ...«

»Ja, geh nur hinaus«, sagte die Lehrerin.

Ellen lehnte ihr heißes Gesicht gegen die kühlen Kacheln des Waschraums. Ich weiß nicht, was in letzter Zeit mit mir los ist, dachte sie. So bin ich früher nie gewesen. Bestimmt nicht! In der anderen Schule hatte ich viele Freundinnen. Wäre ich bloß niemals von dort fortgegangen. Ach, hätte ich doch nie dieses Stipendium gewonnen!

Es half nichts – sie musste wieder in die Klasse zurück. Ihr Hals schmerzte, besonders, wenn sie schluckte. Sie steckte sich ein Hustenbonbon in den Mund und ging zum Klassenzimmer zurück. Ihr war ganz weich in den Knien, und sie konnte sich kaum aufrecht halten ...

Es war Susanne, die in der Nacht bemerkte, dass Ellen wirklich krank war. Sie hörte ihr rasselndes Atmen und beobachtete, wie sich das Mädchen stöhnend von der einen Seite auf die andere warf. Susanne erinnerte sich, dass Ellen während des Unterrichts dauernd gehustet hatte. Armes Ding, vielleicht fühlte sie sich schlecht und wollte nur kein Aufhebens darum machen?

Susanne war ebenso vernünftig wie gutherzig. Sie ging zu Ellen und fasste sie bei den heißen Händen. »Ellen! Du bist krank! Komm, ich rufe die Hausmutter!«

Dieser kleine Freundschaftsbeweis trieb Ellen die Tränen in die Augen. Doch sie schüttelte ungeduldig den Kopf. »Mir geht es ganz gut, nur ein bisschen Halsweh, das ist alles!«

»Du hast nicht nur ein bisschen Halsweh«, sagte Susanne. »Du hast Fieber und gehörst für ein paar Tage ins Bett.«

Unterdessen war auch Jenny aufgewacht. Mit ihrer Hilfe konnte Susanne endlich aus Ellen herausbekommen, dass sie sich tatsächlich krank fühlte.

»Aber ich kann mich jetzt nicht einfach ins Bett legen«, schluchzte das Mädchen. »Ich muss ein anständiges Zeugnis nach Hause bringen. Das muss ich einfach.« Sie klapperte vor Schüttelfrost, während sie sprach.

»Wenn du krank bist, kannst du nicht vernünftig arbeiten«, erklärte Jenny eindringlich. »Im Übrigen werde ich dich auf dem Laufenden halten, was wir durchgenommen haben, wenn du wirklich ein paar Tage im Bett bleiben musst.«

»Willst du das wirklich tun?«, fragte Ellen. »Das ist lieb von dir. Dann könnt ihr meinetwegen die Hausmutter rufen. Sicher genügt es schon, wenn ich einen Tag im Bett bleibe.«

Aber ein Tag würde nicht ausreichen, um Ellen wieder auf die Beine zu bringen. Das sah die Hausmutter mit einem Blick, als sie Ellens Bett in der Krankenstation bereitete.

»Mach dir keine Gedanken«, sagte sie freundlich zu Ellen. »Du gehörst natürlich schon lange ins Bett, du närrisches Kind! Du wirst sehen – in einer Woche haben wir dich kuriert.«

In einer Woche? Ellen erstarrte vor Schreck. Sie konnte unmöglich eine Woche Schulunterricht versäumen!

»Nun schau nicht so entgeistert«, sagte die Hausmutter und drängte sie sanft ins Kissen zurück. »Dir wird die Bettruhe sehr guttun. Und sobald sich herausstellt, dass du nichts Ansteckendes hast, darfst du auch Besuch bekommen.«

Nach vier Tagen war Ellens fiebrige Erkältung auf dem Höhepunkt. Dann begann das Fieber zu sinken. Sie fühlte sich besser und nahm wieder

Anteil an den Dingen, die um sie herum vorgingen. Aber gleichzeitig stellte sich auch ihr altes Übel ein – sie fing wieder an zu grübeln.

Diese Prüfungen! Von ihrem Ergebnis hing ab, ob sie unter den Ersten oder unter den Letzten in der Klasse sein würde. Es war so wichtig für sie, bei den Ersten zu sein! Ihre Eltern waren stolz darauf, dass sie das Stipendium bekommen hatte und so eine vornehme Schule besuchen durfte. Sie hatten nicht viel Geld, aber sie taten alles, um ihr den Aufenthalt in Möwenfels zu ermöglichen. Die Sportkleidung war schon so teuer gewesen – und natürlich auch das Fahrgeld hierher. Mutter hatte ihr einen Koffer gekauft und eine neue Schultasche. War es wirklich gut, eine Schule wie Möwenfels zu besuchen, wenn man so sehr aufs Geld achten musste? Wahrscheinlich nicht.

Dann durchfuhr sie ein anderer Gedanke. Sie hatte einen Arzt gebraucht. Würden dadurch Kosten entstehen? Und zu all dem versäumte sie den Schulunterricht! Ihre Eltern würden schrecklich enttäuscht sein!

So grübelte und grübelte Ellen. Die Hausmutter und die Krankenschwester hatten keine Erklärung dafür, warum die Genesung des Mädchens so langsam voranging. Jeden Tag bat Ellen, aufstehen zu dürfen.

Aber die Hausmutter schüttelte den Kopf. »Nein, das ist unmöglich, Ellen. Du bist immer noch nicht auf dem Posten. Doch wenn du Besuch empfangen willst – bitte!«

»O ja! Es wäre schön, wenn Jenny käme«, sagte Ellen sofort. Jenny hatte ja versprochen, sie über die Schularbeiten auf dem Laufenden zu halten. Sie würde ihr genau sagen, was sie bisher versäumt hatte.

Jenny kam und brachte Ellen ein Glas Honig mit. Aber es war nicht Honig, wonach Ellen sich sehnte. Sie würdigte ihn kaum eines Blickes.

»Hast du mir Unterlagen darüber mitgebracht, was ihr in der Zwischenzeit durchgenommen habt?«, fragte sie begierig.

»Du meine Güte – weshalb willst du das jetzt schon wissen?«, erkundigte sich Jenny verblüfft. »Du kannst doch noch nicht einmal aufstehen!«

»Ich muss aber wissen, was ihr in den einzelnen Stunden gelernt habt!«, beharrte Ellen. »Du hast mir versprochen, dass du es mir sagen würdest. Bitte, denk das nächste Mal daran!«

Ellen zeigte kein Interesse mehr an einem Gespräch mit Jenny. Sie legte sich ins Kissen zurück und starrte verzweifelt vor sich hin. Sicher konnte sie das Versäumte nicht mehr nachholen! Sie war so unglücklich wie noch nie in ihrem Leben!

Ellen fasst einen Plan

Niemand vermisste Ellen sehr. Weder hatte sie Dollys Liebenswürdigkeit noch Alices funkelnden Witz oder die sanfte bescheidene Art von Marlies.

Marlies hatte sich übrigens immer enger an Diana angeschlossen. Die anderen verstanden das nicht. Niemand konnte sich vorstellen, dass sich Diana wirklich etwas aus Marlies machte. Natürlich ließ sie sich von ihr in Französisch helfen – aber das war nach Meinung der Mädchen auch alles.

»Dein Eifer in Ehren«, sagte Dolly zu Marlies, »aber du nimmst ihr ja fast die gesamte Französischarbeit ab. Das ist die reinste Mogelei von Diana.«

Doch Marlies ließ sich nicht beirren. »Ich bin dankbar, wenn ich auch mal jemandem helfen kann«, erwiderte sie. »Und außerdem mag mich Diana wirklich gern!«

»Susanne und ich mögen dich auch!«, sagte Dolly, die ziemlich erbittert darüber war, dass Marlies an dieser falschen Diana hing.

»Ja, ich weiß. Aber ihr schleppt mich nur immer so mit, wie man ein Schoßhündchen mitschleppt. Ihr tut es aus Gutmütigkeit. Diana bin ich eine wirkliche Hilfe. Doch wenn ihr glaubt, sie mag mich nur, weil ich ihr in Französisch helfe, habt ihr euch geirrt!«

Dolly war fest überzeugt, dass Diana sich lediglich aus diesem Grund mit Marlies angefreundet hatte. Aber das stimmte wirklich nicht ganz.

Diana mochte Marlies jetzt sehr gern. Sie wusste selbst nicht recht, warum – vielleicht lag es daran, dass Marlies so unaufdringlich, so scheu, so hilfsbereit war. Sie ist wie ein Kätzchen, das man beschützen möchte, dachte Diana. Man kann gar nicht anders, man muss so ein Kätzchen gernhaben!

Sie fand in Marlies eine willige Zuhörerin für ihre Erzählungen, in denen sie mit ihrem sagenhaften Reichtum prahlte. Marlies lauschte mit gespannter Aufmerksamkeit. Das kleine Mädchen war stolz darauf, dass so eine bewundernswerte Person wie Diana sie überhaupt beachtete ...

Ellen war eineinhalb Wochen vom Unterricht ferngeblieben. Die letzten sechs oder sieben Tage hatte sie besonders darunter gelitten, dass Jenny ihr keine Schularbeiten ans Bett bringen durfte. Nun kehrte sie wieder bleich und ein bisschen abgemagert in die Klasse zurück. Ihre Augen hatten einen trotzig-entschlossenen Ausdruck.

Sie musste das Versäumte unter allen Umständen nachholen! Und wenn sie um sechs Uhr morgens aufstehen und bis tief in die Nacht mit einer Taschenlampe unter der Bettdecke büffeln musste! Sie fragte Frau Parker, ob sie Nachhilfestunden bei ihr nehmen könnte.

»Nein, Ellen«, erwiderte die Lehrerin. »Du bist noch nicht einmal in der Lage, wieder mit vollen Kräften zu arbeiten, geschweige denn Nachhilfestunden zu nehmen. Mach dir keine Sorgen – wir erwarten jetzt keine Glanzleistungen von dir.«

Ellen ging zu Mademoiselle Dupont und sogar zu Mademoiselle Rougier. »Können Sie mir nicht helfen, den versäumten Französischstoff aufzuholen?«, erkundigte sie sich mit flehendem Ausdruck in den Augen.

Die Mademoiselles weigerten sich aber ebenfalls. »Du bist noch viel zu schwach, mon enfant!«, sagte Mademoiselle Dupont. »Du brauchst dich doch jetzt nicht als Musterschülerin zu erweisen – nimm die Dinge ein bisschen leichter!«

Die arme Ellen war ganz verzweifelt. Niemand wollte ihr helfen. Alle schienen sich gegen sie verschworen zu haben. Und in zehn Tagen begannen die Prüfungen! Ellen hatte sich sonst nie vor Prüfungen viele Gedanken gemacht, aber vor diesen fürchtete sie sich geradezu. Sie konnte gar nicht verstehen, dass die Mädchen sogar über die bevorstehenden Zeugnisse ihre Witze rissen.

Dann kam ihr plötzlich eine böse Idee – ein ganz schlechter Gedanke, den sie zuerst sofort wieder verdrängte. Aber er kam wieder und setzte sich immer hartnäckiger in ihrem Kopf fest. Wenn ich doch die Prüfungsbogen sehen könnte, bevor sie ausgegeben werden! Wenn ich darauf die Fragen lesen könnte und vorher wüsste, welche Aufgaben man stellen wird, dachte sie.

Ellen hatte niemals in ihrem Leben betrogen. Das hatte sie auch nicht nötig, denn sie war intelligent und außerdem fleißig. Wenn man aber einfach nicht konnte, wenn etwas dazwischengekommen war und man nicht einmal Gelegenheit hatte, sich das notwendige Wissen zu erarbeiten – war es dann überhaupt Betrug, wenn man versuchte, sich gute Zensuren zu sichern?

Es kann passieren, dass ein anständiger Mensch solchen Versuchungen nachgibt. Und bei Ellen geschah es.

Es ist leicht, nicht zu betrügen, wenn man nicht zu betrügen braucht. Aber wenn man sich nicht mehr zu helfen weiß? Ellen konnte sich diese Gedanken nicht mehr aus dem Kopf schlagen. Sie begleiteten sie überallhin ...

Eines Tages sah sie in Frau Parkers Zimmer etwas auf dem Schreibtisch, was sie für einen Prüfungsbogen hielt. Rasch huschte sie näher und las die Fragen, die auf dem Bogen standen. Wie einfach sie zu beantworten waren! Doch dann stellte sie zu ihrer großen Enttäuschung fest, dass es ein Prüfungsbogen der ersten, nicht der zweiten Klasse war.

Aber sie gab nicht auf. Weiterhin benutzte sie jede Gelegenheit, in die Zimmer der Lehrerinnen zu schleichen. Sie durchwühlte sogar Frau

Parkers Pult in der zweiten Klasse, weil sie hoffte, die Prüfungsbogen dort zu finden.

Einmal kam Alice unbemerkt herein und machte erstaunte Augen. »Was tust du denn da?«, fragte sie. »Du weißt doch, dass wir am Pult nichts zu suchen haben!«

»Ich habe meinen Füller verloren«, murmelte Ellen. »Ich dachte, dass Frau Parker vielleicht …«

»Und selbst wenn sie ihn gefunden hätte, wäre das noch kein Grund, in ihrem Pult herumzustöbern!«, sagte Alice empört.

Ein anderes Mal fand Dolly sie in Frau Potts Zimmer, als sie gerade die Papiere auf dem Schreibtisch der Lehrerin durchblätterte. Dolly war starr vor Verblüffung.

»Äh … äh … Mademoiselle hat mich beauftragt nachzusehen, ob sie ihr Buch hiergelassen hat«, stammelte Ellen, zutiefst erschrocken. Sie hatte oft gehört, dass eine Lüge die nächste nach sich zieht, und nun merkte sie, wie wahr dieser Ausspruch war. Sie versuchte zu betrügen – und deshalb musste sie auch zu lügen beginnen. Was würde noch alles geschehen!

»Na, ich muss sagen – Ellen hat sich nicht zu ihrem Vorteil verändert. Auch nicht während ihrer Krankheit«, sagte Betty, als Ellen eines Abends im Gemeinschaftsraum wieder einmal giftig auf ein Mädchen losgegangen war und anschließend das Zimmer verlassen hatte. »Sie ist genauso bissig wie früher. Und sie sieht so blass aus wie ein Gespenst.«

»Launenhaftigkeit – das ist ihre ganze Krankheit«, sagte Alice. »Wirklich, ich habe sie gründlich satt. Immerzu grübelt oder seufzt sie – und dabei blickt sie so grämlich in die Welt!«

Evelyn kam mit ratlosem Blick herein. »Hat jemand meine Geldbörse gesehen? Ich bin ganz sicher, dass ich sie in meine Schublade gelegt habe. Und nun ist sie verschwunden. Heute Morgen hab ich einen Zehneuroschein hineingetan, weil ich mir etwas kaufen wollte.«

»Ich werde dir beim Suchen helfen«, erklärte Diana bereitwillig und erhob sich. »Ich wette, sie ist noch irgendwo in deinem Arbeitstisch!«

Aber dort war sie nicht. Evelyn zermarterte sich das Hirn, ob sie die Geldbörse vielleicht woandershin gelegt haben könnte.

»Ich habe sie bestimmt hier hineingetan«, sagte sie endlich. »Ich könnte heulen vor Wut! Kannst du mir etwas Geld leihen, Diana?«

»Ja, sicher. Ich habe mein Portemonnaie zufällig bei mir. Außerdem bekommst du ja sowieso das Geld zurück, das du mir geborgt hast. Mein Onkel hat mir gestern etwas geschickt.«

Diana griff in ihre Tasche und sah im nächsten Augenblick ganz bestürzt aus. »Auch verschwunden. Ich muss es verloren haben! Du meine Güte, ich habe ein Loch in der Tasche!«

»Na, ich muss schon sagen – ein komisches Paar!«, sagte Alice. »Beide verlieren ihre Geldbörsen, die bis zum Rand mit Geld gefüllt sind! Kinder, ihr seid schlimmer als Irene und Britta!«

Britta hatte am Vortag fünf Euro verloren und war zur Verblüffung von Mademoiselle auf allen vieren suchend im Klassenzimmer herumgekrochen, jedoch vergeblich!

Und auch die beiden verschwundenen Geldbörsen fanden sich nicht wieder ein!

Evelyn sagte leise zu Diana: »Meinst du, dass sie jemand gestohlen haben könnte? Aber ich traue das niemandem in der Klasse zu!«

Alice kam die Sache mit den Geldbörsen recht seltsam vor. Sie erinnerte sich plötzlich daran, wie Ellen das Pult der zweiten Klasse durchgekramt hatte.

Angeblich suchte sie nach ihrem Füllfederhalter. Aber offensichtlich stimmte das nicht – Alice hatte beobachtet, dass Ellen den Füller in der darauffolgenden Stunde benutzte. Wirklich, sehr verdächtig …

Alice beschloss, ein wachsames Auge auf Ellen zu haben. Wenn sie unehrlich war oder irgendetwas hintenherum tat, würde sie es Susanne melden. Dabei fiel ihr ein, dass Susanne das Recht hatte, zu entscheiden, was Frau Parker gemeldet werden sollte und was nicht. Denn der Klassensprecherin war erlaubt, einen Schlichtungsversuch zu unternehmen. Alice fühlte wieder den Stachel der Eifersucht. Sie wäre ja zu gern selbst Klassensprecherin gewesen …

Ellen wusste nicht, dass Alice sie beobachtete. Sie bemerkte aber sehr wohl, dass es immer schwieriger wurde, allein zu sein oder in die Zimmer von Frau Pott und Frau Parker zu gelangen. Immer stand Alice wie aus dem Erdboden gewachsen da. »Na, Ellen? Suchst du etwas? Kann ich dir helfen?«

Diana lieh sich, wie üblich, von jedem Mädchen Geld. Doch Evelyn tat das nicht. Sie war von zu Hause dazu erzogen worden, kein Geld auszuleihen. So wartete sie ab, bis ihre Eltern ihr wieder Geld schicken würden. Diana lieh sich etwas von Marlies und bot die Hälfte davon Evelyn an.

»Nein, danke«, sagte Evelyn ein wenig entrüstet. »Du kannst mir doch nicht anderer Leute Geld borgen, Diana! Warum wartest du nicht wie ich, bis dir deine Familie etwas schickt? Das ist das Schlimme bei euch reichen Leuten – ihr wisst den Wert des Geldes nicht mehr zu schätzen!«

Diana war überrascht, denn Evelyn hatte sie zum ersten Mal scharf kritisiert. Doch dann schob sie ihren Arm unter den der Freundin. »Ich glaube, du hast recht!«, erwiderte sie. »Ich habe immer so viel Geld gehabt, wie ich nur wollte. Ich weiß wirklich nicht, was es wert ist. Man hat mich nun einmal so erzogen. Sei nicht böse.«

»Na ja, ich verstehe schon«, sagte Evelyn. »Du mit deiner Jacht, den vielen Autos daheim, dem Personal und dem wunderschönen Haus – ich wünschte, ich könnte das alles einmal sehen!«

Aber wieder erfolgte keine Einladung. Es sah so aus, als müsste Evelyn auch diesmal ihre Ferien mit ihrer sie anbetenden Mutter und der sie verehrenden Hauslehrerin verbringen.

Wer stiehlt in Möwenfels?

Es war am Tag vor der Prüfung. Manche Mädchen büffelten noch mit rauchenden Köpfen. Sie hatten ein schlechtes Gewissen, weil sie vorher nicht genügend gearbeitet hatten.

Betty Hiller hatte sich in ihre Lehrbücher vergraben. Evelyn paukte wie besessen. Und die arme Ellen hockte wie üblich da und paukte und paukte, um sich in kurzer Zeit einzuhämmern, was sie nur in vielen Stunden ungestörter Arbeit hätte aufnehmen können.

Frau Parker machte sich ernstlich Sorgen um Ellen. Das Mädchen folgte dem Unterricht mit angestrengter Aufmerksamkeit. Und doch waren die Ergebnisse ihrer Arbeit eher mittelmäßig. Sie gab sich bestimmt alle Mühe, aber wahrscheinlich war sie doch noch zu angegriffen von ihrer Krankheit.

Ellen wusste, dass die Prüfungsbogen irgendwo bereitlagen. Mademoiselle Dupont hatte sogar den von ihr ausgefüllten Bogen neckisch hochgehalten und gerufen: »Nun möchtet ihr gern wissen, wie die Prüfungsfragen lauten, was? Die erste Frage ist …« Natürlich hatte sie nicht weitergesprochen, und die Mädchen hatten gelacht.

An diesem Tag gab es für Ellen die letzte Hoffnung, an die Prüfungsbogen heranzukommen. Wenn nur diese widerwärtige Alice nicht dauernd in der Gegend herumgeschwirrt wäre!

Am Abend lungerte Ellen lange auf dem Flur vor Frau Parkers Zimmer herum. Aber sie fand keine Gelegenheit, unbemerkt hineinzuschlüpfen. Immer kam irgendjemand; es war erstaunlich, wie viele Mädchen an dieser Zimmertür vorbeiliefen.

Und als der Flur endlich einmal frei war, gingen Frau Parker und Frau Pott gemeinsam in das Zimmer hinein. Es war wie verhext! Ellen ging vor der Tür in die Hocke, als wollte sie ihren Schnürsenkel binden. Sie konnte deutlich hören, was drinnen gesprochen wurde. Frau Parker sagte: »Ach, Sie wollten doch noch einen Blick auf die Prüfungsfragen werfen!« Man hörte das Rascheln des Papiers. Es entstand eine längere Pause, während Frau Pott las, leise natürlich. Dann meinte Frau Parker: »Recht schwierig, nicht wahr? Aber wenn die Mädchen aufgepasst haben, werden sie es schon schaffen.«

»Und die Prüfungsbogen für Französisch?«, erkundigte sich Frau Pott.

»Die sind in Mademoiselles Zimmer«, erwiderte Frau Parker. »Ich werde diese hier gleich mitnehmen und sie ihr ebenfalls in Verwahrung geben. Sie beginnt morgen mit der zweiten Klasse und bringt dann alle Bogen mit.«

Ellens Herz machte einen Sprung. Nun wusste sie, wo sie die Prüfungsbogen in der Nacht finden würde. In Mademoiselles Zimmer! Und das war nicht weit vom Schlafsaal entfernt. Ob sie es wagen sollte, sich nachts in Mademoiselles Zimmer zu schleichen, um die Prüfungsfragen zu lesen?

Ein Mädchen bog um die Ecke und rannte sie beinahe über den Haufen. Es war Alice.

»Ach, du Schreck! Ellen, du? Was in aller Welt treibst du hier? Ich bin schon dreimal vorbeigekommen, und du hockst immer noch an derselben Stelle!«

»Das geht dich gar nichts an!«, sagte Ellen und ging weg.

Für Alice stand es so gut wie fest, dass Ellen das Geld genommen hatte. Weshalb schnüffelte sie sonst überall herum, horchte an Türen und benahm sich mehr als sonderbar? Weder die Geldbörsen noch Angelas silberne Brosche waren wieder aufgetaucht. Außerdem waren in der Zwischenzeit abermals Geldstücke und eine Geldbörse verschwunden.

Angela war sehr ordentlich und verlegte nie etwas. Auf der Suche nach ihrer Brosche hatte sie alles rum- und umgedreht. Nun beschloss Alice, nicht länger zu schweigen.

»Susanne«, sagte sie und hob die Stimme ein wenig, »was hältst du davon, dass hier dauernd auf geheimnisvolle Weise Sachen verschwinden? Ich möchte niemanden leichtfertig beschuldigen. Aber ich habe in letzter Zeit eine gewisse Person beobachtet, die sich höchst sonderbar benahm.«

Die Mädchen blickten überrascht auf.

Susanne schaute sich im Gemeinschaftsraum um. »Sind alle da?«, erkundigte sie sich. »Nein – Ellen fehlt.«

»Das ist ganz gut so«, sagte Alice.

»Was meinst du damit?«, fragte Susanne. Dann weiteten sich ihre Augen. »Du willst doch nicht etwa sagen, dass Ellen ...? Was hat sie denn so Auffälliges getan, dass du sie verdächtigst?«

Alice erzählte, wie sie Ellen beobachtet hatte. Verdächtig sei, meinte Alice, dass Ellen immer in den Gängen herumlungerte und darauf wartete, in ein Zimmer schlüpfen zu können, in dem sich niemand mehr aufhielt. Sie schilderte, wie sie gesehen hatte, dass Ellen die Pultschublade durchwühlte.

»Das hätte ich ihr nicht zugetraut!«, rief Diana. »Wie kann man so was nur tun! Ich habe sie nie leiden können. Ohne Zweifel hat sie meine Geldbörse gestohlen und Evelyns auch – und die Brosche von Angela und wer weiß was noch alles!«

»Das darfst du nicht sagen, bevor es bewiesen ist!«, erklärte Susanne scharf. »Wir haben noch keinerlei Beweis dafür – und wie es scheint, hat ja bisher nur Alice sie herumschnüffeln sehen.«

»Ich habe auch etwas beobachtet«, sagte Dolly widerstrebend. »Ich sah, wie Ellen in Frau Potts Zimmer am Schreibtisch stand und in irgendwelchen Papieren blätterte.«

»Wie schrecklich!«, rief Diana.

Jenny sagte gar nichts. Sie hatte sich ja lange um Ellen bemüht, und obwohl sie keine wirkliche Freundschaft mit ihr verband, konnte sie sich einfach nicht vorstellen, dass Ellen eine Diebin sein sollte. Eine Diebin! Wie schrecklich das klang. Jenny war überzeugt: Ellen war keine Diebin. »Ich kann es nicht glauben«, sagte sie. »Ellen ist ein bisschen seltsam – aber lange Finger macht sie bestimmt nicht!«

»Ich wette, sie hat dir auch nicht ihren Sportbeitrag gezahlt!«, behauptete Alice.

»Doch, sie hat es später noch getan«, erwiderte Jenny.

»Ja, aber sicher erst, nachdem die Geldbörsen verschwunden waren!«, vermutete Betty.

Jenny schwieg. Ja, das stimmte. Ellen hatte wirklich erst bezahlt, nachdem die Geldbörsen verschwunden waren. Die Dinge standen sehr schlecht für Ellen.

»Was sollen wir tun?«, fragte Dolly hilflos. »Susanne, du bist Klassensprecherin. Sag uns, was wir tun sollen!«

»Ich muss darüber nachdenken«, erwiderte Susanne. »Ich kann das nicht in diesem Augenblick entscheiden.«

»Da gibt es gar nichts zu überlegen«, sagte Alice mit zornigem Unterton. »Sie ist eine Diebin. Wir werden es ihr auf den Kopf zusagen und sie zum Geständnis zwingen. Wenn du es nicht tust, tu ich es!«

»Nein, das darfst du nicht«, sagte Susanne sofort. »Es ist eine große Gemeinheit, wenn man jemanden anklagt, ohne Beweise in den Händen zu haben. Du sagst kein einziges Wort, Alice! Als Klassensprecherin verbiete ich dir das, hörst du?«

Alices Augen funkelten boshaft. »Wir werden ja sehen!«, sagte sie.

Und gerade in diesem Augenblick kam Ellen herein. Sie spürte die Feindseligkeit, die von den Mädchen ausging, und schaute sich erschreckt um. Alle starrten sie an und waren über Ellens plötzliches Erscheinen ganz bestürzt. Susanne wandte sich Dolly zu und begann mit ihr eine Unterhaltung. Jenny zog Angela ins Gespräch. Aber Alice dachte gar nicht daran, das Thema zu wechseln.

»Ellen«, sagte sie mit lauter, klarer Stimme, »was suchst du, wenn du in Pulten kramst und in fremden Zimmern herumschnüffelst?«

Ellen wurde kreidebleich. Wie angewurzelt stand sie da und starrte Alice an. »Was – was meinst du damit?«, stotterte sie endlich.

»Stell dich nicht so dumm. Du weißt genau, was ich meine!«, entgegnete Alice.

»Jetzt ist es genug!«, rief Susanne. »Ich hatte dir gesagt, Alice, du solltest den Mund halten!«

Alice beachtete sie nicht, sondern sagte zu Ellen: »Du nimmst eben, was du kriegst, ob du es in Pultschubladen findest, in Kommoden oder in Schränken!«

»Ich habe niemals etwas genommen!«, rief Ellen entsetzt. »Was sollte ich denn nehmen?«

»Nun, vielleicht Geldbörsen – oder eine silberne Brosche?«, fauchte Alice.

Ellen schien ihren Ohren nicht zu trauen. Sie blickte die schweigenden Mädchen an, die um sie herumstanden.

Manche senkten die Augen.

Marlies weinte, weil sie solchen Szenen nicht gewachsen war.

Susanne blickte Alice verärgert an. Man konnte die Dinge jetzt nicht mehr aufhalten. Alice war entschieden zu weit gegangen. Wie konnte sie es wagen, Susannes Anweisungen zu missachten!

Dolly war ebenfalls wütend. Ihr Zorn richtete sich jedoch vor allem gegen Ellen, die ihrer Meinung nach einen sehr schuldbewussten Eindruck machte. Alice hatte sich gegen Susanne gestellt. Aber – da Ellen doch allem Anschein nach schuldig war, konnte es schließlich nur gut sein, wenn man den Fall sofort aufklärte.

»Du meinst, ich hätte euch eure Sachen gestohlen?«, brachte Ellen endlich mühsam heraus. »Das kann nicht dein Ernst sein!«

»Doch – das ist genau unsere Meinung!«, erklärte Alice grimmig. »Was hättest du sonst für einen Grund, überall heimlich herumzustöbern? Oder kannst du uns eine glaubhafte Erklärung dafür geben?«

Nein, das konnte Ellen nicht. Wie hätte sie zugeben können, dass sie nach den Prüfungsbogen suchte, weil sie die Absicht hatte zu betrügen? O ja, eine schlechte Tat zieht die andere nach sich! Sie schlug die Hände vors Gesicht.

»Ich kann euch nicht alles erzählen«, sagte sie, während ihr Tränen durch die Finger rannen, »aber ich habe nichts gestohlen! Wirklich nicht!«

»Doch, das hast du getan«, erklärte Alice. »Du bist eine Diebin und obendrein noch feige! Du hast nicht einmal den Mut, zu deinen Taten zu stehen!«

Schluchzend rannte Ellen hinaus.

Auch Marlies begann laut zu heulen. »Sie tut mir so leid«, sagte sie. »Ich kann es nun mal nicht ändern – sie tut mir so schrecklich leid!«

Ertappt!

Die Mädchen waren aufgeregt, entsetzt und verstört.

In Marlies' Schluchzen hinein sagte Susanne: »Ich hatte dir verboten, irgendetwas zu sagen, Alice. Wir hätten Ellen nicht beschuldigen sollen. Ich wollte mir in Ruhe überlegen, was zu tun wäre. Jedenfalls war es nicht richtig, sie in Gegenwart aller Mädchen anzuklagen. Noch dazu, da wir keine Beweise gegen Ellen haben.«

»Tut mir leid«, erwiderte Alice. »Wenn du deine Pflicht als Klassensprecherin nicht erfüllst, muss ich es eben für dich tun.«

»Ich bin dankbar, dass Alice diese Angelegenheit zu einem Abschluss gebracht hat«, erklärte Diana, während sie sich eine ihrer goldblonden Locken aus der Stirn strich. »Von jetzt an wird unser Eigentum vor Ellen sicher sein!«

»Du solltest zu Susanne und nicht zu Alice halten!«, fuhr Dolly sie an.

»Beenden wir dieses Gespräch!«, entschied Susanne. »Es ist nun mal passiert – leider. Es ist Zeit, zum Essen zu gehen.«

Ellen nahm am Abendessen nicht teil. Angeblich hatte sie Kopfschmerzen. Als die Mädchen in den Schlafsaal kamen, schlief sie bereits – oder stellte sich vielmehr schlafend. Sie hatte sich vorzeitig zurückgezogen, um die anklagenden Gesichter der anderen nicht anschauen zu müssen. Aber auch, weil sie in Ruhe nachdenken wollte. Alice hatte sie vor der ganzen Klasse eine Diebin genannt. Das war ebenso gemein wie ungerecht. Aber – war es wirklich so ungerecht? Schließlich hatten die Mädchen beobachtet, wie sie Frau Parkers Pult und Frau Potts Schreibtisch durchwühlt hatte. Eine solche Handlung musste ihnen auf jeden Fall verdächtig erscheinen – und es war auch verdächtig.

Was habe ich mir da vorgenommen! Wie kann ich nur betrügen wollen! Was bin ich für ein schreckliches Geschöpf, dass ich so etwas plane!, dachte Ellen verzweifelt. Was würde Mutter von mir denken? Aber Mutter, dachte sie dann, für dich und Vater tu ich's ja – ich tu's nicht für mich selbst! Ich will euch nicht enttäuschen. Sicherlich ist es nicht ganz so unrecht, wenn man nur betrügt, um seinen Eltern eine Freude zu machen!

Es ist unrecht, ließ sich ihr Gewissen vernehmen. Und du weißt es ganz genau. Du bist schrecklicher Dinge beschuldigt worden – und nur, weil du versuchst, etwas Unrechtes zu tun.

Ich will nicht betrügen, nahm sich Ellen vor. Ich kann es einfach nicht. Wenn ich schlechte Zensuren habe, werde ich den Eltern erklären, wie alles gekommen ist.

Doch dann sah sie wieder die Gesichter der Mädchen vor sich, hörte Alices hämische Anklage, und Trotz erfüllte sie. Wie konnten sie es nur wagen, ohne jeden Beweis eine solche Beschuldigung gegen sie auszusprechen? Alle dachten schlecht von ihr, und nichts auf der Welt würde sie überzeugen, dass sie keine Diebin war.

Gut, dann würde sie eben schlecht sein. Sie würde betrügen. Sie würde mitten in der Nacht aufstehen, um diese Prüfungsbogen zu suchen. Sie wusste ja, wo sie sie finden konnte – in Mademoiselles Zimmer.

Ellen starrte ins Dunkel, während sie alles wieder und wieder durchdachte. Ihr verletzter Stolz machte sie immer trotziger. Nun war sie ja bereits als schlecht abgestempelt, jetzt durfte sie es auch nach Herzenslust sein. Sie würde die Prüfungsfragen lesen und alle mit ihren ausgezeichneten Zensuren überraschen. Die würden vielleicht staunen! Sie ballte die Fäuste, als sie daran dachte, was Alice für ein wütendes und verblüfftes Gesicht machen würde. So lag sie Stunde um Stunde wach. Schließlich glaubte sie, gefahrlos aufstehen zu können. Sie setzte sich im Bett auf und blickte um sich. Der Mond tauchte den Schlafsaal in ein schwaches Licht. Kein Mädchen bewegte sich, man hörte nur gleichmäßige Atemzüge.

Ellen schlüpfte aus dem Bett, zog ihre Hausschuhe an und warf den Morgenrock über. Ihr Herz schlug einen wahren Trommelwirbel. Lautlos schlüpfte sie aus dem Schlafsaal. Sie ging über den von Mondschein beleuchteten Flur, schlich die Treppe hinunter und schritt geradewegs auf Mademoiselles Tür zu.

Das Zimmer war dunkel. Mademoiselle hatte sich schon vor Stunden zu Bett begeben und schlief nebenan. Ellen lief zum Fenster und zog die schweren Vorhänge zu, damit kein Licht hinausdringen konnte. Dann erst schaltete sie die Deckenbeleuchtung ein. Sie ging zum Schreibtisch. Er war unordentlich wie immer, denn im Gegensatz zu Mademoiselle Rougier lagen bei Mademoiselle Dupont die Bücher und Papiere stets wie Kraut und Rüben durcheinander.

Ellen durchsuchte alles genau. Die Prüfungsbogen waren nicht darunter. Ihr blieb fast das Herz stehen. Sie mussten hier sein! Vielleicht waren sie im Schreibtisch? Er war verschlossen! Die Beine drohten unter ihr nachzugeben, so schwach wurde ihr vor Enttäuschung. Dann entdeckte sie den Schlüssel. Er lag in der Bleistiftschale. Der Schlüssel passte ins Schloss, die Schublade ließ sich ohne Schwierigkeiten öffnen …

Das sah Mademoiselle ähnlich, den Schreibtisch sorgfältig zu verschließen und den Schlüssel in die Bleistiftschale zu legen! Mit zitternden Händen durchblätterte Ellen den Wust von Papieren. Ganz hinten lag ein ordentlich zusammengehefteter Stapel – die Prüfungsbogen der zweiten Klasse! Mit einem Stoßseufzer griff Ellen danach. Gerade als sie anfangen wollte, die einzelnen Fragen eingehend zu studieren, hörte sie ein Geräusch. Was war das? Blitzschnell huschte sie zur Tür und löschte das Licht. Dann schloss sie leise den Schreibtisch zu und ging zur Tür zurück, um zu lauschen. Da war das Geräusch wieder! Sie rollte die Prüfungsbogen zusammen und stopfte sie in die weite Tasche ihres Morgenmantels. Vor allem musste sie zusehen, so rasch wie möglich aus Mademoiselles Zimmer zu verschwinden. Wenn jemand sie hier fand, säße sie böse in der Patsche!

Als Ellen vorhin die Tür des Schlafsaals leise hinter sich ins Schloss gezogen hatte, war Dolly aufgewacht. Sie hatte sich im Bett aufgerichtet und im Licht des Mondes entdeckt, dass Ellens Bett leer war. Wo war Ellen? War sie wieder krank? Oder – ob sie etwa wieder im Hause herumschnüffelte, um Geld oder Wertsachen zu stehlen?

Als Ellen nicht zurückkam, wurde Dolly unruhig und beschloss, nach ihr zu schauen. Sie wollte Susanne nicht wecken. Außerdem war sie neugierig und wollte selbst sehen, wo Ellen geblieben war. Sie zog sich ihren Morgenmantel an und ging, wie von einer Eingebung geleitet, direkt in das Zimmer der zweiten Klasse. Dolly schaltete das Licht ein und blickte sich um. Nichts.

Sie wollte soeben das Licht wieder ausschalten, als sie ein leises Knacken hörte. Es schien vom Schrank her zu kommen. Und tatsächlich sah sie, wie sich die Schranktür bewegte, so als würde die Tür von innen zugezogen. Dollys Herz schlug wie rasend. Hoffentlich war es kein Einbrecher! Mit einem kräftigen Ruck riss Dolly die Tür auf …

Im Schrank saß völlig verstört und zitternd Ellen! Sie war aus Mademoiselles Zimmer in den Klassenraum geflüchtet und hatte sich im Schrank verkrochen, als sie Dolly kommen hörte.

Dolly starrte sie verblüfft an. »Komm heraus«, sagte sie. »Schämst du dich nicht? Hast du wieder etwas gestohlen?«

»Nein«, sagte Ellen und stieg aus dem Schrank. Sie hatte die Hand um die Prüfungsbogen in ihrer Tasche gekrallt.

Dolly bemerkte das. »Was hast du da?«, wollte sie wissen. »Zeig her! Schnell! Du versteckst dort etwas!«

»Nein, das ist nicht wahr, ich verstecke nichts!«, rief Ellen und vergaß vor Aufregung, ihre Stimme zu dämpfen.

Dolly versuchte, Ellens Hand aus der Tasche zu ziehen. Ellen schlug mit ihrer anderen Hand auf Dolly ein, um sie daran zu hindern. Da verlor Dolly die Beherrschung. Sie warf sich auf Ellen und begann sie kräftig zu schütteln. Ellen stolperte und riss Dolly mit sich zu Boden. Dolly hämmerte mit den Fäusten auf ihre Gegnerin ein.

»Du gemeines Biest!«, schrie sie. »Schleichst herum und stiehlst, was nicht angebunden ist. Gib sofort heraus, was du da hast!«

Ellen gab plötzlich allen Widerstand auf. Dolly konnte sie ohne große Mühe hochziehen und ihre Hand von der Tasche lösen. Sie holte die Prüfungsbogen heraus. Ellen bedeckte das Gesicht mit den Händen und begann zu weinen.

Fassungslos starrte Dolly auf die Papiere.

»So«, sagte sie dann mit zornbebender Stimme, »du betrügst also auch noch? Die Prüfungsbogen für morgen! Eine Diebin und eine Betrügerin!

»Ach, bitte! Leg die Bogen wieder zurück!«, schluchzte Ellen. »Ach, bitte, bitte – erzähl es niemandem!«

»Ich werde sie wieder zurücklegen«, erwiderte Dolly. »Aber dass ich es niemandem erzähle, ist vollkommen unmöglich! Wo hast du die Bogen her – aus Mademoiselles Schreibtisch? Dann werden wir sie dort wieder hinbringen.«

Sie legte die Prüfungsbogen wieder an ihren Platz, und Ellen verschloss den Schreibtisch mit zitternden Fingern.

Sie gingen in den Schlafsaal zurück. Die Mädchen schliefen fest.

»Morgen«, sagte Dolly, »werde ich Susanne alles erzählen. Sie wird entscheiden, was weiter geschieht. Wahrscheinlich wirst du aus der Schule fliegen! Jetzt geh und versuch zu schlafen!«

Gerüchte gehen um

Niemand hatte die beiden Mädchen zurückkommen hören. Keine war wach geworden und hatte gemerkt, dass Dolly und Ellen ihre Betten verlassen hatten.

Dolly lag noch eine Weile wütend und aufgeregt da. Sie fragte sich, ob sie Susanne wecken sollte, um ihr alles zu erzählen. Nein, das werde ich nicht tun, entschied sie widerstrebend. Ich würde nur die anderen aufwecken. Ich muss es Susanne ganz allein erzählen. Und während sie noch überlegte, schlief sie plötzlich ein – die Aufregung hatte sie erschöpft.

Ellen dagegen konnte nicht einschlafen. Sie schlief sowieso meist erst in den frühen Morgenstunden ein; Schlaflosigkeit war also nichts Neues für sie. Die Sorgen peinigten sie. Doch schon bald wurden sie von einem größeren Übel verdrängt: Ellen bekam so heftige Kopfschmerzen, dass sie glaubte, ihr Kopf müsste zerspringen. Weiß glühende Hämmer schienen auf ihr Hirn einzuschlagen. Schließlich war sie fast wahnsinnig vor Furcht und Schmerz.

Was ging mit ihr vor? Womöglich verlor sie den Verstand? Sie lag regungslos mit geschlossenen Augen da und hoffte, dass die rasenden Schmerzen nachlassen würden. Es wurde jedoch nur noch schlimmer. Wie sie ins Zimmer der Hausmutter kam, wusste sie später nicht mehr.

Die Hausmutter schrak aus dem Schlaf hoch, als eine kleine schwankende Gestalt im Nachthemd wie ein Geist an ihrem Bett auftauchte. »Ellen! Was ist los, mein Kind? Bist du krank?«, rief sie. Dann schaltete sie das Licht ein und zog Ellen an sich. »Was fehlt dir?«

»Mein Kopf!«, flüsterte Ellen erschöpft. »Er platzt auseinander, Hausmutter!«

Die Hausmutter sah sofort, dass das Mädchen vor Schmerzen kaum die Augen offen halten konnte. Kurz entschlossen brachte sie Ellen in ein Bett im Nebenzimmer und gab ihr ein Schmerzmittel und heiße Zitrone. Sie sprach sanft und freundlich mit ihr, mit leiser Stimme, um den Kopfschmerz nicht noch zu verstärken. »Nun schlaf erst mal«, sagte sie. »Am Morgen wird es schon viel besser sein!«

Ellen schlief endlich ein. Die Hausmutter stand an ihrem Bett und blickte auf sie herab. Sie überlegte. Mit dem Mädchen musste etwas Ungewöhnliches sein. Sie machte sich heimlich Sorgen über irgendetwas! Die Sorgen hatte sie sicher schon gehabt, als Ellen neulich auf der Krankenstation gelegen hatte. Vielleicht sollte man sie eine Zeit lang nach Hause schicken?

Am Morgen erwachte Dolly mit den anderen, als die Weckglocke schrillte. Sie setzte sich im Bett auf und erinnerte sich an die Aufregungen der Nacht. Dann blickte sie zu Susanne hinüber. Ich muss sie bei der ersten Gelegenheit beiseitenehmen und ihr alles erzählen, dachte sie.

Doch in diesem Augenblick rief Susanne überrascht aus: »Wo ist denn Ellen? Ihr Bett ist leer!«

Alle blickten auf Ellens Bett. »Vielleicht ist sie früher aufgestanden«, sagte Angela. »Wir werden sie beim Frühstück treffen.«

Dolly war beunruhigt. Wo mochte Ellen nur sein?

Ellen war natürlich nicht am Frühstückstisch. Die Mädchen schauten auf den leeren Platz. Dolly fühlte sich sehr unbehaglich. Wahrscheinlich war Ellen in der Nacht fortgelaufen und nicht mehr zurückgekehrt!

Mademoiselle hatte heute Frühstücksdienst, und Dolly sprach sie an. »Wo ist Ellen, Mademoiselle?«

»Sie kommt nicht zum Frühstück«, erwiderte Mademoiselle Dupont, die auch nichts Näheres wusste. Frau Parker hatte sie nur rasch im Vorbeigehen auf dem Flur informiert, dass Ellen nicht am Frühstück teilnehmen würde. »Ich weiß auch nicht, warum«, fügte Mademoiselle hinzu. »Vielleicht ist sie krank.«

Jetzt begann sich auch Alice unbehaglich zu fühlen. Sie erinnerte sich, wie unbarmherzig sie Ellen angeklagt hatte. Wo war Ellen? War sie nach Hause gefahren? Schweigend aß Alice ihr Brötchen und unterhielt sich nicht einmal mit Betty.

Die nächsten Neuigkeiten erfuhr man von einem Mädchen aus der ersten Klasse, Carola Neumann. Zufällig hatte sie gehört, wie Frau Parker zu Frau Pott sagte: »Wir werden Ellen Wieland wohl nach Hause schicken.«

Nach Hause schicken!

Die Mädchen der zweiten Klasse schauten einander an. Das bedeutete, dass die Schulleitung von Ellens Diebereien erfahren hatte. Und man hatte sie hinausgeworfen! Du meine Güte!

»Entweder ist sie von einer Lehrerin auf frischer Tat ertappt worden – oder sie hat ein Geständnis abgelegt«, sagte Alice endlich. »Wir sollten besser gar nicht darüber sprechen. Es könnte nur dem Ruf der Schule schaden. Ich glaube, dass man die Angelegenheit totschweigen wird.«

»Meinst du wirklich, man hat Ellen von der Schule gewiesen, weil sie gestohlen hat?«, erkundigte sich Diana. Sie war plötzlich ganz blass. »Das kann doch nicht wahr sein!«

»Natürlich hat man sie gefeuert!«, sagte Betty mit so wilder Genugtuung in der Stimme, dass Diana sie erschrocken ansah. »Und wir sollten alle froh darüber sein. Wenn man sich vorstellt, dass so ein Mädchen hier unter uns gelebt hat!«

Dolly war ganz verwirrt. Sollte sie überhaupt noch von der nächtlichen Begegnung erzählen? Wenn man Ellen wegen Diebstahls von der Schule gewiesen hatte, würde die Sache mit den Prüfungsbogen nur ein schlechtes Licht auf sie werfen. Wenn sie über den Betrug berichtete, war niemandem mehr gedient, Ellen aber würde es noch mehr schaden. Dolly hatte ein weites Herz, und sie benahm sich auch gegen ihre Gegner großmütig. Einen Teil ihrer Strafe hatte Ellen sowieso schon weg.

Dolly wurde es ganz heiß, als sie sich erinnerte, wie sie das Mädchen geohrfeigt, geschüttelt und zu Boden gestoßen hatte. Da war natürlich wieder einmal ihr Temperament mit ihr durchgegangen! Susanne hätte in ihrer ruhigen Art sicher erreicht, dass Ellen ihr die Prüfungsbogen herausgegeben hätte, ohne sich mit ihr auf dem Boden herumzuwälzen.

Ich trete immer ins Fettnäpfchen, dachte Dolly und rieb sich schuldbewusst das Ohr. Ich gehe immer gleich in die Luft und explodiere ...

Sie überlegte sich, ob sie Susanne die Geschichte mit den Prüfungsbogen erzählen sollte, und beschloss schließlich, es nicht zu tun. Warum noch Schmutz auf Ellen werfen, wenn sie sowieso nach Hause abreisen musste? Deshalb hielt Dolly den Mund, was so leicht kein anderes Mädchen an ihrer Stelle getan hätte, denn die meisten liebten den Klatsch.

Alle schienen davon auszugehen, dass Ellen wegen Diebstahls von der Schule gewiesen worden sei.

Seltsamerweise erschütterte Diana das am meisten. »Aber ohne Beweise?«, fragte sie immer wieder. »Susanne, du selbst hast doch gestern zu Alice gesagt, dass es gar keine Beweise gäbe? Was geschieht nun mit Ellen? Wird eine andere Schule sie aufnehmen?«

»Das glaube ich kaum«, erwiderte Alice. »Die ist geliefert. Und recht geschieht ihr!«

»Sei nicht so grausam!«, sagte Jenny. »Ich will ihr Vergehen hier nicht rechtfertigen. Aber du bist immer so hart und gnadenlos, Alice.«

»Nun, ich hatte recht, als ich Ellen gestern beschuldigte, nicht wahr?«, verteidigte sich Alice. »Ihr wart alle zu feige, um sie zur Rede zu stellen. Ein bisschen Härte tut manchmal ganz gut!«

Die zweite Klasse beschloss, Ellen den Lehrerinnen gegenüber nicht mehr zu erwähnen. Wenn man Ellen von der Schule gewiesen hatte und nicht darüber sprechen wollte, waren die Mädchen bereit, das zu respektieren.

Und so fragte zu Frau Parkers Erstaunen niemand nach Ellen. »Merkwürdig, dieser Mangel an Interesse!«, sagte sie zu Frau Pott. »Aber man kann Sympathie nicht erzwingen.« Und dabei ließ sie es bewenden.

Irgendwo entstand auch das Gerücht, ein Auto habe Ellen mit in die Stadt genommen. So waren alle der Ansicht, sie sei nicht mehr in Möwenfels.

Dabei lag Ellen immer noch in dem kleinen Raum neben dem Zimmer der Hausmutter. Der Wagen, den die Mädchen gehört hatten, war der des Arztes, den man eilig herbeigerufen hatte.

Der Doktor stand vor einem Rätsel. »Hat das Mädchen Sorgen?«, fragte er. »Ist bei ihr daheim alles in Ordnung – hat sie sonst irgendwelche Probleme? Sie ist in einem besorgniserregenden seelischen Zustand!«

Als der Arzt wieder fort war, sagte Frau Greiling freundlich zu Ellen: »Vielleicht sollten wir dich nach Hause schicken, mein Kind. Dort bist du jetzt sicher am besten aufgehoben!«

Sie war verblüfft über Ellens Reaktion auf diesen Vorschlag.

Das Mädchen fuhr entsetzt im Bett auf. »O nein, Frau Direktor, werfen Sie mich nicht hinaus! Bitte – nur das nicht!«

»Hinauswerfen?«, sagte Frau Greiling erstaunt. »Was meinst du damit?«

Ellen begann zu schluchzen, und die Hausmutter eilte herbei. Sie machte der Direktorin ein Zeichen, sie solle gehen. »Sie darf sich nicht aufregen«, flüsterte sie. »Ich glaube, Sie lassen sie jetzt besser in Ruhe!«

Frau Greiling verließ ziemlich ratlos den Raum. Weshalb fürchtete Ellen, hinausgeworfen zu werden? Sie musste dahinterkommen, was das Mädchen meinte!

Ellen beruhigte sich nur langsam. Sie glaubte fest, dass die Direktorin sie von der Schule weisen wollte. Also hatte ihr Dolly von der Sache mit den Prüfungsbogen erzählt! Oder Alice hatte gemeldet, dass man sie für eine Diebin hielt. Sie machte sich schreckliche Sorgen und grübelte ununterbrochen ...

Die Hausmutter stellte besorgt fest, dass das Fieber wieder anstieg.

Einige Mädchen fanden sich nicht so schnell mit Ellens Verschwinden ab.

Besonders Marlies war erschüttert. »Ist es nicht schrecklich?«, fragte sie Diana. »Was wird die arme Ellen ihren Eltern sagen, wenn sie jetzt nach Hause kommt? Sie muss ihnen doch gestehen, dass man sie wegen Diebstahls hinausgeworfen hat.«

»Ach, hör auf!«, sagte Diana. »Ich möchte überhaupt nicht darüber nachdenken! Außerdem habe ich ganz andere Sorgen. Ich muss dringend ein Päckchen nach Hause schicken und habe keine Schnur dafür. Hast du zufällig eine?«

Marlies sauste davon und holte eine Schnur.

Während Diana das Päckchen zuschnürte, sagte sie: »Ich hätte es zu gern noch heute zur Post gebracht. Aber ich muss zu dieser albernen Theaterprobe bei Mademoiselle. Und anschließend habe ich noch eine Nachhilfestunde bei Frau Parker. Es ist zu dumm!«

»Warum ist es denn so eilig?«, fragte Marlies. »Willst du das Päckchen jemandem zum Geburtstag schicken?«

Diana zögerte. »Ja«, sagte sie dann. »Genau. Und wenn es heute nicht weggeht, kommt es wahrscheinlich nicht mehr rechtzeitig an.«

Marlies bemerkte, wie niedergeschlagen ihre Freundin aussah, und beschloss, Mittel und Wege zu finden, um das Päckchen selbst zur Post zu bringen. Da sie aber noch nicht wusste, ob es ihr gelingen würde, das Haus zu verlassen, sagte sie Diana noch nichts von ihrem Entschluss. Während Diana sich lustlos auf den Weg zur Theaterprobe machte, begann Marlies zu überlegen.

Marlies – immer hilfsbereit

Am späten Nachmittag war Marlies mit ihren Schularbeiten fertig. Sie ging ins Klassenzimmer, wo Evelyn damit beschäftigt war, die Tafel zu säubern. Marlies marschierte geradewegs auf Dianas Pult zu.

Sofort fuhr Evelyn herum. »Was machst du da?«, wollte sie wissen.

Marlies suchte unter der Bank nach dem Päckchen von Diana. Ja – da lag es im Fach, fest verschnürt.

»Ich gehe für Diana zur Post und gebe das Päckchen auf«, erwiderte Marlies.

Evelyn starrte sie überrascht an. »Jetzt noch?«, fragte sie. »Bis zum Abendessen wirst du aber nie zurück sein, wenn du jetzt noch zur Post gehst!«

»Doch!«, sagte Marlies. »Wenn ich nicht den Feldweg, sondern die Küstenstraße entlanggehe, kürze ich ab. Dann brauche ich nur zehn Minuten hin und zehn Minuten zurück.«

»Du bist total übergeschnappt!«, rief Evelyn. »Draußen tobt ein wahnsinniger Sturm. Er weht dich glatt über die Klippen. Außerdem ist es schon so dunkel, dass du die Hand nicht vor Augen sehen kannst!«

»Mir wird schon nichts passieren«, erwiderte Marlies, obwohl ihr ganz bang ums Herz wurde. »Diana liegt so viel daran, dass das Päckchen heute noch abgeschickt wird. Diesen Gefallen kann ich meiner Freundin schon tun!«

»Sie ist nicht deine Freundin!«, fuhr Evelyn auf.

»Doch«, sagte Marlies mit Nachdruck, »das ist sie!«

Evelyn war außer sich vor Eifersucht. »Baby!«, sagte sie wütend. »Diana duldet dich nur, weil du ihr bei den Französischarbeiten hilfst. Das weiß außer dir doch jede!«

Marlies stand da mit dem Päckchen in der Hand und schaute Evelyn fassungslos an. »Das ist nicht wahr!«, sagte sie. »Du lügst!«

»Es ist wahr!«, behauptete Evelyn. »Diana hat es mir selbst immer wieder gesagt. Was sollte Diana auch mit so einem Würmchen wie dir anfangen? Das müsstest du dir doch eigentlich selbst sagen, wenn du nicht eingebildet wärst!«

Marlies war wie vor den Kopf geschlagen. Sie fühlte plötzlich, dass Evelyn die Wahrheit sprach. Sie klemmte das Päckchen unter den Arm. Um ihren Mund zuckte es. Sie war den Tränen nahe, als sie sich zur Tür wandte.

»Marlies!«, rief Evelyn verblüfft. »Du wirst dich doch nach all dem, was ich dir gesagt habe, nicht noch mit diesem Päckchen abmühen!«

»Ich bringe es zur Post, weil Diana meine Freundin ist. Ich werde ihr diesen Gefallen tun, auch wenn ich nicht ihre Freundin bin«, erwiderte Marlies mit tränenerstickter Stimme. Und damit ging sie.

»Blöde Gans!«, zischte Evelyn und schlug den Tafellappen aufs Pult, dass eine Wolke von Kreidestaub aufwirbelte. Sie sagte Diana nichts davon, dass Marlies in die Dunkelheit hinausgegangen war, um das Päckchen zur Post zu bringen.

Als die Glocke zum Abendessen läutete, war Marlies noch nicht zurückgekehrt. Obwohl es Wiener Würstchen mit Kartoffelsalat gab, wollte Evelyn das Essen nicht so recht schmecken. Ihr fiel plötzlich ein, dass Marlies' Weg zum Postamt sowieso sinnlos war – das Postamt schloss bereits um fünf Uhr!

Stirnrunzelnd hatte Frau Parker von Marlies' Abwesenheit Kenntnis genommen. »Sie muss die Glocke überhört haben!«, vermutete sie. »Susanne, schau bitte einmal nach, wo sie steckt.«

Susanne kam jedoch unverrichteter Dinge zurück.

»Wir werden sie nach dem Abendessen gemeinsam suchen!«, entschied Frau Parker. »Irgendwo im Hause muss sie ja sein.«

Evelyn war in Gewissensnöten. Nur sie wusste von Marlies' Plan, das Päckchen wegzubringen. Aber wenn sie es meldete, würde Marlies Ärger bekommen.

Eine kalte Hand schien sich um Evelyns Herz zu krampfen. Vielleicht war Marlies längst vom Sturm über die Klippen ins Meer geweht worden, oder sie lag schwer verletzt unten auf den Felsen?

Gleich nach dem Abendessen winkte Evelyn Diana beiseite. »Ich muss dir etwas Wichtiges sagen!«, flüsterte sie der Freundin zu.

»Was ist denn los?«, fragte Diana. »Du bist ja leichenblass!«

»Wegen Marlies! Ich weiß, wo sie hingegangen ist.«

»Aber warum hast du es dann nicht Frau Parker erzählt?«, fragte Diana.

»Sie machte sich kurz vor fünf auf den Weg, um dein Päckchen zum Postamt zu bringen«, fuhr Evelyn fort, ohne Dianas Frage zu beantworten. »Sie wollte die Küstenstraße entlanggehen. Ob ihr was passiert ist?«

Diana begann zu begreifen. »Mein Päckchen zur Post? Um diese Zeit und bei der Dunkelheit? Wozu? Die Post ist doch längst geschlossen!«

»Daran haben wir beide nicht gedacht. Sie wollte dir unbedingt diesen Freundschaftsdienst erweisen.«

»Und du hast sie nicht zurückgehalten?«

»Ich habe es ja versucht«, sagte Evelyn. »Ich habe ihr sogar erzählt, dass sie gar nicht deine Freundin ist – dass du sie nur für deine Französischarbeiten brauchst. Selbst das hat sie nicht davon abgehalten, mit diesem dummen Päckchen in Wind und Wetter hinauszulaufen.«

»Obwohl du es ihr gesagt hast, ist sie gegangen?«, sagte Diana mit einem seltsamen Unterton in der Stimme. In ihren Augen glitzerten Tränen.

Evelyn sah es mit Verblüffung. Diana hatte noch nie geweint! »Was hast du denn?«, fragte Evelyn.

»Nichts, was du verstehen könntest!«, entgegnete Diana und wischte sich mit einer raschen Bewegung die Tränen aus den Augen. Sie stellte sich vor, wie Marlies in dieser Finsternis und bei diesem Sturm über die Küstenstraße lief, um das Päckchen zur Post zu bringen! Wo mochte sie jetzt sein?

»Du glaubst doch nicht, dass sie der Sturm über die Klippe geweht hat?«, fragte Evelyn.

Diana wurde kreidebleich. »Nein – nein, sag doch so was nicht!«, rief sie. »Du kannst dir nicht vorstellen, wie schrecklich das für mich wäre! Ich könnte es mir nie verzeihen!«

»Wieso? Es wäre doch nicht deine Schuld.« Evelyn war von diesem Gefühlsausbruch ganz überrascht.

»Doch, es wäre meine Schuld – ganz allein meine Schuld. Aber das kannst du nicht verstehen!«, rief Diana verzweifelt. »Die freundliche, kleine Marlies! Und du hast sie in dem Glauben in den Sturm hinausgehen lassen, dass ich mir nichts aus ihr mache, sondern sie nur ausnutze. Ich mag sie sehr gern – zehnmal mehr als dich! Sie ist gutmütig und selbstlos. Ich habe sie zuerst wirklich nur geduldet, weil sie mir in Französisch half. Aber jetzt bin ich stolz darauf, dass sie meine Freundin ist. Sie gibt immer und fordert nie etwas, so uneigennützig ist sie!«

»Aber du hast mir doch selbst immer wieder versichert, du wärst gar nicht mit ihr befreundet!«

»Ja, ich war gemein!«, sagte Diana. »Ich habe es nur gesagt, um mir nicht ständig deine eifersüchtigen Nörgeleien anhören zu müssen. Wenn ihr etwas passiert ist, werde ich niemals darüber hinwegkommen! Ich muss sie finden!«

»Du kannst nicht hinaus!«, schrie Evelyn entsetzt. »Der Sturm wird immer stärker, hör nur!«

»Wenn Marlies wegen meines dummen Päckchens hinausgegangen ist, kann ich sie wohl auch suchen gehen.«

Ehe Evelyn noch etwas dagegen sagen konnte, schoss Diana schon davon. Ihr Gesicht zeigte einen so entschlossenen Ausdruck, wie man ihn bei Diana bisher noch nicht gesehen hatte. Sie stürmte in den Schlafsaal hinauf, zog sich ihren Regenmantel und die Gummistiefel an, nahm eine Taschenlampe an sich und schlich unbemerkt in die Dunkelheit hinaus.

Es war eine raue Nacht. Der Sturm nahm ihr den Atem. Mühsam kämpfte sie sich den Weg zur Küstenstraße hoch. Dort oben über den Klippen würde der Sturm erst richtig toben und sie womöglich über die Klippen ins Meer wehen!

Als sie dicht an die Steilküste herangekommen war, begann sie zu rufen: »Marlies! Marlies! Marlies, wo bist du?«

Der Sturm riss ihr die Worte vom Munde und trug sie in die Finsternis hinaus. Sie rief wieder und wieder, die Hände hatte sie trichterförmig an den Mund gelegt: »Marlies! Marlies!«

Und plötzlich hörte sie ganz von ferne ein schwaches Rufen: »Hier! Hier! Hilfe!«

Eine Heldin!

Diana stand ganz still und lauschte. Wieder trug der Wind den schwachen Ruf heran: »Hier! Hier!«

Die Stimme kam von den Klippen her, und zwar von dort, wo die Steilküste buchtartig zurücktrat. Vorsichtig, um nicht hinuntergeweht zu werden, kroch Diana an die Klippen heran. Sie krallte die Finger in die regennassen Grasbüschel. Als sie am Rand der Steilküste angelangt war, ließ sie ihre Taschenlampe aufleuchten und spähte in die Tiefe. Nur wenige Meter unter ihr hing Marlies an einem Felsvorsprung. Völlig verzweifelt und in Todesangst klammerte sie sich fest. Das schreckensbleiche Gesicht war im Lichtkegel der Taschenlampe zu Diana emporgewandt.

»Hilfe!«, rief sie wieder, als sie den Lichtschein wahrnahm. »Ich kann mich nicht mehr länger halten!«

Diana war einen Augenblick lang vor Angst und Schrecken wie gelähmt. Wenn Marlies losließ, würde sie abstürzen und an den stufenartig vorstehenden Felsvorsprüngen zerschmettert werden, noch ehe sie unten ankam.

»Ich bin hier, Marlies!«, rief sie. »Halte aus! Ich hole Hilfe!«

»Diana! Geh nicht weg, Diana! Ich kann mich nicht mehr lange festhalten – ich falle gleich! Kannst du nichts tun?«

Diana überlegte fieberhaft. Es hatte keinen Zweck, fortzulaufen, um Hilfe zu holen, wenn sich Marlies nicht mehr festhalten konnte. Sie musste sich etwas einfallen lassen. Plötzlich fiel ihr der Gürtel ihres Regenmantels ein. Ihr Kleid hatte ebenfalls einen Gürtel.

»Hab keine Angst, ich rette dich! Ich binde nur meine Gürtel zusammen, dann ziehe ich dich herauf! Halt dich fest, Marlies, halt dich ja fest!«

Marlies schöpfte Hoffnung und klammerte sich mit aller Kraft an den Felsvorsprung.

Sie war vor Angst halb wahnsinnig gewesen, als der Sturm sie zu Boden geworfen und über den Rand der Steilküste gerollt hatte. Ihre Finger waren an den feuchten Grasbüscheln abgerutscht. Erst im letzten Augenblick hatte sie die Felskante umklammern können. Es war ihr wie eine halbe Ewigkeit vorgekommen, ehe Diana auftauchte. Nun war Diana da und würde sie retten. Was Evelyn auch gesagt hatte, Diana war doch ihre Freundin!

In fieberhafter Eile knotete Diana die Gürtel zusammen. Sie legte sich flach auf den Boden und schlang die Beine um das zähe Gesträuch eines Stechginsters, ohne sich um Kratzer und Dornen zu kümmern. Sie brauchte einen festen Halt, wenn sie Marlies heraufziehen und nicht selbst abstürzen wollte.

Plötzlich schrie Marlies in Todesangst auf: »Ich kann mich nicht mehr halten – der Stein gibt nach! Schnell, mach schnell, ich falle!«

Diana warf ihr die Leine zu, die sie aus den beiden Gürteln geknüpft hatte. Marlies griff danach und schlang sich das Ende fest um ihre Handgelenke, um ihre bereits gefühllosen Finger zu entlasten. Diana fühlte, wie sich die Leine mit einem Ruck spannte.

»Kannst du dich halten?«, rief sie ängstlich.

»Ja!«, rief Marlies zurück. »Ich habe jetzt auch einen besseren Halt mit den Füßen. Ich ziehe dich doch hoffentlich nicht hinunter, Diana?«

»Nein, aber ich bin leider nicht stark genug, um dich heraufzuziehen«, rief Diana verzweifelt. »Wir können gar nichts weiter tun, als hier zu hängen, bis jemand kommt und uns findet.«

»Ach, Diana, es tut mir so leid! Warum habe ich mir nur in den Kopf gesetzt, dein Päckchen zur Post zu bringen!«, rief Marlies durch das Brausen des Windes.

»Du bist wirklich lieb, Marlies. Ich mag dich sehr gern! Du darfst nicht glauben, was Evelyn gesagt hat. Früher habe ich dich vielleicht nur ausnutzen wollen – aber jetzt schäme ich mich deswegen! Du bist doch meine beste Freundin – ich mag niemanden so wie dich!«

»Du bist echt anständig!«, stammelte Marlies.

»Nein!«, schrie Diana. »Ich bin nicht anständig. Ich bin gemein und hinterhältig. Du weißt gar nicht, wie hinterhältig!«

»Ach, Diana«, rief Marlies, »hoffentlich kommen bald Leute! Ich habe keine Kraft mehr!«

»Halte durch! Evelyn wird Frau Parker benachrichtigt haben!«

Und das hatte Evelyn auch tatsächlich getan. Sie hatte sich so große Sorgen um Marlies und Diana gemacht, dass sie zu der Klassenlehrerin gegangen war und ihr alles erzählt hatte.

»Was für ein Wahnsinn!«, hatte Frau Parker ausgerufen.

In größter Eile hatte sie eine Rettungsmannschaft zusammengetrommelt, die sich – mit wetterfester Kleidung, Laternen und Seilen ausgerüstet – im Eilschritt auf den Weg machte. Es dauerte nicht lange, und die Mädchen waren gefunden!

Auch die Direktorin hatte sich dem Trupp angeschlossen. Sie stieß einen Schreckensruf aus, als sie die beiden über dem Abgrund hängen sah.

»Schnell, helft ihnen!«

Der kräftige Gärtner nahm ein Seil, machte eine große Schlaufe und erteilte Marlies Anweisung, sich die Schlaufe über den Kopf unter die Arme zu streifen. Das Seil gab nun dem Mädchen Halt, sodass man Marlies ohne Mühe hochziehen konnte. Auch Diana wurde sofort aus ihrer unangenehmen Lage befreit. Ihre Beine waren wie abgestorben – genau wie die Hände von Marlies.

In Möwenfels wurden beide Mädchen mit Jubel begrüßt. Denn inzwischen hatte Evelyn auch den anderen erzählt, dass sie sich große Sorgen um Diana und Marlies gemacht habe und dass eine Rettungsmannschaft ausgeschickt worden sei, sie zu suchen.

Es herrschte eine ungeheure Erleichterung, als sich die Nachricht verbreitete, die Mädchen seien gefunden.

Diana wurde wie eine Heldin gefeiert: »Großartig, Diana, wie du das gemacht hast!« – »Bist ja doch ein feiner Kerl!«

Susanne schüttelte ihr die Hand und sagte: »Wir sind alle sehr stolz auf dich, Diana. Du hast dein Leben für Marlies riskiert!«

In ihrer Begeisterung bemerkten die Mädchen gar nicht, wie bedrückt und niedergeschlagen Diana war. Still und mit gesenktem Kopf stand sie im Kreise der sie umdrängenden Mädchen.

»Nun ist es aber genug!«, rief die Direktorin. »Die beiden bekommen jetzt einen heißen Tee und werden heute Nacht in der Krankenstation schlafen. Sie müssen erst wieder richtig zu Kräften kommen!«

Es dauerte lange, bis im Schlafsaal Ruhe einkehrte. Immer wieder besprachen sie Dianas große und selbstlose Heldentat.

»Sie muss wirklich an Marlies hängen«, sagte Dolly und sprach damit aus, was alle dachten. »Ich glaube, wir haben sie falsch eingeschätzt. Das meinte sogar Frau Parker vorhin.«

»Sie hat sehr mutig und echt anständig gehandelt!«, bestätigte Britta. »Es würde mich interessieren, was aus dem Päckchen geworden ist!«

»Wir werden uns morgen danach umschauen!«, schlug Susanne vor. »Wenn man sich vorstellt: Die ängstliche Marlies geht furchtlos in den Sturm hinaus – nur, um ihrer Freundin einen Gefallen zu tun!«

»Ja, es gibt schon seltsame Erdenbewohner!«, erklärte Irene.

»Das dachte ich heute Vormittag auch, als ich sah, wie du dein Französischbuch ins Sportfach deines Schrankes legen und den Tennisschläger in die Schulmappe stopfen wolltest!«, sagte Dolly.

Die Mädchen kicherten.

»Jetzt müssen wir aber schnell schlafen!«, ermahnte Susanne sie.

Ein Päckchen voller Überraschungen

Am nächsten Tag mussten Marlies und Diana in der Krankenstation das Bett hüten.

»Ihr seid viel zu geschwächt, um schon aufzustehen!«, sagte die Hausmutter mit Bestimmtheit, und die Direktorin hatte ihr beigepflichtet. »Außerdem würden die Mädchen Diana und Marlies mit tausend Fragen in den Wahnsinn treiben«, fügte die Hausmutter hinzu.

Dolly, Susanne, Irene und Britta machten sich nach dem Vormittagsunterricht allein auf den Weg, um das Päckchen zu suchen. Der Wind hatte alle Wolken verjagt, und der Himmel war jetzt so leuchtend blau wie eine Kornblume. Es herrschte strahlendes Wetter. Das Meer hatte sich beruhigt, nur hier und da tanzten weiße Schaumkrönchen auf den Wellen. Die Luft war klar und rein.

»Schaut«, sagte Susanne, »hier muss der Sturm Marlies umgeweht haben!« Sie standen an der Biegung der Küstenstraße. »Und das ist bestimmt der Ginsterbusch, um den Diana die Beine geschlungen hatte!«

Die Mädchen betrachteten stumm den Schauplatz des aufregenden Ereignisses. Sie begannen sich aufmerksam nach dem Päckchen umzuschauen.

Es war Dolly, die es schließlich fand. Völlig durchnässt und an allen Ecken aufgerissen, lag es im hohen Gras am Klippenrand.

»Hier ist es!«, rief sie und hob es auf. »O, es fällt ganz auseinander. Das Papier ist aufgeweicht!«

»Mach das Papier ab«, riet Susanne, »sonst verdirbt der Inhalt. »Wir können die Sachen ja in ein Tuch wickeln.«

Und so riss Dolly das Papier auf. Der Inhalt des Päckchens fiel ins Gras. Die Mädchen wollten ihren Augen nicht trauen! Vor ihnen lagen vier verschieden große Geldbörsen und zwei Schmucketuis. Als sie das eine öffneten, sahen sie, dass eine silberne Brosche darin lag.

»Angelas Brosche!«, sagte Susanne tonlos.

Dolly nahm ihr die Brosche aus der Hand und betrachtete die Rückseite. »Ja«, bestätigte sie. »Hier ist sogar Angelas Name eingraviert!«

Susanne öffnete das andere Etui. Es enthielt ein schmales Goldkettchen.

»Das gehört Carola!«, sagte Irene sofort.

Susanne hob alle Teile einzeln auf und legte sie in ihr Halstuch. »Das ist eine sehr ernste Angelegenheit!«, murmelte sie. »Wir wissen, wem diese Geldbörsen gehören: Das ist die von Evelyn, die hier gehört Marlies, die hier Betty und die, wenn ich nicht irre, Jenny.«

Die vier Mädchen schauten einander bestürzt an.

»Marlies wollte das Päckchen für Diana zur Post bringen – das heißt also, dass Diana diese Sachen eingepackt hat.« Susanne sprach aus, was alle dachten.

»Hm.« Dolly sprach nur stockend. »Dann hat sie womöglich – ja, dann ist Ellen vielleicht gar keine Diebin!«

»Wir dürfen das auf keinen Fall verschweigen«, sagte Britta entschieden. »Das muss Frau Greiling erfahren, nicht wahr, Susanne?«

»Ja«, bestätigte Susanne, »das können wir nicht für uns behalten.«

Schweigend traten sie den Rückweg an. Die ganze Sache war mehr als rätselhaft.

Nach Möwenfels zurückgekehrt, gingen die Mädchen geradewegs zu Frau Greiling.

Die Direktorin hob verwundert den Kopf, als Susanne, Dolly, Irene und Britta eintraten. Dann lächelte sie, denn sie mochte die vier Mädchen gern. »Was habt ihr auf dem Herzen?«, erkundigte sie sich.

»Frau Direktor«, sagte Susanne, »wir haben Dianas Päckchen draußen an der Küste gefunden. Und das sind die Sachen, die darin waren.« Mit diesen Worten legte sie alles vor Frau Greiling auf den Schreibtisch.

Die Direktorin schaute die Sachen überrascht an. »Das war in Dianas Päckchen?«, rief sie. »Ja, gehört denn das alles ihr?«

Es entstand eine peinliche Pause.

»Nein!«, erwiderte Susanne. »Diese Sachen gehören verschiedenen Mädchen aus der zweiten Klasse. In der letzten Zeit verschwanden immer wieder auf geheimnisvolle Weise Wertsachen oder Geld. Die Geldbörsen hier waren voll, als sie gestohlen wurden.«

Frau Greilings Gesichtsausdruck veränderte sich. Sie blickte die Mädchen durchdringend an. »Du musst dich etwas deutlicher ausdrücken, Susanne«, sagte sie. »Verstehe ich richtig, dass all diese Sachen hier Mädchen aus der zweiten Klasse gestohlen wurden?«

»Ja, Frau Direktor«, bestätigte Susanne, und die anderen Mädchen nickten.

»Und ihr haltet Diana für die Diebin?«, fragte Frau Greiling nach kurzem Schweigen.

Die Mädchen sahen einander an.

»Nun ja«, begann Susanne endlich, »erst haben wir ja gedacht, Ellen hätte sie gestohlen. Wir wussten, dass sie die Schule verlassen musste –«

»Augenblick mal!«, unterbrach Frau Greiling in so scharfem Ton, dass die vier zusammenzuckten. »Ellen musste die Schule verlassen? Was soll denn das heißen? Sie liegt auf der Krankenstation! Sie hatte vor zwei Tagen schreckliche Kopfschmerzen, und wir haben sie jetzt unter Beobachtung, um festzustellen, was ihr fehlt!«

Die Mädchen waren vollkommen verstört. Susanne wurde puterrot. Das kam dabei heraus, wenn man auf Gerüchte hörte! Aber sie hatte eben nur zu gern auf diese Gerüchte gehört, weil sie Ellen nicht leiden konnte!

Die Direktorin musterte die Mädchen scharf. »Das ist alles ziemlich merkwürdig!«, sagte sie schließlich. »Weshalb glaubtet ihr, Ellen sei von der Schule gewiesen worden? Und wie kamt ihr auf die Idee, sie hätte euch bestohlen? Das sähe ihr doch gar nicht ähnlich! Wie ihr wisst, hat sie durch harte Arbeit ein Stipendium erhalten. Von der Schule, die sie zuletzt besuchte, wurde sie charakterlich hervorragend beurteilt.«

»Sie hatte sich so auffällig benommen«, stotterte Susanne. »Aber … man hätte sie nicht verdächtigen sollen …«

Frau Greilings Augen wurden zu Dolchen. »Erzählt mir nur noch, ihr hättet ihr euren Verdacht geradewegs ins Gesicht gesagt!«

Die Mädchen ließen die Köpfe hängen, und Susanne gestand leise: »Ja, wir haben vorgestern –«

»Aha, nun ist mir alles klar!«, rief Frau Greiling. »Das war der Abend, an dem das Mädchen krank wurde! Sie hat sich eure Beschuldigungen zu sehr zu Herzen genommen!«

Dolly erinnerte sich mit Schrecken, dass sie Ellen in jener Nacht eine Diebin geschimpft und auf sie eingeschlagen hatte. Sie war ganz allein an der Erkrankung Ellens schuld! Andererseits konnte sie nicht zulassen, dass Susanne und die anderen Mädchen in ein falsches Licht kamen.

Jetzt konnte Dolly nicht länger schweigen. »Frau Direktor, ich muss Ihnen eine wichtige Mitteilung unter vier Augen machen!«, rief sie. »Es ist etwas, das die anderen nicht wissen. Aber ich muss es Ihnen jetzt sagen.«

»Geht bitte hinaus!«, sagte Frau Greiling zu den anderen Mädchen. »Wartet draußen – ich bin noch nicht fertig mit euch.«

Susanne, Britta und Irene schlichen sich bestürzt und kleinlaut hinaus. Was konnte Dolly zu berichten haben?

Dolly erzählte der Direktorin die ganze Geschichte. Wie sie Ellen gefolgt war, sie im Schrank entdeckt und sich mit ihr um die Prüfungsbogen geprügelt hatte. »Und ich nannte sie eine Betrügerin, was ja stimmte, und dann noch eine Diebin, was nicht richtig war. Und dann sagte ich, ich würde am nächsten Morgen alles Susanne erzählen und dass sie ganz sicher von der Schule flöge. Darüber hat sie sich wahrscheinlich so aufgeregt, dass sie krank geworden ist.«

Die Direktorin war wie vom Donner gerührt. »Nein, wirklich!«, rief sie aus. »Dinge gehen hier in dieser Schule vor, die man sich nicht hätte träumen lassen! Das ist unglaublich!«

»Wir dachten, Ellen wäre nach Hause geschickt worden. Und das bestärkte uns noch in dem Verdacht, dass sie eine Diebin sei«, fügte Dolly hinzu.

»Seltsam!«, sagte Frau Greiling nachdenklich. »Ellen hat ein Stipendium. Ich habe bisher noch nicht erlebt, dass solche Mädchen es nötig hätten, bei Prüfungen zu betrügen. Es muss noch etwas anderes dahinterstecken.«

So viele Mädchen, so viele Probleme ...

Die Direktorin ging sofort zur Krankenstation und erfuhr dort, dass Diana gerade aufgestanden war. Das Mädchen saß im sogenannten

Besucherraum in einem Lehnstuhl. Bevor sich Diana erheben konnte, war Frau Greiling auf sie zugeeilt und hatte ihr das gesamte Diebesgut in den Schoß geschüttet. Diana starrte voller Entsetzen auf die Geldbörsen und die Schmucketuis.

»Du hast diese Dinge gestohlen«, sagte die Direktorin. »Aus dem gleichen Grund musstest du die Schule verlassen, die du besuchtest, bevor du hierherkamst. Deinen Eltern wurde nur nahegelegt, dich aus der Schule zu nehmen. Man hat ihnen den Grund nicht genannt. Auch im Zeugnis wurde es nicht erwähnt. Dann hätte dich nämlich keine andere Schule mehr aufgenommen.«

»Und woher wussten Sie – und warum haben Sie mich doch aufgenommen?«

»Ich bin mit deiner früheren Direktorin befreundet«, antwortete Frau Greiling. »Sie hat mir einen vertraulichen Bericht gegeben und mich gebeten, es mit dir noch einmal zu versuchen, weil du nach ihrer Ansicht nicht durch und durch schlecht seist. Sie selbst konnte dich nicht behalten, weil sich deine Mitschülerinnen dagegen gewehrt hätten.«

Über Dianas Wangen kullerten die Tränen. Sie war völlig in sich zusammengesunken.

»Ich bin schlimmer, als Sie denken!«, sagte sie mit kaum hörbarer Stimme. »Ich stehle nicht nur – ich lüge auch. Weil ich Angst hatte, die anderen könnten herausbekommen, warum ich damals die Schule verlassen musste, habe ich ihnen erzählt, ich sei nie in einer Schule gewesen, sondern von einer Gouvernante unterrichtet worden. Und ich habe ihnen vorgelogen, meine Eltern wären reich. Das Foto auf meiner Kommode stellt gar nicht meine Mutter dar, sondern eine amerikanische Schauspielerin.« Sie begann zu schluchzen.

»Ich weiß«, sagte die Direktorin ruhig. »Gerade weil deine Eltern dir keine großen Geschenke machen können und du weniger Taschengeld bekommst als andere Mädchen, musstest du so schrecklich angeben! Und du hast sogar gestohlen, um Dinge zu bekommen, die deine Eltern dir nicht schenken konnten.«

»Es tut mir so leid! Ich bin eine unglaubliche Versagerin!«, weinte Diana laut und bitterlich.

»Nein, Diana, sag doch so was nicht!«, erklärte die Direktorin. »Du hast gerade erst bewiesen, dass du tapfer und entschlossen handeln kannst – dass du dich sogar mit deinem Leben für einen Menschen einsetzt, der in Gefahr ist. Schau mich an, Diana! Die Mädchen bewundern dich – sie wollen dich hochleben lassen, wenn du die Krankenstation verlässt. Du hast so viel Gutes in dir, dass es das Schlechte endlich verdrängen sollte.«

Diana ergriff Frau Greilings Hände. »Was ich mir nicht verzeihe, ist, dass Ellen meinetwegen noch verdächtigt wurde«, sagte sie. »Frau Direktor, können Sie mir die Gelegenheit geben zu beweisen, dass ich nie wieder lügen und stehlen werde? Was kann ich tun, um hierzubleiben? Oder muss ich gleich gehen?«

Die Direktorin sah sie ernst an. »Darüber müssen die Mädchen entscheiden«, sagte sie. »Wenn sie alle dagegen sind, dass du, nach dem, was vorgefallen ist, weiter die Schule besuchst, kann ich nichts dagegen tun. Dann musst du gehen. Frag sie also!«

Diana starrte sie ungläubig an. »Ich – ich soll sie fragen?«

»Jawohl!«, sagte die Direktorin. »Du musst zu deinen Taten stehen. Nur Mut, vielleicht verzeihen sie dir!«

Sie verließ Diana und ging zu Ellen. Das Mädchen saß aufrecht im Bett und schaute ihr entgegen.

»Ellen«, sagte Frau Greiling. »Diana befindet sich in einer bösen Lage. Es ist herausgekommen, dass sie das Geld und die Schmuckstücke gestohlen hat, die in letzter Zeit verschwunden sind.«

Ellen glaubte sich verhört zu haben. »Diana? Aber die Mädchen dachten, ich hätte sie bestohlen! Sie glauben ...«

»Nein«, sagte die Direktorin. »Denn Diana wird ihnen die Wahrheit erzählen. Aber nun sag du mir, warum du die Prüfungsbogen nachts an dich nehmen wolltest?«

Ellen wurde blass und sank in die Kissen zurück. Sie schämte sich furchtbar.

»Nur Dolly und ich wissen davon«, sagte die Direktorin. »Und Dolly musste es mir erzählen; es blieb ihr keine andere Wahl. Aber ich möchte wissen, warum du es getan hast. Deine Erkrankung und deine Nervosität stehen doch damit in Zusammenhang, nicht wahr?«

»Ich war einfach überarbeitet. Mein Kopf nahm nichts mehr auf«, antwortete Ellen. »Und ich wollte doch meine Eltern nicht mit schlechten Zensuren enttäuschen. Da habe ich immerzu gegrübelt, wie ich ihnen die Enttäuschung ersparen könnte. Ich bin nämlich keine große Leuchte, Frau Direktor. Ich muss mir alles sehr schwer erarbeiten. Deswegen habe ich immer so schreckliche Angst, dass ich in meinen Leistungen nachlasse.«

Frau Greiling war erleichtert, dass Ellen nicht aus kalter Berechnung gehandelt hatte, sondern aus Angst und Überreizung, die durch Überarbeitung ausgelöst worden waren.

Als Ellen nun mit leiser Stimme hinzufügte: »Jetzt ist alles aus«, sagte sie: »Na, na, mein Kind, ganz so schlimm ist es nicht. Allerdings nehme ich dir ein Versprechen ab, nämlich, dass du dich in den Ferien wirklich ausruhst und keine Schularbeiten machst. Ich werde deinen Eltern schreiben, dass sie darauf achtgeben. Außerdem musst du mehr Selbstvertrauen haben und nicht gleich in Panik geraten, wenn du einmal nicht so auf dem Posten bist. Abgemacht?«

»Abgemacht!«, sagte Ellen. Sie legte die Arme um die Direktorin und drückte sie kurz an sich.

Lächelnd ging Frau Greiling hinaus. So viele Mädchen, so viele Probleme! Ein Wunder, dass sie nicht noch mehr graue Haare hatte.

Ende gut – alles gut

Am Nachmittag wurden alle Schülerinnen der zweiten Klasse in den Gemeinschaftsraum gerufen. Dort trafen sie zu ihrer Überraschung Diana. Die Mädchen begrüßten sie stürmisch und wollten ihre »Heldenfeier« abhalten.

Aber Diana hob die Hand. »Seid bitte ruhig. Ich habe euch etwas zu sagen.«

Susanne, Dolly, Britta und Irene hatten sich bei der stürmischen Begrüßung zurückgehalten, weil sie sich denken konnten, worum es ging.

Diana schonte sich nicht. Sie erzählte von ihren Diebstählen und Lügen. Sie gestand, dass ihre Eltern weder Autos noch eine Jacht hätten – dass sie sogar in recht bescheidenen Verhältnissen lebten und deswegen in ihr der Plan gereift wäre, Dinge zu stehlen, die sie sich nicht leisten konnte.

Zuletzt sagte sie: »Ich will mich bessern. Glaubt mir, ich werde nie wieder stehlen oder lügen. Aber ihr sollt darüber entscheiden, so sagt Frau Greiling, ob ich weiter auf der Schule bleiben darf oder gehen muss.«

Nach einer langen Pause fragte Susanne: »Und weshalb wolltest du das Päckchen abschicken?«

»Ich befürchtete, dass nach Ellens angeblichem Hinauswurf ihre Eltern vielleicht mit der Polizei kämen, um den Vorwurf zu entkräften und die wirkliche Diebin zu suchen. Deshalb habe ich die gestohlenen Sachen an eine erfundene Adresse schicken wollen und keinen Absender auf das Päckchen geschrieben. Ich hoffte, es würde irgendwo verloren gehen.«

»Ist das alles?«, fragte Susanne.

»Ich denke, das ist genug!«, erwiderte Diana zerknirscht.

»Ich will nichts mehr mit ihr zu tun haben!«, sagte Evelyn verächtlich. »Wenn meine Mutter wüsste –«

»Halt den Mund!«, fuhr Dolly sie an. »Wenn Diana sich wirklich bessern will, sollten wir ihr die Gelegenheit dazu geben. Denkt daran, wie vorbildlich sie sich Marlies gegenüber verhalten hat.«

Alice, die noch immer ein schlechtes Gewissen hatte, weil sie Ellen so leichtfertig des Diebstahls bezichtigt hatte, wollte jetzt lieber auch nachsichtiger verfahren. »Ich schließe mich an!«, sagte sie.

Alle Mädchen hoben die Hand. Auch Evelyn – als Letzte.

Alice ging zu Susanne und reichte ihr die Hand. »Ich habe dir das Leben wirklich schwer gemacht, weil ich selbst Klassensprecherin werden wollte. Ich habe mich sehr dumm benommen, Susanne. Wenn ich daran denke, wie vorschnell ich Ellen verurteilt habe, schäme ich mich! Natürlich entschuldige ich mich bei ihr. Und ich verspreche – in Zukunft werde ich mich danach richten, was du sagst.«

»In Ordnung, Alice«, erwiderte Susanne. »Auf gute Freundschaft!«

Diana war von tiefer Dankbarkeit erfüllt, dass sich die Mädchen so großzügig gezeigt hatten. Als Marlies nun den Arm um sie legte und ihr sagte, sie wolle immer zu ihr halten, war Diana den Tränen nahe. Sie drückte die Freundin an sich. »Ich bin es, die immer auf deiner Seite sein wird!«, versicherte sie.

So nahm das Schuljahr trotz aller Aufregungen doch noch ein gutes Ende. Alle Mädchen entschuldigten sich auch bei Ellen, die zum ersten Mal keine Sorgenfalte auf der Stirn hatte und ganz heiter und entspannt aussah.

Und endlich fuhren sie alle nach Hause in die Ferien. Ein Auto nach dem anderen kam die Auffahrt herauf. Die »Eisenbahnerinnen« zogen fröhlich zum Bahnhof.

»Da gehen sie hin«, sagte Mademoiselle Dupont. »Ach, wie gern ich sie kommen sehe – und wie gern ich sie gehen sehe! Jetzt können wir einmal ausspannen. Vier ganze Wochen lang!« Und seufzend fügte sie hinzu: »Aber sie werden bald wieder da sein, die Quälgeister!«

Damit hatte sie recht. Sie würden bald wieder zurückkehren.

Enid Blyton®

Dolly

Ein Pferd im Internat

Die Neue aus Amerika

Dolly half ihrer Mutter eifrig beim Kofferpacken. Es ging wieder ins Internat Burg Möwenfels. Felicitas schaute zu; sie wäre gar zu gern mit der großen Schwester gefahren.

»Sei nicht traurig!«, sagte Dolly. »Im nächsten Jahr kommst du mit mir. Nicht wahr, Mutti?«

»Hoffentlich«, bemerkte Frau Rieder. »Die Direktorin meinte, es würde vielleicht ein Platz für dich frei. – Aber Dolly, du brauchst doch bestimmt nicht alle diese Bücher hier! Der Koffer wird ja zu schwer!«

»Natürlich brauche ich sie!«, antwortete Dolly. »Dafür können aber diesmal die Tennissachen hierbleiben. Ich spiele jetzt viel lieber Handball!«

»Na, meinetwegen«, sagte Frau Rieder. »Dann muss ich aber den halben Koffer wieder auspacken, weil ich den Tennisschläger nach ganz unten gelegt habe. Ach, und noch etwas: Steht dein Name in deinen Hausschuhen?«

»Nein!«, seufzte Dolly. »Felicitas, bist du so nett und erledigst das für mich? Unsere Hausmutter kriegt einen Anfall, wenn nicht jedes Stück mit Namen gekennzeichnet ist.«

Felicitas rannte und holte einen Kugelschreiber. Sie war elf Jahre alt und Dolly vierzehn. Sie wäre für ihr Leben gern mit nach Möwenfels gefahren. Nach Dollys Beschreibungen musste es die schönste Schule der Welt sein!

»Wenn wir bloß nicht diese neue Schülerin abholen müssten«, sagte Dolly. »Wie heißt sie noch gleich, Mutti? Ich vergesse es immer wieder.«

»Marilyn«, erwiderte ihre Mutter. »Marilyn Miller.«

»Marilyn? Ein ziemlich ausgefallener Name! Klingt sehr amerikanisch.«

»Ja, sie kommt auch aus Amerika«, sagte Frau Rieder. »Sie soll übrigens perfekt Deutsch sprechen. Ihre Mutter stammt aus Deutschland. Ihre Großmutter wollte sie für ein Jahr hier in Europa haben, und nun soll sie in Möwenfels zur Schule gehen. Erstaunlich, dass sie in so kurzer Zeit einen Platz bekommen hat.«

»Wie sie wohl ist?«, fragte Dolly.

»Ich nehme an, recht nett«, sagte ihre Mutter.

»Hast du sie gesehen?«

»Nur ein Foto von ihr.« Frau Rieder lächelte. »Sie wirkte darauf wie zwanzig. In Wirklichkeit ist sie erst fünfzehn, glaube ich.«

»Fünfzehn! Dann kommt sie nicht in meine Klasse, sondern eine höher. Mutti, ist es nicht jammerschade, dass Susanne Mumps hat und erst später wieder zur Schule darf?«

Susanne Hoppe war Dollys beste Freundin. Gewöhnlich kamen sie gemeinsam in Möwenfels an. Entweder brachte sie Dollys Vater oder Susannes Vater mit dem Auto hin. Diesmal ging das aber nicht.

»Du musst ihr eben schreiben und ihr alles erzählen«, sagte Frau Rieder. »Dank dir schön, Felicitas, du hast die Hausschuhe wunderbar beschriftet. Na, nun sind wir wohl bald fertig. Wo ist die Liste? Ich lese sie eben noch einmal durch, ob wir auch nichts vergessen haben.«

»Wenn Susanne nicht krank wäre, müssten wir Marilyn nicht abholen«, sagte Dolly. »Dann wäre im Auto kein Platz für sie. Ach, Mutti, ich habe irgendwie das Gefühl, dass sie ganz grässlich ist. Was soll ich nur den ganzen Weg mit ihr reden?«

»Du liebe Zeit, sprich doch über die Schule! Du erzählst doch zu Hause unentwegt davon!«

Endlich war die Packerei überstanden. Dann ging die übliche Jagd nach dem Kofferschlüssel los. Er war regelmäßig nach den Ferien wie vom Erdboden verschwunden.

»Hast du auch mein Gesundheitsattest unterschrieben, Mutti?«, fragte Dolly. »Wo ist es? In meiner Tasche mit dem Nachtzeug? Richtig, da ist es ja. Ich bin nur neugierig, ob Irene ihr Attest diesmal dabeihat!«

Felicitas kicherte. Sie hörte für ihr Leben gern von dem Trara um Irenes Gesundheitszeugnis, das Irene zwar jedes Mal zu Hause richtig einpackte, aber in Möwenfels nie auf Anhieb finden konnte.

Am nächsten Tag fuhren Dollys Vater, Dolly und ihre Mutter nach Möwenfels. Sie mussten früh aufbrechen. Dolly ging noch einmal mit ihrer Schwester durchs Haus und durch den Garten, um sich zu verabschieden; sogar die Hühner wurden nicht vergessen.

»Im nächsten Jahr brauche ich mich nicht mehr von dir zu verabschieden, Felicitas«, sagte Dolly. »Also, tschüs für diesmal! Streng dich in der Schule an, dass ich auf dich stolz sein kann, wenn du nach Möwenfels kommst!«

Es war ein schöner Tag, ein bisschen kalt noch, aber sonnig. Dolly stieg hinten in den Wagen. Sie wickelte sich in ihre Decke. Leider würde schon bald Marilyn neben ihr sitzen.

Marilyns Großmutter war mit Dollys Großmutter eng befreundet; daher hatte Dollys Oma ihre Tochter gebeten, Marilyn abzuholen. »Es wäre doch nett, wenn die beiden Mädchen sich unterwegs schon ein bisschen anfreundeten. Dann fühlt Marilyn sich nicht so einsam, wenn sie in einem fremden Land in die neue Schule kommt.«

Dolly wäre viel lieber mit Susanne gefahren. Allein schon der Name Marilyn gefiel ihr nicht. Nun, bald würde sie ja im Bilde sein über diese Marilyn!

Nach etwa einer Stunde Fahrt hatten sie ihr erstes Ziel erreicht. Sie hielten vor einem herrschaftlichen Haus. Ein Diener öffnete die Tür. Dann erschien eine elegante, alte Dame – die Freundin von Dollys Großmutter.

»Das ist aber nett von Ihnen!«, sagte sie und rief ins Haus hinein: »Marilyn, bist du fertig? Die Rieders sind da!«

Aber keine Marilyn war zu sehen. Die Einladung der alten Dame, bei ihr Kaffee zu trinken, lehnte Frau Rieder ab. Sie wollten ja vor Einbruch der Dunkelheit in Möwenfels sein.

»Sobald Marilyn fertig ist, brechen wir auf«, sagte Herr Rieder.

Er war verärgert. Wo steckte diese Marilyn? Was für ein Benehmen, sie warten zu lassen! Er öffnete den Kofferraum, um Marilyns Gepäck zu verstauen, das der Diener inzwischen gebracht hatte.

»Marilyn, komm sofort!«, rief ihre Großmutter. Sie wandte sich an den Diener: »Wissen Sie, wo sie ist? Wo kann sie nur stecken?«

Es vergingen noch einige Minuten, ehe Marilyn endlich zu erscheinen geruhte. Dolly staunte: Das war die Neue? Eine schlanke, junge Dame kam die Treppe herunter. Ihr weißblondes Haar war toupiert und zu einer Hochfrisur aufgetürmt.

Dolly riss verblüfft die Augen auf. Das war ja die reinste Filmdiva! Und die Lippen hatte sie auch angemalt! Das sollte Marilyn Miller sein?

Mit einem kühlen, förmlichen Lächeln begrüßte Marilyn die Familie Rieder.

»Wo hast du denn so lange gesteckt?«, fragte ihre Großmutter vorwurfsvoll. »Wir warten schon eine ganze Weile!«

»Tut mir leid«, sagte Marilyn lässig.

Ihre Großmutter stellte sie vor. Herr Rieder blickte mürrisch drein. Marilyns Aussehen gefiel ihm gar nicht. Dolly ging es ebenso. Worüber sollte sie sich mit diesem Geschöpf unterhalten? Ihre Zunge war wie gelähmt. Marilyn sah so schrecklich erwachsen aus. Es waren nicht nur ihr Aussehen und ihre Frisur – nein, vielmehr noch ihr selbstsicheres Auftreten und die erwachsene Sprechweise.

Marilyn setzte sich neben Dolly und schlug graziös die Beine übereinander.

Ihre Großmutter rief ihr noch durch das Fenster zu: »Marilyn, denk immer daran, dass du dich an die Regeln und Sitten der Schule halten musst. Wisch dir bitte den Lippenstift ab! Ich habe dir schon oft gesagt, dass das in der Schule nicht erlaubt ist. Du benimmst dich stets wie achtzehn, aber du bist noch ein Schulmädchen! Und dann achte darauf, dass du …«

Dollys Vater steckte den Zündschlüssel ins Schloss und ließ den Motor an. Los ging es!

Herr Rieder seufzte und blickte seine Frau aus den Augenwinkeln an. Sie nickte ihm zu. Dolly fing den Blick auf und fühlte sich getröstet. Vati und Mutti dachten also ähnlich wie sie selbst!

»Möchtest du auch eine Decke?«, fragte Dolly höflich.

»Danke, ja«, antwortete Marilyn.

Dolly zermarterte sich ihr Gehirn, um einen Gesprächsstoff zu finden. »Soll ich dir etwas von Burg Möwenfels erzählen?«, fragte sie endlich.

»Na, dann schieß mal los«, sagte Marilyn schläfrig. »Beichte deine Schulgeheimnisse. Wie ist unsere Klassenlehrerin?«

»Nun – du wirst gar nicht in meine Klasse kommen. Du bist doch schon fünfzehn, nicht wahr?«, sagte Dolly.

»Beinahe sechzehn«, erwiderte Marilyn und strich sich über ihre toupierte Haarpracht. »Du bist nicht sehr groß für dein Alter?«

»Ich bin so groß wie alle in meiner Klasse«, sagte Dolly. Sie dachte: Wenn ich das Haar so aufgetürmt trüge wie du, dann sähe ich auch größer aus.

Sie begann von Möwenfels zu erzählen. Darüber sprach sie am liebsten. Sie schilderte das prachtvolle Schulgebäude mit seinen Türmen an allen vier Ecken, dem Schulhof in der Mitte und dem großen Schwimmbad mit Sprungbrettern und Wasserrutschbahn. »Und in allen vier Türmen befinden sich außer den Schlafsälen auch Gemeinschaftsräume, wo wir uns aufhalten können, wenn wir keinen Unterricht haben«, sagte Dolly. »Welchem Turm bist du zugewiesen?«

Sie erhielt keine Antwort. Das war ja die Höhe: Marilyn war fest eingeschlafen und hatte kein Wort von dem gehört, was sie die ganze Zeit erzählt hatte! Dolly sah sie entrüstet an.

Wieder auf Burg Möwenfels!

Empört beschloss Dolly, kein Wort mehr zu Marilyn zu sagen. Sie betrachtete die Amerikanerin eingehend. Sie sah gut aus. Ihr platinblondes Haar glänzte wie eine Mischung aus Silber und Gold. Ob es gefärbt war?

Schade, dass sie nach Möwenfels kommt, dachte Dolly, als sie Marilyns sorgfältig gepudertes Gesicht mit den gebogenen Wimpern und rosigen Wangen aus der Nähe betrachtete. Sie passt nicht zu uns. Evelyn wird sie wahrscheinlich mögen. Aber Evelyn Lessing ist ja immer von Menschen wie dieser Marilyn begeistert!

Herr Rieder sah die schlafende Marilyn an und lächelte Dolly kameradschaftlich zu. Sie lächelte zurück. Sie hätte gern einmal Marilyns Eltern gesehen. Dann gab sich Dolly einen Ruck. Vielleicht ist sie doch ganz nett! Sie kommt ja aus einem Land, wo alles anders ist als bei uns, dachte sie. Sie wollte nicht ungerecht sein. Also beschloss sie, abzuwarten und keine Vorurteile gegen sie zu hegen.

Ein Glück, dass Marilyn in eine höhere Klasse kam! Dann sah sie nicht allzu viel von ihr. Wenn sie nur nicht im Nordturm untergebracht wurde. Was sollte denn Frau Pott von ihr denken, wenn Dolly so eine Bekannte hatte!

Sie dachte an Frau Potts gerade Art. Sie dachte an die dicke, empfindliche Hausmutter, die keine Ungezogenheit durchgehen ließ. Und sie dachte an Frau Peters, die sie als neue Klassenlehrerin bekommen würden und bei der sie schon öfter Unterricht gehabt hatten. Nicht auszudenken! Sie bekommt Zustände, wenn Marilyn in ihrer Klasse landet, dachte

Dolly, als sie sich Frau Peters vorstellte. Eigentlich doch schade, dass ich es nicht erleben kann, wie sie mit Marilyn fertigwird!

Als sie endlich in Möwenfels ankamen, war Dolly ziemlich müde. Sie hatten zweimal unterwegs eine Pause eingelegt. Marilyn war dann aufgewacht und hatte sich gewandt mit Herrn und Frau Rieder unterhalten.

Frau Rieder war höflich und freundlich zu ihr. Herr Rieder, der für Menschen wie Marilyn kein Verständnis hatte, sprach nur mit Dolly und ließ das amerikanische Mädchen links liegen.

»Dein Vater sieht gut aus«, flüsterte Marilyn Dolly plötzlich zu. »Diese großen Augen und die schwarzen, buschigen Brauen! Wundervoll!«

Dolly hätte am liebsten laut gelacht. Sie hätte ihrem Vater nur zu gern von seinen »schwarzen, buschigen Brauen« erzählt, aber es bot sich keine Gelegenheit.

»Erzähl mir ein bisschen von deiner Schule«, sagte Marilyn liebenswürdig, als Dolly schweigsam blieb.

»Ich habe dir schon alles erzählt«, gab Dolly schnippisch zurück, »aber es muss dich ziemlich gelangweilt haben, denn du bist darüber eingeschlafen.«

»Das ist wirklich allerhand, entschuldige bitte!«, sagte Marilyn.

»Und jetzt kann ich dir leider nichts mehr erzählen, denn wir sind bereits in Möwenfels angekommen.« Dollys Augen glänzten vor Freude.

Das Auto fuhr durch das Tor, das Dolly immer wie der Eingang zu einem Schloss erschien. Vor der Auffahrt standen viele Autos, und Mädchen aller Altersstufen liefen umher, mit Koffern und Taschen beladen.

»Komm schon«, sagte Dolly zu Marilyn. »Wir steigen jetzt aus. Ich bin so froh, dass ich wieder hier bin! Hallo, Britta! Hallo, Irene, wie steht's mit deinem Gesundheitsattest? Tag, Jenny. Hast du von Susanne gehört? Sie hat Mumps. Schade, nicht?«

Jenny erblickte Marilyn, die soeben aus dem Auto stieg, und starrte sie an, als könnte sie ihren Augen nicht trauen: diese Frisur und dieses platinblonde Haar! »Wer ist das? Eine Verwandte von dir?«, fragte sie.

»Das hätte mir gerade noch gefehlt! Nein! Sie ist eine neue Schülerin.«

»Nicht zu glauben! Wie kommt denn die nach Möwenfels?«

Dolly lief aufgeregt und freudig von einer Freundin zur anderen. Ihr Vater lud die Koffer aus, der Schulpförtner trug sie ins Haus. Dolly warf einen Blick auf das Schild an Marilyns Koffer und las: Nordturm. Ausgerechnet – jetzt kommt sie doch in unseren Turm, dachte sie.

»Hallo, Alice! Schöne Ferien gehabt?«

Alice kam herbei, ihre Augen blitzten. »Blendend!«, sagte sie. »Aber wer ist denn die da?«

»Eine Schülerin«, sagte Dolly. »Ich weiß, was du denkst. Ich wollte meinen Augen auch nicht trauen, als ich sie zum ersten Mal sah. Ist kaum zu glauben, was?«

»Ach, sieh mal – da ist ja auch unsere liebe Evelyn und weint sich wie gewöhnlich an Mamas Schulter aus«, sagte Alice und schaute belustigt zu den beiden hinüber, die sich gerade die letzten Tränen wegwischten. Evelyn Lessing war nun einmal das verzärtelte Hätschelkind ihrer Mutter. Während der Schulzeit wurde sie immer halbwegs vernünftig, aber in den Ferien wurden alle guten Ansätze wieder zunichtegemacht.

Evelyn entdeckte Marilyn und starrte sie überrascht und bewundernd an.

Alice beobachtete Evelyn interessiert und stieß dann Dolly heimlich in die Seite. »Evelyn fängt bereits damit an, die Neue anzubeten. Siehst du den Ausdruck auf ihrem Gesicht? Die Amerikanerin wird also mindestens eine untertänige Sklavin haben!«

Evelyn sagte etwas zu ihrer Mutter, die daraufhin sofort zu Marilyn hinüberschaute. Offensichtlich war sie aber nicht so entzückt wie ihre Tochter. Marilyn selbst sah sich mit Interesse nach allen Seiten um und staunte über den Lärm und die Aufregung. Die seltsamen Blicke, mit denen man sie musterte, schien sie nicht zu bemerken. Dolly sah, dass ihre Eltern aufbrechen wollten, und lief zu ihnen.

»Ich bin froh, dass du dich gleich wieder wohlfühlst«, sagte ihre Mutter. Sie freute sich zu sehen, wie herzlich Dolly von allen begrüßt wurde. »Du gehörst jetzt nicht mehr zu den Jüngeren, Dolly!«

»Das will ich hoffen!«, erwiderte Dolly lachend. »Macht's gut, ihr Lieben. Ich schreibe sonntags wie gewöhnlich. Sagt Felicitas, in Möwenfels ist es so schön wie immer.«

Als sie ihren Eltern nachblickte, erhielt sie von Irene einen Stoß in den Rücken. »Dolly, du musst mit mir zur Hausmutter gehen. Ich kann mein Gesundheitsattest nicht finden!«

»Irene, das ist doch einfach nicht möglich!«, rief Dolly. »Natürlich komme ich mit dir mit. Wo ist mein Handkoffer? Ach, da steht er ja.«

Plötzlich fiel ihr Marilyn ein. Die hatte sie ganz vergessen. Ich werde mich jetzt um sie kümmern, dachte sie, sonst fühlt sie sich verlassen. Ich weiß noch genau, wie es war, als ich zum ersten Mal hier in die Schule kam. Alle lachten und redeten und begrüßten einander – nur ich kannte keine Menschenseele!

Aber Marilyn machte durchaus keinen verlorenen und verlassenen Eindruck. Im Gegenteil, sie sah zufrieden aus. Sie lächelte sogar, als ob das Treiben ringsum sie köstlich amüsierte. Außerdem hatte sie schon jemand angesprochen: »Bist du die neue Schülerin? Du wohnst, glaube ich, im Nordturm. Soll ich dich im Haus herumführen?«

Da sieht man's, dachte Dolly verächtlich. Evelyn Lessing hat sich schon an sie herangemacht und betet sie an! »Marilyn, du kannst mit uns kommen, wir bringen dich zur Hausmutter«, sagte Dolly zu Marilyn.

»Ich kümmere mich schon um sie«, sagte Evelyn und sah Dolly mit ihren hellblauen Augen feindselig an. »Du kannst ruhig zu Susanne gehen!«

»Susanne kommt noch nicht«, erklärte Dolly. »Sie hat Mumps. Marilyn ist mit meinen Eltern und mir hergefahren, deshalb muss ich mich um sie kümmern.«

»Dann könnt ihr mich doch beide herumführen«, sagte Marilyn liebenswürdig und lächelte Evelyn freundlich an. Evelyn hängte sich bei ihr ein und führte sie in den Vorraum.

Alice grinste. »Hoffentlich nimmt die liebe Evelyn sie uns für immer ab«, sagte sie. »Aber wahrscheinlich kommt sie in eine höhere Klasse. Sie sieht wie achtzehn aus!«

Irene jammerte laut.

»Aber Irene! Es ist ja einfach nicht zu glauben, dass du dein Attest wieder nicht hast. Du kannst es doch nicht jedes Mal verlieren!«

»Aber ich habe es verloren!«, sagte Irene. »Bitte, komm mit zur Hausmutter und steh mir bei.«

So gingen sie zusammen zur Hausmutter. Dolly und Alice gaben ihre Atteste ab. Die Hausmutter sah Irene an.

Irene nickte. »Ich hab's wieder verloren«, sagte sie bekümmert. »Das Schlimmste ist: Ich kann mich nicht einmal erinnern, dass ich es hatte! Gewöhnlich erinnere ich mich wenigstens daran, wie Mutter es mir gab. Aber diesmal weiß ich nicht einmal das!«

»Vor zehn Minuten hat es mir deine Mutter gegeben«, sagte die Hausmutter. »Nun geh schon, Irene, sonst verliere ich es vielleicht auch noch!«

Dann stellte Dolly Marilyn der Hausmutter vor. Die Hausmutter starrte die Neue an, als sähe sie das achte Weltwunder.

»Wer ist denn das?«, fragte sie. »Marilyn Miller? Ja, du kommst in den Nordturm. Hast du dein Gesundheitsattest? Evelyn, sie schläft in deinem Saal. Begleite sie dorthin. Und macht euch gleich zum Essen fertig!«

Dolly grinste Alice an, und Alice blinzelte voller Einverständnis zurück: Die Hausmutter würde morgen bestimmt nicht mehr so höflich zu der Neuen sein.

»Komm jetzt«, sagte Alice. »Wir wollen unser Nachtzeug auspacken. Übrigens habe ich dir furchtbar viel zu erzählen!«

Marilyn in Klasse 4

Am nächsten Tag eilten die Mädchen in ihre dritte Klasse. Vom Klassenzimmer aus konnte man den Schulhof überblicken und ganz hinten sogar das Meer sehen.

»Marilyn kommt in die vierte Klasse«, sagte Jenny. »Dann ist sie also nicht bei uns.«

»Das habe ich mir schon gedacht«, sagte Marilyn. »Ich bin doch viel älter als ihr.«

Jenny sah sie an. »Marilyn, ich möchte dir gern einen Rat geben. Frau Wagner, die Klassenlehrerin der Vierten, wird deine Frisur und vor allem deine roten Lippen nicht dulden. Es wäre klüger, du würdest dir eine andere Frisur machen und dir die Lippen abwischen, bevor sie dich sieht.«

»Was bildest du dir eigentlich ein!«, sagte Marilyn von oben herab. Sie schaute auf dieses einfache, kleine Mädchen herunter.

»Aber Marilyns Frisur sieht doch reizend aus«, erklärte Evelyn, die selbst einmal mit lang herabwallendem Goldhaar hier angekommen war.

Keiner beachtete ihren Einwurf.

»Danke für deine Belehrung! Aber ich habe nicht die Absicht, mich in ein kleines Schulmädchen zu verwandeln«, sagte Marilyn hochnäsig. »Ich möchte nicht wie ihr aussehen. Schaut doch bloß in den Spiegel! Ich möchte euch einmal alle frisieren. Dann sähet ihr ein bisschen schicker aus!«

Diana, ein ausgesprochen hübsches Mädchen, lachte Marilyn einfach aus. »Niemand möchte so herumlaufen wie du! Du solltest selbst einmal in den Spiegel sehen!«

»Das habe ich schon getan, heute Morgen!«

»Wenn du in Rom bist, musst du dich wie eine Römerin benehmen«, sagte Jenny, die gern Spruchweisheiten anbrachte.

»Ich bin aber nicht in Rom«, gab Marilyn zurück.

»Nein«, schaltete sich Alice ein, »doch wenn dich Frau Wagner sieht, wirst du dir brennend wünschen, dort zu sein – ganz weit weg. Jetzt beeil dich, dass du in deine Klasse kommst. Frau Wagner wird in einer halben Minute dort sein. Und Frau Peters hier. Sie würde bei deinem Anblick auch einen Anfall bekommen.«

Marilyn lachte und verschwand in Richtung ihres Klassenzimmers. Als sie an der Tür stand, kam Frau Wagner schon herangeeilt. Sie prallte beinahe mit Marilyn zusammen. Frau Wagner hatte keine Ahnung, dass Marilyn zu ihrer Klasse gehörte, erwachsen, wie sie aussah. Sie versuchte, sich zu erinnern, wer Marilyn war. Vielleicht eine von den neuen Hilfslehrerinnen?

»Ja ... sagen Sie ... Sie sind doch Frau ... Frau ...«

»Marilyn Miller«, sagte Marilyn und wunderte sich, dass die Schülerinnen hier mit »Sie« angeredet wurden.

»Frau Miller«, sagte die Lehrerin, die immer noch keine Ahnung hatte, mit wem sie es zu tun hatte. »Sie wollen mich sprechen, Frau Miller?«

»Nein – das gerade nicht«, erwiderte Marilyn. »Mir wurde gesagt, ich sollte in Ihre Klasse kommen – Klasse 4.«

»Was?«, rief Frau Wagner mit schwacher Stimme. »Doch nicht eine von meinen Schülerinnen?«

»Allerdings, Frau Wagner«, sagte Marilyn und wunderte sich, wie merkwürdig sich die Lehrerin verhielt. »Bin ich hier nicht richtig? Ist hier nicht Klasse 4?«

»Doch«, sagte Frau Wagner, die sich inzwischen wieder gefasst hatte, »hier ist die Klasse 4. Aber so kannst du nicht zum Unterricht kommen. Was hast du denn da auf dem Kopf?«

Marilyn war noch erstaunter. Sie fasste auf ihren Kopf. »Was meinen Sie eigentlich?«, fragte sie.

»Da, dieses Ungetüm! Es sieht aus, als hättest du einen Kaffeewärmer auf!«

»Ach, das! Das ist doch nur mein Haar«, sagte Marilyn. Sie fand diese Lehrerin etwas seltsam. »Wirklich, Frau Wagner. Es ist toupiert. Das ist jetzt die große Mode.«

Schweigend besah sich Frau Wagner den kunstvollen Turm aus Haar. Dann fielen ihr die roten Lippen auf. »Also, du bist Marilyn, die Neue aus Amerika? Nein, Marilyn, so kann ich dich in meiner Klasse nicht dulden«, sagte sie, und ihr Gesicht wurde spitz und streng. »Nicht mit dieser verrückten Frisur. Kämm dir das Haar ordentlich und wisch die Schminke ab. Komm in fünf Minuten in vernünftigem Zustand wieder zurück.« Damit verschwand sie in der Klasse und schloss die Tür.

Marilyn starrte ihr nach. Sie strich sich über ihre hoch aufgebauschte Haarpracht. Lächerlich! Was dachte sich diese Lehrerin eigentlich? Marilyn runzelte die Stirn. Was war das bloß für eine Schule? Hier gab es eine Menge Mädchen, die fast erwachsen waren, aber keine von ihnen hatte eine schicke Frisur, keine sah schick aus ... »Ich wette, alle sind dumm wie Bohnenstroh«, sagte sie laut vor sich hin.

Immerhin beschloss sie, etwas mit ihren Haaren zu unternehmen. Diese zimperliche und spießige Frau Wagner bekam es sonst fertig, sie bei der Direktorin anzuschwärzen.

Und vor der Direktorin, Frau Greiling, hatte sogar Marilyn Respekt. Was hatte sie bei der Begrüßung gesagt? Etwas wie: Sie müsse lernen, hilfsbereit und freundlich, vernünftig und tüchtig zu werden, kurz gesagt: ein verlässlicher Mensch. Außerdem hatte sie gesagt, dass sie bei ihrem Aufenthalt in dieser Schule manches lernen könne, was ihr später weiterhelfen würde – und andererseits, dass auch die Mitschülerinnen gewiss manches von ihr lernen könnten.

Frau Greiling will ich nicht enttäuschen, dachte Marilyn und suchte nach ihrem Schlafsaal. Wo war er nur? Nie würde sie sich in diesem Gebäude zurechtfinden!

Schließlich entdeckte sie ihn. Traurig betrachtete sie sich im Spiegel. Ihre kunstvolle Frisur sollte sie zerstören! Sie griff nach Kamm und Bürste – und bald sah ihr Haar nicht mehr unnatürlich aus. Gleich wirkte sie jünger. Sie besah sich im Spiegel. Spießig und blöde fand sie sich. Was würde ihr Daddy sagen, wenn er sie so sähe? Aber von »spießig« und »blöde« konnte keine Rede sein. Marilyn sah natürlich und jugendlich aus, wie ein junges Mädchen.

Dann suchte sie wieder ihr Klassenzimmer auf. Sie wusste nicht, ob sie anklopfen sollte oder nicht. Hier war alles so anders. Man legte mehr Wert auf Höflichkeit und gesittetes Benehmen als in einer amerikanischen Schule. Sie beschloss anzuklopfen.

»Herein!«, rief Frau Wagner ungeduldig. Sie hatte Marilyn längst vergessen und erkannte sie nicht wieder. »Was willst du?«, fragte sie. »Sollst du etwas ausrichten?«

»Nein«, sagte Marilyn ganz verwirrt. »Ich bin doch hier in der vierten Klasse?«

»Wie heißt du?«, fragte Frau Wagner und suchte in ihrer Namensliste.

Marilyn war jetzt überzeugt, dass Frau Wagner übergeschnappt war. »Ich habe es Ihnen doch schon gesagt: Ich bin Marilyn Miller.«

»Was ...? Wie ...? Du bist das?«, sagte Frau Wagner und sah ihr scharf ins Gesicht. »Wer hätte gedacht, dass eine andere Frisur das Gesicht so verändern kann? Also, komm her und setz dich. Da drüben ist dein Platz.«

Die vierte Klasse war neugierig und aufgeregt. Es waren fleißige Mädchen; sie mussten am Ende des Schuljahres eine Art Zwischenprüfung ablegen.

»Mal nachsehen – wie alt bist du, Marilyn?«, fragte Frau Wagner und suchte in ihrer Liste.

»Beinahe sechzehn.«

»Ja – dann wird dir sicherlich alles sehr einfach vorkommen«, sagte Frau Wagner. »Immerhin ist es eine neue Schule. Da wirst du trotzdem manches lernen können.«

Marilyn sah sich ihre Mitschülerinnen an. Sie wirkten alle so ernst. Da hatte ihr die dritte Klasse viel besser gefallen: Alice, Dolly, Britta und die Übrigen. Die waren vergnügt und sorglos.

Wilhelminas Ankunft

In der dritten Klasse gab die Klassenlehrerin, Frau Peters, gerade die Bücher aus. Frau Peters war groß und sehr kräftig, hatte ganz kurze Haare und eine tiefe Stimme. Die Mädchen mochten sie gern, klagten aber manchmal, dass sie sie wie Jungen behandelte.

Ihr Lachen klang tief, und ihre Bewegungen waren energisch. In ihrer Freizeit sah man sie fast nur zu Pferd. Sie hielt auch die Reitstunden, die immer am Samstagmorgen stattfanden.

»Ich wundere mich eigentlich, dass sie nicht auch in Reithosen zum Unterricht kommt«, sagte Alice zu den anderen. »Es fällt ihr sicher schwer, einen Rock anzuziehen!«

»Soll ich auch schon die Bücher für die neue Schülerin herausgeben?«, fragte Jenny. »Wann kommt diese Wilhelmina Rodenstock eigentlich, Frau Peters?«

»Ich glaube, heute Vormittag«, sagte die Lehrerin. »Sie und ihre Brüder standen wegen irgendeiner ansteckenden Krankheit unter Quarantäne. Die Direktorin hat so etwas gesagt. Sie wird mit dem Auto kommen, vermute ich.«

Nach dem Frühstück musste die dritte Klasse laut Stundenplan in den Handarbeitsraum, und von dort aus erlebte sie die höchst erstaunliche Ankunft von Wilhelmina Rodenstock mit.

Plötzlich hörte man das Geklapper von Pferdehufen. Alice lief sofort ans Fenster und rief: »Kommt mal alle her!«

Die ganze Klasse stürzte ans Fenster.

Frau David, die freundliche, gutmütige Handarbeitslehrerin, protestierte sanft: »Was fällt euch denn ein, Mädchen?«

»Kommen Sie auch her, Frau David«, sagte Alice. »Das hält man nicht für möglich!«

Draußen hielt ein Mädchen auf einem großen braunen Pferd, umringt von sieben Jungen im Alter von etwa acht bis achtzehn Jahren, alle zu Pferde.

»Das muss Wilhelmina sein«, sagte Dolly. »Und ihre sieben Brüder. Vielleicht kommen die Brüder auch nach Möwenfels?« Sie lachte über ihren eigenen Witz.

»So ist noch keine neue Schülerin hier angekommen!«, erklärte Evelyn. »Einfach hoch zu Ross anzugaloppieren – und dann zu acht! Das muss schon eine seltsame Familie sein!«

Leider klingelte es in diesem Augenblick zur nächsten Stunde, und die dritte Klasse konnte das Weitere nicht verfolgen. Wie würde Wilhelmina das Schulhaus betreten? Dolly malte sich aus, wie sie die Stufen bis in die Halle hinaufritt.

Wie Wilhelmina aussah, hatten sie bisher noch nicht feststellen können. Sie war von ihren Brüdern nicht zu unterscheiden, da alle Reithosen trugen. Auf jeden Fall versprach sie eine kleine Sensation zu werden.

Margot, die sich nur für ihre schöne Stimme interessierte und sich jetzt schon als große Opernsängerin sah, meinte: »Ich hasse solche wilden Geschöpfe. Die denken nur an Pferde und Hunde, und dann riechen sie auch noch nach diesen Tieren.«

»Aber bei Frau Peters ist das nicht so!«, sagte Dolly.

»Ach, die!«, winkte Margot ab. »Ich wäre froh, wenn ich nicht in ihrer Klasse wäre. Die hat so etwas Männliches!«

Dolly lachte. Frau Peters war wirklich kein zarter, weiblicher Typ mit ihrer lauten Stimme. Aber sie war fair und nur bei so unsportlichen Mädchen wie Margot nicht beliebt. Allerdings hatte sie auch wenig Geduld mit Alice und Betty, die den Kopf voller Flausen hatten.

Wilhelmina erschien an diesem Vormittag noch nicht im Klassenzimmer, aber als sich die dritte Klasse zum Mittagessen fertig machte, wurde Jenny von der Hausmutter gerufen. Neben ihr stand jemand, der zwar die dunkelblaue Schulkluft anhatte, aber sonst ganz wie ein Junge aussah!

»Jenny«, sagte die Hausmutter, »du bist doch die Sprecherin der dritten Klasse. Kümmere dich bitte um Wilhelmina und nimm sie zum Mittagessen mit! – Wilhelmina, das ist Jenny, die Klassensprecherin deiner Klasse!«

»Hallo«, sagte Wilhelmina und lachte Jenny mit strahlend weißen Zähnen an. Jenny sah ihr ins Gesicht und hatte sie sofort gern. Wilhelmina trug die Haare kurz geschnitten wie ein Junge. Sie hatte ein rundes Jungengesicht, eine Stupsnase, einen großen Mund und schöne nussbraune Augen. Von der Stirn bis zu dem energischen kleinen Kinn war sie über und über mit Sommersprossen bedeckt.

»Hallo!« Jenny lächelte sie freundlich an. »Ich habe gesehen, wie du mit deinen Brüdern angeritten kamst.«

»Ja«, sagte Wilhelmina, »Mutter war sehr böse auf uns. Sie wollte, dass ich mit ihr und Vater im Auto herfahre, aber wir holten unsere Pferde und jagten davon, ehe sie das Auto aus der Garage gefahren hatten.«

»Habt ihr denn alle Pferde?«, fragte Jenny.

»Ja, wir haben große Ställe. Mein Vater züchtet Rennpferde. Übrigens bin ich noch nie in einem Internat gewesen. Ist es schlimm hier? Wenn ja, sattle ich Donner und reite davon!«

Jenny starrte Wilhelmina an. Sie hätte gern gewusst, ob sie das wirklich so meinte. Sie beschloss, ihre Worte nicht für bare Münze zu nehmen.

Dann führte sie Wilhelmina in den Waschraum. Frau Pott achtete sehr auf saubere Hände.

»Möwenfels ist eine herrliche Schule«, sagte Jenny. »Du wirst dich auch wohlfühlen hier.«

»Ob ich Donner jeden Tag reiten kann?«, fragte Wilhelmina. »Ich wäre nicht gekommen, wenn ich ihn nicht hätte mitbringen dürfen. Ich muss ihn jeden Tag versorgen, selbst wenn ich den Unterricht versäume. Er duldet niemand anderen als mich.«

»Bist du denn noch nie auf einer Schule gewesen?«, fragte Britta, die danebenstand und interessiert zuhörte.

»Nein. Ich habe am Unterricht von drei meiner Brüder teilgenommen. Sie haben einen Privatlehrer. In unserer Nähe gibt es keine Schule. Wir wohnen nämlich meilenweit von der nächsten Ortschaft entfernt. Sicherlich werde ich die Dümmste in der Klasse sein.«

Britta gefiel Wilhelminas offene Art sofort. »Das ist kaum möglich«, sagte sie und schaute sich um, ob Evelyn in der Nähe war. Ja, da stand sie! »Jedenfalls nicht, solange Evelyn in unserer Klasse ist!«

»Sei nicht so biestig«, gab Evelyn zurück. Sie war wütend, dass sie vor einer neuen Schülerin so bloßgestellt wurde.

»Wenn du noch nie in einer Schule warst, wirst du's anfangs etwas komisch finden, Wilhelmina.«

»Darf ich dich vielleicht auch um etwas bitten?«, sagte Wilhelmina und sah Jenny offen ins Gesicht.

»Um was?«, fragte Jenny. Die anderen waren inzwischen auch hergekommen, um zuzuhören.

Wilhelmina sah alle an. »Ich bin noch nie in meinem Leben Wilhelmina genannt worden. Noch nie! Es ist ein grässlicher Name. Alle nennen mich Will. Meine Brüder haben diese Abkürzung eingeführt. Wenn ihr mich hier alle Wilhelmina nennt, werde ich mich ganz elend fühlen. Dann wäre ich gar nicht ich selbst.«

Ehe eine andere den Mund aufmachte, sagte Britta schnell: »Ja, wir werden dich Will nennen. Das passt zu dir. Wilhelmina ist kein Name für dich. Was meint ihr dazu, Dolly und Jenny?«

»Ja«, stimmten die anderen zu. Sie hatten dieses offene Mädchen mit ihrem kurzen Haar, den Sommersprossen und dem gewinnenden Lächeln sofort gern. Es blieb von da an »Will« für sie.

»Ich danke euch sehr«, sagte Will. »Jetzt kann ich vergessen, dass ich je Wilhelmina getauft worden bin.«

In diesem Augenblick kam Marilyn in den Waschraum. Ihr Haar war noch ganz schlicht gekämmt.

Jenny schaute sie erstaunt an. »Marilyn, du siehst ja völlig verändert aus – so nett und zehn Jahre jünger! Ich wette, dass Frau Wagner ziemlich energisch wurde!«

»Stimmt«, sagte Marilyn. »Sie hat verrücktgespielt. Für mich ist sie erledigt. Ich hätte viel lieber eure Frau Peters. – Aber wer in aller Welt ist denn das?«

Dabei starrte sie Will ganz verwundert an. Die schaute ohne jede Verlegenheit zurück. Die beiden musterten sich von Kopf bis Fuß.

»Bist du ein Junge oder ein Mädchen?«, fragte Marilyn. »Ich weiß es wirklich nicht!«

»Ich heiße Will«, sagte Will. »Abkürzung für Wilhelmina. Und wie heißt du?«

»Marilyn. Ohne Abkürzung, bitte. – Warum trägst du dein Haar so komisch?«

»Weil ich es auf keinen Fall so tragen möchte wie du«, gab Will schlagfertig zurück.

»Ich habe noch nie so ein Mädchen wie dich gesehen«, sagte Marilyn. »Ich würde dich gern nach Amerika mitnehmen. Drüben glaubt mir sonst keiner, dass es so etwas wie dich gibt!«

Eine Glocke läutete.

»Mittagessen!«, rief Britta. »Ich bin schon am Verhungern.«

Sie stürzten hinunter in den Speisesaal. Marilyn setzte sich zur dritten Klasse, weil sie das Gefühl hatte, dass ihr Auftreten in der vierten nicht gerade glänzend gewesen war.

Aber Frau Wagner rief sie zu sich herüber. »Marilyn, das ist jetzt dein Tisch. Zeig mir doch einmal dein Haar!«

Marilyn unterwarf sich zwar der Begutachtung durch die Klassenlehrerin, aber sie ärgerte sich natürlich mächtig, dass sie wie eine Sechsjährige behandelt wurde. Doch ihre Miene heiterte sich auf, als die dampfenden Schüsseln mit Essen aufgetragen wurden.

Will und Donner

Nach wenigen Tagen kam es Dolly bereits so vor, als wäre sie schon seit Wochen wieder in der Schule. Die Welt zu Hause schien ganz weit entfernt. Mitleidig dachte Dolly an Felicitas. Die kleine Schwester ahnte nicht einmal, wie es in einem richtigen Internat aussah, in dem man alles gemeinsam erlebte, gemeinsam die Mahlzeiten einnahm, jeden Abend seinen Spaß hatte und dann gemeinsam schlafen ging.

Will war die ersten Tage recht schweigsam gewesen. Dolly vermutete, dass sie Heimweh hatte. Deshalb fragte sie sie eines Morgens, als sie gemeinsam den Korridor entlanggingen: »Hast du Heimweh?«

»Ach, nein«, sagte Will. »Höchstens Heimweh nach den Pferden! Ich muss immerfort an unsere Pferde zu Hause denken: an Blessie und Franka, an Momo und Kessy, an Amigo und Jonny ... Ich liebe unsere Pferde.«

»Wie behältst du nur alle diese Namen?«, fragte Dolly verwundert.

»Ich kann sie gar nicht vergessen«, sagte Will feierlich. »Ich weiß, dass ich mich in dieser Schule wohlfühlen werde, aber ich vermisse unsere Pferde so schrecklich, das Donnern ihrer Hufe, ihr Wiehern und ihr

Schnauben – ach, das kannst du alles nicht verstehen, Dolly. Du hältst mich bestimmt für verrückt. Weißt du, meine Brüder und ich sind jeden Morgen zu unserem Privatlehrer geritten, sechs Kilometer weit. Und nach dem Unterricht haben wir die Pferde wieder gesattelt und gezäumt – und los ging's im Galopp über alle Berge!«

»Aber das kannst du nun einmal nicht dein ganzes Leben lang tun«, sagte Dolly mitfühlend. »Und in den Ferien kannst du ja sowieso wieder wie früher leben. Du kannst froh sein, dass du Donner mitbringen durftest!«

»Sonst wäre ich gar nicht hergekommen. Ach, Dolly, bis zum Wochenende ist es noch so lange hin. Ich kann es kaum aushalten, wenn ich Donner nicht jeden Tag sehe. Zu schade, dass Frau Peters nicht erlaubt, dass er hinten im Klassenzimmer steht.«

Dolly brach in Gelächter aus. »Du bist ja verrückt! Das gäbe einen Spaß, wenn Donner eine unserer Französischlehrerinnen anwieherte, und sie wieherte auf Französisch zurück!«

Die Klasse hatte natürlich Wills Pferd schon gebührend bewundert. Es war wirklich rührend, wie Donner Will begrüßte. Er wieherte vor Entzücken, steckte seine große samtene Nase in die Beugung ihres Armes und zeigte ihr so deutlich wie möglich, dass er seine kleine Herrin anbetete.

Marilyn, die, anders als Margot, Evelyn, Diana und Marlies, keine Angst vor dem großen Pferd hatte, sagte: »Er ist wundervoll. Nur schade, dass du zum Reiten diese schrecklichen Hosen anziehen musst.«

Will sagte ärgerlich: »Du würdest sicher mit wallendem Rock reiten, mit wehendem Haar und die Finger mit kostbaren Ringen geschmückt.«

Marilyn lachte gutmütig. Sie spielte sich zwar gern als älter und erfahrener auf, spottete über die einfachen Kleider ihrer Mitschülerinnen, ihre Frisuren, ihr Vergnügen am Sport und ihr mangelndes Interesse für das Leben von Filmstars. Auf der anderen Seite aber war sie großzügig und freundlich und verlor niemals die Selbstbeherrschung; deshalb war ihr niemand wirklich böse. Evelyn betete sie natürlich an. Marilyns wegen vernachlässigte sie Margot, was ihr diese eingebildete junge Sängerin sehr übel nahm.

Margot hatte im vorigen Jahr bei Frau Peters auf der schwarzen Liste gestanden, denn ihre Leistungen lagen weit unter dem Durchschnitt. Aber die Lehrerin war nachsichtig gewesen, weil Margot neu in der Klasse war. Damit war jetzt Schluss. Opernsängerin hin, Opernsängerin her – sie verlangte von Margot bessere Leistungen.

Sogar Evelyn ermahnte Margot eines Tages, mehr zu lernen und weniger an ihre Stimme zu denken.

Da wurde es Margot zu bunt. »Wenn ich deinen Rat brauche«, sagte sie wütend, »dann werde ich es dich wissen lassen!«

Evelyn war natürlich bitter gekränkt.

Will konnte an diesem ersten Montag ihre Gedanken noch nicht sammeln. Sie starrte aus dem Fenster und schien weit weg zu sein. Sie hörte überhaupt nicht, was die Lehrerin sagte.

»Wilhelmina«, fragte Frau Peters schließlich, »hast du irgendetwas von dem mitbekommen, was ich eben gesagt habe?«

Alle guckten Will an, die weiter aus dem Fenster blickte. Ein träumerischer Ausdruck lag auf ihrem netten Gesicht.

»Wilhelmina!«, rief Frau Peters. »Ich rede mit dir!«

Will nahm noch immer keine Notiz von ihr. Zur Überraschung der Mädchen begann sie plötzlich, leise vor sich hin zu summen, als wäre sie ganz allein im Zimmer!

Frau Peters war verblüfft. Die Mädchen kicherten. Dolly wusste, was in Will vorging. Sie kannte dieses leise Summen: Will summte stets, wenn Donner sich an ihre Schulter schmiegte. Sie träumt sicher davon, dass sie bei Donner ist, dachte Dolly. Sie ist überhaupt nicht hier!

Frau Peters aber wusste nicht, was sie von Wilhelmina halten solle. »Wilhelmina, bist du taub?«, fragte sie. »Was ist los mit dir? Würdest du mir vielleicht endlich einmal zuhören? Ich spreche schon eine ganze Weile mit dir.«

»Ach, entschuldigen Sie bitte«, sagte Will, die langsam zu sich kam. »Haben Sie wirklich mit mir gesprochen? Vielleicht haben Sie immer Wilhelmina zu mir gesagt. Wenn Sie mich Will nennen, höre ich sofort. Sie müssen nämlich wissen, dass –«

Frau Peters sah sie missbilligend an. Was für ein seltsames Mädchen! »In Zukunft, Wilhelmina, pass bitte auf alles auf, was ich sage, dann brauche ich dich überhaupt nicht mit Namen anzureden! Was fällt dir eigentlich ein, zu verlangen, dass ich dich Will nenne?«

Will sah sie erstaunt an. »Ach, Frau Peters, ich bin nicht frech. Es tut mir leid, dass ich Ihnen nicht zugehört habe. Ich habe an Donner gedacht!«

»Donner?«, sagte Frau Peters, die keine Ahnung hatte, dass Wills Pferd Donner hieß. »Wie kannst du an so einem sonnigen Tag an Donner denken? Sei nicht so albern!«

Die Mädchen konnten ihr Gekicher kaum unterdrücken. Sie wussten natürlich, dass Will von ihrem Pferd sprach, aber die arme Frau Peters wurde immer ungeduldiger.

»Jetzt ist es genug, Wilhelmina«, sagte sie. »Jetzt reden wir nicht mehr von Donner und Blitz oder –«

»Ach – woher wissen Sie denn, dass das Pferd meines Bruders Blitz heißt?«, sagte Will erfreut und nun ihrerseits etwas begriffsstutzig. Sie dachte natürlich, dass Frau Peters von Pferden spräche.

Jetzt war Frau Peters vollends von Wilhelminas Unverschämtheit überzeugt. Sie blickte sie an. »Hast du dein Buch auf Seite 33 aufgeschlagen?«, fragte sie. »Nein? Das wusste ich. Wie kannst du der Stunde folgen, wenn du nicht einmal die richtige Seite aufgeschlagen hast!«

Will schlug hastig Seite 33 auf. Sie versuchte, alle Gedanken an Donner aus ihrem Kopf zu verdrängen. Sie gab einen leisen, schnalzenden Laut von sich, sodass Alice und Irene sich angrinsten.

»Pferdenärrisch!«, flüsterte Alice, und als Frau Peters der Klasse einmal kurz den Rücken zudrehte, schaukelte Alice hin und her, als wenn sie auf einem trabenden Pferd säße. Die Klasse brach in wieherndes Gelächter aus. Endlich einmal wieder ein richtiger Spaß, dachte Dolly bei sich. Wir haben lange keinen mehr gehabt!

Während der ersten zwei Wochen war es sonnig, aber kalt. Evelyn, Margot und Diana klagten am meisten über die Kälte. Kein Wunder – sie trieben wenig Sport und waren deshalb sehr empfindlich. Will schien die Kälte überhaupt nichts auszumachen. Sie war schon braun gebrannt, obwohl es noch früh im Jahr war. Auch Dolly und Alice waren viel im Freien beim Sport.

Evelyn konnte das nicht verstehen, und weil Margot genauso verfroren war, frischten sie wieder ihre alte Freundschaft auf, wenn sie über Dolly und Alice lästerten. Marilyn schien es nach wie vor in der vierten Klasse nicht zu gefallen. Sie kam abends meist unter irgendeinem Vorwand in den Gemeinschaftsraum von Klasse 3, um sich mit Dolly und den anderen zu unterhalten.

»Hast du schon eine Freundin?«, erkundigte sich Dolly einmal bei ihr.

»Das sind aufgeblasene Dinger in der vierten Klasse«, antwortete Marilyn verlegen. »Die scheinen zu denken, dass ich mich nicht anstrengen will. Und sie meinen, das Ende der Welt sei nahe, weil ich nicht versessen darauf bin, in eine der Sportmannschaften von Möwenfels zu kommen.«

»Aber du bist doch groß, du würdest zum Beispiel gut in die Handballmannschaft passen«, sagte Dolly und betrachtete sie von Kopf bis Fuß.

»Handball! Ich will gar nicht Handball spielen!«, sagte Marilyn. »Und wenn ich mir schon die Mannschaftsführerin ansehe, diese Helga Heinemann oder wie sie heißt. Groß wie ein Pferd und ebenso plump! Brüllt und hopst auf dem Sportplatz herum wie eine Wahnsinnige!«

Dolly lachte. »Helga Heinemann gehört zu den besten Mannschaftskapitänen, die wir je hatten. Mit ihr hat Möwenfels schon einige Wettkämpfe gewonnen. Es ist geradezu genial, wie sie stets die richtigen Mädchen für die Mannschaft findet. Wenn ich in ihrer Mannschaft mitspielen könnte, wäre ich verrückt vor Freude.«

»Wirklich?«, sagte Marilyn. »Ich sehe in so etwas keinen Grund zur Freude.«

»Du bist komisch, Marilyn«, sagte Dolly. »Warum macht dir all das keinen Spaß, worüber wir anderen glücklich sind? Du sitzt Stunden herum, pflegst dein Haar oder dein Gesicht oder deine Nägel, statt Sport zu treiben oder spazieren zu gehen.«

»Sport – das fehlte mir gerade noch!«, spottete Marilyn erbost.

Evelyn mischte sich ins Gespräch ein und pflichtete Marilyn eifrig bei. »Ich hätte auch nichts dagegen, wenn die Sportstunden ausfielen.«

»Das liegt daran, Evelyn«, lachte Alice, »dass du dabei eine einmalig komische Figur abgibst. Mit Marilyn ist es anders. Die könnte zum Beispiel eine gute Turnerin werden mit ihrer Figur. Aber sie hält Turnen für unter ihrer Würde!«

Jedes andere Mädchen hätte Alice dies übel genommen, aber Marilyn grinste nur. Evelyn jedoch brauste auf; sie sah Alice bitterböse an.

»Du machst so ein herrlich empörtes Gesicht, Evelyn«, sagte Britta, die plötzlich mit ihrem Skizzenbuch aufgetaucht war. »Du hast doch nichts dagegen, wenn ich dich so zeichne? So eine reizende Grimasse habe ich lange nicht skizziert.«

Evelyn wurde noch wütender und rauschte eilig davon. Sie kannte und fürchtete Brittas treffsicheren Bleistift!

Britta klappte ihr Skizzenbuch zu und tat übertrieben enttäuscht. »Nun ist sie auf und davon! Macht nichts. Ich bekomme sie mit Sicherheit ein anderes Mal vor meinen Bleistift.«

»Biest!«, sagte Evelyn leise und setzte sich neben Margot. Sie wusste, dass sie aufpassen musste. Denn was sich Britta einmal vorgenommen hatte, das führte sie auch aus!

»Du gehst jetzt besser in den Gemeinschaftsraum der Vierten zurück«, sagte Jenny zu Marilyn. »Die Vierte hat es nicht gern, wenn du immer bei uns bist. Über uns fühlen sich die Herrschaften natürlich erhaben. Aber du gehörst zu ihnen!«

»Leider!«, sagte Marilyn. Sie stand auf und ging hinaus.

Plötzlich kam Irene, das Musikgenie der Klasse, herein und sah sich suchend um. Sie summte eine Melodie vor sich hin: »Tam-ta-ti-tamti-tat-ta!«

Die Mädchen sahen sie an und schmunzelten.

»Willst du heute noch ausgehen, Irene?«, fragte Alice.

Irene sah überrascht auf. »Ich? Eigentlich nicht«, sagte sie. »Wieso? Ich komme herein, weil ich mein Notenheft suche. Ich will meine neue Melodie aufschreiben. Tam-ta-ti-tamti-tat-ta! Ich habe sie soeben komponiert.«

»Sie klingt sehr nett«, sagte Alice. »Aber warum hast du deinen Mantel an und eine Mütze auf?«

»Tatsächlich!«, sagte Irene. »Wie komme ich denn dazu? Wann habe ich eigentlich das Zeug angezogen? Ich hab's doch ausgezogen, als wir vom Spaziergang zurückkamen?«

»Beim Abendessen hattest du beides jedenfalls nicht an, sonst hätte Frau Pott schon etwas gesagt! Du bist eine richtig zerstreute Professorin!«

»Halt, jetzt weiß ich, wie das passiert ist«, sagte Irene, immer noch in Mantel und Mütze. »Ich bin in unseren Schlafsaal hinaufgegangen, um ein Paar neue Strümpfe anzuziehen, dabei ging mir meine Melodie immer im Kopf herum – und da habe ich dann, wie es aussieht, statt der Strümpfe aus Versehen den Mantel angezogen und mir auch noch die Mütze aufgesetzt. Jetzt muss ich eben alles wieder ausziehen und meine Strümpfe suchen – bevor ich meine Melodie aufschreibe!«

Britta erbot sich, die Strümpfe zu holen. Sie wusste, dass Irene nichts Vernünftiges fertigbrachte, ehe sie ihre Melodie aufgeschrieben hatte.

»Es wäre furchtbar lieb von dir!«, sagte Irene und legte Mantel und Mütze ab. Dolly wollte sich ausschütten vor Lachen. Denn Britta war ein genauso zerstreutes Huhn wie Irene. Ob sie wirklich bis zu Irenes Schrank kam, ihre Sachen aufräumte und dann auch noch an die Strümpfe dachte? Es wäre ein wahres Wunder!

Schlechte Zeiten für Marilyn

Während der ersten Wochen gab es für Marilyn in der Klasse nichts zu lachen. Obwohl sie älter war als ihre Mitschülerinnen, war ihr Wissensstand viel niedriger. Ihre mathematischen Leistungen waren geradezu verheerend.

»Habt ihr denn nie solche Aufgaben gerechnet?«, fragte Frau Wagner erstaunt. »Und wie steht es mit Algebra und Geometrie? Du weißt ja die einfachsten Dinge nicht!«

»Unsere Schulstunden in Amerika verlaufen ganz anders als hier«, sagte Marilyn. »Wir nehmen sie nicht so ernst. Ich habe mich nie für Algebra und Geometrie interessiert und mir daher auch keine Mühe gegeben.«

Frau Wagner sah sie missbilligend an. Wurde in Amerika der Unterricht wirklich so nachlässig gehandhabt, oder behauptete die neue Schülerin dies einfach?

»Du bist nicht nur in Mathematik schlecht«, sagte sie. »Es fehlt bei dir fast in allen Fächern. Hattet ihr denn keine Physik?«

Marilyn dachte angestrengt nach. »Ich glaube schon. Aber wir haben bei der Physiklehrerin nicht aufgepasst. Wir haben in diesen Stunden nur Unfug getrieben.«

»Und wie ist es mit Geschichte?«, sagte Frau Wagner. »Natürlich weiß ich, dass euer Geschichtsunterricht anders verläuft als unserer – aber Frau Cornelius, die Geschichtslehrerin, sagte mir, dass du auch von der Geschichte eures Landes kaum etwas weißt.«

Marilyn war wirklich niedergeschlagen. Sie überlegte, in welchem Fach sie in der Schule wirklich etwas geleistet hatte. Wofür hatte sie sich ernsthaft interessiert? Ach ja, das war die Literaturstunde! »Wir haben viele Schauspiele gelesen und gespielt. Mit verteilten Rollen. Das war sehr schön. Dafür habe ich eine echte Begabung.«

»Ja, das kann ich mir lebhaft vorstellen«, sagte Frau Wagner trocken. »Aber in der Schule muss man etwas mehr lernen, als Theater zu spielen. Marilyn, du musst sehr intensiv arbeiten, wenn du das Klassenziel erreichen willst. Ich bin bereit, dir Nachhilfeunterricht zu geben, und Mademoiselle Dupont, die über dein Französisch nicht sehr glücklich ist, sagt, sie würde für dich auch etwas von ihrer Freizeit opfern.«

Marilyn war ernstlich beunruhigt. War es nicht genug, dass sie schon diese Schul- und Arbeitsstunden absitzen musste und überall aufpassen sollte? Nun sollte sie noch Extrastunden nehmen? Sie wollte ein Filmstar werden. Wozu brauchte sie da Algebra und all den anderen Unsinn? Das war doch die reinste Zeitvergeudung für ein Mädchen wie sie! Sie war nicht dumm, das wusste sie – und sie würde schon Karriere machen! Das Leben in Amerika war einfacher!

Dann betrachtete sie ihre wunderschön polierten Nägel und ihre gepflegten Hände. Frau Wagner wollte sie wohl absichtlich demütigen. Das konnte Marilyn nicht ertragen. Sie war besser als alle diese kleinen Gänse, die von den wirklichen Dingen keine Ahnung hatten!

Marilyn schwieg gekränkt. Frau Wagner hielt diese neue Schülerin für ein recht schwieriges Mädchen.

»So viel für heute«, sagte sie rasch. »Ich erwarte von dir ab sofort bessere Mitarbeit, Marilyn – und denke bitte auch an deine Klasse. Du weißt, dass fehlende Schularbeiten einen Tadel zur Folge haben. Du hast schon viel zu viele Tadel.«

Marilyn hielt diese Tadel für Albernheiten. Ihr wäre es egal gewesen, wenn sie zwanzig oder dreißig in der Woche bekommen hätte. Aber den Mitschülerinnen waren sie absolut nicht gleichgültig. Lore, die Klassensprecherin, klärte Marilyn auf: »Kannst du das nicht abstellen, dass du dauernd Tadel bekommst? Wir haben zwei schulfreie Nachmittage pro Halbjahr. Wenn aber eine Klasse insgesamt vierzig Tadel bekommen hat, dann fällt der freie Nachmittag weg. Und zwar für die ganze Klasse, nicht nur für dich! Da wäre die Klasse echt sauer!«

Marilyn bekam es mit der Angst zu tun. Wenn sie richtig arbeitete, um ihre Wissenslücken auszufüllen, blieb ihr ja nicht mehr genügend Zeit für ihre Schönheitspflege! Andererseits aber musste sie sich wirklich mehr um die Schularbeit kümmern – sie durfte ja Amerika nicht blamieren. Wenn sie wenigstens ihre schauspielerischen Fähigkeiten zeigen könnte. Die vierte Klasse las doch gerade ein Stück mit verteilten Rollen!

Aber es war ein französisches Stück, und Marilyns Französisch gefiel Mademoiselle Dupont leider überhaupt nicht. »C'est terrible! Schrecklich!« lautete ihr Urteil, und Mademoiselle Rougier stimmte ihr voll und ganz zu.

Als Marilyn fünfzehn Tadel erhalten und drei ungenügende Arbeiten abgeliefert hatte, dann eines Tages überhaupt nicht vorbereitet war, weil sie angeblich nichts verstanden hatte, da ging Frau Wagner zur Direktorin.

»Marilyn passt nicht in die vierte Klasse«, sagte sie zu Frau Greiling. »Die anderen Schülerinnen sind wegen ihrer vielen Tadel wütend auf sie. Sie ist im Grunde ein nettes Mädchen, aber sie ist albern und ganz falsch erzogen. Was sollen wir tun?«

»Glauben Sie, dass man ihr mit Nachhilfeunterricht helfen könnte?«, fragte Frau Greiling. »Sie ist beinahe sechzehn und müsste unserem Schulstandard entsprechen. Übrigens hat sie ein recht gutes Zeugnis aus Amerika mitgebracht.«

»Ich fürchte, Nachhilfeunterricht wird bei ihr nichts nützen«, sagte Frau Wagner. »Sie passt nicht in die vierte Klasse. Ich glaube sogar, dass sie kaum genug kann, um in der dritten mitzukommen. Das Schlimmste ist, dass sie sehr eingebildet ist und sich den anderen überlegen fühlt. Darüber ärgert sich die Klasse natürlich.«

»Mit Recht«, sagte Frau Greiling. Eine kleine Weile schwieg sie. Sie war enttäuscht. »Dann muss sie eben in die dritte Klasse zurück«, sagte sie endlich. »Das bedeutet zwar eine Blamage für sie, aber vielleicht schadet ihr das gar nicht. Schicken Sie sie zu mir.«

»Ich danke Ihnen, Frau Greiling«, sagte Frau Wagner. Sie war heilfroh, dass sie nicht länger die Verantwortung für die junge Amerikanerin hatte. Sie konnte nun alle Tadel ausstreichen, die Marilyn bekommen hatte. Ihre Klasse würde sich ebenfalls freuen, denn sie arbeitete fleißig mit, und Frau Wagner war sehr zufrieden mit ihr.

Sie schickte Marilyn zur Direktorin. Marilyn fühlte, wie ihr Herz klopfte, als sie in Frau Greilings schön eingerichtetes Büro trat. Die Direktorin musterte Marilyn von Kopf bis Fuß. Sie sah das mit Sorgfalt frisierte Haar, die auf Hochglanz polierten Fingernägel und das zwar ungeschminkte, aber mit viel Creme gepflegte Gesicht.

»Marilyn, ich habe dich zu mir kommen lassen, weil ich glaube, dass du den Anforderungen der vierten Klasse in keiner Weise entsprichst«, sagte Frau Greiling. »Das tut mir besonders leid, weil du älter bist als die anderen. Aber ich bin überzeugt, dass Nachhilfestunden zwecklos wären. Außerdem weiß ich, dass dir die Klasse deine vielen Tadel übel nimmt.«

Marilyns Gesicht überzog ein tiefes Rot. Gleichzeitig ärgerte sie sich, dass sie wegen dieser dummen vierten Klasse rot wurde.

»Daher halte ich es für das Beste, dass du jetzt in die dritte Klasse gehst. Dort ist das Leben noch nicht so ernst. Sicher fühlst du dich dort wohler und kannst besser mitarbeiten.«

Marilyn war aufs Tiefste betroffen. So eine Schande! Gewiss – sie mochte die dritte Klasse gern und fühlte sich in der vierten nicht wohl. Aber was würden ihre Eltern sagen und ihre Großmutter!

»Ach, Frau Direktor, das ist ja schrecklich!« Vor lauter Aufregung knöpfte Marylin dauernd einen Knopf ihrer Jacke auf und zu – auf und zu, ohne es zu merken.

»Lass das Knöpfen, Marilyn«, sagte Frau Greiling. »Ich bin überzeugt, du wirst dich in der dritten Klasse gut eingewöhnen. Du kannst morgen hingehen. Ich werde es Frau Peters sagen. Und nimm alle deine Sachen mit. Ich weiß genau, dass unser Schulbetrieb für dich noch ungewohnt ist, aber es wird schon werden. Nur darfst du auf keinen Fall weiter absinken. Du bist aus einem großen und stolzen Land zu uns gekommen. Als dessen Vertreterin solltest du dich fühlen. Denk daran!«

Das war das Einzige, was auf Marilyn Eindruck machte. Nun gut – sie würde also in die dritte Klasse gehen. Sie würde sich auch nichts anmerken lassen, selbst wenn die Mitschülerinnen sie auslachten. Jetzt würde sie wirklich arbeiten. Auf keinen Fall durfte sie weiter absinken! »So – nun kannst du gehen, Marilyn«, sagte Frau Greiling. Sie beobachtete sie, wie sie anmutig das Zimmer verließ.

»Das wird Marilyn hart ankommen«, sagte Frau Peters zu der Direktorin, als diese ihr die Neuigkeit mitteilte. »Weniger die Arbeit als die Schande!«

»Manchmal schadet ein wenig Strenge nicht«, erklärte Frau Greiling. »Die Mädchen kommen ja nicht nur wegen der Schulstunden hierher, sie sollen auch andere Dinge lernen: gerecht und anständig zu sein, großzügig und freundlich. Das ist mindestens ebenso wichtig wie das Wissen!« Frau Greiling glaubte, die tüchtige und verständnisvolle Frau Peters würde eine gute Klassenlehrerin für Marilyn sein. »Es steckt viel Gutes in dem Mädchen; sie ist freundlich und nimmt nichts übel – und ich mag ihr Lächeln. Am besten sagen Sie ein paar nette Worte zu der Klasse. Machen Sie kein großes Aufheben aus der Angelegenheit!«

Zur Überraschung der dritten Klasse sagte Frau Peters die »netten Worte« beim Nachmittagsunterricht. »Ihr werdet eine neue Mitschülerin haben: Marilyn Miller kommt zu uns!«

Das war alles. Frau Peters fügte nur noch hinzu: »Wenn Marilyn über die Sache nicht spricht, redet ihr am besten auch nicht darüber!« Dabei sah sie Alice an. Sie kannte Alices scharfe Zunge. Alice beabsichtigte gar nicht, Marilyn zu verspotten. Aber sie begriff schnell, dass sie in Zukunft gegen sie ein gutes Druckmittel hatte, falls Marilyn sich wieder aufs hohe Pferd setzte.

Nach dem Unterricht wurde das Thema natürlich eingehend besprochen.

»Das ist doch schlimm! Einfach zurückversetzt zu werden!«, sagte Irene. »Scheußlich! Ich glaube, ich könnte niemandem mehr ins Gesicht sehen!«

»In der vierten Klasse werden sie froh sein, dass sie sie los sind!«, meinte Jenny. »Lore hat mir erzählt, sie hätten wegen Marilyn mehr Tadel bekommen als je zuvor. Hoffentlich beschenkt sie uns nicht mit zu vielen!«

»Ich finde, wir sollten nett zu ihr sein«, warf Evelyn ein. »Wir sollten ihr zeigen, dass sie in unserer Klasse willkommen ist.«

»Gut«, sagte Dolly, »Marilyn hat ihre Fehler, aber sie ist ehrlich und hat Humor – ich beantrage also, wir zeigen ihr, dass wir sie gern in unserer Klasse sehen.«

Alle stimmten ihr zu. Sie malten sich aus, wie Marilyn am nächsten Tag in die Klasse kommen würde, mit hochrotem Kopf und hängenden Schultern, beinahe in Tränen. Arme Marilyn! Sie sollte sich über den freundlichen Empfang freuen.

Am nächsten Tag kam Marilyn in die dritte Klasse und brachte ihr Schreibzeug mit. Sie wirkte völlig unbefangen.

Ihre Mitschülerinnen empfingen sie nett.

»Möchtest du diesen Platz haben, bis Susanne wiederkommt?«, fragte Dolly.

»Nein, du sollst neben mir sitzen«, sagte Evelyn.

Alice betrachtete sie von Kopf bis Fuß. Marilyn sah genauso aus wie vorher. Sie ließ keineswegs den Kopf hängen; sie schien nicht aufgeregt, war nicht einmal rot geworden. Ich glaube fast, sie empfindet das gar nicht als Blamage, dachte Alice.

Das stimmte freilich nicht. Marilyn war es entsetzlich peinlich, zurückversetzt zu sein; sie wusste genau, dass jeder die näheren Umstände kannte. Die freundliche Aufnahme in der dritten Klasse freute sie zwar. Andererseits kränkte es sie, dass die Mädchen nur Mitleid mit ihr hatten. Und das ließ sie sich anmerken. Natürlich nahm ihr die Klasse das übel. Sie hatten es ja nur gut gemeint.

Frau Peters durchschaute das alles. Lebhaft wie immer kam sie herein und ließ ihre Augen durch die Klasse wandern. »Setzt euch!«, sagte sie, und alle setzten sich. Ihr scharfer Blick hatte auch Marilyn gestreift. Sie erkannte, was die anderen nicht bemerkt hatten: Hinter Marilyns scheinbarer Gleichgültigkeit verbarg sich ein sensibles Gemüt; ihre Hand zitterte, als sie ihr Buch aufnahm, ihre Stimme klang unsicher und verzagt. Sie leidet unter ihrer Blamage, dachte Frau Peters. Aber sie will es nicht zeigen. Dazu gehört eine beträchtliche Selbstbeherrschung.

Die Stunde begann. Marilyn war sehr aufmerksam. Vergessen waren ihre Haare, ihre Nägel, ihre Kleider. Zum ersten Mal in ihrem Leben arbeitete sie wirklich!

Eines Tages, als die dritte Klasse auf dem Sportplatz Handball spielte, stand Helga Heinemann am Rand des Spielfeldes und sah zu. »Dolly Rieder!«, rief sie, als das Spiel beendet war. »Komm doch einmal her!«

Dolly rannte zu ihr hinüber. Sie spielte nicht nur leidenschaftlich gern, sondern auch recht gut Handball. Sie wünschte sich sehnlichst, in die Schulmannschaft von Möwenfels aufgenommen zu werden! Aber das war schwierig für eine Schülerin der dritten Klasse, außer sie war groß und kräftig.

»Ich habe dich eine ganze Weile beobachtet, Dolly«, erklärte Helga. »Du machst dich gar nicht schlecht! Eines Tages können wir dich vielleicht sogar in die Schulmannschaft aufnehmen. Wir brauchen gute Stürmerinnen und Läuferinnen.«

Dolly wurde ganz rot vor Stolz. Ihre Schwester Felicitas würde staunen, wenn sie ihr einmal erzählen könnte: »Ich gehöre unserer Schulmannschaft an. Neulich haben wir gegen die Schule von Neustadt haushoch gewonnen. Und ich habe ein Tor erzielt!«

Ob Helga ihr wohl erlauben würde, beim Training und bei den Übungsspielen der anderen mitzumachen? Sie hatte einmal angedeutet, dass sie bereit wäre, den jüngeren Handballtalenten zu helfen. Aber Helga war sechzehn und Dolly erst vierzehn. In Dollys Augen war Helga eine überragende Sportlerin, und Dolly hatte keine hohe Meinung von ihrem eigenen Können. Jetzt nahm sie jedoch allen Mut zusammen und stellte die entscheidende Frage.

Helga lachte und erklärte: »So ein Zufall! Vor ein paar Tagen habe ich zu Lore gesagt, der Dolly würde ein bisschen Training guttun. Ich sag dir Bescheid, wann du zum ersten Mal mitmachen kannst.«

Dolly war überglücklich und sprang wie ein junges Fohlen umher. Dabei stieß sie leider mit Mademoiselle zusammen, die gerade um die Ecke bog.

»Was ist denn das für ein Betragen!«, sagte Mademoiselle. Sie taumelte infolge des Stoßes auf ihren hohen Absätzen und suchte Halt an der Wand. »Wie kannst du nur wie ein verrückt gewordener Maikäfer um die Ecke sausen!«

»Ach, bitte, entschuldigen Sie, Mademoiselle!«, rief Dolly. »Aber ich bin ja so glücklich. Helga Heinemann will mit mir trainieren, damit ich in die Handballmannschaft komme.«

Mademoiselle hatte eine heimliche Vorliebe für Dolly, und sie lächelte. »Ich freue mich sehr für dich! Das ist wirklich eine hohe Ehre für dich und für deine Klasse!«

»Sei vernünftig, Wilhelmina!«

Die meisten Schülerinnen der dritten Klasse hatten sich jetzt eingelebt. Nur Will konnte keine Ruhe finden. In ihrem Kopf hatte sich der Gedanke festgesetzt, Donner sehne sich nach den anderen Pferden zu Hause, und sie benutzte jede freie Minute, um bei ihm zu sein.

»Wie kann man nur ein Pferd so verhätscheln?«, spöttelte Alice. »Was das Pferd sich wohl denkt?«

Frau Peters musste Will dauernd ermahnen, weil sie während der Stunden träumte. Ihre Leistungen im Unterricht waren sehr unterschiedlich. In Latein war sie hervorragend, weil sie mit ihren Brüdern zusammen unterrichtet worden war. Zu Mademoiselles Verzweiflung war ihr Französisch dagegen miserabel. Auch in Mathematik war sie ungenügend, weil der Privatlehrer sich in diesem Fach vor allem mit ihren Brüdern beschäftigt hatte.

»Der Lehrer meinte, in einer Mädchenschule würde auf Mathematik kein Wert gelegt«, erklärte Will. »Aber ich kann rechnen, Frau Peters.«

»Das will ich hoffen!«, grollte Frau Peters. »Du musst trotzdem Nachhilfestunden in Mathematik nehmen, Wilhelmina!«

»Das geht nicht«, sagte Will. »Meine Freizeit muss ich bei Donner verbringen.«

Frau Peters wusste inzwischen, dass Donner Wills Pferd war. Sie hatte es gesehen und bewundert und Will damit sehr erfreut. Sie hatte auch Wills Reitkünste bestaunt. Das Mädchen konnte so gut reiten, dass sie und das Pferd eins zu sein schienen. Niemals schien sie glücklicher zu sein, als wenn sie mit den anderen ausritt und durch die liebliche Landschaft hinter Möwenfels galoppierte. Aber sie wollte nicht einsehen, warum sie nur mit den anderen zusammen reiten durfte. Mit Donner allein auszureiten wurde ihr verboten.

»Zu Hause tu ich's doch auch!«, protestierte sie. »Seit vielen, vielen Jahren reite ich immer allein mit Donner aus. Es ist geradezu albern, dass ich das hier nicht darf. Was kann denn schon geschehen?«

»Das ist alles ganz schön«, erklärte Frau Peters geduldig zum zwanzigsten Mal. »Aber hier bist du nicht zu Hause, sondern in der Schule. Was wir dir erlauben, müssten wir auch den anderen erlauben. Und wenn du das nicht endlich einsiehst und dich weiter so albern benimmst, verbiete ich dir, Donner überhaupt zu besuchen.«

Will starrte die Lehrerin entgeistert an. Vor Zorn errötete sie bis zu den Haarwurzeln. »Ich kann nicht ohne Donner leben! Das müssten Sie doch verstehen, Sie haben doch selbst Pferde so gern!«

»Sei vernünftig, Wilhelmina«, sagte Frau Peters und blieb immer noch ruhig. »So pferdenärrisch wie du bin ich nicht. Du denkst ja Tag und Nacht an nichts anderes und meinst, ohne den Pferdegeruch nicht leben zu können. Also, sei vernünftig, Wilhelmina!«

Aber das war zu viel verlangt von Will, wie ihre Mitschülerinnen bald herausfanden. Will war eine hervorragende Turnerin; sie war mutig, geschmeidig und besaß ein ausgezeichnetes Gleichgewichtsgefühl. Die Sportlehrerin war voll des Lobes und konnte nicht genug davon erzählen. Will schlug ein Rad so gekonnt wie jeder Clown im Zirkus. Mit Händen und Füßen wirbelte sie in der Luft herum, dass den anderen vom bloßen Zuschauen schwindelig wurde. Sie beherrschte sogar den Salto und konnte auf den Händen laufen. Die anderen Mädchen baten sie abends oft, ihnen etwas vorzuführen. Dabei war Will immer freundlich und ganz natürlich. Das Lob, das man ihr für ihre Vorführungen spendete, stieg ihr nie zu Kopf.

Britta machte einige ausgezeichnete Skizzen von Donner. »Die sind einfach fantastisch, Britta! Bitte gib sie mir!«, bettelte Will.

»Nein«, sagte Britta und steckte sie in ihre Mappe. »Ich brauche sie für meine Sammlung von Tierzeichnungen.«

»Ach, Britta, dann zeichne sie bitte noch einmal für mich«, bat Will. »Du musst das tun. Ich lasse sie alle rahmen und stelle sie auf meine Kommode!«

»Unsinn, du hast ja schon sechs Pferdefotos. Da ist doch gar kein Platz für ein weiteres Bild!«

»Doch, ich stelle es ganz vorn hin. Ach, liebste Britta, du musst mir einfach ein paar Zeichnungen von Donner machen. Ich will auch alles für dich tun, was du willst.«

»Du schwindelst ja«, sagte Britta. »Das einzige Wesen, für das du irgendetwas tust, ist Donner. Du würdest keinen Finger für Frau Peters oder jemanden aus unserer Klasse rühren. Und du weißt das selbst genau!«

Will sah sie entgeistert an. »Bin ich wirklich so?«, fragte sie ängstlich. »Denkt ihr alle so von mir?«

»Natürlich«, sagte Britta.

Will sah aus, als ob sie aufbrausen wollte. Dann gewann aber ihr Gerechtigkeitssinn die Oberhand. »Ja, du hast recht. Es ist mir gar nicht so lieb, dass du recht hast, aber es ist leider so«, sagte sie ehrlich.

»Ich will dir etwas sagen, Will. Ich werde eine Zeichnung von Donner und dir anfertigen. Aber ich werde sie dir wegnehmen, wenn du dich wieder so albern und egoistisch benimmst. Ich borge dir die Zeichnung nur.«

Britta hielt ihr Wort und gab Will eine wunderschöne Zeichnung von Donner. Die Zeichnung war mit Kohlestift angefertigt – mit Will auf dem Rücken von Donner, in ihren Reithosen und ihrem weißen Pullover. Alle bewunderten das Bild.

»Also, denk daran, Will: Die Zeichnung gehört noch nicht dir. Ich habe sie dir nur geborgt. Wenn du das nächste Mal gegenüber deinen Mitschülerinnen rücksichtslos bist, wirst du sehen, dass sie verschwunden ist.«

Von da an besserte sich Will wirklich. Aber mit Frau Peters kam sie immer noch nicht aus. Auch Mademoiselle beklagte sich bitter: »Dieses Mädchen ist nicht einmal höflich. Ich sage zu ihr: ›Wilhelmina, träum nicht!‹ Da würdigt sie mich überhaupt keiner Antwort. Ich sage zu ihr: ›Wilhelmina, bist du taub?‹ Doch sie hält es nicht für nötig zu antworten. Sie wird auch niemals Französisch lernen, höchstens das Wort le cheval – das Pferd!«

Frau Peters wusste, wie sie Will wirklich bestrafen konnte. »Hier hast du deine Mathematikarbeit von gestern wieder. Ehe du sie mir nicht anständig verbessert zurückbringst, darfst du nicht zu Donner!« Oder: »Wilhelmina, du hast heute überhaupt nicht aufgepasst. Deshalb wird Donner auf den Besuch seiner Herrin verzichten müssen!«

Will war wütend – und gehorchte einfach nicht. Kein Verbot der Welt konnte sie davon abhalten, täglich zu ihrem geliebten Donner zu gehen. Frau Peters kam freilich überhaupt nicht auf die Idee, dass Will sich ihrem Verbot widersetzte. Aber die Mädchen staunten.

»Eines Tages kommt es heraus!«, sagte Alice. »Dann Gnade dir Gott, Will!«

Überhaupt war Frau Peters überzeugt, dass sie es mit der schwierigsten Klasse der ganzen Schule zu tun hatte: Will mit ihrem Pferdetick, Marilyn mit ihren komischen Eigenheiten, Margot mit ihren Opernstarallüren, Irene und Britta mit ihrer Zerstreutheit ... Ich bin gespannt, dachte sie, wann mir Wilhelmina endlich die zurückgegebene Arbeit bringen wird. Vorher darf sie nicht zu Donner in den Stall! Aber Frau Peters irrte sich. In demselben Augenblick war Will im Stall, und Donner schnüffelte nach dem Zucker in ihrer Hand.

Die Tage vergingen. Es war immer noch ziemlich kalt. Evelyn und Margot jammerten und klagten und waren von der Heizung im Gemeinschaftsraum kaum wegzukriegen.

»Ihr solltet euch lieber in der frischen Luft bewegen«, sagte Dolly, deren Gesicht rosig leuchtete. Sie hatte jede freie Minute dem Handballtraining gewidmet. Und sie machte Fortschritte, das wusste sie. Helga hatte sie sogar schon gelobt – und das wollte etwas heißen!

Evelyn fühlte sich bei dem kalten Wetter ganz elend. Sie war von zu Hause an eine überheizte Wohnung gewöhnt und konnte sich mit der gemäßigten Temperatur der Schule nicht anfreunden. Auf Dolly war sie richtig wütend, weil sie sich niemals erkältete und sich obendrein noch in der frischen, kalten Luft auf dem Sportplatz so pudelwohl fühlte. Evelyn lief jetzt fast immer mit einem missmutigen Gesicht umher. Einmal schlich sich Britta hinter Evelyn, als diese wieder so missgelaunt dreinschaute. Ihr Bleistift sauste übers Papier.

Margot stieß Evelyn an. »Pass auf! Britta steht hinter dir!«

Evelyn drehte sich rasch um und versuchte, eine gleichgültige Miene aufzusetzen. Aber das gelang ihr nicht, dazu war ihre Laune zu schlecht.

»Mach, dass du fortkommst, Britta! Ich will nicht, das du mich zeichnest!«, sagte sie barsch. »Lass mich gefälligst in Ruhe! Es ist gemein von dir, dich immer heimlich anzuschleichen – du bist richtig heimtückisch!«

»Aber nein!«, erwiderte Britta. »Du interessierst mich eben. Du siehst herrlich aus, wenn du ein so böses Gesicht machst – das böseste in der ganzen Schule.«

Evelyn lief weg, und alle lachten. Evelyns Augen füllten sich mit Tränen. Sie konnte auf Anhieb weinen.

Eines Abends kam Dolly freudestrahlend vom Training zurück. »Könnt ihr euch vorstellen«, rief sie, noch ganz atemlos, den anderen zu, »dass ich eventuell als Reserve für die Schulmannschaft aufgestellt werde? Zwar nur zweite Reserve – aber immerhin! Helga hat es mir eben gesagt.«

»Was für eine Reserve?«, fragte Marilyn. Sie schloss aus Dollys leuchtenden Augen, dass das etwas ganz Wunderbares sein müsse.

»Nun, wenn zwei Spielerinnen aus der Mannschaft ausfallen, nehme ich den Platz der zweiten ein.«

»Es passiert aber nur selten, dass eine Ersatzspielerin ins Spiel kommt«, bemerkte Alice. »Und für die zweite Reserve sind die Aussichten noch geringer. Das weiß jedes Kind. Also schraub deine Hoffnungen nicht zu hoch, Dolly.«

»Nein, das tue ich auch nicht«, sagte Dolly. Dann fiel ihr plötzlich die Abwesenheit von Will auf. »Wo ist sie?«

»Was glaubst du?«, meinte Britta. »Sie gibt Donner Leckerbissen im Stall!«

»Ich finde es gar nicht gut, dass sie das tut«, sagte Jenny. »Das ist offener Ungehorsam. Wenn sie erwischt wird, gibt es einen Riesenkrach. Ich habe sie immer wieder ermahnt, Frau Peters zu gehorchen, damit sie nicht eines Tages furchtbar hereinfällt – aber ich habe tauben Ohren gepredigt. Bei ihr ist Hopfen und Malz verloren.«

»Sie behauptet, Donner wäre krank«, warf Marlies ein.

»Unsinn!«, spottete Alice. »Sie redet sich das bloß ein, um ihr schlechtes Gewissen zu beruhigen.«

»Nein, ich bin überzeugt, sie glaubt es wirklich«, sagte Marlies mit ihrer sanften Stimme. »Sie macht sich große Sorgen um ihn.«

»Warum geht sie dann nicht zu Frau Peters, damit der Tierarzt kommt?«, fragte Irene.

»Weil Frau Peters sich sofort erkundigen würde, woher Will weiß, dass Donner krank ist«, erklärte Marlies. »Da hätte sie gleich ein Problem.«

Marilyns Traum

Endlich kam Susanne zurück nach Möwenfels. Dolly war überglücklich. Sie umarmte die Freundin, und beide begannen gleichzeitig, aufeinander einzureden.

»Endlich hat mich der Arzt fahren lassen – ich war so wütend, dass ich nicht schon zum Beginn kommen konnte!«

»Ach, Susanne, du hast mir echt gefehlt. Ich muss dir so viel erzählen!«

»Ich dir auch, Dolly! Du hast mir so lustige Briefe geschrieben. Ich bin schon schrecklich gespannt auf Will und Marilyn. Es ist jammerschade, dass ich so viel versäumt habe!«

Alle freuten sich, dass Susanne wieder da war – alle außer Alice. Alice hatte sich so daran gewöhnt, immer mit Dolly zusammen zu sein. Ihre Freundin Betty Hiller hatte sich in den letzten Ferientagen das Bein gebrochen, und es würde noch lange dauern, bis sie wieder nach Möwenfels kommen konnte. Nun müsste Alice Dolly mit Susanne teilen – und vielleicht wäre sie bald das fünfte Rad am Wagen.

So begrüßte Alice Susanne recht kühl. Heimlich hoffte sie, dass Dolly sie weiter als Freundin haben wollte. Aber Dolly vergaß zumindest während der ersten Tage Alice ganz und gar.

»Ach, Dolly, ich bin so froh, wieder hier zu sein!«, sagte Susanne. »Ich habe ständig an Möwenfels gedacht. Ich hatte irrsinniges Heimweh nach der Schule!«

Und da erinnerte sich Dolly endlich an Alice. »Seit wir wieder hier sind, war ich viel mit Alice zusammen«, begann sie. »Da Betty nicht da ist, hatten wir beide keine echte Freundin.«

In Susanne stieg die Eifersucht hoch. Sie hatte immer noch nicht gelernt, sie zu unterdrücken. Es war eine der schwachen Seiten von Susanne. Sie hatte dagegen angekämpft – aber nun schlich sie sich wieder in ihr Herz, als sie sah, wie Alice und Dolly miteinander umgingen.

So war Susanne kühl gegen Alice, und Alice war kühl gegen Susanne. Dolly betrübte das. Ihr war das Gefühl der Eifersucht fremd; das lag nicht in ihrer Natur. Daher konnte sie Susanne nicht recht verstehen. Doch erkannte sie ganz klar: Susanne mochte Alice nicht und wollte Dollys einzige Freundin sein. Alice sah nicht ein, weshalb sie Dollys Freundschaft gänzlich aufgeben sollte, nur weil Susanne zurückgekommen war. Warum sollte eine Freundschaft zu dritt nicht möglich sein?

Ich kann auf diese Eifersüchteleien keine Rücksicht nehmen, dachte Dolly. Sie musste sich um ihren Sport kümmern. Helga war zufrieden mit ihr. Dollys Schnelligkeit und ihr hervorragendes Reaktionsvermögen gefielen ihr ebenso wie ihr unermüdlicher Eifer. Nie versäumte sie das Training, auch bei kaltem Wetter war sie pünktlich zur Stelle. »Dolly ist eine gute Sportlerin« – das war das höchste Lob, das Helga spenden konnte.

»Dolly Rieder«, sagte sie jetzt formell und feierlich zu ihr, als sie nach einem Übungsspiel den Handballplatz verließen, »du gehörst ab heute offiziell zur Schulmannschaft von Möwenfels! Natürlich nur als zweite Ersatzspielerin, aber du hast durchaus die Chance, dass du bei einem Spiel eingesetzt wirst. In diesem Jahr sind ja schon oft Spielerinnen ausgefallen.«

»Ach, Helga, ich danke dir!« Dolly freute sich so sehr, dass sie kaum sprechen konnte. »Ich werde fleißig weitertrainieren, auch wenn es hagelt und schneit! Es ist einfach überwältigend für mich!«

Strahlend stürmte sie ins Haus. Glücklicherweise stieß sie diesmal nicht mit Mademoiselle zusammen. Dafür geriet sie in einen Schwarm von Schülerinnen der vierten Klasse, die vor Erstaunen die Augen aufrissen, als Dolly so dahergefegt kam.

»Du bist wohl durchgedreht!«, sagte eines der Mädchen.

»Vielleicht ein bisschen! Ich bin in der Handballmannschaft als Reserve aufgestellt. Helga hat's mir eben gesagt.«

»Da hast du ja Glück gehabt«, erklärte eine andere. »Gratuliere. Ich bin noch niemals aufgestellt worden, und ich bin älter als du und schon viel länger hier.«

Auch die anderen gratulierten ihr herzlich und klopften ihr anerkennend auf die Schulter. Die dritte Klasse freute sich sehr über Dollys Erfolg. Alle empfanden es als Ehre für die ganze Klasse. Nur Susanne zögerte ein wenig mit ihrem Glückwunsch – sie hatte gesehen, wie überschwänglich

Dolly von Alice begrüßt worden war. Wieder empfand sie einen Stich der Eifersucht. Sie fühlte sich als Außenstehende, weil sie erst so spät nach Möwenfels zurückgekommen war.

Die nächste Sensation war ein Anschlag am Schwarzen Brett: Für die alljährliche Schulvorstellung sollte »Romeo und Julia« eingeübt werden! Und diesmal hatte die dritte Klasse den Auftrag, die Aufführung zu übernehmen! Die Einstudierung lag auch in diesem Jahr in den Händen von Frau Nora Nordberg, einer ehemaligen Schauspielerin. Sie kam dazu jede Woche für ein paar Stunden nach Möwenfels herübergefahren.

»Wie blöd!«, bemerkte Margot, die sich darüber ärgerte, dass in »Romeo und Julia« nicht gesungen wurde. Wenn es nach ihr gegangen wäre, hätte eine Oper oder Operette aufgeführt werden müssen. Da könnte sie mit ihrer Stimme glänzen. »Ich hatte gehofft, wir kommen um diesen albernen Zirkus herum«, sagte sie. »Das ist doch nur Zeitverschwendung!«

»Keineswegs«, widersprach Marilyn, die über den Anschlag sehr erfreut war. »Theaterspielen ist herrlich. Das kann ich wirklich. Als ich die heilige Johanna spielte –«

»Ja, das wissen wir nun schon. Du hast's uns oft genug erzählt«, unterbrach Diana.

»Du glaubst wohl, dass du die Hauptrolle bekommst?«, fragte Alice. »Wenn du dich da nur nicht täuschst! Mit deinem Akzent hast du wenig Aussicht.«

Marilyn blickte sie überrascht an. »Glaubst du, das stört?«

»Nun, eine Julia mit starkem amerikanischem Akzent stelle ich mir reichlich komisch vor«, sagte Alice lachend. »Ansonsten sehe ich keinen Grund, weshalb du keine schöne Rolle bekommen solltest.«

Marilyn war in der letzten Zeit niedergeschlagen gewesen, aber Alices spöttische Bemerkung machte ihr merkwürdigerweise Mut. Die Julia war keine schlechte Rolle! Und ab sofort verwandte sie wieder viel Zeit auf ihre Schönheitspflege und saß endlos lange vor dem Spiegel. Außerdem bemühte sie sich so angestrengt um eine bessere Aussprache, dass es sogar Frau Peters auffiel.

Und in aller Heimlichkeit begann sie die Rolle der Julia zu lernen. Wenn sie Glück hatte und sie sie spielen durfte, wollte sie den anderen endlich einmal zeigen, was sie wirklich konnte!

»Verteilt Frau Nordberg die Rollen schon beim ersten Mal?«, fragte sie ein paar Tage später.

»O nein – sie lässt sie uns fast alle öfter durchprobieren«, sagte Dolly. »Auf diese Weise findet sie stets die richtige Besetzung für jede einzelne Rolle – und wir lernen alle Rollen genau kennen, und das Zusammenspiel wird dadurch besser.«

»Das ist ja wundervoll!«, sagte Marilyn. »Ich habe die Julia bereits einstudiert. Eine traumhafte Rolle! Soll ich euch eine Szene vorspielen?«

Dolly und Alice verdrückten sich schleunigst. Aber Evelyn wollte sie hören. »Wir gehen am besten in einen der kleinen Übungsräume für Musik, da sind wir ungestört«, sagte sie. »Du bist sicher großartig.«

Leider waren alle Musikzimmer besetzt. Nur eines schien leer, aber Irene saß drin und brütete über einer Partitur.

»Irene«, sagte Evelyn, »könntest du so nett sein und –«

»Macht, dass ihr rauskommt!«, unterbrach Irene sie wütend. »Ich habe zu tun. Ihr seht doch –«

»Aber du brauchst das Klavier doch nicht«, sagte Marilyn. »Kannst du nicht woanders arbeiten?«

»Nein! Ich muss das, was ich hier lese, sofort ausprobieren. Und dazu brauche ich das Klavier! Verschwindet!«

Marilyn war verblüfft. Sie hatte Irene noch nie so aufgebracht gesehen. Aber Evelyn wusste, dass Irene nicht gestört werden wollte, wenn sie bei ihrer Musik war – egal, ob sie Klavier spielte oder nur Noten las.

»Komm, wir gehen«, forderte sie Marilyn auf.

»Hoffentlich!«, sagte Irene mit verzweifeltem Gesicht.

»Ach, Irene, du könntest ruhig woanders arbeiten. Du brauchst doch nur Bleistift und Papier!«, begann Marilyn. »Ich möchte für ›Romeo und Julia‹ proben.«

Da geriet Irene vollends aus dem Häuschen. Sie warf Marilyn ihr Notenheft mit der angefangenen Komposition an den Kopf und den Bleistift hinterher. »Du bist wohl völlig durchgedreht! Ich soll meine schöne Musikstunde unterbrechen wegen deiner blödsinnigen Schauspielerei?«

Aber die beiden warteten nicht länger. Sie sahen, wie sich Irene nach einem weiteren Wurfgeschoss umsah, und waren im Nu draußen.

»Das ist doch die Höhe!«, empörte sich Marilyn. »Die ist ja völlig verrückt!«

»Sie kann nichts dafür«, sagte Evelyn. »Aber schau – da verlässt Lucie gerade ein Zimmer. Wenn wir uns beeilen, können wir das haben!«

Kaum waren sie drin und hatten die Tür geschlossen, da warf sich Marilyn in Pose und begann:

»Willst du schon gehen? Der Tag ist ja noch fern.

Es war die Nachtigall und nicht die Lerche ...«

Evelyn lauschte verzückt. Sie hatte zwar keine Ahnung, ob Marilyn gut war oder nicht, aber sie flüsterte: »Großartig! Du spielst hervorragend. Und du siehst genauso aus, wie ich mir Julia vorstelle!«

»Wirklich?«, fragte Marilyn und schien sehr zufrieden. »Übrigens brauche ich noch ein Kostüm: Ich nehme dieses Tischtuch und lege es mir um. Nein – es ist zu klein. Aber das hier – das ist großartig!«

Und schon hatte sie einen der blauen Vorhänge heruntergerissen und drapierte ihn sich als wallendes Gewand um den Körper. Dann fuhr sie mit ihrem Vortrag fort.

Als sie dabei langsam in ihren amerikanischen Akzent zurückfiel, musste Evelyn doch heimlich lachen. Marilyn bot überhaupt einen absolut komischen Anblick: In schmachtender Haltung stolzierte sie auf und ab, während der blaue Vorhang wie eine Schleppe hinter ihr herschleifte.

Eine Schülerin aus der zweiten Klasse schaute herein, zog sich aber gleich wieder ängstlich zurück, als sie die deklamierende Marilyn erblickte. Ilse Brinkmann aus Klasse 4 jedoch, die etwas später in das Übungszimmer kam, ließ sich durch Marilyns Aufmachung nicht einschüchtern. Sie staunte nur.

»Ich muss üben«, sagte sie kurz angebunden. »Also, raus mit euch!«

Marilyn hielt verärgert inne. »Selber raus!«, sagte sie. »Siehst du nicht, dass ich probe?«

»Nein«, sagte Ilse. »Lass dich nur nicht von einer Lehrerin erwischen – mit dem Vorhang da! Aber nun raus mit euch beiden. Ich will jetzt Klavier spielen.«

Marilyn beschloss, genauso temperamentvoll zu reagieren wie vorhin Irene. Sie ergriff ein Buch und warf damit nach Ilse. Dummerweise schaute in diesem Moment gerade die Hausmutter zur Tür herein. Sie traute ihren Augen kaum, da hatte jemand einen Vorhang um sich geschlungen – und warf mit einem Buch um sich.

»Was ist denn hier los?«, rief sie. »Ach, du bist es, Marilyn! Was fällt dir ein, den Vorhang abzureißen? Evelyn, was hast du hier zu suchen? Wenn ich euch noch einmal so erwische, melde ich euch der Direktorin!«

Die Mädchen konnten keinen Ton dazu sagen, die Hausmutter ließ ihnen gar keine Zeit dazu. Sie drückte Ilse mit Gewalt auf den Klavierstuhl, scheuchte Evelyn wie ein Huhn aus dem Zimmer und packte Marilyn an der Schulter.

»Du kommst gleich mit mir. Ich zeige dir, wo du eine Trittleiter holen kannst, und dann hängst du den Vorhang eigenhändig wieder auf. Und wehe dir, wenn er hinterher nicht richtig sitzt!«

Sehr kleinlaut trabte die arme Marilyn hinter der Hausmutter her.

Will wird erwischt

Dolly fiel auf, dass Will mit unglücklichem Gesicht herumlief. Will machte sich Sorgen, weil Donner immer noch nicht in Ordnung war. Er hatte nicht nur Heimweh, wie sie erst gedacht hatte – es ging ihm nicht gut. Aber je mehr Sorgen sie sich um ihr Pferd machte, umso weniger beteiligte sie sich am Unterricht und umso ungnädiger wurde Frau Peters.

»Wilhelmina, pass besser auf!« – »Wilhelmina, was habe ich eben gesagt?« – »Wilhelmina, starr nicht aus dem Fenster hinaus und träum nicht!« Wilhelmina hin – Wilhelmina her!

Es war schrecklich. Will fühlte sich wirklich elend, aber sie sagte sehr wenig, außer wenn jemand sie direkt nach Donner fragte. Sie wusste, dass Jenny ihr wegen ihres dauernden Ungehorsams gegen Frau Peters' Verbote ernstlich böse war. Aber sie konnte einfach nicht anders – sie musste Donner täglich sehen, besonders jetzt.

Frau Peters wurde langsam argwöhnisch. Wenn das Mädchen sein Pferd wirklich so liebte, überlegte sie, warum nahm sie dann das Verbot, Donner zu besuchen, so gelassen hin? Frau Peters rechnete nach: Will konnte eine ganze Woche lang nicht bei ihrem Pferd gewesen sein. Und doch hatte sie sich nie beklagt. Ob sie sich etwa über das Verbot hinwegsetzte? So etwas war für Frau Peters unvorstellbar!

Sie sprach mit Frau Pott, der Hausvorsteherin des Nordturms. »Ich mache mir Sorgen um Wilhelmina, Frau Pott. Ich werde aus ihr nicht klug. Sie ist eine schreckliche Träumerin und dabei ein richtiger Trotzkopf. Sie liebt doch ihr Pferd sehr, und dennoch scheint es ihr gar nichts auszumachen, dass ich ihr verbiete, zu Donner zu gehen. Sie war mindestens eine Woche lang nicht bei ihm.«

Frau Pott dachte angestrengt nach. »Merkwürdig – ich könnte schwören, Wilhelmina gestern im Stall gesehen zu haben. Ich ging vorbei und schaute durchs Fenster. Meiner Meinung nach stand Wilhelmina neben einem großen Pferd.«

»Ja, das war Donner«, sagte Frau Peters grimmig. »Diese Wilhelmina! Wenn ich sie auf frischer Tat ertappe, werde ich dafür sorgen, dass Donner nach Hause geschickt wird. Sie kann dann eines der Schulpferde reiten. Sie ist ein nettes Mädchen, aber Ungehorsam dulde ich nicht. Da sieht man wieder einmal, wie wenig man von seinen Schülerinnen weiß!«

Zwischen Mittagessen und Nachmittagsunterricht war eine halbe Stunde Pause. In dieser Zeit schlich sich Will fast immer zu den Ställen. Sie lief die Hintertreppe hinunter, schlüpfte durch eine schmale Tür hinaus und ging dann hinter Sträuchern entlang, wo kaum jemand sie sehen konnte.

Auf diesem Weg kam sie auch jetzt wieder zu Donner. Er wieherte leise, als er ihre Schritte hörte. Sie öffnete das große Tor und ging hinein. Niemand sonst war im Stall. Nur die Pferde stampften. Sie ging zu Donners Box. Er schmiegte seinen Kopf in ihre Armbeuge und schnaubte glücklich. Will streichelte sanft die samtene Pferdenase und sprach liebevoll auf das Tier ein. Donner blies ein bisschen durch die Nase und wieherte leise. Er fühlte sich gar nicht wohl, doch wenn Will zu ihm kam, war er zufrieden.

Oben im Nordturm ging Frau Peters den Korridor entlang. Sie wollte Will ernsthaft ins Gewissen reden. Sie schaute in den Gemeinschaftsraum.

»Wo ist Wilhelmina? Ich will sie sprechen.«

Alle wussten natürlich, wo sie war, aber niemand verriet etwas. Dolly überlegte, ob sie rasch hinauslaufen und Will warnen sollte.

»Soll ich sie suchen?«, fragte sie.

»Nein, das tue ich selbst«, sagte Frau Peters. »Hat niemand eine Ahnung, wo sie steckt?«

Keine antwortete. Mit Unschuldsmienen schüttelten sie die Köpfe.

Frau Peters war sich klar darüber, dass alle Bescheid wussten. Doch wie konnte sie von ihnen verlangen, ihre Mitschülerin zu verpetzen?

»Ich bin überzeugt, dass sie im Stall ist«, sagte Frau Peters grimmig. Sie sah Jenny an. »Du als Klassensprecherin solltest ihr klarmachen, wie unfair sie sich benimmt.«

Jenny wurde rot. Frau Peters hat ganz recht, dachte sie unglücklich. Aber mit dem Dickkopf Will kann man über diesen Punkt einfach nicht reden!

»Ihr bleibt hier!«, befahl Frau Peters. Sie wusste genau, dass man Will warnen würde, sofern eine Möglichkeit dazu bestand. Aber sie war entschlossen, Will abzufangen und diesen Unfug ein für alle Mal zu beenden.

Kaum war sie draußen, stöhnte Dolly: »Jetzt bekommt Will Probleme bis über die Ohren. Ich muss versuchen, vor Frau Peters in den Stall zu kommen und Will zu warnen.«

Sie schoss aus dem Zimmer, rannte beinahe die Hausmutter über den Haufen, sauste die Hintertreppe hinunter und war im Nu im Stall.

»Achtung! Frau Peters kommt!«, zischte sie.

Will starrte sie entgeistert an. Sie hörte Schritte, und Will stöhnte: »Zu spät! Kannst du dich verstecken?«

Dolly kroch unter einen Strohhaufen. Sie atmete schwer, und ihr Herz klopfte. Will erstarrte, selbst ihre Sommersprossen erblassten vor Schreck. Die Tür öffnete sich: Frau Peters stand vor ihr.

»Hier bist du also, Wilhelmina!«, sagte sie böse. »Ich nehme an, dass du auch die ganze vorige Woche hier gewesen bist – trotz meines Verbotes. Schäm dich! Du wirst niemals ein ordentliches Mitglied der Schule, solange Donner in Möwenfels ist. Also werde ich ihn nach Hause schicken lassen!«

»Nein, bitte nein, Frau Peters! Das nicht!«, bettelte Will. »Donner ist krank. Wirklich! Wenn er gesund wäre, hätte ich Ihnen gehorcht. Aber jetzt braucht er mich!«

»Keine Diskussionen, bitte«, sagte Frau Peters kurz. »Geh sofort in den Gemeinschaftsraum, Wilhelmina. Sobald die Vorbereitungen für Donners Transport beendet sind, sage ich dir Bescheid. Du kannst dich dann von ihm verabschieden. Wahrscheinlich übermorgen!«

Mit schleppenden Schritten ging Will davon. Dolly hörte ihr unterdrücktes Schluchzen. Sie hätte sie so gern getröstet. Zum Glück würde ja Frau Peters nicht ewig bleiben ...

Aber Frau Peters ging nicht. Sie wartete, bis Will fort war, dann trat sie zu Donner und sprach mit sanfter Stimme auf ihn ein. Dolly glaubte ihren Ohren nicht zu trauen. »Na, alter Junge?«, sagte Frau Peters, und Dolly hörte, wie sie ihm mit der Hand das Fell rieb. »Was fehlt dir, Donner? Du bist ein schönes Pferd – das beste im Stall!«

Dolly glaubte nicht recht zu hören. Sie rückte sich besser im Stroh zurecht, sodass ein kleines Loch entstand, durch das sie durchlugen konnte. Ja, da stand Frau Peters dicht neben Donner, der sich an sie schmiegte und vor Freude wieherte. Frau Peters hatte ihn ganz offensichtlich gern; sie schien ihn sogar wie ihr eigenes Pferd zu lieben.

Sie gab Donner Zucker, den er knirschend zermalmte. Dann verließ sie den Stall und schloss die Tür. Dolly kroch aus dem Stroh und schüttelte die Halme von sich ab. Sie ging zur Tür und lauschte. Frau Peters war fort. Gut!

Sie öffnete das Tor, lief hinaus – und blieb wie vom Donner gerührt stehen: Frau Peters war nicht fortgegangen! Sie stand draußen und band sich die Schuhe zu. Als sie aufsah, bemerkte sie Dolly.

»Was hast du hier zu suchen?«, fragte sie. »Warst du hier, als ich mit Wilhelmina gesprochen habe? Du warst doch vorher noch im Gemeinschaftsraum? Du hast es also tatsächlich gewagt, über die Hintertreppe hinunterzulaufen und Wilhelmina zu warnen?«

Dolly konnte nur nicken.

»Mit dir rechne ich nachher ab«, sagte Frau Peters.

Margot hat eine Idee

Will wollte sich von niemand trösten lassen. Sie war nicht in den Gemeinschaftsraum gegangen, wie Frau Peters angeordnet hatte, sondern in den Schlafsaal. Hier weinte sie sich aus. Will weinte nie, aber diesmal konnte sie die Tränen einfach nicht zurückhalten – wenn ihre Brüder ihr auch beigebracht hatten, dass Weinen etwas Verächtliches wäre.

Als sie am Nachmittag zum Unterricht erschien und ihre Mitschülerinnen ihre rot geweinten Augen sahen, liefen sie schnell zu ihr, um sie zu trösten. Aber Will wehrte schroff ab. Nicht einmal Dolly ließ sie an sich heran. Immerhin bedankte sie sich für Dollys Versuch, sie zu warnen. Die anderen gaben es auf – wenn Will nicht wollte, konnte man nichts machen.

Dolly setzte sich ziemlich kleinlaut an ihren Platz. Sie wusste, dass sie früher oder später zu Frau Peters gerufen würde, um sich zu verantworten. Frau Peters hatte schlechte Laune. Sie suchte nach einer Gelegenheit, ihren Zorn loszuwerden. Aber niemand, nicht einmal Margot, Evelyn oder Marilyn, gaben ihr einen Grund dafür.

Am Abend war die ganze dritte Klasse bedrückt. Will saß wie versteinert in ihrer Ecke. Es wollte gar keine fröhliche Stimmung aufkommen.

Nur Margot lebte auf. »Schaut mal hier!«, flüsterte sie. Sie hielt eine Zeitung in die Höhe und deutete auf eine Anzeige:

Talente gesucht!
Wer kann singen? Wer beherrscht ein Musikinstrument?
Wer fühlt sich zum Schauspieler berufen? Wer ist besonders begabt?
Einladung

zu unserem großen

Nachwuchswettbewerb

am Sonnabend, 19.30 Uhr, im Roxy-Filmtheater in Billstedt

Einmalige Chance! Wertvolle Preise!

»Was sollen wir damit?«, fragte Alice. »Du willst doch nicht etwa dort mitmachen?«

»Aber überlegt doch«, flüsterte Margot eifrig weiter. »Denkt an Irene und ihre Musik, an Marilyn und ihren Wunsch, zur Bühne zu gehen – und an mich mit meiner Stimme! Und an die wertvollen Preise, die wir gewinnen können!«

»Margot, als ob wir dorthin gehen dürften!«, sagte Britta. »Und wer hätte schon Lust, sich an so einer drittklassigen Veranstaltung zu beteiligen? Nachwuchswettbewerb! Dass ich nicht lache! Eine alberne Vorführung, um das Publikum zu amüsieren! Und die Preise sind höchstens ein paar Euro wert!«

»Aber Britta, Marilyn, das ist doch die Chance für uns!« Margot sah sich schon auf der Bühne stehen: wie sie den Saal mit ihrer herrlichen Stimme füllte und wie von allen Seiten Beifall geklatscht wurde ... Vielleicht kam ihr Name sogar in die Zeitung!

»Margot, du bist wirklich dümmer, als die Polizei erlaubt!«, sagte Alice. »Glaubst du denn allen Ernstes, Frau Greiling würde Schülerinnen von Möwenfels erlauben, am Abend zu so einer Veranstaltung zu gehen?«

Margot riss Dolly die Zeitung aus der Hand. »Wenn ihr nicht wollt, dann lasst es eben bleiben. Ich hätte jedenfalls Lust, allein hinzufahren!«, antwortete sie schnippisch.

»Denk doch mal ein bisschen nach«, sagte Jenny. »Stell dir vor, du stehst auf der Bühne – ein Schulmädchen – und singst vor einem vollen Saal. Einfach lächerlich!«

Nun, Margot erschien es nicht lächerlich. Sie konnte alles ganz deutlich vor sich sehen; sie hörte sogar schon den donnernden Applaus. Was für ein Leben würde sie führen, wenn sie erst einmal Opernsängerin wäre!

Sie stopfte die Zeitung in die Tasche und wünschte, sie hätte nichts davon erzählt. Dann kam ihr ein Gedanke: Wenn ich nun wirklich nach Billstedt fahre? Niemand würde mich vermissen. Ich müsste nur sagen, ich ginge zu einer Extra-Gesangsstunde. Das schien verlockend! Heute war Donnerstag – am Freitag würde sie eingehend über die Sache nachdenken und am Samstagvormittag sich endgültig entscheiden. Ja, so wollte sie es machen.

Will wagte nicht wieder zu den Ställen zu gehen. Sie hoffte nur noch, dass Frau Peters es sich anders überlegen und Donner doch dalassen würde.

Frau Peters hatte Dolly immer noch nicht zu sich kommen lassen. Dabei wünschte sich Dolly sehr, dass die unangenehme Angelegenheit endlich überstanden wäre. Vielleicht gehörte es zu Frau Peters' Erziehungsmethoden, sie eine Weile zappeln zu lassen?

Inzwischen war es Sonnabend geworden. Margot hatte ihren Entschluss gefasst: Sie wollte sich an dem Wettbewerb beteiligen. Sie würde Frau Pott sagen, sie hätte eine Gesangsstunde. Sie hatte oft Gesangsstunden zu ungewöhnlichen Zeiten, daher würde Frau Pott nichts dabei finden. Den Klassenkameradinnen würde sie dasselbe sagen. Allerdings konnte sie um neun zur Schlafenszeit noch nicht zurück sein. Sie würde dann zur Hintertür hineinschlüpfen. Sie vertraute darauf, dass die anderen sie nicht verpetzten.

Sie erkundigte sich nach den Abfahrtszeiten der Busse. Wenn sie den Sechs-Uhr-Bus nahm, war sie noch vor sieben in Billstedt. Die Vorstellung begann um halb acht. Aber wie war es mit der Rückfahrt? Wie lange würde die Vorstellung dauern? Höchstens zwei Stunden? Kurz nach halb zehn Uhr ging ein Bus zurück – der letzte.

Margot bekam nun doch Bedenken. Und dann allein im Finstern von der Haltestelle bis zum Schulgebäude laufen! Ob der Mond schien? Vor der Dunkelheit fürchtete sie sich immer.

Am Morgen desselben Sonnabends war Will zu Dolly gekommen. »Dolly, würdest du mir einen Gefallen tun? Ich gehe nicht wieder zu den Ställen, ehe ich die Erlaubnis von Frau Peters erhalte. Könntest du bei Donner mal nach dem Rechten sehen?«

»Ja, natürlich, gern«, versicherte Dolly. »Heute früh ist er nicht mit den anderen Pferden weg gewesen.«

»Nein«, sagte Will, »er lässt keinen anderen aufsitzen. Also, bitte schau nach, Dolly, wie es ihm geht!«

Dolly ging. Sie öffnete die Stalltür. Alle Pferde waren in ihren Boxen. Einer der beiden Pferdepfleger war gerade dabei, die Tiere zu striegeln. Er pfiff ein Liedchen. »Morgen, kleines Fräulein«, sagte er.

»Guten Morgen«, grüßte Dolly zurück. »Wie geht's Donner? Schon besser?«

»Leider nein«, sagte der Mann. »Jedenfalls ist nicht viel mit ihm los. Ich glaube, er hat Koliken oder zumindest so etwas Ähnliches.«

Kolik – das ist doch so eine Art Magenverstimmung?, dachte Dolly. Na, das ist sicher nicht weiter schlimm. Sie ging hinüber zu Donner, der seinen Kopf hängen ließ und einen kläglichen Eindruck machte.

»Er sieht aber wirklich nicht besonders aus«, sagte sie. »Ob es daran liegt, dass er seine Herrin vermisst? Sie darf nämlich nicht zu ihm.«

»Mag sein«, sagte er. »Aber ich meine eher, seine Gedärme machen ihm zu schaffen. Wenn's nicht besser wird, müssen wir den Tierarzt kommen lassen. Ich habe aber so was gehört, dass dieses Pferd nach Hause geschickt werden soll.«

Dolly sagte nichts weiter, sondern lief zurück zu Will, die angstvoll auf ihren Bescheid wartete.

»Donner scheint's nicht gut zu gehen«, berichtete sie. »Aber du brauchst dir keine Sorgen zu machen. Der Pfleger sagte, er hätte nur Koliken. Das ist doch sicher nichts Außergewöhnliches?«

Will starrte sie entsetzt an. »Koliken? Das ist eine der schlimmsten Pferdekrankheiten, die es gibt. Ach, Dolly, stell dir vor, was für einen großen Magen ein Pferd hat – und wenn der krank ist! Das ist ganz schlimm!«

»Das wusste ich nicht«, sagte Dolly. »Aber so gefährlich wird's schon nicht sein!«

»Doch! Doch!« Will brach in Tränen aus. »Was soll ich nur tun?«

»Gar nichts«, sagte Dolly. »Warte bis morgen, da ist es sicher wieder besser. Die Pferdepfleger kümmern sich schon um Donner. Och – jetzt fängt's auch noch an zu gießen!«

Will drehte sich um. Was interessierte sie der Regen! Sie setzte sich in eine Ecke und grübelte. Koliken! Eines der Pferde zu Hause hatte Koliken gehabt und war gestorben. Wenn nun Donner mitten in der Nacht todkrank würde – und keiner wüsste es! Die beiden Tierpfleger schliefen nicht in der Nähe des Stalles. Niemand würde es dann merken, und am Morgen wäre Donner tot!

Während Will sich mit solchen trüben Gedanken plagte, gingen sehr erfreuliche durch Margots Kopf. Sie hatte sich den Plan genau zurechtgelegt. Um die Folgen, wenn sie ertappt werden sollte, kümmerte sie sich nicht. Dann hätte sie längst Erfolg und Beifall eingeheimst. Möwenfels würde sie mit Jubel begrüßen und sie bewundern! Und die Klasse würde ihren Wagemut loben. »Genau wie eine echte Künstlerin! Herrlich, Margot!«

Zunächst klappte alles großartig. Frau Pott wunderte sich nicht, dass Margot eine Extra-Gesangsstunde hatte und deshalb ihr Abendessen etwas früher haben wollte. Auch die Klassenkameradinnen fanden nichts dabei.

Margot erreichte den Bus rechtzeitig. Es goss zwar in Strömen, aber sie hatte ihren Regenmantel an. Nur die Mütze setzte sie nicht auf – es könnte ja jemand das aufgenähte Schulabzeichen bemerken. Außerdem war die Bushaltestelle direkt vor dem Roxy-Kino in Billstedt. Da würden ihre Haare kaum nass. Auf ging's – zum Start einer wunderbaren Karriere!

Wo steckt Margot?

Als Frau Pott Margot beim Abendessen nicht sah, erinnerte sie sich, dass ihr die Schülerin etwas von einer Extra-Gesangsstunde erzählt hatte. Und so war sie beruhigt.

Die Klasse vermisste sie weiter nicht. Für sie war Margot nicht viel mehr als eine schöne Stimme, verbunden mit einem eingebildeten Wesen.

Will saß einsilbig da und aß fast nichts. Dolly flüsterte ihr zu: »Soll ich nach dem Abendessen noch einmal nach Donner sehen?«

Will lehnte dieses freundliche Angebot ab. »Du bekommst nur Ärger. In der Dunkelheit darf doch niemand in die Ställe.«

Nach dem Essen gingen alle in den Gemeinschaftsraum.

Alice legte eine Platte auf. Britta fing übermütig einen komischen Tanz an, und Marilyn stand plötzlich auf und machte mit. Sie konnte sehr ulkig sein, wenn sie ihr geziertes Gehabe einmal vergaß. Die anderen klatschten.

Marilyn freute sich über den Applaus. »Soll ich euch etwas aus ›Romeo und Julia‹ vorspielen?«, fragte sie eifrig. »Ich habe es satt, so lange auf die Proben zu warten!«

»Ja, bitte-bitte!«, sagte Evelyn sofort. Die anderen waren weniger begeistert, aber sie fügten sich in ihr Schicksal. Marilyn begann die Rolle der Julia zu deklamieren. Ihre erhobene Stimme, ihre feierliche Haltung und ihre tragischen Gebärden – alles war so übertrieben und wirkte so umwerfend komisch, dass sich die Mädchen vor Lachen bogen. Sie glaubten im Ernst, Marilyn mache sich einen Spaß.

Aber Marilyn war beleidigt. »Was lacht ihr denn? Die Rolle ist tief tragisch!«

Die Mädchen dachten immer noch, dass sie parodierte, und lachten wieder.

»Weiter, Marilyn! Du machst das großartig!«, sagte Dolly. »Ich wusste gar nicht, dass du so komisch sein kannst.«

»Ich bin nicht komisch«, erklärte Marilyn.

»Mach nur weiter«, bat Irene. »Los, ich bin Romeo – wir führen die Parodie zusammen auf.«

»Ich parodiere doch nicht«, sagte Marilyn. »Ich spiele die Rolle richtig, so, wie sie meiner Meinung nach gespielt werden muss.«

Die Mädchen sahen sie überrascht an. Glaubte sie das wirklich? Sie wussten gar nicht, was sie sagen sollten. Aber was Frau Nordberg sagen würde, konnten sie sich recht gut vorstellen. Die machte mit untalentierten Mädchen kurzen Prozess.

»Was machen wir nur mit ihr?«, flüsterte Alice Dolly zu.

Glücklicherweise kam in diesem Augenblick ein Mädchen von der vierten Klasse herein, um sich eine Schallplatte zu borgen. Marilyn zog sich beleidigt in eine Ecke zurück und nahm ein Buch zur Hand.

Als die Uhr neun schlug, war Margot noch nicht zurück.

Jenny bemerkte es als Erste. »Wo steckt Margot? Ich habe sie den ganzen Abend nicht gesehen.«

»Sie sagte, sie hätte eine Gesangsstunde«, antwortete Dolly. »Die scheint diesmal aber sehr lange zu dauern.«

»So spät ist sie noch nie gekommen.« Jenny wurde unruhig. »Ich müsste es eigentlich Frau Pott melden.«

»Ach, lass das lieber. Sie wird irgendwo herumbummeln, und du machst ihr nur Ärger«, sagte Britta. »Vielleicht ist sie schon im Schlafsaal.«

Aber da war sie auch nicht. Die Mädchen zogen sich aus und gingen zu Bett. Jenny erlaubte nicht, dass weiter geredet wurde, wenn das Licht ausgeschaltet war. Daher waren auch alle still, bis Jenny selbst anfing: »Sagt mal, diese dumme Margot ist doch hoffentlich nicht zu dem Nachwuchswettbewerb gefahren? Ihr wisst schon – diese Sache da in dem Kino in Billstedt.«

Zuerst sagte niemand etwas. Dann meinte Alice: »Zuzutrauen wäre es ihr schon. Die ist doch völlig übergeschnappt mit ihrer Stimme.«

»Wenn sie tatsächlich hingefahren ist«, sagte Jenny böse, »muss ich sie melden. Das wäre wirklich die Höhe!«

»Wir können jetzt nicht viel tun«, sagte Dolly. »Vielleicht kommt sie jede Minute zurück. Ich weiß nicht mehr, wann die Veranstaltung begann. Wahrscheinlich fährt sie mit dem letzten Bus zurück; dann ist sie kurz nach zehn Uhr hier. Eine Stunde also noch. Dann kannst du es morgen früh melden, Jenny. Sie scheint wirklich absolut unmöglich zu sein!«

»Ich fürchte bloß«, sagte Jenny, »sie lassen sie wirklich auftreten. Sie hat ja wirklich eine schöne Stimme. Und wenn nun das Publikum begeistert ist und Margot Beifall erntet – wenn also genau das eintritt, was sie möchte, ist sie in Zukunft noch unerträglicher als bisher. Dann ist es ihr gleichgültig, ob sie gemeldet oder bestraft wird!«

»Warte bis morgen früh«, sagte Dolly schläfrig. »Sie wird sicher bald da sein. Sag ihr deutlich deine Meinung und melde sie morgen früh!«

Frau Pott hörte Stimmen im Schlafsaal und wunderte sich. Sie kam an die Tür – aber als sie Jenny mit heller Stimme sagen hörte: »Jetzt wird nicht mehr geschwatzt, Kinder«, unterließ sie es, die Tür aufzumachen und die Mädchen zu ermahnen. Sonst hätte sie das Licht angemacht und Margots leeres Bett entdeckt.

Alle waren müde. Jenny versuchte zwar, sich wach zu halten, bis Margot zurückkehrte, aber die Augen fielen ihr zu. Auch die anderen schliefen – außer Will. Will hatte kein Wort von dem Gespräch über Margot mitbekommen. Sie war völlig mit ihren eigenen Gedanken beschäftigt, und die waren keineswegs erfreulich. Donner! Wie geht es ihm wohl? Ob er sie vermisste? Will unterhielt sich in Gedanken mit ihm und hörte nichts um sich herum.

Auch Dolly schlief fest. Sie hatte Will noch ein paar tröstende Worte zuflüstern wollen, aber über dieser freundlichen Absicht war sie eingeschlafen.

Margot kam nicht. Es schlug zehn und elf. Es schlug zwölf.

Will zählte die Glockenschläge. Ich kann nicht schlafen, dachte sie, ich kann einfach nicht einschlafen. Ich liege sicher bis zum Morgen wach. Wenn ich nur wüsste, wie es Donner geht. Ob er wirklich Koliken hat?

Sie erinnerte sich, dass man von einem Schulfenster aus die Ställe einsehen konnte. Wenn sie sich aus diesem Fenster lehnte, könnte sie vielleicht etwas hören. Ein Pferd, das Koliken hat, ist unruhig. Sie stand auf und tastete nach ihrem Morgenmantel und ihren Hausschuhen. In der Dunkelheit stieß sie an Dollys Bett. Dolly wachte sofort auf. Sie dachte, Margot wäre zurückgekommen, und flüsterte laut: »Margot!«

Keine Antwort. Die Tür öffnete und schloss sich leise. Jemand war hinausgegangen und nicht wieder hereingekommen. Wer? Dolly nahm ihre Taschenlampe und knipste sie an. Da sah sie als Erstes Wills leeres Bett. War Will krank oder war sie zu den Ställen gegangen? Doch wohl nicht mitten in der Nacht? Und es goss in Strömen!

Sie schlich sich an die Tür und öffnete sie. Sie glaubte einen Schatten zu sehen und lief darauf zu.

Will lehnte am Fenster und lauschte hinaus. Plötzlich durchfuhr sie ein Schreck. Von den Ställen her hörte man ein Stöhnen und Stampfen. Da war ein Pferd in Not – ganz bestimmt! Donner! Er hatte Koliken. Er würde sterben, wenn sie ihm nicht zu Hilfe kam!

Sie fuhr zurück, als Dolly ihr die Hand auf die Schulter legte. »Will, was tust du?«, flüsterte Dolly.

»Da ist ein Pferd in Not. Sicherlich Donner! Ich muss zu ihm! Ach, Dolly, bitte, bitte, komm mit! Hilf mir!«

»Gut«, sagte Dolly, die ganz unglücklich war, als sie Wills tränenerstickte Stimme hörte. »Ich komme mit, aber wir müssen uns wärmer anziehen. Draußen gießt es. Wir können nicht mit unseren Morgenmänteln hinaus!«

Will wollte keine Minute verlieren. Aber Dolly bestand darauf, dass sie Wolljacken und Regenmäntel anzogen. Dann schlüpften sie durch die Seitentür hinaus in den strömenden Regen und rannten auf die Ställe zu.

Wirklich, da stöhnte und stampfte ein Pferd! Es klang schrecklich. Mit zitternden Fingern öffnete Will die Stalltür und ging hinein. Eine Laterne stand in der Ecke, Streichhölzer lagen dabei. Wills Finger zitterten so, dass sie kaum ein Streichholz halten konnte. Dolly musste die Lampe anzünden. Als der Lichtschein den Stall erhellte, der nach Pferden und Heu roch, war den beiden Mädchen schon etwas wohler. Will eilte sofort zu Donners Box. Dolly folgte mit der Laterne. Donners Augen sahen sie groß und furchtsam an. Kläglich ließ er den Kopf hängen. Aus seinem Magen hörte man gurgelnde, unheimliche Geräusche.

»Ja, er hat Koliken. Das ist ganz schlimm. Dolly, wir dürfen ihm nicht erlauben, sich hinzulegen. Wir müssen ihn die ganze Zeit hin und her führen.«

»Hin und her führen? Wo?«, fragte Dolly verblüfft. »Hier im Stall?«

»Nein. Draußen. Es ist das Einzige, was wir tun können. Er darf sich auf keinen Fall hinlegen. Schau – er versucht es schon! Wir müssen ihn daran hindern!«

Es ist eine fast unmögliche Sache, ein Pferd am Hinlegen zu hindern, wenn es durchaus will. Glücklicherweise überlegte Donner es sich aber wieder. Er blieb noch ein Weilchen stehen, um mit der Schnauze an Wills Ärmel zu schnuppern. So sehr freute er sich, Will, seine Herrin, wieder zu sehen! Will weinte bitterlich. »Ach, Donner, was kann ich für dich tun? Leg dich nicht hin! Leg dich nur nicht hin!«

»Will, der Tierarzt muss kommen«, sagte Dolly angsterfüllt. »Aber wie sollen wir ihn herholen?«

»Könntest du nicht zu ihm reiten?«, fragte Will. »Du weißt, wo er wohnt – es ist gar nicht so weit!«

»Nein, ich kann nicht genug reiten, um ein Pferd herauszuholen und in die Nacht zu galoppieren. Reite du hin, und ich bleibe bei Donner.«

»Ich kann ihn nicht eine Minute allein lassen!«, sagte Will. Sie schien völlig unfähig, einen Gedanken zu fassen. Dafür dachte Dolly scharf nach.

Da kam ihr eine Idee: »Will, bleibt hier, ich bringe Hilfe. Reg dich nicht zu sehr auf. Ich komme zurück, so schnell ich kann!«

Der Ritt durch die Nacht

Dolly rannte in den Regen hinaus. Sie hatte Will nicht sagen wollen, was sie vorhatte. Will wäre damit bestimmt nicht einverstanden gewesen, aber nach Dollys Meinung war es das einzig Vernünftige. Dolly wollte Frau Peters wecken und ihr Donners lebensgefährlichen Zustand schildern. Die Lehrerin liebte das Pferd, und Donner hatte Vertrauen zu ihr. Sicher würde sie Verständnis zeigen und helfen.

Dolly ging ins Haus und tastete sich die dunklen Korridore entlang. Hoffentlich fand sie das richtige Zimmer. Ja, hier musste es sein! Sie klopfte an die Tür. Keine Antwort. Sie klopfte noch einmal. Wieder nichts! Frau Peters schien einen sehr gesunden Schlaf zu haben. Verzweifelt öffnete Dolly die Tür und schaute hinein. Das Zimmer war völlig dunkel. Dolly suchte nach dem Schalter und knipste das Licht an. Frau Peters lag in tiefem Schlaf. Selbst ein starkes Gewitter hätte sie nicht aufgeweckt. Dolly ging auf das Bett zu und legte ihr die Hand auf die Schulter.

Endlich wachte die Lehrerin auf. Sie starrte Dolly verblüfft an. »Was ist los?«, sagte sie. »Weshalb kommst du her?«

Es wäre verständlich gewesen, wenn Dolly Frau Pott oder die Hausmutter geweckt hätte. Doch hier konnte nur Frau Peters helfen. Sie erzählte in fliegender Eile: »Donner hat Koliken, und Will hat schreckliche Angst, dass er stirbt. Können Sie den Tierarzt holen lassen?«

»Was? Seid ihr beide zu dieser Nachtzeit draußen in den Ställen?«, sagte Frau Peters und warf einen Blick auf die Uhr. Es war halb eins. Dann sprang sie aus dem Bett und zog sich schnell Reithosen, Pullover und Wetterjacke an. Sie war gestern Abend ein wenig spazieren geritten und hatte die Reitsachen noch neben dem Bett liegen.

»Ja«, sagte Dolly, »aber bitte, seien Sie nicht böse. Wir mussten einfach in den Stall gehen, als wir hörten, dass Donner vor Schmerzen stöhnte.«

»Ich bin nicht böse«, sagte Frau Peters. »Ich hatte mir heute selbst schon Sorgen um das Pferd gemacht. Ich habe auch den Tierarzt angerufen. Er will morgen früh kommen. Ich gehe jetzt hinunter und sehe mir Donner an.«

In wenigen Minuten war sie mit Dolly im Stall. Will war überrascht, aber gleich viel ruhiger, als sie sah, wie umsichtig Frau Peters mit dem Pferd umging. Donner wieherte schwach und schnupperte an ihrer Schulter. Frau Peters sprach freundlich auf ihn ein, und Will wurde ganz warm ums Herz.

»Ach, Frau Peters, können Sie den Tierarzt kommen lassen? Ich habe solche Angst, dass Donner sich hinlegt. Wir können ihn dann nicht wieder zum Aufstehen bewegen!«

Donner stöhnte vor Angst und Schmerzen. Er machte Anstalten, sich niederzulegen, aber Frau Peters führte ihn sofort aus dem Stall hinaus und ging mit ihm auf und ab. Die anderen Pferde drehten sich um und schienen sich über diese seltsamen Vorgänge zu wundern. Eins wieherte Frau Peters zu. Sie mochten sie alle gern.

»Dolly, lauf sofort ins Haus und hole Regenkappen für dich und Will. Dann führt ihr das Pferd auf den Hof. Ihr geht dauernd mit ihm auf und ab. Ich rufe inzwischen den Tierarzt an, dass er sofort kommen soll.«

Dolly sauste ins Haus und kam mit den Regenkappen zurück. Sie musste Will die Kappe aufsetzen, so abwesend war das Mädchen.

Die Lehrerin rief beim Tierarzt an. Die schläfrige Stimme seiner Haushälterin antwortete: »Tut mir leid, aber der Doktor ist zu einer kalbenden Kuh zum Bauern Karsten nach Gilmendorf gefahren. Er wollte dort über Nacht bleiben. Nein, Herr Karsten hat kein Telefon. Sie können den Doktor heute Nacht nicht mehr erreichen.«

Frau Peters legte den Hörer auf. Was sollte sie tun? Das Pferd brauchte eine Arznei, und nur der Tierarzt konnte sie bringen und dem Tier einflößen. Donners Zustand war bedenklich. Etwas musste geschehen! Im Hof führten Will und Dolly das kranke Pferd unentwegt im Kreis herum. Es goss immer noch in Strömen. Frau Peters berichtete den Mädchen, was sie erfahren hatte. Will stöhnte verzweifelt auf.

»Gilmendorf ist etwa acht Kilometer entfernt, auf der Strecke nach Billstedt«, sagte Frau Peters. »Ich werde jetzt eines der Pferde satteln und dorthin reiten, um den Arzt zu holen.«

»Wie – bei der Dunkelheit und dem Regen?«, fragte Dolly, die ihren Ohren nicht traute.

»Das macht nichts«, sagte Frau Peters. »Donner ist ein prächtiges Pferd ... das muss man schon für ihn tun.«

Wills Hand tastete nach Frau Peters Arm. Sie schluchzte. »Sie sind so gut!«, sagte sie. »Ich danke Ihnen von Herzen. Sie sind der netteste Mensch, den ich kenne. Hoffentlich erreichen Sie den Arzt!«

Frau Peters klopfte Will auf die Schulter. »Ich werde mein Bestes tun. Sei ohne Sorge, Will!«

Dolly war starr vor Staunen. Frau Peters hatte Will »Will« genannt. Und sie wollte kilometerweit in der Dunkelheit reiten, um Hilfe für Donner zu holen. Sie war einfach wunderbar! Und das habe ich nicht im Entferntesten geahnt, staunte Dolly, während sie Donner tapfer im Hof herumführte. Die Menschen sind doch meist viel anständiger, als man denkt!

Die Lehrerin galoppierte in die Nacht hinaus. Die beiden Mädchen drehten ihre Runden im Hof; Donner schien das Laufen zu bekommen.

»Dolly, mir ist ganz elend zumute, wenn ich mich an die schrecklichen Dinge erinnere, die ich von Frau Peters gedacht habe«, sagte Will auf einmal. »Sie ist der anständigste Mensch, der mir je begegnet ist. Dolly, das kann ich nie wiedergutmachen! Meinst du nicht auch?«

»Kaum«, antwortete Dolly. »Sie ist doch ein ganz prächtiger Kerl! Werden die anderen staunen, wenn sie das morgen hören!«

Frau Peters ritt durch die Nacht. Der Regen klatschte auf sie herunter, aber sie achtete nicht darauf. Gleichmäßig galoppierte sie dahin. Endlich erreichte sie das Gehöft von Bauer Karsten. Aus einem der Hofgebäude drang ein Lichtschimmer. Das war sicherlich der Kuhstall. Dort würde auch der Tierarzt sein! Sie ritt auf das Hoftor zu. Die Hufe ihres Pferdes hallten laut in der stillen Nacht.

Verwundert kam der Bauer ans Tor. Frau Peters rief ihm mit ihrer tiefen Stimme zu: »Kann ich wohl den Tierarzt sprechen?«

»Er ist da drüben«, sagte der Bauer.

Frau Peters stieg vom Pferd und ging in den Stall. Der Tierarzt kniete vor der Kuh. Neben der Kuh lagen zwei niedliche Kälbchen im Stroh.

»Herr Doktor«, sagte Frau Peters, »könnten Sie gleich nach Möwenfels kommen, wenn Sie hier fertig sind? Das Pferd, von dem ich Ihnen am Telefon erzählte, ist sehr krank. Koliken! Es benötigt sofort Hilfe!«

»Gut!«, sagte der Tierarzt und stand auf. »Ich bin hier soeben fertig geworden. Reiten Sie schon voraus. Ich komme in wenigen Minuten mit dem Auto nach. – Also, Herr Karsten, der Kuh geht es gut – und sie hat zwei der hübschesten Kälber, die ich je gesehen habe!«

Im nächsten Augenblick war Frau Peters schon wieder auf dem Rückweg nach Möwenfels. Auf halbem Weg scheute ihr Pferd plötzlich und bäumte sich auf. »He! Brrr! Was ist los mit dir?«, rief sie.

Und im gleichen Augenblick sah sie etwas am Straßenrand liegen – dunkel und schemenhaft, in der Nacht kaum zu erkennen. Zum Glück bog soeben der Wagen des Tierarztes hinter ihr ein. Schnell sprang sie vom Pferd und hielt den Arzt an.

»Herr Doktor! Bitte kommen Sie her!«, schrie sie gellend. »Hier legt etwas. Hoffentlich ist es kein Verunglückter, den man angefahren hat und der hier hilflos liegen gelassen worden ist ...«

Der Arzt hatte eine lichtstarke Taschenlampe. Er knipste sie an. Der Lichtstrahl zitterte über ein Bündel – ein Bündel in einem Regenmantel.

»Oje, es ist ein junges Mädchen!«, sagte der Tierarzt. »Ob es verletzt ist?« Er hob das Mädchen auf.

Frau Peters stieß einen Schrei des Entsetzens aus. »Das ist ja Margot! Margot, was ist mit dir? Wie kommst du hierher, mitten in der Nacht? Das ist ja fürchterlich!«

»Ich glaube, sie ist vor Erschöpfung ohnmächtig zusammengebrochen«, sagte der Arzt. »Verletzt scheint sie nicht zu sein. Sehen Sie, jetzt schlägt sie die Augen auf!«

Margot schaute hoch und sah Frau Peters. Sie fing an, leise zu weinen. »Sie wollten mich nicht singen lassen. Und ich habe den letzten Bus versäumt und bin die ganze Nacht im Regen gelaufen.«

»Wovon spricht sie?«, fragte der Arzt. »Sie ist ja durch und durch nass. Sie bekommt eine Lungenentzündung, wenn wir uns nicht beeilen. Schnell, tragen wir sie in meinen Wagen!«

Noch ganz benommen von dem Schrecken, half Frau Peters dem Tierarzt, Margot zum Auto zu tragen. Vorsichtig legten sie sie auf den Rücksitz. Dann fuhr der Tierarzt mit Margot los. Frau Peters ritt im Galopp hinterher. An der letzten Kurve bog sie von der Straße ab und ritt querfeldein weiter. Dadurch konnte sie ein großes Stück Weg abschneiden und kam zur selben Zeit in Möwenfels an wie der Tierarzt.

»Wenn Margot laufen kann, bringe ich sie zur Hausmutter«, sagte Frau Peters. »Was ist das für eine Nacht! Sie gehen bitte zu den Ställen, Herr Doktor. Sie sehen schon die beiden Mädchen, die Donner im Hof herumführen.«

Dann führte sie die erschöpfte Margot zum Nordturm. Margot konnte kaum laufen. Mit Mühe brachte Frau Peters sie die Treppen hinauf zum Zimmer der Hausmutter.

Die öffnete überrascht die Tür. Als sie Margot sah, schrie sie laut auf. »Was ist los mit ihr? Wo ist sie gewesen? Sie ist ja quatschnass! Wir legen sie vorläufig hier auf die Couch, Frau Peters. In dem Schrank dort habe ich ein Heizkissen – holen Sie es bitte heraus. Und stellen Sie den elektrischen Kocher an! Ich habe noch zwei Wärmflaschen, die füllen wir mit heißem Wasser. Meine Güte! Wie konnte das passieren?«

»Das möchte ich auch wissen«, sagte die Lehrerin, die schnell alle Handgriffe ausführte. Inzwischen zog die Hausmutter Margot rasch aus, warf die regennassen Kleider auf den Fußboden und bettete das halb erfrorene Mädchen zwischen Heizkissen, Wärmflaschen und mehreren Schlafdecken auf die Couch. Frau Peters machte inzwischen heißen Pfefferminztee.

Margot versuchte zu erzählen, was vorgefallen war. Sie konnte nur krächzen wie ein Rabe. »Ich bin nach Billstedt gefahren zu diesem Nachwuchswettbewerb, aber sie sagten, Schulkindern sei der Eintritt verboten. Immer wieder habe ich gebettelt, sie sollten mich singen lassen – umsonst. Dann habe ich den letzten Bus versäumt und bin den ganzen Heimweg zu Fuß gelaufen. Aber es regnete, und der Sturm blies mir immer stärker entgegen. Ich konnte dann einfach nicht mehr und bin hingefallen. Ich war so erschöpft, dass ich nicht wieder hochkam, und –«

»Nun red nicht mehr«, sagte die Hausmutter freundlich. »Trink den Tee und schlaf. Ich bin ja bei dir. Wenn etwas ist, kannst du mich wecken.«

Frau Peters war aus dem Zimmer geschlüpft und hatte dabei etwas gemurmelt wie »muss nach dem Pferd sehen«.

Die Hausmutter starrte ihr verständnislos nach. Sie begriff auch nicht, weshalb Frau Peters Reithosen trug und wieso sie Margot auf der Straße gefunden hatte. Aber das war ihr auch nicht wichtig – jetzt kam es erst einmal darauf an, dass Margot sich wieder erholte. Alles andere würde sich schon mit der Zeit aufklären.

Frau Peters ging zu den Mädchen hinunter. Will und Dolly hatten den Tierarzt mit Jubel begrüßt. Sogar Donner wieherte leise, als ahnte er, dass dieser Mann ihm Hilfe brachte.

Der Tierarzt machte ihm einen Trank zurecht, den Donner mit einem gewaltigen Zug aussoff. »Das habt ihr richtig gemacht, dass ihr nicht zugelassen habt, dass sich das Pferd hinlegt«, sagte er zu den übermüdeten Mädchen. »Wahrscheinlich habt ihr ihm das Leben gerettet. Jetzt aber marsch mit euch ins Bett! Ich bleibe bei dem Pferd bis morgen früh. Frau Peters hilft mir dabei. Ab mit euch durch die Mitte!«

Will wollte natürlich auf keinen Fall Donner verlassen. Frau Peters redete ihr freundlich, aber energisch zu: »Will, du musst das jetzt uns überlassen. Du weißt, dass wir unser Bestes für das Pferd tun werden. Jetzt, nachdem Donner die Medizin geschluckt hat, besteht Hoffnung. Wir führen ihn weiter im Hof herum, solange es nötig ist. Du und Dolly, ihr habt euer Möglichstes getan. Sei also vernünftig und tu, was ich dir gesagt habe.«

»Ja, das tue ich«, sagte Will zur Überraschung von Frau Peters. Sie ergriff die Hand der Lehrerin und hielt sie fest. »Frau Peters ... das ... das kann ich nie wiedergutmachen. Niemals. Aber ich werde nie vergessen, was Sie heute Nacht getan haben.«

Beruhigend klopfte ihr die Lehrerin auf den Rücken. »Schon gut. Ich will nichts davon hören! Ich habe Donner auch gern und weiß, wie dir zumute ist. Ich schicke ihn nicht nach Hause. Du kannst ihn behalten. Ich bin sicher, dass ich dich seinetwegen nie wieder werde bestrafen müssen.«

»Nein, bestimmt nicht«, sagte Will, und ihr Gesicht glühte vor Eifer. »Von jetzt an will ich ... will ich Ihre beste Schülerin sein, Frau Peters!«

»Das wäre wunderbar.« Frau Peters lächelte. »Aber nun macht, dass ihr wegkommt. Ihr seht schrecklich blass und müde aus. Morgen früh dürft ihr beide im Bett frühstücken!«

»Nein – nein! Das brauchen wir auf keinen Fall!«

»Nun gut, dann geht ihr morgen aber ganz früh ins Bett! Also: Gute Nacht jetzt! – oder besser: Guten Morgen! Es ist beinahe drei Uhr!«

Die beiden Mädchen stolperten die Treppe hinauf in den Nordturm. Sie gähnten und konnten kaum sprechen, so müde waren sie. Aber sie waren glücklich und fühlten sich wegen des gemeinsamen Erlebnisses wie alte Freundinnen.

Will kroch ins Bett und raunte nur eben noch Dolly zu: »Dolly, ich weiß, dass du Susannes Freundin bist, und ich will dich auch nicht von ihr wegziehen. Aber ich will für immer deine Freundin sein. Denk daran! Eines Tages werde ich gutmachen, was du heute Nacht für mich getan hast.«

»Schon recht«, sagte Dolly – und war bereits eingeschlafen.

Die Theaterprobe

Das war eine Aufregung, als am nächsten Morgen Dolly und Will einfach nicht wach zu kriegen waren! Das schrille Glockenzeichen hörten sie nicht, und als Jenny an ihren Bettdecken zerrte, zuckten sie nur zusammen und kuschelten sich sofort wieder in ihre Kissen.

»Dolly! Will! He! Was ist los mit euch? Aufwachen, es hat längst geläutet! Hört bloß: Margot ist noch nicht zurück! Ihr Bett ist leer!«

Alles redete wild durcheinander. Jenny war sehr unruhig. Sie hatte Gewissensbisse, weil sie Margots Fehlen nicht schon am Abend gemeldet hatte.

»Ich muss es gleich Frau Pott berichten«, sagte sie und lief aus dem Zimmer. Aber die Lehrerin wusste durch die Hausmutter längst Bescheid, ebenso die Direktorin. Es herrschte große Aufregung darüber. Margot lag auf der Krankenstation. Der Arzt war schon bei ihr gewesen.

»War Margot ... in Billstedt?«, fragte Jenny erstaunt.

»So, das weißt du also?«, sagte Frau Pott verärgert. »Eine tüchtige Klassensprecherin bist du, Jenny! Verschweigst mir einfach, dass Margot fehlt! Du scheinst den Unterschied noch nicht zu kennen zwischen kameradschaftlicher Verschwiegenheit und selbstverständlicher Pflicht gegenüber den Erziehungsberechtigten. Hätten wir rechtzeitig etwas erfahren, wäre Margot eine schwere Krankheit erspart geblieben!«

Jenny wurde blass vor Schrecken. »Ich bin doch eingeschlafen«, jammerte sie. »Ich wollte wach bleiben, bis der letzte Bus angekommen sein musste. Wenn Margot dann nicht erschienen wäre, wollte ich es melden. Aber ich bin eingenickt.«

»Eine lahme Entschuldigung«, sagte Frau Pott, die auf sich selbst wütend war, weil sie nicht noch einmal in den Schlafsaal von Klasse 3 geschaut hatte.

»Dürfen wir Margot besuchen?«, fragte Jenny.

»Nein«, sagte Frau Pott. »Sie ist krank. Sie ist völlig durchnässt und überanstrengt auf der Straße zusammengebrochen und hat dort eine ganze Weile ohnmächtig gelegen. Sie hat eine schwere Bronchitis! Hoffentlich wird es keine Lungenentzündung. Sie ist völlig heiser und bringt kein Wort heraus.«

Jenny schlich langsam in den Schlafsaal zurück, entsetzlich schuldbewusst und unruhig. Dort hatten sich die anderen inzwischen um Dolly geschart und lauschten aufgeregt ihrer Schilderung der vergangenen Nacht. Will war nicht da. Sie war sofort zu den Ställen gerannt.

»Hört mal zu!«, rief Jenny. Aber niemand achtete auf sie. Was Dolly erzählte, war zu aufregend.

»Aber das ist doch nicht die Möglichkeit – wer hätte geahnt, dass Frau Peters so anständig ist?«, rief Britta. »Einfach klasse! Wie gut, dass du sie geholt hast, Dolly!«

»Ich kann euch sagen – das war eine Nacht!«, erzählte Dolly. »Will und ich sind zig Kilometer mit Donner um den Hof marschiert. Ich bin nur gespannt, wie es Donner heute Morgen geht.«

Plötzlich kam jemand den Korridor entlanggerast und riss die Tür auf. Es war Will. Ihr Gesicht glühte. »Dolly! Dolly! Es geht ihm wieder gut! Er frisst seinen Hafer, als könnte er nicht genug kriegen. Der Tierarzt war bis halb acht bei ihm, und Frau Peters ist immer noch da. Sie ist überhaupt nicht ins Bett gegangen!«

»Kinder, die ist einfach wunderbar!«, rief Alice. »Warum habt ihr uns nicht auch geweckt?«

»Ich bin ja zuerst ganz allein hinaus«, sagte Will. »Ich dachte nur an Donner. Dolly kam hinterher. Und sie war auch großartig. Ach, bin ich glücklich! Donner geht's gut. Er wird nicht zurück nach Hause geschickt. Und ich werde nie, nie vergessen, was Frau Peters vergangene Nacht getan hat!«

Endlich kam Jenny zu Wort. Sie berichtete von Margot, und die anderen waren starr vor Staunen. Dolly brach als Erste das Schweigen: »Dann hat Frau Peters heute Nacht nicht nur Donner gerettet, sondern auch Margot!«

Wie ein Lauffeuer verbreiteten sich diese Nachrichten in der ganzen Schule; sie waren das Tagesgespräch von der ersten bis zur letzten Klasse. Immer wieder mussten Dolly und Will erzählen. Was für ein Glück, dass Sonntag war und dass sie keinen Unterricht hatten. Im Gottesdienst wurde ein Gebet für Margot gesprochen. Alle stimmten ein, obwohl die meisten sich nichts aus ihr machten. Dann tauchte das Gerücht auf, dass es ihr schlechter ginge und dass man bereits ihre Eltern benachrichtigt habe. Alles meine Schuld, dachte Jenny beklommen. Am nächsten Morgen jedoch ging es Margot wieder besser. Und Donner war sogar völlig wiederhergestellt. Will war überglücklich. Es erschien ihr wie ein

Wunder, dass ein Pferd nach solchen Schmerzen in so kurzer Zeit wieder gesund wurde.

Frau Peters hatte sich am Sonntag gründlich ausruhen können. Als sie am Montag früh in die dritte Klasse kam, gab es eine Überraschung:

»Ein Hurra für Frau Peters!«, rief Dolly laut. Und zum Erstaunen der beiden benachbarten Klassen erscholl ein kräftiges dreifaches »Hurra!«.

Frau Peters lächelte freundlich nach allen Seiten. »Vielen Dank«, sagte sie. »Das war nett von euch. Und nun schlagt eure Bücher auf – auf Seite 31. Alice, bitte an die Tafel.«

Dolly schaute sich an diesem Morgen mehrere Male nach Will um. Will sah nicht aus dem Fenster. Sie passte scharf auf, wenn Frau Peters etwas sagte. Sie gab gute Antworten und als sie an die Tafel gerufen wurde, erledigte sie ihre Aufgabe tadellos.

»Sehr gut, Will«, sagte Frau Peters, und bei dieser Anrede ging ein Aufatmen durch die Klasse. Will lachte, als sie an ihren Platz ging. Sie schien ein ganz anderer Mensch zu sein.

Dolly beobachtete sie von einer Stunde zur anderen voll Bewunderung: Will hatte den festen Entschluss gefasst, eine gute Schülerin zu werden, und sie führte ihn auch aus. Sie hielt ihr Versprechen! Vielleicht wurde sie eines Tages noch Klassenbeste?

Auch Frau Peters vertraute Will. Sie verstanden einander. Das war im Grunde gar nicht so verwunderlich. Sie waren sich ja ähnlich: Frau Peters hatte eine ausgesprochen herbe, fast männliche Art, und Will war ein halber Junge. Beide liebten Pferde. Sie hatten sich bisher gar nicht leiden können – aber jetzt würden sie gute Freunde werden.

»Dolly, du träumst wohl?«, sagte Frau Peters. »Du hast anscheinend noch gar nichts aufgeschrieben.«

Dolly sprang auf und wurde rot. Das fehlte gerade noch! Sie bewunderte Will, weil sie nicht mehr träumte – und verfiel dabei in Wills alten Fehler! Sie riss sich zusammen und begann zu schreiben.

Für den Nachmittag war die erste Stunde bei Frau Nordberg angesetzt – heute würden also die Rollen für das Theaterstück verteilt werden. Marilyn freute sich sehr darauf. Nun saß sie auf ihrem Platz und war mit den Gedanken schon bei den Proben. Leise zitierte sie ein paar Verse aus »Romeo und Julia«.

Frau Peters sah, wie sich ihre Lippen bewegten. »Marilyn«, fragte sie in scharfem Ton, »was hast du eben zu Evelyn gesagt?«

»Gar nichts, Frau Peters.«

»Und zu dir selbst?«, forschte Frau Peters weiter. »Steh auf, wenn du mir antwortest.«

Marilyn stand auf. Sie blickte Frau Peters an und schmetterte laut:

»Willst du schon gehn? Der Tag ist ja noch fern.

Es war die Nachtigall und nicht die Lerche …«

Eine Lachsalve der Klasse übertönte sie. Frau Peters klopfte energisch auf das Pult. »Marilyn! Ich hoffe, du willst dich und uns nicht zum Narren halten. Wir haben jetzt Mathematik, und das hat nichts mit Nachtigallen oder Lerchen zu tun! Und auch nichts mit ›Romeo und Julia‹! Setz dich!«

Dolly dachte: Welche Zeitverschwendung, an diesem sonnigen Nachmittag zu proben, statt Handball zu spielen! Aber immerhin würde es sicher sehr lustig werden, wenn Marilyn bei Frau Nordberg Eindruck zu schinden versuchte.

Marilyn war aufgeregt. Wenn sie nur Frau Nordberg vermitteln könnte, wie begabt sie für die Bühne war!

»Marilyn Miller, du bist die geborene Schauspielerin!«, müsste sie sagen. »Du darfst diese Begabung auf keinen Fall vernachlässigen – noch dazu, da du so blendend aussiehst! Du bist eine große Hoffnung für die Bühne! Ich werde einmal stolz sein, dich unter meinen Schülerinnen gehabt zu haben!«

Marilyn hatte ihr Haar wieder toupiert – zwar nicht so hoch wie früher, aber doch so, dass sie älter wirkte. Das Gesicht hatte sie geschminkt, und ihre Fingernägel waren lackiert. Sie hatte ihr schickstes Kleid angezogen und bildete sich ein, bereits wie ein Bühnenstar auszusehen.

Die wirkliche Schauspielerin – Frau Nordberg – wirkte dagegen sehr schlicht. Sie trug ein gut sitzendes, aber ganz einfaches Kostüm, und auch ihre Frisur war in keiner Weise auffallend. Marilyn war ein wenig enttäuscht. Eine ehemalige Schauspielerin mit dem elegant klingenden Namen Nora Nordberg hatte sie sich ganz anders vorgestellt!

Frau Nordberg schaute sich die Mädchen, die hereinkamen, genau an. Sie hatte einen guten Blick dafür, wer für welche Rolle geeignet war, und ihr Urteil über schauspielerisches Talent galt als sehr sicher. Als sie Marilyn sah, musste sie lächeln. Was wollte dieses Mädchen mit seiner aufgedonnerten Aufmachung erreichen? Frau Nordberg konnte ja nicht ahnen, dass sich Marilyn schon jetzt wie eine große Tragödin oder ein berühmter Filmstar vorkam.

Da die Zeit bis zur Aufführung knapp war, hielt sich Frau Nordberg nicht mit langen Vorreden auf, sondern fragte gleich: »Hat jemand von euch schon einmal in ›Romeo und Julia‹ mitgespielt?«

Niemand meldete sich – bis auf Marilyn. »Bitte, Frau Nordberg«, sagte sie eifrig, »ich habe schon die Jungfrau von Orleans gespielt.«

»So? Wirklich?« Frau Nordberg betrachtete Marilyns Frisur. »Sag mal, was hast du mit deinen Haaren gemacht? Die sehen sehr, sehr unnatürlich aus.«

Marilyn wurde rot und trat zurück.

»Hat jemand schon das Stück gelesen?«, fragte Frau Nordberg weiter.

Dolly und Marlies hoben die Hand, natürlich auch Marilyn.

»Kann eine von euch schon eine der Rollen?«

Marilyn nahm wieder einen Anlauf. »Ich kann die ganze Rolle der Julia auswendig«, rief sie. »Eine traumhafte Rolle.«

»Ja, sie ist ausgezeichnet als Julia«, warf Evelyn ein, und Marilyn dankte ihr mit einem freundlichen Lächeln.

»Na gut. Da du dir die Mühe gemacht hast, die Rolle zu lernen, darfst du sie heute vorsprechen«, erklärte Frau Nordberg. Dann sah sie sich nach einer Schülerin um, die den Romeo spielen könnte. Ihr Blick fiel auf Will.

»Du«, sagte sie, »wie heißt du – Wilhelmina? Du kannst die Rolle übernehmen. Und du, Dolly, spielst Julias Amme.«

Schnell verteilte sie die anderen Rollen. Die Mädchen studierten ihre Textbücher und bereiteten sich auf das Lesen und Spielen vor.

»Schlagt die dritte Szene auf, die Stelle, an der Julia zum ersten Mal auftritt«, sagte Frau Nordberg. »Marilyn, bist du so weit?«

Und ob sie es war! Sie brannte ja geradezu darauf anzufangen. Sie fühlte sich als Julia, wie sie leibte und lebte! Mit Feuereifer begann sie. Sie deklamierte ihren Text, fuchtelte mit den Armen, schritt mit wuchtigen Schritten auf und ab und warf den Kopf theatralisch nach hinten. Und sie bildete sich ein, wunderschön und liebenswert und tief tragisch zu wirken.

»Halt, Marilyn!«, rief Frau Nordberg schließlich.

Aber Marilyn war nicht zu bremsen. Ohne auf das Gekicher der anderen zu achten, spielte sie in derselben übertriebenen und unnatürlichen Weise weiter.

»Halt!«, rief Frau Nordberg abermals.

Jetzt erst hielt Marilyn inne und schaute Frau Nordberg bestürzt an. Warum machte sie so ein böses Gesicht?

»Wie kannst du es wagen, dich so aufzuführen?«, wetterte Frau Nordberg los. »Willst du hier den Klassenclown spielen? Das verbitte ich mir! Weißt du überhaupt, wie herrlich diese Verse sind, die du eben völlig verhunzt hast? Wie kannst du es wagen, die junge, zarte Julia wie einen aufgeblasenen, affektierten Filmstar darzustellen?«

Marilyn war wie vom Donner gerührt. Sie glaubte ihren Ohren nicht trauen zu können. Vor Schreck wurde sie kreidebleich unter der rosa Schminke.

»Und warum hast du dich so aufgetakelt?«, forschte Frau Nordberg weiter. Sie wurde immer wütender, weil das Gekicher ringsum kein Ende nahm. »Ich kann dir gar nicht sagen, wie unmöglich du aussiehst mit dem rosa Geschmiere im Gesicht. Darfst du den Lehrerinnen hier so unter die Augen kommen? Ich habe nicht die Absicht, mich weiter mit dir abzumühen. Eines solltest du aber ein für alle Mal zur Kenntnis nehmen, Marilyn Miller: Aus dir wird nie eine Schauspielerin! Du hast einfach nicht das Zeug dazu. Nun geh, wasch dein Gesicht und bring deine Haare in Ordnung!«

Marilyns Stolz und Selbstvertrauen verpufften wie die Luft aus einem Luftballon, den man mit einer Nadel angestochen hat. Mit hängendem Kopf schlich sie zur Tür. So jämmerlich war dieser Rückzug, dass sie den Mädchen leidtat. In gedrückter Stimmung fuhren sie mit dem Lesen fort.

Auch Frau Nordberg tat es hinterher leid, dass sie so hart mit Marilyn verfahren war, und sie versuchte, die Klasse wieder aufzumuntern. »Alice, du hast gut gelesen. Marlies, du hast eine hübsche Stimme, du musst nur immer den Kopf beim Lesen hoch halten. Dolly, ich sehe, dass du dir Mühe gibst. Das nächste Mal versuchen wir es mit anderen Rollen.«

»Frau Nordberg, könnte ich nicht einmal nach Marilyn sehen?«, fragte Evelyn zaghaft. »Sie fühlt sich ehrlich zur Schauspielerin berufen. Sie wollte keinen Unfug treiben. Sie meinte es ernst. Darf sie gar nicht mitspielen?«

»Nun, eine kleine Rolle darf sie übernehmen, eine, bei der sie nichts verderben kann. Aber du musst einsehen, dass sie nicht die leiseste Ahnung von der Schauspielerei hat. Geh nur und sag ihr, dass ich sie sprechen will. Wir hören für heute auf.«

Schweigend ging die dritte Klasse hinaus.

Arme Marilyn – was würde sie tun?

»Sie wird ein arrogantes Gesicht aufsetzen«, sagte Alice. »Genau wie damals, als sie in unsere Klasse zurückversetzt wurde. Sie wird sich nichts daraus machen und sich weiter einbilden, dass sie wer weiß wie begabt ist!«

Evelyn fand Marilyn in der Garderobe. Sie hatte sich das Gesicht abgewaschen und die Haare wieder normal gekämmt.

»Marilyn, Frau Nordberg will dich sprechen. Es tut mir so leid, dass das alles passiert ist.«

»Kann ich denn wirklich nicht spielen?«, fragte Marilyn, und ihre Lippen bebten plötzlich.

Evelyn wollte nicht recht heraus mit der Sprache. Schließlich aber sagte sie: »Nein, du warst leider wirklich nicht gut. Du hast so schrecklich ulkig gewirkt. Vielleicht bist du einfach für komische Rollen besonders begabt?«

Marilyn sagte nichts, aber sie ging mit ihr. Nicht einmal Evelyn hielt also etwas von ihrer Schauspielkunst, überlegte sie. So schlecht war sie gewesen, dass sie sich nur lächerlich gemacht hatte! Mit größtem Unbehagen wartete sie auf das Urteil der Schauspiellehrerin.

Wider Erwarten war Frau Nordberg recht freundlich. »Ich höre, dass du den Ehrgeiz hast, eine große Schauspielerin zu werden, Marilyn. Nun, diese Gnade ist sehr wenigen verliehen! Du hast kein Talent dafür – und du hast auch etwas anderes nicht, etwas das alle wirklich guten Schauspielerinnen brauchen.«

»Was denn?«, flüsterte Marilyn zaghaft.

»Also, hör zu: Wenn du einen anderen Menschen darstellen willst, wenn du dich in ihn einleben willst, musst du dich selbst völlig vergessen – dein Aussehen, deinen Ehrgeiz, deine Einbildung, eine gute Schauspielerin zu sein. Du musst dich ganz aufgeben können. Und das erfordert einen starken Charakter. Du denkst viel zu sehr an dich selbst. Du warst nicht Julia, die von Marilyn gespielt wurde – du warst die ganze Zeit nur Marilyn. Und leider keine sympathische!«

»Werde ich nie eine gute Schauspielerin werden?«

»Ich glaube nicht. Für solche Dinge habe ich ein ziemlich sicheres Gefühl. Warum versuchst du nicht, einmal du selbst zu sein? Was soll all dieses Zurschaustellen? Sei doch einfach wie die anderen: ein Schulmädchen, das hierhergeschickt worden ist, um etwas zu lernen!«

»Etwas anderes wird mir wohl nicht übrig bleiben«, sagte Marilyn, und eine Träne rann ihr die Wange hinab.

»Sag nicht, dass das nichts wäre! Es ist sehr, sehr viel!«, widersprach Frau Nordberg. »Versuch's mal. Das ist sehr schön. Ich wäre nicht so hart mit dir verfahren, hätte ich gewusst, wie sehr dein Herz an dem Traum hängt, Schauspielerin zu werden.«

Marilyn war am Boden zerstört. Erst beim Nachmittagskaffee traf sie wieder mit ihren Mitschülerinnen zusammen und setzte sich still an ihren Platz.

Frau Pott fiel auf, dass sie geweint hatte. Seltsam, dachte sie, das sehe ich bei Marilyn zum ersten Mal. Immerhin wird sie den anderen schon ähnlicher, sie ist fast ein richtiges Schulmädchen. Vielleicht wirkt Möwenfels doch endlich positiv auf sie!

Margot und Marilyn

Ein paar Tage vergingen. Margot war immer noch sehr krank. Niemand durfte sie besuchen. Dann hieß es, sie sei auf dem Wege der Besserung. Die Mädchen schickten ihr Blumen und Bücher.

Will hatte sich von ihrem mitternächtlichen Abenteuer erholt, ebenso Dolly. Frau Peters freute sich aufrichtig über Wills lebhafte Teilnahme am Unterricht.

Auch Marilyn arbeitete besser mit, sie hatte sogar Mademoiselle um Nachhilfestunden gebeten. Sie war in sich gegangen. Den Gedanken, Schauspielerin zu werden, hatte sie endgültig aufgegeben. Sie wollte auch nicht mehr wie ein Filmstar aussehen! Sie versuchte jetzt vielmehr, sich genauso natürlich zu benehmen wie die anderen.

»Ist Marilyn nicht merkwürdig?«, sagte Britta zu Irene. »Als sie hier ankam, hielt sie sich für wer weiß wie erhaben über uns. Jetzt aber bemüht sie sich, uns in allem nachzuahmen. Sie will gar nichts Besonderes mehr sein, sondern genauso wie wir – kurz, sie will zu uns gehören!«

»Sie ist sehr viel netter geworden«, bestätigte Irene. »Ich habe sie jetzt richtig gern.«

»Sieh mal – Evelyn zieht wieder eine herrliche Schnute!«, sagte Britta flüsternd. »Diesmal werd ich sie aber mit dem Zeichenstift erwischen. Ist ihr Gesicht nicht herrlich?«

Aber Evelyn hatte Brittas prüfende Blicke gerade noch bemerkt, und im Nu war ihr Gesicht wieder glatt. »Wenn du mich gezeichnet hättest, hätte ich das Papier zerrissen!«, sagte sie.

»Ach, Evelyn, gönn mir doch einmal nur für eine halbe Minute deine Grimasse!«, bettelte Britta. Aber Evelyn verließ rasch das Zimmer. Draußen schnitt sie noch einmal die Grimasse, nur weil sie sich über Britta so ärgerte und ihr ein Schnippchen schlagen wollte.

Dolly hakte sich bei Susanne ein und sagte: »Komm, gehen wir mal hinunter und sehen nach, ob am Schwarzen Brett etwas Neues steht.«

Vor dem Schwarzen Brett hatte sich auch eine Schülerin der vierten Klasse eingefunden. Es war Sonja. »Hallo, Dolly«, sagte sie. »Ich gratuliere herzlich!«

»Wozu?«, fragte Dolly überrascht.

»Na, schau doch hin – du spielst nächsten Donnerstag in der Schulmannschaft gegen die Billstedter Schule! Eine Stürmerin und eine Läuferin sind krank und fallen aus. Deshalb sind die Ersatzspielerinnen mit aufgestellt worden. Du bist doch zweite Reserve, nicht?«

»Ach, das ist ja fantastisch!«, rief Dolly. Sie machte vor Freude einen großen Luftsprung. Doch plötzlich wurde ihr Gesicht lang. »Ob mich aber Frau Pott am Donnerstag spielen lässt? Das ist der Tag, an dem wir die Strafarbeit machen müssen, anstatt nachmittags freizuhaben. Du weißt doch, Susanne – wegen des Streichs, den wir Mademoiselle gespielt haben.«

»Wovon sprecht ihr eigentlich?«, fragte Sonja.

»Ach, wir hatten neulich in Mademoiselles Stunde Niespulver in der Klasse verstreut«, berichtete Dolly.

Sonja kicherte.

»Ja, zuerst fanden wir es auch sehr komisch. Später aber nicht mehr – als wir nämlich alle selbst niesen mussten. Und ganz schlimm wurde es, als dann Frau Pott in der Nebenklasse den Lärm hörte und herüberkam! Als Hausvorsteherin des Nordturms ordnete sie die Strafe an.«

»Ich kann mir gut vorstellen, wie sauer sie war«, sagte Sonja.

»Ja, und nun müssen wir alle an unserem freien Nachmittag eine Strafarbeit bei Mademoiselle schreiben. Susanne hier hat Glück gehabt. Sie war in der Stunde nicht da, weil sie zu einer Nachuntersuchung zum Arzt musste.«

»Du tust mir leid, Dolly«, meinte Sonja. »Du kannst bei dem Wettkampf bestimmt nicht mitspielen! Frau Pott erlässt dir die Strafe sicher nicht.«

Dolly stöhnte. »So ein Pech! Meine erste Chance – und nun habe ich sie vertan! Ach, Susanne, weshalb war unsere ganze Klasse auch so blöde und hat diesen kindischen Streich machen müssen!«

Es war wirklich ein harter Schlag für die arme Dolly. Sie schlich so traurig umher, dass Susanne es nicht ertragen konnte; sie ging zu Frau Potts Zimmer und klopfte an.

»Bitte, Frau Pott«, sagte sie, »Dolly soll beim nächsten Handballspiel gegen die Billstedter Mädchen mitmachen. Aber wegen der Niespulvergeschichte muss sie zusammen mit der ganzen Klasse gerade an dem Tag arbeiten, an dem der Wettkampf stattfindet. Sie ist ganz traurig. Sie sagten, ich brauchte auf den freien Nachmittag nicht zu verzichten, weil ich bei der Sache nicht dabei gewesen bin. Kann ich nicht meine Freizeit an Dolly abtreten? Dann könnte sie mitspielen!«

»Das ist sehr anständig von dir, Susanne, aber es geht auf keinen Fall«, antwortete Frau Pott. »Dolly muss die Strafe genauso abbüßen wie die übrige Klasse. Sie ist selbst daran schuld, wenn sie ihre Chance verpasst.«

Betrübt ging Susanne hinaus. Sie erzählte Dolly von ihrem Versuch, ihr den freien Nachmittag zuzuschanzen.

Dolly war gerührt. »Ach, Susanne, du bist ein anständiger Kerl! Eine echte Freundin! Ich danke dir!«

Susanne lächelte. Ihre Eifersucht auf Alice war auf einmal verschwunden. Sie hängte sich bei Dolly ein. »Ich bin froh, wenn Betty zurückkommt und Alice wieder ihre Busenfreundin hat«, sagte sie.

»Ich auch«, stimmte Dolly von ganzem Herzen zu. »Es ist irgendwie anstrengend, dass Alice immer wieder versucht, ein Dreigespann aus uns zu machen. So hatte ich mir das eigentlich nicht gedacht.«

Susanne war zufrieden. Aber sie hätte Dolly diese wundervolle Gelegenheit, bei dem Handballspiel mitzumachen, so gegönnt! Sie trafen die Krankenschwester und erkundigten sich nach Margots Befinden.

»Viel besser«, sagte die Schwester. »Aber ihre schöne Stimme ist völlig dahin. Die arme Margot kann nur noch krächzen. Sie fühlt sich deswegen ganz elend. Übrigens darf sie morgen zum ersten Mal Besuch empfangen. Sie möchte gern, dass Marilyn Miller sie besucht! Bestellt Marilyn bitte, dass sie nach dem Kaffee kommen kann.«

Dolly und Susanne sahen sich erstaunt an. Marilyn? Weshalb wollte Margot ausgerechnet Marilyn sehen?

Margot war sehr unglücklich. »Schwester, werde ich nie wieder singen können?«, fragte sie angstvoll.

»Jedenfalls eine lange Zeit nicht«, bestätigte die Schwester. »Aber vielleicht wird deine Stimme eines Tages wiederkommen, Margot. Dein Kehlkopf und deine Atemwege sind stark angegriffen. Die nächsten ein oder zwei Jahre darfst du auf keinen Fall singen. Tust du es trotzdem, dann wird es mit deiner Stimme ein für alle Mal vorbei sein. Dann wirst du sehr wahrscheinlich niemals Sängerin werden können!«

Margot ließ ihre Tränen fließen, ohne sie abzuwischen. Keine Stimme! Ein oder zwei Jahre nicht singen dürfen und dann nur vielleicht! Und alles durch ihre eigene Schuld!

»Weshalb war ich bloß so verrückt, mich bei dem Regen heimlich in die Nacht hinauszuschleichen!«, jammerte Margot laut. »Ich hielt es für eine Heldentat, so etwas zu wagen! Die anderen hatten mich gewarnt. Vielleicht versteht mich Marilyn – sie will doch eine große Schauspielerin werden.«

Das war der Grund, warum sie Marilyn hatte bitten lassen, zu ihr zu kommen. Sie musste ihr einfach alles erzählen.

Marilyn war verblüfft, dass Margot ausgerechnet sie als erste Besucherin wünschte. Sie hatte sich bisher nicht viel aus Margot gemacht. Aber sie ging trotzdem zu ihr und nahm Obst, Süßigkeiten und ein Buch mit. Denn großzügig war sie immer.

Als sie die abgemagerte Margot sah, erschrak sie.

»Setz dich bitte«, brachte Margot krächzend hervor und fuhr fort: »Ich habe meine Stimme verloren – vielleicht für immer. Ach, Marilyn, ich bin eine solche Idiotin gewesen. Nur du kannst mich vielleicht verstehen!«

Und dann erzählte sie Marilyn alles, was an jenem Samstagabend geschehen war und dass sie nicht mehr singen dürfe. »Was soll ich nur ohne meine Stimme tun? Lieber sterben. Einmal hat mir eine Mitschülerin gesagt, ohne meine Stimme wäre ich ein Nichts.«

Ihre Rede wurde durch vieles Stöhnen und Krächzen immer wieder unterbrochen.

»Margot, nicht so viel sprechen!«, mahnte die Schwester, die den Kopf zur Tür hereinsteckte. »Marilyn, erzähl du lieber!«

Worüber sollte sich Marilyn mit Margot unterhalten? Doch nun zeigte sich, dass sie Charakter besaß und nicht mehr ausschließlich an sich dachte. Sie berichtete von ihrem eigenen Versagen bei der Theaterprobe. Es war nicht leicht für sie. Aber als sie sah, mit welch gespannter Aufmerksamkeit Margot ihren Bericht geradezu einsog, da ersparte sie sich auch nichts und schilderte ihre Blamage in allen Einzelheiten.

»Du siehst also, Margot«, schloss sie, »mir ist es viel schlimmer ergangen als dir. Du hattest wirklich ein Talent. Ich hatte es nie. Du warst stolz auf etwas Vorhandenes, ich auf etwas, das es gar nicht gab. Trotzdem bin ich jetzt glücklicher als vorher. Auf jeden Fall ist es vernünftiger, das zu sein, was man wirklich ist: ein Schulmädchen – ich: keine zukünftige Filmdiva; du: keine Opernsängerin. Du wirst meiner Meinung sein, wenn du darüber nachdenkst. Jetzt kannst du du selbst sein, nachdem du deine Stimme für eine Weile verloren hast!«

»Ach, Marilyn«, stieß Margot heiser hervor und fasste nach der Hand der Klassenkameradin, »du weißt gar nicht, wie du mir geholfen hast. Mir war so schrecklich elend zumute. Ich dachte, dass niemandem in der Welt so etwas Schlimmes passiert wäre. Und dabei ist es dir genauso ergangen!«

Marilyn sagte nichts. Es hatte sie viel Überwindung gekostet, diese Beichte abzulegen. Aber bei all ihren Fehlern hatte sie etwas Großzügiges und Edelmütiges in ihrem Wesen. Und sie hatte rasch begriffen, wie sie – und nur sie allein – Margot helfen könnte.

Die Schwester schaute wieder herein. Sie freute sich, als sie sah, wie viel ruhiger Margot plötzlich war.

»Dein Besuch hat Margot gutgetan, Marilyn!«, sagte sie. »Sie sieht viel besser aus. Ihr seid Freundinnen?«

Margot sah Marilyn voll Spannung an.

»Ja«, sagte Marilyn fest. »Ja, wir sind Freundinnen.«

»Nun, du darfst noch zwei Minuten bleiben, und dann musst du aber gehen«, erklärte die Schwester und ging hinaus.

»Ich will jetzt den anderen zeigen, dass ich nicht nur eine Stimme war«, krächzte Margot. »Marilyn, willst du mir helfen? Willst du wirklich meine

Freundin sein? Ich bin nichts Besonderes, das weiß ich, aber du wirst eine Freundin in mir haben!«

»Ach, Margot«, sagte Marilyn, »mit mir ist auch nicht viel los. Ich bin eine unbedeutende Person. Das sind wir beide! Also helfen wir uns gegenseitig. So, jetzt muss ich gehen! Auf Wiedersehen! Ich komme morgen wieder.«

Alles renkt sich wieder ein

Mademoiselle hatte sich über den Streich mit dem Niespulver zuerst sehr geärgert. Doch allmählich gewann ihr Humor die Oberhand. Insgeheim musste sie sogar lachen, wenn sie daran dachte, wie sie mit Frau Pott und der ganzen Klasse um die Wette geniest hatte.

Und inzwischen taten ihr die Mädchen ein bisschen leid, weil sie ihren freien Nachmittag einbüßen sollten. Sie versuchte, ein gutes Wort für sie einzulegen. Aber damit kam sie nicht an.

»Auf keinen Fall, Mademoiselle«, erklärte Frau Pott. »Werden Sie nur nicht weich! Was soll denn aus der Schuldisziplin werden, wenn wir die Dinge so laufen lassen?«

»Da haben Sie eigentlich recht«, sagte Mademoiselle, der plötzlich eine Idee gekommen war. »Diese bösen Mädchen! Schicken Sie sie nur zu mir, Frau Pott, ich werde ihnen einen arbeitsreichen Nachmittag bereiten.«

»Das finde ich richtig«, sagte Frau Pott zustimmend. Manchmal war Mademoiselle schwer zu verstehen, dachte sie – bald so, bald so, erst weich, dann hart!

Ich werde sie auf einen Spaziergang mitnehmen, überlegte Mademoiselle. Sie selbst machte sich gar nichts aus Spaziergängen, aber sie wusste, wie gern die Mädchen draußen waren.

Doch am Donnerstag goss es so sehr, dass nicht nur das Handballspiel im wahren Sinne des Wortes ins Wasser fiel, sondern auch ein Spaziergang unmöglich war!

Bereits am Morgen hatte Dolly einen Anschlag am Schwarzen Brett gelesen:

Das für heute Nachmittag angesetzte Handballspiel
Burg Möwenfels
gegen
Mädchenschule Billstedt
wird wegen schlechten Wetters abgesagt.
Ein neuer Termin steht noch nicht fest.

»Sieh dir das an«, sagte sie zu Susanne. »Es wird überhaupt kein Spiel geben. Wie enttäuscht wäre ich jetzt, wenn ich tatsächlich hätte mitspielen dürfen! Ob ich wohl eine Chance habe, beim nächsten Termin dabei zu sein? Wahrscheinlich sind die kranken Spielerinnen bis dahin wieder gesund.«

Mit hängenden Köpfen ging die dritte Klasse am Nachmittag in ihren Raum, um zu arbeiten, während die anderen in der Turnhalle spielten oder sich einen Film ansahen.

Mademoiselle wartete schon auf die dritte Klasse. Sie lachte fröhlich. »Ihr armen Kinder! Nun müsst ihr schwer arbeiten, weil ihr mich zum Niesen gebracht habt. Ihr sollt sogar sehr schwer arbeiten: Ihr müsst französische Tänze lernen! Ich habe meinen Plattenspieler und ein paar Tanzplatten mitgebracht. Ich bringe euch einen französischen Ländler bei, den alle französischen Kinder kennen.«

Überrascht und erfreut schoben die Mädchen Tische und Stühle zusammen. Hoffentlich kamen Frau Pott oder Frau Peters vorbei. Die würden Augen machen!

Doch Mademoiselle wusste, dass beide Kolleginnen ihr nicht über den Weg laufen würden: Frau Peters war ausgegangen, und Frau Pott spielte mit ihrer ersten Klasse in der großen Halle Federball. Mademoiselle war also sicher vor ihnen.

»Die Luft ist klar!«, verkündete sie strahlend.

Die Mädchen kicherten. »Sie meinen: Die Luft ist rein«, sagte Jenny.

»Meinetwegen«, schmunzelte Mademoiselle. »Jetzt wollen wir anfangen! Bildet einen Kreis. Ich sage euch, was ihr singen sollt, wenn ihr im Kreis herumgeht.«

Es wurde ein vergnügter Nachmittag, der den Mädchen viel Spaß machte.

»Sie sind prima, Mademoiselle«, sagte Dolly am Ende des »arbeitsreichen« Nachmittags. »Wirklich prima!«

Mademoiselle strahlte. »Ihr habt mich zum Niesen gebracht – und ich euch zum Nach-Luft-Schnappen. Wir sind jetzt gleich, nicht wahr?«

»›Quitt‹ meinen Sie«, sagte Jenny, aber Mademoiselle nahm keine Notiz von dieser Korrektur.

»Ich werde Frau Pott schildern, wie erschöpft ihr von eurer harten Nachmittagsarbeit gewesen seid«, erklärte sie. »Ihr armen Kinder, wie werdet ihr euch nach einer ausgiebigen Kaffeestunde sehnen!«

Marilyn hatte das Tanzen ebenso Spaß gemacht wie den anderen. Noch vor einer Woche hätte sie über diese Hopserei die Nase gerümpft, hätte sich nur gezwungen und gelangweilt beteiligt, weil sie sich darüber erhaben gefühlt hätte.

Und jetzt habe ich mich keine Minute gelangweilt, überlegte sie, während sie ihr Haar in Ordnung brachte. Wie kommt das nur? Ich muss mich früher geradezu idiotisch benommen haben. Kein Wunder, dass die anderen mich ausgelacht haben!

Margot ging es allmählich immer besser. Sie freute sich stets sehr über Marilyns Besuche. Viele ihrer Kameradinnen waren inzwischen bei ihr gewesen, aber über Marilyn freute sie sich immer am meisten. Sie dachte oft an sie, die so tapfer aus ihren Fehlern gelernt hatte, und sie hoffte inständig, dass ihr selbst das ebenfalls gelingen würde.

Es war kein geringer Trost für Marilyn, dass jemand bewundernd zu ihr aufsah. Und seit Margot aufgehört hatte, von ihrer herrlichen Stimme zu reden und von ihrer wunderbaren Zukunft, schien auch sie ein ganz anderer Mensch geworden zu sein. Viel natürlicher und mit mehr Interesse für ihre Mitschülerinnen.

»Ich will überhaupt nicht mehr über meine Stimme sprechen«, gestand Margot Marilyn. »Ich will nie wieder prahlen. Ich will erst wieder in die Klasse zurückkommen, wenn ich vernünftig geworden bin und mich nicht mehr rühme und nicht mehr an meine Stimme denke!«

»Auch deine Stimme kommt wieder, das glaube ich ganz sicher!«, tröstete Marilyn sie. »Ach, Margot, du bist mir so ähnlich. Jetzt sind wir beide sozusagen zurückversetzt – zu Schulmädchen und zu nichts weiter. Aber du glaubst gar nicht, wie schön es ist, zu den anderen zu gehören, genauso wie sie zu sein und nicht zu versuchen, sich als etwas Besonderes aufzuspielen!«

»Erzähl mir von Mademoiselle und ihrer Nieserei«, bettelte Margot. »Das ist zu lustig. Du bist so furchtbar witzig und komisch, wenn du Geschichten erzählst, Marilyn.«

Und das war sie wirklich. Sie konnte zwar nicht schauspielern, aber sie konnte Geschichten so lustig erzählen, dass alle lachen mussten. Alice dachte im Stillen, dass dies Marilyns eigentliche Begabung sei, aber sie würde es ihr keinesfalls sagen.

Die Mädchen bewunderten Marilyn dafür, dass sie ihre Zeit so uneigennützig Margot opferte. Sie schätzten sie ganz anders und viel höher ein, seit sie die Abfuhr bei Frau Nordberg so gelassen hingenommen hatte und sich jetzt danach richtete, was sie ihr gesagt hatte.

»Ich hätte nie gedacht, dass so viel in ihr steckt«, sagte Dolly zu ihrer Freundin Susanne. »Wirklich nicht. Ich hielt sie nur für einen aufgeblasenen Luftballon, und als Frau Nordberg den Ballon anpikte, dachte ich, die Luft würde aus ihm herauszischen und nichts würde übrig bleiben. Aber siehe da! Es steckt doch etwas in ihr. Jetzt habe ich sie direkt gern.«

»Ich habe sie eigentlich immer für großzügig und gutmütig gehalten«, sagte Susanne. »Allerdings musste ich längst nicht so unter ihrem aufgeblasenen Wesen leiden wie ihr. Ich bin ja erst spät wiedergekommen!«

»Ich freue mich, dass Betty endlich zurück ist«, sagte Dolly. »Jetzt hat Alice wenigstens wieder eine eigene Freundin. Nun drängt sie nicht mehr so auf eine Freundschaft zu dritt mit dir und mir. Es wäre schön, wenn Will auch eine Freundin hätte. Sie steht eigentlich ganz allein da.«

»Nun, ich hätte gegen eine Freundschaft mit Will nichts einzuwenden«, meinte Susanne. »Ich glaube allerdings, Will braucht uns gar nicht. Donner ist ihr Ersatz genug.«

»Ja, das stimmt«, sagte Dolly, und sie erinnerte sich wieder an jene düstere, regennasse Nacht, als Will und sie unermüdlich immer und immer wieder mit Donner im Hof herumgelaufen waren ...

»Sicher würde sich Will freuen, wenn sie öfters mit uns zusammen wäre. Sie ist ein feiner Kerl!«

So wurde Will zu ihrer Freude öfters von Dolly und Susanne ins Schlepptau genommen. Sie hielt sehr viel von Dolly. Sie vergaß nie, wie hilfsbereit Dolly in jener Nacht gewesen war, und grübelte, wie sie ihr das einmal vergelten könnte.

Will war jetzt glücklich. Donner war gesund. Dolly und Susanne nahmen sich ihrer an. Sie kam in der Klasse gut voran. Und Frau Peters war einfach einzigartig!

Will war ein unkomplizierter Mensch, offen, gerade, natürlich und ehrlich. Diese Eigenschaften schätzte Frau Peters sehr. Sie war ihr darin sehr ähnlich. So kam es zu einem richtigen Vertrauensverhältnis zwischen der Klassenlehrerin und Will – zur aufrichtigen Freude beider.

»Ich fühle mich so glücklich hier«, sagte Will zu Dolly. »Zuerst hatte ich gar keine Lust, nach Möwenfels zu kommen, aber jetzt bin ich so froh, dass ich hier bin!«

Kommt Dolly in die Mannschaft?

Die Tage und Wochen und Monate vergingen. Ja, sie flogen nur so dahin, und ehe sichs alle versahen, standen die Ferien vor der Tür.

Wie gewöhnlich um diese Zeit war Dolly in ihren Gefühlen hin- und hergerissen. »Ich fahre schrecklich gern nach Hause, aber ich bin ebenso gern in Möwenfels!«, sagte sie zu Susanne.

»Ja, mir geht es ähnlich«, pflichtete Susanne ihr bei. »Ich freue mich immer sehr auf zu Hause, aber ich liebe auch die Schule. Hatten wir nicht wieder eine schöne Zeit?«

»Ja«, sagte Dolly, »bis auf die Enttäuschung, dass ich trotz meines Trainings nie in der Handballmannschaft von Möwenfels spielen durfte.«

»Warum ist das Spiel, das damals ausfiel, eigentlich nie nachgeholt worden?«, fragte Susanne.

»Weil immer irgendetwas dazwischenkam. Entweder konnte die andere Schule nicht, oder wir konnten nicht. Und jetzt, so kurz vor den Ferien, gibt es kaum noch eine Möglichkeit, dass das Spiel doch noch stattfinden kann. Das ist aber auch das Einzige, was mir dieses Jahr ein bisschen verdorben hat.« Und sie fügte hinzu: »Und dass du erst so spät wiedergekommen bist.«

»Ist heute nicht ein wunderbarer Tag?«, fragte Susanne später, als sie auf dem Schulhof spazieren gingen. »Bis zum Essen haben wir noch eine halbe Stunde Zeit. Was wollen wir tun?«

»Gehen wir zum Sportplatz«, schlug Dolly vor. »Nach dem langen Sitzen muss ich mir die Beine vertreten. Und bei dem schönen Wetter können wir ein bisschen Handball trainieren: Ballannahme, Zuspiel, Stoppen – das kann man auch zu zweit üben.«

Susanne hatte keine große Lust. Sie war immer noch nicht richtig in Form. Aber als sie Dollys eifriges Gesicht sah, wollte sie die Freundin nicht enttäuschen. »Gut, holen wir uns einen Ball.«

Als sie dann auf dem Platz spielten, beobachtete Helga die beiden Mädchen. Ihr imponierte der unermüdliche Eifer, mit dem Dolly trainierte. Sie lächelte ihr zu.

»Dolly«, rief sie, »hast du schon gehört, dass wir nächste Woche doch noch spielen? Wir dachten, es ginge nicht mehr, aber jetzt haben uns die Billstedter mitgeteilt, dass sie am nächsten Freitag herkommen – einen Tag vor den Ferien.«

»Ach, wirklich?«, fragte Dolly. »Helga, besteht eine Chance, dass ich für dieses Spiel aufgestellt werde?«

»Das vorige Mal hättest du sicher aktiv mitgespielt, weil alle Reservespielerinnen eingesetzt worden wären«, sagte Helga. »Aber du hattest doch damals deinen freien Nachmittag durch irgendeinen dummen Streich verpatzt, nicht wahr? Wenn nun diesmal wieder so etwas passiert –«

»Nein, bestimmt nicht!«, unterbrach Dolly sie. »Ich habe mir seitdem nichts mehr zuschulden kommen lassen. Bitte, Helga, stell mich für nächsten Donnerstag doch wieder als Reserve auf – wenn ich auch nicht viel Hoffnung habe mitzuspielen. Denn inzwischen sind ja alle Kranken längst wieder gesund!«

»Nun, ich werde mal sehen«, sagte Helga. »Ich muss die ganze Mannschaft sowieso neu aufstellen. Versprechen kann ich dir allerdings nichts. Am Montag und Dienstag werden wir ein paar Trainingsspiele machen. Dann werde ich euch noch einmal alle beobachten, und dann entscheiden wir, wer gegen Billstedt antreten darf. Es liegt also an dir, dein Bestes zu zeigen!«

»Ist Helga nicht wunderbar?«, fragte Dolly ihre Freundin, als Helga gegangen war.

»Nun, sie versteht sehr viel vom Sport«, antwortete Susanne, die nicht so begeistert von Helga war wie Dolly. »Auf jeden Fall musst du am Montag und Dienstag, wenn Helga ihre Auswahl trifft, so gut spielen, wie du nur kannst.«

Das tat Dolly dann auch. Sie war flink und schnell, geschickt im Fangen und sehr draufgängerisch bei ihren Angriffen auf das gegnerische Tor.

Helga beobachtete die Spielerinnen sorgfältig. Ihren scharfen Augen entging nichts: kein gutes oder schlechtes Zuspiel, kein rascher Sturm aufs Tor, keine hervorragende Verteidigung.

Am Abend sollte die Mannschaftsaufstellung angeschlagen werden. Dolly wagte es kaum, sich das Schwarze Brett anzusehen. Zwischen Hoffen und Bangen durchlas sie in fliegender Eile die ganz unten stehenden Namen der Ersatzspielerinnen. Nein, sie war nicht dabei. Sie las noch einmal – nein, sie war tatsächlich nicht dabei! Auch nicht als zweite Reserve, was sie doch vorher schon gewesen war. Helga hatte sie nicht einmal als Ersatzspielerin eingesetzt, dachte sie bitter enttäuscht.

Susanne kam dazu. »Dolly, ist dein Name dabei?«

Dolly schüttelte den Kopf. »Diesmal nicht. Ach, Susanne, ich bin ganz niedergeschlagen.«

Susanne hakte sich bei Dolly unter. »Du hast eben Pech gehabt! Tut mir schrecklich leid.«

»Na gut, ich bin also genauso schlecht wie Marilyn mit ihrer Schauspielerei. Ich hatte mir eben zu viel eingebildet.« Dollys Stimme zitterte. »Geschieht mir recht!«

»Nein, nein!«, rief Susanne. »Du müsstest mindestens in der ersten Reserve sein – ja, Dolly, ja! Du spielst hervorragend Handball! Und du hast wirklich ausdauernd trainiert!«

»Mach's mir nicht noch schwerer, Susanne«, sagte Dolly. Susannes aufrichtiges Mitgefühl ließ sie ihre Enttäuschung nur noch intensiver empfinden. Sie gingen in den Gemeinschaftsraum. Margot war zum ersten Mal wieder da.

»Hallo, Margot!«, rief Susanne überrascht. »Ich dachte, du würdest erst morgen kommen.«

»Willkommen!«, sagte Dolly und versuchte, ihren Schmerz zu vergessen. »Ich freue mich so, dass es dir wieder gutgeht, Margot. Wie fühlst du dich?«

»Großartig«, sagte Margot. Ihre Stimme war nicht mehr so klangvoll und wohltönend, wie die Mädchen sie kannten, sondern rau und heiser. Die anderen hatten sich schon etwas daran gewöhnt, nur die arme Margot nicht. Wie sie ihr Gekrächze hasste! Aber sie hatte beschlossen, nicht zu jammern und zu klagen.

»Ich freue mich ja so, wieder bei euch zu sein«, erklärte sie. »Die Schwester war wirklich nett zu mir, und es war in der Krankenstation urgemütlich. Aber den Spaß, den wir hier immer hatten, habe ich doch sehr vermisst.« Plötzlich begann sie zu husten.

»Sprich nicht so viel«, mahnte Marilyn. »Du weißt, ich soll auf dich aufpassen. Ich muss dich heute Abend gesund bei der Hausmutter abliefern, sonst darfst du nicht im Schlafsaal mit uns schlafen!«

»Och, mir geht's gut«, sagte Margot. »Dolly, bist du in der Reserve? Marilyn hat das erzählt. Ich freue mich schon auf das Spiel!«

»Nein. Ich bin nicht dabei«, sagte Dolly traurig.

Marilyn sah überrascht auf. »Das ist aber zu dumm«, sagte sie, war aber sofort ruhig, als Susanne ihr einen Wink gab, nicht weiter darüber zu reden.

Dolly konnte ihren Schock schwer überwinden. Es schien ihr nicht fair von Helga, sie plötzlich fallen zu lassen, nachdem sie ihr erst solche Hoffnungen gemacht hatte.

Dolly verließ das Zimmer. Susanne folgte ihr nicht. Sie wusste, dass Dolly allein sein wollte. Plötzlich hörte man auf dem Korridor ein lautes Fußgetrappel. Die Tür wurde aufgerissen, und der Rest der dritten Klasse strömte herein.

»Hallo! Wo ist Dolly? Hat sie denn nicht das Schwarze Brett gelesen?«

»Doch«, sagte Susanne, »sie ist schrecklich enttäuscht.«

Die freudestrahlenden Mitschülerinnen sahen sie entgeistert an.

»Enttäuscht?«, wiederholte Alice. »Weshalb denn? Sie müsste doch wahnsinnig vor Freude sein und einen Indianertanz aufführen!«

Jetzt war Susanne an der Reihe, maßlos überrascht zu sein. »Bist du verrückt geworden? Dolly ist nicht einmal zweite Reserve!«

»Nein, natürlich nicht, du Schaf – weil sie in der Mannschaft selbst mitspielt!«, rief Alice.

»Ist das wahr? Wirklich in der Mannschaft?«, rief Will begeistert. »Das ist aber eine Auszeichnung!«

Susanne schnappte nach Luft: So etwas! Dolly hatte sicher nur die Namen der Ersatzleute gelesen und überhaupt nicht die eigentliche Mannschaftsaufstellung! Das sah ihr ähnlich!

»Wo steckt sie denn?«, fragte Alice ungeduldig.

»Hier ist sie!«, brüllte Britta von der Tür aus. »Dolly, komm her!«

Dolly kam niedergeschlagen herein. Verblüfft starrte sie auf die aufgeregten Mädchen. »Was ist denn hier los?«

»Du bist drin!«, schrie Irene und schlug ihr auf die Schulter. »Am Schwarzen Brett steht es – ganz oben, du Dummchen. Du bist in der Mannschaft! Als Stürmerin! Halb links!«

Dolly begriff noch immer nicht.

Die anderen scharten sich um sie und schrien durcheinander: »Du gehörst zur regulären Mannschaft! Verstehst du denn nicht? Nicht zur Reserve!« – »Du spielst am Freitag gegen Billstedt!« – »Nun seht euch dieses Mädchen an, völlig zur Salzsäule erstarrt!« – »Dolly! Willst du vielleicht behaupten, du hättest nur die Namen der Reserve gelesen und nicht die der Mannschaft selbst?«

Endlich ging Dolly ein Licht auf. Sie packte Alice am Handgelenk. »Alice, ist es wirklich wahr? Ich bin in der Mannschaft? Da habe ich natürlich nicht hingeschaut!«

Dann gab es ein solches Geschrei und Gratulieren und Jubeln, dass die Hausmutter hereingeeilt kam, um sich nach der Ursache des Lärms zu erkundigen. Sie wollte gleichzeitig feststellen, wie es Margot ging.

Margot hatte alles gut überstanden. Sie schlug Dolly auf den Rücken und rief: »Bravo, Dolly, bravo!« Ihre Stimme krächzte dabei nicht schlecht, aber sie strahlte genauso vor Freude wie die anderen.

Die Hausmutter ging wieder hinaus; die Mädchen hatten sie kaum bemerkt. Sie lächelte vor sich hin. Alles nur, weil eine bei einem Handballspiel mitmachen darf, dachte sie. Wie herrlich, ein Schulmädchen zu sein!

Dolly hatte das Gefühl, noch niemals im Leben so glücklich gewesen zu sein – gerade weil sie vorher so niedergeschlagen war! Ihr kamen beinahe die Tränen, als sie sah, wie die anderen sich für sie freuten. Sie müssen mich doch ganz gernhaben, dachte sie selig. Ich hoffe nur, dass ich am Freitag gut spiele. Wenn wir doch Billstedt schlagen könnten! Das haben wir ein ganzes Jahr lang nicht geschafft.

Das große Spiel

Endlich war der Freitag gekommen. Das Wetter meinte es sehr gut: Es war nicht zu warm und nicht zu kalt – fürs Handballspielen geradezu ideal.

Die meisten Mädchen von Möwenfels gingen hinaus, um die Billstedter Schülerinnen zu begrüßen, die mit einem Bus gekommen waren. Dann strömten alle zum Sportplatz. Keine wollte das entscheidende Spiel versäumen.

Dolly war nervös. Sie ärgerte sich über sich selbst, konnte es aber nicht ändern. Helga kam vorbei und grinste sie an. »Na – aufgeregt? Warte, bis du auf dem Spielfeld bist. Dann ist die Nervosität gleich vorbei!«

Helga behielt recht. Als die Mannschaften Aufstellung nahmen, wurde Dolly ganz ruhig. Sie konzentrierte sich nur noch auf das bevorstehende Spiel und wartete angespannt darauf, dass es vom Schiedsrichter angepfiffen wurde.

Dolly stand auf dem linken Flügel. Sie sah sich die Spielerinnen der gegnerischen Mannschaft an: fast alles große, kräftige Mädchen. Besonders die Stürmerinnen waren sicher sehr gute Läuferinnen!

Und richtig – als das Spiel dann begann, zeigte sich, dass die Billstedterinnen wirklich hervorragend Handball spielten.

Dolly bemühte sich, ihr Bestes zu geben. Immer wieder versuchte sie, an den Ball zu kommen. Wie der Blitz stürmte sie über das Spielfeld, angefeuert von ihren Klassenkameradinnen: »Dolly! Dolly! Dolly!« Und in ihrem Eifer verpasste sie es dann meist, den Ball rechtzeitig an eine andere Spielerin der eigenen Mannschaft abzugeben.

Zuerst sah es so aus, als würden die Möwenfels-Mädchen weder gegen den starken Sturm noch gegen die nicht minder gute Verteidigung von Billstedt ankommen können. Nach zehn Minuten fiel das erste Tor für Billstedt. Nach weiteren zehn Minuten aber gelang Möwenfels das Ausgleichstor. Als Halbzeit gepfiffen wurde, stand es immer noch 1:1. In der Spielpause erfrischten sich die Mädchen mit Zitronenscheiben.

Helga redete eifrig auf Dolly ein. »Dolly, du hast dich bisher gut gehalten«, sagte sie. »Du kannst schnell laufen – du bist eine prima Stürmerin. Nur mit dem Zuspielen klappt es noch nicht. Wenn du den Ball hast, darfst du nicht immer versuchen, selbst damit bis zum Tor zu rennen. Du musst ihn viel früher abgeben. Vor allem, wenn Lore, die Mittelstürmerin, in günstiger Schussposition steht. Hör zu: Lore und du, ihr seid die beiden Besten in der Mannschaft. In der zweiten Halbzeit hängt alles von euch ab!«

»Ja, Helga, ich werde deinen Rat beherzigen«, sagte Dolly, die sich in ihrem Eifer, alles mitzukriegen, beinahe an ihrer Zitronenscheibe verschluckte.

»Da pfeift es schon«, sagte Helga. »Ich wiederhole: Es kommt jetzt ganz auf euch an! Macht eure Sache gut! Hals- und Beinbruch!«

Das Spiel ging weiter. Die Mannschaft von Möwenfels stellte sich auf die neue Taktik ein. Dolly und Lore spielten einander großartig zu. Dolly konnte Lore eine wunderbare Vorlage geben, und Lore gelang ein Tor.

2:1 für Möwenfels!

»Bravo, Lore!«, rief es von allen Seiten.

Doch dann holte Billstedt wieder auf. Eine Viertelstunde vor Spielende stand es abermals unentschieden – 2:2!

Noch fünfzehn Minuten zu spielen, überlegte Dolly. Sie merkte, wie die Zeit verrann. Wenigstens noch ein Tor für Möwenfels! Ein einziges Tor, das die Entscheidung bringt, hämmerten die Gedanken in ihrem Kopf.

Inzwischen bildeten sich Sprechchöre, um die Mannschaften anzufeuern. Mit einem Unentschieden wollte keine der beiden Schulen vom Platz gehen.

»Möwenfels!«

»Billstedt!«

»Möwenfels! Möwenfels! Möwenfels!«

Dolly war unermüdlich am Ball. Sie dachte aber an die Ermahnung von Helga und spielte ihn immer an Lore oder eine andere ab. Jetzt kam der Ball, von Magda Schröder geworfen, auf sie zugeflogen. Eine Billstedter Deckungsspielerin stürzte sich dazwischen. Aber sie verfehlte ihn um Haaresbreite. Dolly fing den Ball geschickt auf und rannte los.

»Dolly! Dolly! Dolly!«, gellten die Stimmen von überall her, aber Dolly war noch zu weit vom Tor entfernt. Also spielte sie den Ball Lore zu, die nun ihrerseits aufs Tor zustürmte. Als Lore aber von der gegnerischen Verteidigung zu hart bedrängt wurde, stolperte sie, der Ball glitt ihr aus den Händen – und kullerte zwischen den Beinen der Billstedterinnen hindurch. Dolly, die alles scharf beobachtete, stürzte blitzschnell auf den Ball zu, hob ihn auf und rannte los.

»Bravo, Dolly!«, rief die gesamte dritte Klasse.

Dolly stürmte weiter. Sie sah sich nach der eigenen Mannschaft um. Aber die war noch weit hinter ihr. Auch Lore, die inzwischen wieder aufgestanden war, rannte gerade erst los.

Dolly schlug einen Haken wie ein Hase, um die hinter ihr herhetzenden Verfolgerinnen abzuschütteln. Dann stand sie allein vor dem Tor – hart an der Strafraumgrenze.

»Wirf, Dolly! Wirf!«, hallte es laut über das Spielfeld.

Und Dolly warf. Das Mädchen im Billstedter Tor hechtete sich lang hin, um den Ball zu stoppen. Doch er ging unhaltbar ins Netz!

»Tooor!« Ganz Möwenfels schrie und brüllte vor Freude. »Wunderbar, Dolly! 3:2! Hurra, wir haben gesiegt!«

Gleich darauf ertönte der Schlusspfiff.

Dolly zitterte vor Freude und Aufregung. Sie hatte in einem richtigen Spiel mitgespielt – und das Siegestor geworfen!

»Das hast du großartig gemacht, Dolly!« Helga klopfte ihr anerkennend auf die Schulter. »Du hast dich spitzenmäßig gehalten. Ein schönes Tor!«

Dolly ging zur Siegesfeier. Ein leckeres Essen war für die Spielerinnen vorbereitet worden. In Dollys Herzen sang und jubilierte es. Die ganze Mannschaft drängte sich um sie und ließ sie hochleben.

Dolly fühlte sich herrlich müde. Aber sie war überglücklich. Was würden ihr Vater, ihre Mutter und ihre Schwester Felicitas sagen, wenn sie ihnen das alles erzählte? Morgen schon war sie bei ihnen. Sie konnte es kaum erwarten!

Alle Mitschülerinnen teilten Dollys Hochstimmung. Als sie in den Gemeinschaftsraum kam, empfing sie die dritte Klasse mit donnerndem Applaus. Alle waren mächtig stolz, dass eine von ihnen das Siegestor erzielt hatte.

»Die gute Dolly! Findet auf der Mannschaftsliste nicht einmal ihren eigenen Namen. Und dann wirft sie das entscheidende Tor!«, rief Irene und gab ihr einen so kräftigen Schlag auf den Rücken, dass Dolly einen Hustenanfall bekam.

Der letzte Tag! Die Packerei war erledigt bis auf Kleinigkeiten. Von allen Seiten erklang der Abschiedsgruß: Auf Wiedersehen! Adressen wurden ausgetauscht und sofort wieder verloren. Die Hausmutter suchte verzweifelt nach Britta, die spurlos verschwunden war, und Frau Pott suchte Irene ... Es herrschten ein entsetzlicher Lärm und ein allgemeines Durcheinander.

Und dann hörte man draußen donnerndes Hufgeklapper: Sieben Jungen kamen angeritten.

»Will! Wo steckst du? Deine Brüder sind da!«, rief Dolly gellend.

Will holte gerade Donner aus dem Stall. Einen Augenblick später erschien sie hoch zu Ross und begrüßte ihre Brüder, die mitten in der Auffahrt warteten. »Fein, dass ihr mich alle abholt. Schaut euch Donner an! Sieht er nicht prachtvoll aus?«

Die Mädchen, die mit dem Zug heimfuhren, wurden mit dem Bus zum Bahnhof gebracht. Danach wurde es stiller. Irene wanderte jammernd umher und behauptete, dass jemand ihren Koffer weggenommen hätte. Evelyn lief mit schlechter Laune durch die Räume, weil sie noch niemand abgeholt hatte; sie wollte doch nicht die Letzte sein.

Britta stellte sich ihr in den Weg, das aufgeschlagene Skizzenbuch und den Bleistift in der Hand. »Evelyn, das ist meine letzte Gelegenheit! Ich muss dich noch einmal zeichnen, wenn du ein so herrlich muffliges Gesicht ziehst!«

Dolly lachte aus vollem Hals. Das sah Britta ähnlich! Draußen warteten ihre Eltern im Auto, und sie stand da und zeichnete!

Marilyn sprang hierhin und dorthin, um sich zu verabschieden. Sie trug heute sogar die Mütze mit dem Schulabzeichen, die zu tragen sie bisher immer abgelehnt hatte. »Lebt wohl«, sagte sie. »Ich habe mich bei euch sehr wohlgefühlt. Und wenn ich wieder in Amerika bin, werde ich gern an die schöne Zeit hier zurückdenken!«

Auch Margot krächzte: »Auf Wiedersehen!« Sie winkte den Klassenkameradinnen noch lange aus dem Wagen nach. »Wir sehen uns nach den Ferien wieder!«

Als Will mit ihren Brüdern davongaloppierte, stieß sie zum Abschied ein schrilles Indianergeheul aus.

Mademoiselle konnte nur den Kopf schütteln. »Bei uns in Frankreich käme so etwas nicht vor«, erklärte sie. »Diese Wilhelmina! Ich bin überzeugt, dass sie zu Hause ihr Pferd in einer Ecke ihres Zimmers schlafen lässt.«

Dolly amüsierte sich köstlich über diese Bemerkung. Britta kam vorbei, eine Dose mit Badesalz in der Hand, die sie im Baderaum vergessen hatte. Sie prallte mit Mademoiselle zusammen, und das grünliche Badesalz fiel auf den Boden. Eine grüne Wolke stieg in die Luft und erfüllte sie mit einem durchdringenden Duft.

»Aber Britta, was machst du denn? Ich …«, begann Mademoiselle.

Dann verstummte sie urplötzlich, riss ihren Mund weit auf, als ob sie gähnen wollte, und tastete verzweifelt nach einem Taschentuch.

Im selben Augenblick, als Frau Pott und Frau Peters herbeikamen, »explodierte« sie mit einem gewaltigen Nieser: »Hatschiii!«

Frau Pott wich erschrocken zurück. »So laut habe ich noch keinen Menschen niesen hören«, sagte sie.

Sie hatte kaum ausgeredet, da nieste Mademoiselle von Neuem los und nicht minder laut: »Hatschiii!« Frau Pott suchte Deckung. Dolly und Susanne wollten sich ausschütten vor Lachen. Dolly holte von irgendwoher einen Regenschirm und spannte ihn auf.

»Los, Mademoiselle, jetzt können Sie niesen!« Sie hielt den Regenschirm über die beiden anderen Lehrerinnen: »Ich schütze Sie!«

Dollys Eltern, die gerade die Treppe heraufkamen, um ihre Tochter zu suchen, wunderten sich doch etwas über diesen merkwürdigen Anblick.

Dolly schleuderte den Regenschirm weg und rannte auf ihre Eltern zu. »Ach, da seid ihr ja endlich! Ich dachte schon, ihr kämt gar nicht mehr! Susanne, bist du fertig? Auf Wiedersehen, Mademoiselle, Frau Pott, Frau Peters! Und auf Wiedersehen, Hausmutter! Wirklich – es war wieder eine wunderwunderschöne Zeit hier. Bald sehen wir uns wieder!«

»Auf Wiedersehen alle zusammen!«, sagte die Hausmutter.

»Auf Wiedersehen!«, riefen Frau Pott und Frau Peters gleichzeitig. »Denkt an eure Ferienaufgaben.«

»Hatschiii!«, nieste ihnen Mademoiselle nach. Dann lief sie hinter ihnen her, um zu winken. Evelyn bewahrte sie gerade noch davor, über den offenen Regenschirm zu fallen.

Der Wagen der Rieders fuhr ab. Dolly winkte wie wild zurück.

»Mutti, Vati, was sagt ihr dazu?«, erzählte sie begeistert, als der Wagen die Ausfahrt passiert hatte und sie sich gemütlich zurücklehnte. »Ich habe gestern beim Handballspiel Möwenfels gegen Billstedt in der Schulmannschaft gespielt und das Siegestor geschossen! Mutti, ich –«

»Dolly«, unterbrach Susanne sie, »wirf noch einen letzten Blick auf Möwenfels.«

Dolly kurbelte das Wagenfenster hinunter und sah hinaus. »Ich bin bald zurück, Möwenfels!«, rief sie. »Leb wohl für eine kleine Weile. Wir sind bald wieder da!«